FATAL SCANDAL – DU AN MEINER SEITE

FATAL SERIE 8

MARIE FORCE

ÜBER DAS BUCH

Das neue Jahr hat kaum begonnen, da erschüttern gleich zwei Skandale das Metropolitan Police Department: Chief Farnsworth gerät wegen einer kürzlich durchgeführten Morduntersuchung in die Kritik, und Detective Gonzales wird vorgeworfen, bei dem Sorgerechtsfall um seinen Sohn nicht auf eine frühere Verbindung zu dem zuständigen Richter hingewiesen zu haben.

Als Gonzales' Kampf um sein Kind eine tödliche Wende nimmt, muss Sam plötzlich zwei ihrer engsten Kollegen verteidigen, während ihr Ehemann, der frischgebackene Vizepräsident Nick Cappuano, sich mit der Frage quält, ob der Präsident ihn nur ausgewählt hat, um von seiner Beliebtheit zu profitieren. Zu allem Überfluss tun sich bei der geplanten Adoption von Scotty plötzlich Komplikationen auf und das ausgerechnet zu einer Zeit, in der Sam von der stets aggressiven Hauptstadtpresse besonders heftig bedrängt wird.

Während sich die Indizien gegen Gonzo häufen, reift in Sam der Verdacht, dass jemand es auf sie und ihr Team abgesehen hat
…

Die Fatal Serie

One Night With You – Wie alles begann (Fatal Serie Novelle)
Fatal Affair – Nur mit dir (Fatal Serie 1)
Fatal Justice – Wenn du mich liebst (Fatal Serie 2)
Fatal Consequences – Halt mich fest (Fatal Serie 3)
Fatal Destiny – Die Liebe in uns (Fatal Serie 3.5)
Fatal Flaw – Für immer die Deine (Fatal Serie 4)
Fatal Deception – Verlasse mich nicht (Fatal Serie 5)
Fatal Mistake – Dein und mein Herz (Fatal Serie 6)
Fatal Jeopardy – Lass mich nicht los (Fatal Serie 7)
Fatal Scandal – Du an meiner Seite (Fatal Serie 8)
Fatal Frenzy – Liebe mich jetzt (Fatal Serie 9)
Fatal Identity – Nichts kann uns trennen (Fatal Serie 10)
Fatal Threat – Ich glaub an dich (Fatal Serie 11)
Fatal Chaos – Allein unsere Liebe (Fatal Series 12)
Fatal Invasion – Wir gehören zusammen (Fatal Serie 13)
Fatal Reckoning – Solange wir uns lieben (Fatal Serie 14)
Fatal Accusation – Mein Glück bist du (Fatal Serie 15)
Fatal Fraud – Nur in deinen Armen (Fatal Serie 16)

1

———

Der Doppelskandal fegte durch die Stadt wie ein Tsunami, und die Schlagzeilen machten Sam Angst. „Springer: Farnsworths Inkompetenz führte zum Tod meines Sohnes" und „Polizist und Richter kungeln bei Sorgerechtsprozess".

Sam saß im Schlafzimmer vor dem Fernseher und verfolgte gebannt jedes Wort, das der Nachrichtensprecher über den Polizeichef sagte, einen Mann, den sie sehr schätzte und den sie als Kind „Onkel Joe" genannt hatte – und über ihren engen Freund Detective Tommy „Gonzo" Gonzales, der, unmittelbar nachdem ihm das Gericht das alleinige Sorgerecht für seinen kleinen Sohn Alex zugesprochen hatte, während der Ermittlungen im Fall Springer niedergeschossen worden war.

„Springer erhebt den Vorwurf, Farnsworth habe die Untersuchung im Mordfall von Springers jüngerem Sohn Hugo und acht seiner Freunde auf Eis gelegt, um erst eine sechsmonatige verdeckte Drogenermittlung, in deren Zentrum Billy Springer und seine Komplizen gestanden hatten, abschließen zu können." Der CBC-Nachrichtensprecher berichtete genüsslich über die Ereignisse, die zur Erschießung von Billy Springer durch ein Mobiles Einsatzkommando des Metro PD geführt hatten.

„Erwähnt vielleicht mal jemand, dass er zuerst auf uns

geschossen hat?", fragte Sam den Fernseher. „Natürlich nicht. Das verschweigen sie mal wieder."

„Ein weiterer Skandal erschüttert derzeit die Polizei der Hauptstadt, nämlich der um Detective Sergeant Thomas Gonzales, den Hugo Springer während einer Geiselnahme im Haus seiner Großmutter in Friendship Heights mit einer Kugel in den Hals lebensgefährlich verletzt hat."

„Danke!", rief Sam. „Endlich! Schön, dass auch mal jemand erwähnt, dass Springer einen von uns niedergeschossen hat!"

„Erst vor Kurzem kam es zu einer Entscheidung im Sorgerechtsfall von Gonzales' Sohn. Der zuständige Richter beim Familiengericht war Leon Morton, der Bruder ebenjener Eva Morton, deren Ermordung niemand anders als der jüngst zum Sergeant beförderte Thomas Gonzales aufgeklärt hat. Weder der Richter noch der Detective hielten es für nötig, diese Tatsache zu erwähnen, obgleich daraus nach Aussage des Anwalts der Mutter des Kindes, Lori Phillips, ein Interessenkonflikt entstanden ist."

„O mein Gott, Gonzo", flüsterte Sam. Sie wollte nicht einmal daran denken, was es für Gonzo bedeuten würde, das Sorgerecht für seinen geliebten Sohn zu verlieren. „Was für eine Riesenscheiße."

„Wovon sprichst du?", fragte Sams Mann, der frischgebackene Vizepräsident der Vereinigten Staaten, der in diesem Moment das Schlafzimmer betrat, wo sie am Fußende des Bettes saß und die Nachrichten verfolgte. Das Schlafzimmer war einer von zwei Räumen des Hauses, die nicht rund um die Uhr vom Secret Service überwacht wurden. Der andere war der Dachboden, ihr Rückzugsort, wenn sie Zeit zu zweit brauchten.

„Gonzo."

„Was ist mit ihm?", fragte Nick.

„Er hat nicht angegeben, dass er Leon Morton kannte, den Richter im Prozess um das Sorgerecht für Alex. Vor ein paar Jahren hat er den Mord an seiner Schwester aufgeklärt."

„Oh, verdammt."

„Jetzt machen Lori und ihr Anwalt einen Riesenwirbel um die Tatsache, dass er das verschwiegen hat. Sie ist damit zu den Medien gegangen, und die stürzen sich darauf wie ein Rudel wilder Hunde auf einen Knochen."

„Tommy wird völlig durch den Wind sein."

„Ja, ganz bestimmt. Dabei hat er schon genug Probleme damit, dass seine Wunde nicht heilen will."

Sam atmete tief durch, um sich zu beruhigen. Jedes Mal, wenn sie daran dachte, wie ihnen der Fall Springer um die Ohren geflogen war und dass sie Gonzo ohne das entschlossene Handeln seines Partners vermutlich verloren hätten, drohte die Panik sie zu überwältigen.

Nick spürte ihre Anspannung, trat zu ihr und umarmte sie, was sie wie immer mit Ruhe erfüllte. „Er wird schon wieder, Sam. Er ist nach wie vor ein bisschen angeschlagen, aber er erholt sich. Das mit dem Richter wird auch vorübergehen, sobald etwas Wichtigeres passiert. Du weißt doch, wie der Nachrichtenzirkus in dieser Stadt funktioniert."

Sam legte ihm den Arm um die Hüften und atmete seinen maskulinen Duft ein. Mit seinem braunen Haar, das sich an den Spitzen lockte, dem olivfarbenen Teint, durch den er selbst im tiefsten Winter gebräunt wirkte, und den haselnussbraunen Augen, mit denen er sie anschaute, wie es niemand vor ihm getan hatte, sah er einfach umwerfend aus. „Außerdem mache ich mir Sorgen um diese Sache mit dem Chief."

„Wieso das denn? Jeder weiß, dass Springer nur so schäumt, weil er nicht akzeptieren will, dass einer seiner Söhne den anderen getötet hat – und noch ein paar andere Jugendliche dazu."

„Ich weiß. Doch was Springer über Farnsworth sagt, stimmt. Er hat die Verhaftung von Billy Springer verzögert, weil die Drogenfahndung mehr Zeit brauchte, um eine langfristige verdeckte Ermittlung zum Abschluss zu bringen."

„Ist das so außergewöhnlich?"

„Nichts wiegt schwerer als Mord. Das war schon reichlich bizarr. Fanden wir alle."

„Hat er seine Entscheidung irgendwie begründet?"

„Es ging um das ganze Geld, das bereits in die Drogenermittlung geflossen war. Er sagte, es würde uns bei den nächsten Budgetverhandlungen schaden, wenn nichts dabei herauskäme. Oder irgendwie so was. Jedenfalls fällt ihm das jetzt gehörig auf die Füße."

„Er hat Schlimmeres durchgestanden. Das schafft er schon."

Sam wollte Nick gerne glauben, machte sich aber trotzdem Sorgen. „Ich hatte gleich das Gefühl, dass sich seine Entscheidung rächen würde."

„Willst du damit sagen, Springer hat Grund, sich so aufzuführen?"

„Nicht unbedingt. Sein Sohn war tatsächlich ein Mörder, und welcher Vater gibt das schon gerne zu? Billy würde allerdings vielleicht noch leben – und hätte nie auf Gonzo geschossen –, wenn wir ihn am Vorabend festgenommen hätten, statt das Haus, in dem er sich verschanzt hatte, mit dem Mobilen Einsatzkommando zu stürmen. Außerdem wüssten wir alle gern, wer ihm überhaupt den Tipp gegeben hat, dass wir ihm auf der Spur waren. Die ganze Angelegenheit war eine einzige Riesenkatastrophe."

„Hast du nach wie vor Lust, heute Abend auszugehen?", fragte Nick.

Sam riss sich ihm zuliebe zusammen. Er brauchte diesen gemeinsamen Abend sogar noch dringender als sie, und auch für sie war er verdammt wichtig. „Natürlich. Ich freue mich schon die ganze Zeit auf einen Abend zu zweit mit meinem sexy Ehemann."

Er verdrehte die Augen, wie er es immer tat, wenn sie betonte, wie sexy sie ihn fand.

„Außerdem weiß ich, dass es nicht einfach war, Zeit für uns allein zu arrangieren, deshalb würde es mir im Traum nicht einfallen, einen Rückzieher zu machen."

Bei der Erwähnung der Einschränkungen, die sein neuer Job mit sich brachte, verging ihm das Lächeln. „Ja, es war tatsächlich schwierig. Ich brauche jedes Mal, wenn ich auch nur einen Fuß vor die Tür setzen möchte, praktisch einen verdammten Kongressbeschluss."

Er hatte gewusst, dass es Veränderungen mit sich bringen würde, rund um die Uhr vom Secret Service bewacht zu werden. Aber es in der Praxis zu erleben war noch einmal etwas ganz anderes. Er hatte nach Drohungen gegen Sams Familie schon gegen Ende seines Senatswahlkampfs Polizeischutz gehabt. Doch Nick empfand die Bewachung, die ihm als Vizepräsident zukam, noch mal ganz anders als die, die ihm als Kandidat zuteilgeworden war.

„Lass mich rasch duschen und mich umziehen“, sagte Sam. „Wo ist Scotty?“

„Er backt zusammen mit Shelby Pizza. Gerüchten zufolge stößt ihr *Freund* später zu den beiden.“ Ihr Mann mochte FBI Special Agent Avery Hill nicht besonders, wahrscheinlich, weil dieser keinen Hehl daraus machte, dass er einmal in Sam verliebt gewesen war.

„Ich brauche eine Viertelstunde.“

„Gut, ich warte unten.“ Er verabschiedete sich mit einem Kuss von ihr und ging ins Erdgeschoss, um vor ihrem Aufbruch etwas Zeit mit Scotty zu verbringen.

Sam duschte eilig und zog das schwarze Cocktailkleid an, das sie schon Wochen zuvor für genau diesen Abend erstanden hatte. Es war ihr zweites Silvester als Paar, und sie würden dorthin zurückkehren, wo sie ein Jahr zuvor ihre neuen Jobs gefeiert hatten – ihren als leitender Lieutenant der Mordkommission der Metro Police und seinen als frisch vereidigter Senator und Nachrücker für seinen ermordeten besten Freund John O'Connor.

Sie rieb sich Arme und Beine mit Nicks Lieblingslotion ein, die nach Lavendel und Vanille roch, und dachte dabei über ihn und all die Veränderungen nach, die er hatte durchstehen müssen, seit er Präsident Nelsons Angebot angenommen hatte, der neue Vizepräsident zu werden. Ihr eigenes Leben hatte sich im Großen und Ganzen nicht verändert, Nicks hingegen tiefgreifend, und sie merkte, dass er mit einigen der ihm auferlegten Beschränkungen große Probleme hatte.

Zum einen hatte er in den letzten Wochen massiv unter der Schlaflosigkeit gelitten, mit der er praktisch schon sein gesamtes Erwachsenenleben lang zu kämpfen hatte. Zum anderen würde sie die ständige aufdringliche Präsenz des Secret Service in ihrem Leben noch in den Alkoholismus treiben. Der Leiter des Secret Service hatte ihnen eine Sondererlaubnis dafür erteilt, in Capitol Hill wohnen zu bleiben, doch damit waren die für Nick zuständigen Beamten offensichtlich alles andere als einverstanden. Keiner von ihnen hatte das Nick gegenüber geäußert. Trotzdem war ihm genauso klar wie Sam, dass sie mit der Situation unzufrieden waren.

Ihnen wäre es viel lieber gewesen, wenn Nick mit seiner Familie ins Naval Observatory gezogen wäre, wo der Vizepräsident üblicherweise residierte. Aber da Sams Vater, der sich noch immer von einer OP erholte, bei der man ihm eine Kugel aus der Wirbelsäule entfernt hatte, nur drei Häuser entfernt lebte, konnten sie hier nicht weg. Nick hatte das gewusst und den Verbleib in ihrem jetzigen Zuhause zur Bedingung dafür gemacht, dass er das Angebot des Präsidenten annahm.

Gott sei Dank hatte er auch ausgehandelt, dass der Secret Service Sam keinen Personenschutz stellen würde, sodass sie weiter als leitender Lieutenant beim MPD arbeiten konnte. Beim Gedanken an eigene Bodyguards bekam Sam Angstzustände. So konnte zwar sie weiterhin kommen und gehen, wie sie wollte, bei Nick und Scotty sah das jedoch ganz anders aus, woran sie sich alle erst hatten gewöhnen müssen.

Der Winter war kalt, und sie hatten über die Weihnachtsfeiertage die meisten Abende zu Hause verbracht, Filme geschaut und eine Runde Monopoly nach der anderen mit Scotty gespielt, der sich als zukünftiger Immobilienhai erwies. Er gewann jedes Mal. Sam fragte sich allerdings unwillkürlich, was geschehen würde, wenn ihre Männer es satthatten, so viel zu Hause herumzuhocken.

„Darüber machen wir uns Gedanken, wenn es so weit ist", beschloss sie. Jetzt freute sich erst einmal auf einen romantischen Abend mit der Liebe ihres Lebens. Sie legte die Kette mit dem Anhänger in Form eines diamantbesetzten Schlüssels um, die er ihr zur Hochzeit geschenkt hatte, und steckte sich ihren prächtigen Verlobungsring an, den sie ausschließlich in ihrer Freizeit trug. Ihr Mann hatte gesagt, er sehe ihn gerne an ihrer Hand, deshalb trug sie ihn so oft wie möglich für Nick.

In ihrem begehbaren Kleiderschrank fand sie einen schwarzen Wollmantel, den sie sich über den Arm legte, ehe sie auf den zehn Zentimeter hohen schwarzen Louboutins mit der charakteristischen roten Sohle, die Nick ihr zu Weihnachten geschenkt hatte, nach unten eilte. Ihr Mann wusste, dass der Weg zum Herzen seiner Frau über ihre Schuhe führte, und sie hatte den perfekten Weg gefunden, sich bei ihm zu bedanken. Sie lächelte bei der Erinnerung daran, wie sie nur mit den Schuhen bekleidet vor ihm auf die Knie gegangen war, wie er überrascht die Augen aufgerissen hatte und dann reine Begierde in seinem Blick aufgeflammt war, als er begriff, was sie vorhatte.

Als sie das Wohnzimmer betrat, klingelte es an der Tür, und der dort stationierte Mitarbeiter des Secret Service ließ Avery Hill ein, der Sam von Kopf bis Fuß musterte, sich dann räusperte und sie begrüßte.

Es wäre ihr wirklich lieb, wenn er aufhören würde, sie so anzuschauen. Sonst würde ihm Nick am Ende noch ein rostiges Steakmesser ins Herz rammen. Das würde eine reißerische Schlagzeile geben: *Vizepräsident des vorsätzlichen Mordes angeklagt! Cappuano ersticht FBI-Agent, der ein Auge auf seine Frau geworfen hat, mit rostigem Steakmesser. Lesen Sie die gesamte Geschichte auf Seite 11.*

Doch Hill war ein loyaler, wertvoller Kollege und hatte eine sich immer mehr verfestigende Beziehung zu ihrer Freundin und persönlichen Assistentin Shelby Faircloth. Dann und wann sah er Sam allerdings immer noch an, als wolle er sie im nächsten Augenblick aus ihrem trauten Heim entführen und zu seiner persönlichen Sexsklavin machen.

Wow. Sexsklavin? Wo war das denn hergekommen?

„Sam?", fragte er mit gerunzelter Stirn. „Alles in Ordnung?"

„Ja, klar. Alles bestens. Und selbst?"

„Super. Wie waren die Feiertage?"

„Fantastisch. Und bei Ihnen?"

„Sehr erholsam. Zum ersten Mal seit Jahren war die ganze Familie in Charleston versammelt."

Sam hasste Small Talk, aber Shelby zuliebe gab sie sich Mühe. Sie wollte ihrer Assistentin deutlich machen, dass sie jederzeit Gäste empfangen konnte, wenn sie schon so viel Zeit hier verbrachte. Hill stand, zu Nicks großem Bedauern, ganz oben auf Shelbys Gästeliste.

Apropos ... Ihr Mann betrat den Raum, und sein Gesichtsausdruck verhärtete sich sofort, als er sah, dass Hill eingetroffen war. Nick legte den Arm um sie und küsste sie auf die Schläfe. Nicht zum ersten Mal war sie dankbar, dass er keine drastischeren Maßnahmen ergriff, um dem FBI-Agenten gegenüber sein Revier zu markieren.

„Was halten Sie von diesem ganzen Mist mit Farnsworth und Gonzo?", fragte Hill, dem es offenbar nach wie vor völlig schnuppe war, dass Nick es vorziehen würde, wenn er überhaupt nie das Wort an Sam richtete.

„Ich hoffe, dass bald etwas Größeres passiert und Gras über die Sache wächst."

„Springer will Blut sehen. Er wird keine Ruhe geben, bis Farnsworths Kopf rollt."

Bei dem Gedanken, jemand anders als ihr geliebter Onkel Joe könne Polizeichef werden, drehte sich Sam der Magen um.

„Es hat keinen Sinn, über die Zukunft zu spekulieren", antwortete Nick. „Wir müssen los. Bist du so weit, Babe?" Der Mann vom Secret Service wartete an der Haustür auf Nicks Zeichen, dass sie aufbruchsbereit waren.

„Lass mich noch Scotty Gute Nacht sagen, dann können wir los."

„Er ist mit Shelby in der Küche."

Sie ließ Nick und Hill nicht gern allein, also fasste sie ihren Mann am Arm und nahm ihn mit in die Küche, wo Scotty mit Shelby Pizza backte. In solchen Augenblicken fühlte sich Sam als Mutter als Totalversagerin, weil ihr nie in den Sinn gekommen wäre, Pizza selbst zu machen, wo man doch einfach einen Lieferdienst anrufen konnte. Zum Glück schien Scotty nicht klar zu sein, was für eine Rabenmutter er hatte. Er strahlte wie immer, als er sie und Nick sah.

„Sam! Schau mal! Ich hab den Teig für meine Pizza in die Luft geworfen, genau wie dieser italienische Fernsehkoch." Er war vor Kurzem dreizehn geworden und mindestens fünf Zentimeter gewachsen, seit er im Sommer bei ihnen eingezogen war. Einer der für Scottys Bewachung abgestellten Beamten des Secret Service saß am Tisch, las Zeitung und bemühte sich, nicht zu stören, was ihm kläglich misslang. Sie störten alle, und Sam hatte sie nicht gern im Haus. Aber die Alternative – keinerlei Schutz für Nick und Scotty – war undenkbar.

„Sieht gut aus, Großer. Wenn ich das versuchen würde, würde der Teig jetzt an der Decke kleben."

Nick tätschelte ihre Schulter. „Wir bestellen unsere Pizza besser weiter beim Lieferservice."

Woher wusste er nur immer ganz genau, was sie gerade dachte? Das war eines der unergründlichen Mysterien ihres gemeinsamen Lebens.

„Wir wollen dann los", verkündete Nick. „Habt ihr alles, was ihr braucht?"

„Ja, wir sind versorgt", antwortete Shelby und lächelte Hill an, der in der Tür stand.

Scotty nickte. „Mhm."

„Drück mich mal", bat Sam.

„Meine Finger sind total klebrig, und du siehst voll hübsch aus", sagte Scotty.

„Das nehme ich in Kauf." Die Hände hoch über dem Kopf, ließ er sich von ihr umarmen und auf die Wange küssen. „Sei lieb zu Shelby."

„Ach, ich bin doch immer lieb."

Damit hatte er tatsächlich recht. Scotty war ein wohlerzogener, braver Junge, und es war ein Segen, dass er Teil ihres Lebens war. Wenn sie jetzt noch den Adoptionsvorgang abschließen könnten, wäre alles perfekt. Aufgrund einer gerichtlichen Auflage hatten sie aktuell einen Privatdetektiv mit der Suche nach Scottys leiblichem Vater beauftragt – bisher leider ohne Erfolg.

„Shelby hat gesagt, um Mitternacht kriege ich ein Glas Sekt."

Die winzige Blondine, die Sam nach der Fee aus „Peter Pan" Tinker Bell nannte, protestierte: „Das habe ich gar nicht gesagt! Bring mich nicht in Schwierigkeiten."

Scotty lachte über ihre Empörung.

„Ich habe gesagt, du darfst bis Mitternacht *aufbleiben*, aber wenn du mich in Schwierigkeiten bringst, musst du auf der Stelle ins Bett."

„Schon gut, ich werde brav sein", versprach Scotty feierlich, allerdings mit einem verräterischen Funkeln in den Augen.

„Frohes neues Jahr", wünschte Nick.

„Euch auch", sagte Shelby. „Genießt den Abend, und macht euch keine Sorgen. Ich hab hier alles im Griff."

„Danke, Shelby." Nick legte Sam besitzergreifend eine Hand auf den Rücken und schob sie aus der Küche.

Hill ließ sie vorbei. „Frohes neues Jahr", wünschte er den beiden.

„Ihnen auch", antwortete Sam, während Nick verbissen schwieg.

Als sie das Wohnzimmer betraten, brachen die Secret-Service-Leute in hektische Betriebsamkeit aus, sprachen leise in ihre Funkgeräte und taten, was sie jedes Mal taten, wenn Nick es wagte, das Haus zu verlassen. Sie konnte zusehen, wie er sich anspannte, was ihr verriet, wie sehr er all das Aufheben verabscheute.

Brant, der Agent, der das für ihn zuständige Team leitete, wartete an der Haustür. „Mr Vice President, Mrs Cappuano, wir wären dann so weit."

Nachdem Nick Sam in den Mantel geholfen hatte, drückte sie seinen Arm und lächelte ihn an, um ihm wortlos zu verstehen zu geben, dass es bei diesem Abend letztlich nur um sie beide ging. „Komm, lass uns ein bisschen Spaß haben."

Er erwiderte ihr Lächeln und schien sich ein klein wenig zu entspannen. „Du hast recht. Nichts wie los."

2

———

Nick hatte die Lounge in der K Street reserviert, wo sie im Vorjahr ihre Beförderung gefeiert hatten. Nur dass diesmal lediglich sie beide und seine Personenschützer anwesend waren, nicht die fröhliche Gruppe von Freunden und Familienangehörigen, die vor einem Jahr mit ihnen hier gewesen war.

„Haben die heute Abend geschlossen?", fragte Sam.

Nick deutete auf einen festlich für zwei Personen gedeckten Tisch mit Kerzenleuchter inmitten des großen Raumes, der normalerweise als exklusiver Treffpunkt für die Reichen und Schönen diente. „Das ist eine Privatparty für zwei Personen."

„Mein Mann muss ganz schön gut vernetzt sein, wenn er einen angesagten Nachtclub wie diesen für den Silvesterabend reservieren kann."

„Oh, ja, er ist sehr mächtig und einflussreich", stimmte Nick ihr mit dem selbstironischen Grinsen zu, das sie so liebte. „Genau genommen hat der Secret Service darauf bestanden, dass hier heute keine anderen Gäste sind." Er zuckte die Achseln. „Deshalb haben wir den Laden für uns."

Sie strich über seine rote Seidenkrawatte und hakte den Zeigefinger unter seinen Gürtel. „Es hat durchaus Vorteile, dass wir hier unter uns sind."

„Komm mir nur nicht auf dumme Gedanken. Wir sind nicht allein."

Seine Bodyguards hielten sich zwar im Hintergrund, doch sie waren allgegenwärtig und ließen sie nicht aus den Augen. Entschlossen, ihm trotz der wachsamen Blicke ringsum einen schönen Abend zu bereiten, ging Sam zu ihrem Tisch. Nick folgte ihr und rückte ihr den Stuhl zurecht. Sobald sie saßen, tauchte aus der Küche ein Kellner auf.

„Mr Vice President, Mrs Cappuano, es ist uns eine große Ehre, Sie heute Abend hier begrüßen zu dürfen. Mein Name ist Mario, und ich bin heute Abend Ihr Kellner."

„Danke, Mario", sagte Nick. „Ich glaube, wir brauchen Champagner."

Sam nickte bekräftigend, und der Kellner eilte davon, um welchen zu holen. „Champagner macht mich albern und enthemmt", erinnerte Sam ihren Mann.

„Ach ja? Das hatte ich ganz vergessen."

Da er nie etwas vergaß, was sie betraf, verdrehte sie die Augen, um ihm zu verstehen zu geben, dass sie ihm das nicht abkaufte. „Ich glaube, du willst lediglich dafür sorgen, dass du mir später an die Wäsche darfst."

„Hatte ich damit denn jemals ein Problem?"

„Wollen Sie damit andeuten, ich sei leicht zu haben, Mr VP?"

„Wem die Louboutins passen ..."

Lachend antwortete Sam: „Touché."

„Ich liebe es, dass du für mich leicht zu haben bist." Er hauchte ihr einen Kuss auf den Handrücken, was ihr einen kleinen Stromstoß den Arm hoch- und direkt in die Brustspitzen jagte, die sich sofort aufrichteten. Er bemerkte das natürlich, und seine haselnussbraunen Augen verrieten seine Freude über ihre Reaktion. „Du hast keine Ahnung, wie viel mir die eine Sache in meinem Leben bedeutet, die immer leicht und mühelos ist."

„Du bist der Erste, der behauptet, der Umgang mit mir wäre mühelos."

„Wie du weißt, *liebe* ich den Umgang mit dir."

Sie mochte es sehr, wenn er sie so ansah – als gingen die Sonne, der Mond und die Sterne nur ihretwegen auf.

Der schöne Moment zerplatzte wie eine Seifenblase, als Mario mit ihrem Champagner an den Tisch trat und die Flasche mit großer Geste präsentierte. „Sehr zum Wohl." Er füllte zwei Kristallflöten. „Die Vorspeise kommt sofort."

„Wir müssen nicht bestellen?", fragte Sam, als sie wieder allein waren.

„Schon erledigt."

Früher, vor der Zeit mit ihm, hätte sie niemals zugelassen, dass ein Mann für sie bestellte. Doch wenn Nick es tat, fühlte sie sich umsorgt und vielleicht sogar ein wenig verwöhnt. Nicht, dass sie das ihm gegenüber je zugegeben hätte. Schließlich hatte sie einen Ruf zu wahren.

„Ich sehe förmlich die Rädchen hinter deiner Stirn heiß laufen, während du versuchst, dich dazu zu bringen, dich darauf einzulassen", bemerkte er mit amüsiertem Blick.

„Du siehst nichts dergleichen."

„Wie du meinst, Babe. Aber jetzt quillt gleich Rauch aus deinen Ohren."

Er kannte sie besser als jeder Mann vor ihm – niemand würde sie je so durchschauen wie er. Am Anfang hatte sie dagegen angekämpft, hatte sich ihm, für den Fall, dass es zwischen ihnen doch nicht funktionierte, nicht so ausliefern wollen. Jetzt, nach einem Jahr mit ihm, vertraute sie darauf, dass ihre Beziehung langfristig gut gehen würde, und ihr war klar, dass sie nicht mehr ohne ihn leben wollte.

„Was denkst du?"

„Verrat du es mir. Du bist der Telepath."

Er musterte sie eindringlich, bis sie unruhig auf ihrem Stuhl hin und her rutschte. „Du denkst, dass du mich so sehr liebst, dass es keine Worte dafür gibt, und du es kaum erwarten kannst, bis wir uns an den einen Ort zurückziehen können, wo uns niemand beobachtet, damit du über mich herfallen kannst. Kommt das in etwa hin?"

„Wenn du nicht schon darauf hingewiesen hättest, wie leicht ich zu haben bin, würde ich sagen, du spinnst dir da was zusammen. Aber wir wissen es beide besser, oder?"

„O ja." Lächelnd prostete er ihr zu. „Auf meine wunderschöne, sexy, anstrengende, leicht zu habende Frau, die ich mehr liebe als alles andere auf der Welt. Ich kann es kaum erwarten, herauszufinden, was uns unser zweites gemeinsames Jahr bringen wird."

Gerührt von seinen liebevollen Worten, stieß sie mit ihm an und nippte an dem kühlen, herrlich prickelnden Getränk. „Mmm, lecker."

„Trink aus. Ich habe Pläne für später, und dafür brauche ich dich enthemmt." Er hob vielsagend die Brauen, und diesmal begann sie aus einem ganz anderen Grund, unruhig auf ihrem Stuhl herumzurutschen.

Sam warf einen Blick durch den Raum zu den vier Agenten des Secret Service, die an einem Tisch saßen, sich leise unterhielten und so taten, als beobachteten sie sie nicht. Sie wusste, dass weitere Personenschützer draußen positioniert waren und das gesamte Gebäude umstellt hatten. Wenn sie zu lange über diesen Schutzwall aus Menschen nachsann, der sie jedes Mal umgab, wenn sie mit ihrem Mann unterwegs war, würde sie wahnsinnig werden. Deshalb gab sie sich meist Mühe, keinen Gedanken daran zu verschwenden.

„Tu, als wären sie nicht da", verlangte Nick. „Konzentrier dich ganz auf mich."

Es fiel ihr nicht schwer, das zu tun. Mario servierte nacheinander vier köstliche Gänge, Wein und weiteren Champagner und schließlich ein flambiertes Soufflé als Dessert.

„Möchtest du mir erzählen, wie deine Aussage heute gelaufen ist?", fragte er, während sie sich mit zwei Löffeln über das Soufflé hermachten.

„Was denkst du denn? Ich musste den ganzen Albtraum noch einmal durchleben, berichten, wie es war, als Melissa plötzlich in der Sprengstoffweste vor uns stand."

„Hat das den ganzen Tag gedauert?"

„Ja. Ihre Anwälte waren sehr gründlich."

„Ich bin sicher, du warst wenig reumütig."

„Absolut. Ich bereue nichts, was ich an dem Tag getan habe. Soll sie uns doch verklagen – ich habe meinen Job gemacht und bin sehr sicher, dass Freddie und ich uns an diesem Tag allen das Leben gerettet haben."

„Das kann ich bezeugen. Ich war schließlich dabei. Wie geht es jetzt weiter?"

„Wer weiß? Die haben meine Aussage aufgenommen, und die Sache ist zunächst mal erledigt, bis sie irgendwann wieder ihr hässliches Haupt erhebt. Und vorher bin ich nicht bereit, einen weiteren Gedanken daran zu verschwenden." Sam wollte unbedingt das Thema wechseln und fragte ihn deshalb: „Weißt du, was das Gute an deinen Bodyguards ist?"

„Es gibt etwas Gutes an ihnen?"

„Ja. Wir können uns heillos betrinken, und die müssen uns heimfahren."

„Das ist tatsächlich nicht schlecht. Bist du schon heillos betrunken?"

„Möglicherweise. Wie ist es mit dir?"

„Nein. Ich habe mich zurückgehalten."

„Die personifizierte Selbstbeherrschung, ja?"

Er sah sie vielsagend an. „Nicht immer."

Sams blieb der Bissen Soufflé fast im Halse stecken. Der Hinweis darauf, dass sie die Einzige war, die seine legendäre Selbstkontrolle erschüttern konnte, weckte in ihr den Wunsch, sofort mit ihm nach Hause zu fahren. „Müssen wir nicht langsam aufbrechen?"

„Noch nicht ganz." Er schob ihr einen weiteren Löffel Soufflé in den Mund. „Möchtest du tanzen?"

Sam blickte hinüber zu den Leuten vom Secret Service. Es waren drei Männer und eine Frau. Sie waren mit dem Essen fertig und behielten sie im Auge, ohne direkt zu ihnen herüberzusehen. „Ich würde lieber ohne Publikum zu Hause tanzen."

„Das können wir natürlich tun." Er konsultierte seine Uhr. „Es ist fast Mitternacht."

„Werden sie uns aufs Dach gehen lassen, damit wir uns das Feuerwerk anschauen können?" Es war ihr zutiefst zuwider, für so was um Erlaubnis fragen zu müssen, aber sie wollte Nicks Leben nicht noch komplizierter machen, indem sie sich ständig mit seinen Bewachern anlegte.

Er nickte. „Das war eine meiner Forderungen für diesen Abend. Ich musste schließlich ein Versprechen meiner Frau gegenüber halten."

Im Jahr zuvor hatten sie frisch verliebt auf dem Dach dieses Gebäudes gestanden, waren sechs Jahre nach einem unvergesslichen One-Night-Stand gerade wieder zusammengekommen. Sie hatten sich geschworen, von nun an jedes Jahr an Silvester um Mitternacht gemeinsam auf diesem Dach zu stehen. Sam hatte sich allerdings gefragt, ob das angesichts seiner neuen Lebensumstände möglich sein würde.

„Hattest du Zweifel, dass ich mich an mein Versprechen erinnern würde?"

„O nein. Ich habe inzwischen gelernt, dass ich mir in der Beziehung keine Sorgen machen muss. Dein Gedächtnis ist unglaublich. Ich war nur nicht sicher, ob es erlaubt sein würde."

„Offenbar werden auf den umliegenden Dächern Scharfschützen liegen, die uns im Auge behalten, also bitte keine unvorhersehbaren Bewegungen."

Langsam ließ sie eine Hand bis in seinen Schritt gleiten. „Wie das zum Beispiel?", fragte sie, als er unter ihrer Hand hart wurde.

„Das ist immer gestattet."

Sam lachte über seinen lüsternen Blick, während er eine Hand auf ihre legte, damit sie sie nicht wegnehmen konnte. „Wie wär's, wenn du damit wartest, bis wir wieder zu Hause sind?"

„Das ist erst der Anfang."

„Das kann ich bestätigen."

Nick legte den freien Arm um sie und zog sie samt Stuhl näher zu sich heran. Dann flüsterte er ihr ins Ohr: „Ich weiß, es ist furchtbar, ständig beobachtet zu werden, Babe, aber du sollst wissen, dass das Einzige, was verhindert, dass ich endgültig durchdrehe, die Tatsache ist, dass wir die Eier haben, inmitten all dessen immer noch wir selbst zu sein."

„Wir werden immer wir selbst sein, egal, wo wir sind oder wer uns zuschaut." Sie streichelte ihn und genoss es, wie er unter ihrer Handfläche pulsierte. „Apropos Eier, ich hätte Lust …"

Er küsste sie, ehe sie ihren Satz beenden konnte. „Sag das nicht, sonst müssen wir leider gehen, bevor ich mein Versprechen halten konnte."

Sam warf in diesem Moment zufällig einen Blick hinüber zu dem Tisch der Agenten, die alle auf ihre Handys starrten – außer Melinda, die gerade herübersah. Die große, kühle Blondine hatte für Sams Geschmack ein bisschen zu viel Spaß an ihrem Job.

„Kann die Barbie vom Secret Service mal aufhören, ständig meinen sexy Ehemann anzustarren?"

„Äh, dafür wird sie bezahlt."

„Ich mag sie nicht."

„Himmel, warum nicht? Was hast du gegen sie?"

„Es gefällt mir nicht, wie sie dich ansieht."

„Samantha", sagte er, „ist das dein Ernst?"

„Absolut. Irgendwas an ihr passt mir nicht."

„Du meinst, es geht dir mit ihr so wie mir mit Avery Hill?"

„So in der Art."

Nick begann zu lachen, woraufhin Sam ihre Hand zurückzog. Wer sie auslachte, hatte es nicht verdient, dass sie ihm einen runterholte. Unter dem Tisch ertönte ein Summen, das sie ihren schnippischen nächsten Satz vergessen ließ.

„Vom Handy gerettet", erklärte er grinsend – ihm war durchaus bewusst, dass er sich gerade auf dünnem Eis bewegt hatte.

„Ich weiß, ich sollte es ignorieren, aber was ist, wenn Scotty uns zu erreichen versucht?"

„Schau ruhig kurz nach. Du kannst dich doch sowieso nicht entspannen, solange eine ungelesene Nachricht auf deinem Handy schlummert."

War sie wirklich so schlimm? Sam holte ihr Handy aus ihrer Clutch, klappte es auf und stellte fest, dass eine SMS von Gonzo gekommen war.

Hier geht alles den Bach runter. Muss mit dir reden. Ruf an, wenn's irgendwie passt.

„Verdammt, das ist Gonzo. Er schreibt, es gebe Probleme. Ich soll ihn anrufen."

„Dann mach. Noch ist nicht Mitternacht."

„Die beiden sollten heute eigentlich ihren Jahrestag feiern." Gonzo hatte Christina, Nicks frühere Stabschefin, ein Jahr zuvor hier auf ihrer Party kennengelernt, und jetzt waren sie verlobt. Sam wählte Gonzos Nummer und wartete, dass er ranging.

Nick legte den Arm um sie und zog sie an sich, nutzte die Gelegenheit, um kurz auf sein eigenes Handy zu schauen. Sam hasste sein Smartphone inzwischen, denn es klingelte oft mitten in der Nacht, wenn Terry dringende Informationen für Nick hatte.

Es war schon schlimm genug gewesen, als nur ihr Handy das getan hatte. Jetzt hatten sie zwei Mobiltelefone, die sich zu allen möglichen und unmöglichen Zeiten meldeten.

Gonzo nahm beim sechsten Klingeln ab. „Hey, tut mir leid. Ich habe auf der anderen Leitung mit Andy gesprochen." Der Anwalt, ein Freund von Nick, hatte Gonzo bei seinem Sorgerechtsstreit vertreten.

„Was sagt er denn?"

„Er ist sauer, weil ich ihm nicht mitgeteilt habe, dass ich mit dem Richter schon mal was zu tun hatte."

„Ach, Mist. Will er deine Vertretung niederlegen?"

„Das hat er nicht gesagt, aber ich schätze, ich könnte ihm daraus keinen Vorwurf machen. Das ist alles meine Schuld. Ich hätte von Anfang an die Karten auf den Tisch legen sollen, und darauf stürzen sich Loris Rechtsverdreher jetzt wie die Aasgeier."

„Wie das?"

„Sie haben eine Aufhebung des Urteils beantragt, das mir das alleinige Sorgerecht zugesprochen hat."

„Scheiße. Was meint Andy dazu?"

„Dass sie vor Gericht eine Chance damit haben und dass das ein Anlass zur Sorge ist. Lori hat sich außerdem an die verdammten Medien gewandt, und jetzt tobt hier der totale Shitstorm."

„Einen Teil davon habe ich vorhin im Fernsehen mitbekommen."

„Ich weiß nicht, was ich machen soll, Sam. Ein Teil von mir will sich Alex schnappen und einfach verschwinden. Ein anderer will so tun, als würde das alles gar nicht passieren. Dann gibt es noch einen Teil von mir, der ihr am liebsten die Hände um den Hals legen und sie erwürgen würde."

„Bitte tu das nicht. Abhauen hilft auch nicht. Irgendwann würdest du wieder zurückkommen und dich den Tatsachen stellen müssen." Sie schmiegte sich an Nick. „Vergiss nicht, alle sind der Meinung, dass der Kleine bei dir besser aufgehoben ist. Wenn der Fall wieder aufgerollt wird, muss ein anderer Richter das nicht unbedingt anders sehen."

„Ich kann nicht glauben, dass ich möglicherweise ein weiteres

Mal durch diese Hölle muss. Warum kann sie uns nicht einfach in Ruhe lassen? Sie will ihn ja nicht einmal wirklich."

Sam wusste nicht, was sie darauf erwidern sollte. Nach allem, was sie gehört hatte, hatte sich Lori Phillips größte Mühe gegeben, ihr Leben in den Griff zu bekommen, weil sie das Sorgerecht für ihren Sohn wollte. Doch das half Gonzo gerade nicht weiter. „Ich weiß, das muss alles furchtbar anstrengend sein, aber an einem Wochenende mit Feiertag kannst du nichts erreichen. Versuch, dich nicht unnötig aufzuregen, bevor du mehr weißt. Tu vor allem nichts Unüberlegtes, was alles nur verkompliziert oder deine Genesung gefährdet. Wir brauchen dich im Hauptquartier."

„Ich weiß. Trotzdem habe ich das Gefühl ... Mein Gott, Sam, ich drehe gleich durch."

„Soll ich rüberkommen und dich daran hindern, Dummheiten zu machen?"

„Nein, Chris ist hier und tut, was sie kann. Der Gedanke, Alex zu verlieren ... Das darf nicht passieren. Das würde ich nicht überleben."

„Versprichst du mir, Ruhe zu bewahren und die Dinge ihren Gang gehen zu lassen?"

Nach einem unangenehm langen Schweigen antwortete Gonzo: „Ja."

„Im Ernst, Gonzo. Tu nichts, was du später bereuen könntest. Denk an deine hart erarbeitete Karriere und deine Familie, die dich braucht. Bleib ruhig."

„Danke, Sam. Chris hat mir geraten, dich anzurufen. Sie meinte, ich würde mich besser fühlen, wenn ich mit dir geredet hätte, und sie hat recht."

„Ich habe immer ein offenes Ohr für dich."

„Tut mir leid, dass ich euch gestört habe. Ich weiß, ihr hattet etwas vor."

„Mach dir keine Sorgen. Du weißt doch, du kannst mich immer anrufen. Ich melde mich morgen bei dir."

„Klingt gut", sagte er. „Frohes neues Jahr."

„Dir auch, und einen schönen Jahrestag. Es wird für uns alle ein gutes Jahr werden. Das spüre ich."

„Ich hoffe, du hast recht."

„Äh, wann hatte ich das denn je nicht?"

Ihr Mann und ihr Freund stöhnten unisono.

„Also, dann lege ich jetzt mal auf.“

„Pass auf dich auf.“ Sam klappte ihr Handy zu und seufzte tief. „Er dreht durch.“

„Ich hab's gehört“, bestätigte Nick.

„Er gibt sich die Schuld an allem.“

„Ich frage mich, woher Lori von seinen früheren Kontakten zu Morton weiß.“

„Ihre Anwälte müssen ordentlich gegraben haben.“

„Du weißt, ich stehe immer auf Gonzos Seite“, erklärte Nick zögernd. „Ich betrachte ihn inzwischen ebenso sehr als meinen wie als deinen Freund.“

„Ja, und?“

„Es war ein schwerer Fehler, nicht von vornherein zuzugeben, dass er und Morton einander schon vor dem Prozess kannten. Ich wäre überrascht, wenn das Urteil nicht aufgehoben werden würde. Das Gericht wird sich wahrscheinlich auch noch dazu äußern, dass Morton sich nicht als möglicherweise befangen bekannt hat.“

„Verdammt. Was für ein Chaos. Der arme Gonzo. Er dachte, er sei mit dem alleinigen Sorgerecht für Alex sozusagen direkt auf ‚Los‘ gegangen, und jetzt das.“

Nick sah auf die silberne TAG Heuer, die sie ihm sehr zu seiner Überraschung zu Weihnachten geschenkt hatte. „Darf ich ausnahmsweise mal eine Minute lang nur an mich denken?“

„Aber natürlich.“

„Ehe wir uns in ein weiteres verrücktes Jahr stürzen, brauche ich ein paar Minuten allein mit meiner Frau auf dem Dach.“

„Deine Frau hat immer ein paar Minuten Zeit für dich.“

Er erhob sich, zog ihr den Stuhl zurück und half ihr in den Mantel, mit dem ein aufmerksamer Restaurantmitarbeiter wie aus dem Nichts aufgetaucht war. Als sie den Mantel anhatte, ließ Nick ihr langes Haar durch seine Finger gleiten, eine Geste, die sie an eine ihrer ersten Begegnungen nach dem Mord an John O'Connor erinnerte. Seither fuhr er ihr so oft wie möglich mit den Fingern durchs Haar.

Hand in Hand folgten sie zweien seiner Personenschützer die Treppe hoch aufs Dach, die anderen beiden bildeten die Nachhut. Die Stadt erstreckte sich vor ihnen, von Kapitol, Washington

Monument und Lincoln Memorial zur Rechten bis hin zum Jefferson Memorial zur Linken. Genau in der Mitte erhob sich das Weiße Haus, in dessen Westflügel Nick jetzt sein Büro hatte, in das er in zwei Tagen zum ersten Mal zur Arbeit gehen würde. Als sie vor einem Jahr hier gestanden hatten, hätten sie mit dieser Entwicklung niemals gerechnet.

„Hier drüben bitte, Sir." Brant deutete auf eine geschützte Ecke des Dachs, die nur nach zwei Seiten hin offen war. Dort stand ein kleines Sofa mit einer Decke darauf.

„Danke, Brant." Nick legte Sam eine Hand auf den Rücken und geleitete sie dorthin.

„Viel gemütlicher als letztes Jahr", stellte Sam fest.

„Ja, und viel weniger privat." Die Bodyguards hatten sich in die Dunkelheit zurückgezogen, aber sie – und andere – hatten Sam und Nick genau im Auge. Sie hatten niemandem von ihren Silvesterplänen erzählen dürfen. Je weniger Menschen wussten, wo sie waren, desto geringer die Wahrscheinlichkeit eines Anschlags.

Sam schmiegte sich an ihn. „Wir machen einfach das Beste daraus."

Er legte die Arme um sie und drapierte die Decke über sie beide. „Ich weiß noch, wie kalt dir letztes Jahr war, auch wenn du es nicht zugegeben hast."

„Wie hätte mir kalt sein können, wo du mich im Arm hattest und ich wie immer ganz heiß auf dich war?"

„Mmm", knurrte er leise. Das Geräusch jagte ihr einen Schauer über den Rücken. „Ich liebe es, dass du immer heiß auf mich bist. Das hier ...", er zog sie enger an sich, „ist mit Abstand das Beste in meinem Leben."

„Das hier und Scotty."

„Das hier und Scotty", wiederholte er. „Danke für das schönste Jahr meines Lebens. Vor einem Jahr hätte ich mir zwölf Monate wie die, die wir gerade zusammen verbracht haben, in meinen kühnsten Träumen nicht ausmalen können. Immer wenn ich denke, dass ich dich jetzt so sehr liebe, wie ein Mann eine Frau bloß lieben kann, merke ich, dass es noch intensiver geht."

Sam seufzte vor Freude und Glück über die Magie, die sie in

seinen Armen fand. „Weißt du, ich warte nach wie vor darauf, dass die Realität einsetzt."

„Wie meinst du das?"

„Irgendwann ist doch immer irgendwie der Lack ab, oder?"

Leise lachend sagte er: „Ich glaube, das wird uns nie passieren, Babe. Es wird einfach immer besser. Vor allem in letzter Zeit. Jetzt, da wir so ein öffentliches Leben führen, sind die Augenblicke, in denen wir nicht im Rampenlicht stehen, wichtiger als früher."

„Mein guter Vorsatz zum neuen Jahr lautet, so viel Zeit wie möglich ganz allein mit meinem Mann zu verbringen."

„Dein Mann findet diesen Vorsatz absolut unterstützenswert."

„Hast du auch einen?"

„Meine Frau und meinen Sohn weiterhin von ganzem Herzen zu lieben." Er besiegelte seinen Vorsatz mit einem Kuss, der endete, als die ersten Feuerwerkskörper über der Stadt explodierten und die berühmten Sehenswürdigkeiten in gleißendes Blau und Rot tauchten.

Sam gefiel es, wie Nick seinen breiten Rücken zwischen sie und die Personenschützer schob. Sie streichelte sein Gesicht und strich mit dem Zeigefinger über seine Unterlippe, die noch feucht von ihren Küssen war. „Nächstes Jahr um diese Zeit am selben Ort?"

„Das würde ich um nichts in der Welt versäumen wollen."

3

Als sie heimkamen, fanden sie Shelby in Averys Armen schlafend auf der Couch vor. Der FBI-Agent war wach und schaute sich im Fernsehen die Übertragung der Silvesterfeierlichkeiten auf dem Times Square an. Nick hatte den Typen ungern in seinem Haus, aber wenigstens galt Hills Aufmerksamkeit jetzt nicht mehr Sam, sondern Shelby. Zumindest hoffte Nick das.

Ab und zu ertappte er ihn noch dabei, wie er Sam auf eine Art und Weise anblickte, die mit Freundschaft nichts zu tun hatte, und dann fragte sich Nick, ob Hill wirklich über sie hinweg war oder ihre wunderbare persönliche Assistentin nur benutzte, um in Sams Nähe sein zu können. Wenn Nick dafür je einen Beweis fand, würde er den FBI-Agenten so schnell zu einem Außenposten in Sibirien versetzen lassen, dass der nicht wusste, wie ihm geschah.

Zwar redete Nick sich gerne ein, er würde nie so tief sinken, dass er sein Amt zu seinem persönlichen Vorteil nutzte, doch im Fall des FBI-Agenten, der auf seine Frau stand, hätte er nicht gezögert, ihn auf den Mond schießen zu lassen, wenn er gekonnt hätte. Also behielt er den Kerl, der in letzter Zeit dauernd bei ihnen zu Hause herumzulungern schien, sehr genau im Auge. Warum hatte er sich von allen Frauen in der Hauptstadt ausgerechnet mit ihrer persönlichen Assistentin eingelassen?

Nicht, dass Shelby nicht großartig wäre – im Gegenteil. Jeder Mann konnte sich glücklich schätzen, mit ihr zusammen zu sein. Aber Nick empfand die Situation als bestenfalls seltsam, im schlechtesten Fall als verdächtig. Deshalb hängte er, während Sam sich mit Hill unterhielt, umständlich ihre Mäntel an die Flurgarderobe. Er hoffte, Hill würde den Wink mit dem Zaunpfahl verstehen und verschwinden, damit Nick mit seiner Frau ins Bett gehen konnte.

Konnte er ihm das einfach ins Gesicht sagen? „Hill, könnten Sie bitte die Fliege machen? Ich will jetzt wilden, leidenschaftlichen Sex mit meiner Frau, und Ihre bloße Anwesenheit hier vermiest mir die Stimmung." Nick lächelte vor sich hin, als er sich den völlig entgeisterten Blick vorstellte, den ihm Sam dabei zuwerfen würde, aber verdammt, er hatte nicht übel Lust, es darauf ankommen zu lassen. Doch um seine Chance auf fantastischen Sex nicht leichtsinnig aufs Spiel zu setzen, begab er sich lieber in die Küche, um sich aus der Flasche Bourbon, die ihm Graham O'Connor anlässlich des ersten Todestages von John geschenkt hatte, einen Absacker einzugießen.

Statt sich in ihrer ungebrochenen Trauer zu wälzen, hatten sie beschlossen, auf ihren Sohn beziehungsweise besten Freund anzustoßen und sich ihm zu Ehren eine Zigarre zu gönnen, von der Nick im weiteren Verlauf des Abends ziemlich schlecht geworden war. Immerhin hatten sie Graham und seiner Frau Laine durch den Tag geholfen, und das war das Wichtigste.

Ein Jahr. Wie konnte John schon ein Jahr tot sein? Nick konnte kaum glauben, wie sehr sich ihrer aller Leben seither verändert hatte, vor allem sein eigenes, denn er, als Johns damaliger Stabschef, war in einem kurzen, wie im Flug vergangenen Jahr vom Senator zum Vizepräsidenten aufgestiegen. Außerdem hatte er geheiratet und einen Sohn adoptiert.

Das bei Weitem Beste in diesem Jahr war gewesen, dass er nach Johns Ermordung Sam wiedergetroffen hatte. Dass der schlimmste Tag seines Lebens etwas derart Schönes und Lebensveränderndes nach sich gezogen hatte, grenzte an ein Wunder. *Sie* war ein Wunder. *Sein* Wunder.

Als sie die Küche betrat, sah sie in dem engen, sexy schwarzen Kleid einfach hinreißend aus, zumal ihre Wangen von der Kälte noch gerötet waren und ihre blauen Augen belustigt funkelten. „Versteckst du dich?"

„Keineswegs." Er hob sein Glas. „Ich trinke einen Absacker. Möchtest du auch einen?"

„Ich nehme dasselbe wie du."

„Du bist heute aber wagemutig." Bourbon trank sie eigentlich nicht besonders gern. Er goss ihr trotzdem einen ordentlichen Schluck ein. „Ist er weg?"

„Sie sind beide gegangen, du kannst dich also wieder herauswagen. Ich bin stolz auf dich, dass du dich getraut hast, mich mit ihm allein zu lassen." Sie tätschelte ihm die Wange. „Vielleicht wird mein Kleiner ja langsam erwachsen."

Er grinste und trank einen weiteren Schluck. „Zählt es als Erwachsenwerden, wenn ich darüber nachdenke, wie schnell ich ihn wohl nach Sibirien versetzen lassen kann?"

„Nick ..."

„Was denn? Ich habe nicht gesagt, dass ich es tatsächlich tun werde. Aber darüber nachgedacht habe ich."

Sie schüttelte den Kopf und grinste ihn an. „Willst du wissen, was ich denke?"

„Immer."

„Du wirst mit raufkommen müssen, um es herauszufinden." Sie nahm ihr Glas und verließ die Küche in Richtung Treppe.

Neugierig, erregt und amüsiert folgte er ihr und bewunderte auf dem Weg nach oben ihren herrlichen Hüftschwung. Es entging ihm nicht, dass sie es ihm zuliebe etwas übertrieb. Seine Personenschützer hatten sich in sein früheres Arbeitszimmer, das ihnen jetzt als Kommandozentrale diente, zurückgezogen. Der Verlust seines Büros war ein kleiner Preis für die Erlaubnis, hier wohnen zu bleiben. Er hatte keine Ahnung, was die Agenten die ganze Nacht machten, während er schlief, und es war ihm auch egal.

Schon bevor Nick seinen neuen Job angetreten hatte, hatte er sich nach jedem langen Tag nach Zweisamkeit mit Sam gesehnt. Jetzt lebte er regelrecht dafür. Sobald sich die Schlafzimmertür hinter ihnen geschlossen hatte, waren sie bis sieben Uhr am nächsten Morgen ungestört, dann musste er sich an Wochentagen bei seinen Bodyguards melden. Am Wochenende gaben sie ihm

Zeit bis neun. Sam und er bezeichneten die Zeit dazwischen als seinen „Freigang".

Auf dem Flur vor Scottys Zimmer saß Darcy, einer der Personenschützer seines Sohns. Er erhob sich, als er sie kommen sah.

„Guten Abend, Mr Vice President, Mrs Cappuano, und ein frohes neues Jahr."

„Ihnen auch, Darcy." Er deutete auf die Tür zu Scottys Zimmer. „Dürfen wir?"

„Natürlich."

Inzwischen hatten sich Scottys Personenschützer daran gewöhnt, dass Sam und Nick nie zu Bett gingen, ohne noch einmal nach ihrem schlafenden Sohn zu schauen. Schon nach ein paar Stunden ohne ihn hatten sie das Bedürfnis, zumindest einen kurzen Blick auf ihn zu werfen.

Nick folgte Sam in das Zimmer voller Red-Sox- und Superheldenposter, in dem es durchdringend nach dem neusten Axe-Deo roch, das er zu ihrem Leidwesen seit Kurzem reichlich benutzte. Sam hatte versucht, ihm behutsam klarzumachen, dass kein Mädchen sich je zu einem Jungen hingezogen fühlen würde, der derart heftig nach diesem Zeug stank. Sie hatte ihm zu Weihnachten was von Lacoste besorgt, und sie hofften, er würde bald darauf umsteigen.

Sam beugte sich über sein Bett, strich Scotty das dunkle Haar aus der Stirn und küsste ihn. Nick tat es ihr nach und fuhr mit den Fingern durch das Haar des Jungen, das seinem so ähnlich sah, dass man ihn für Scottys leiblichen Vater hätte halten können. War er jedoch nicht. Irgendein anderer hatte ihn gezeugt, und im Moment waren sie auf der Suche nach diesem Mann, um die Adoption abschließen zu können. Danach würde Nick vielleicht endlich wieder ruhig schlafen.

Er lächelte Sam zu und folgte ihr aus dem Zimmer.

„Gute Nacht", verabschiedeten sie sich von Darcy.

„Gute Nacht. Schlafen Sie gut."

In ihrem Zimmer schloss und verriegelte Nick die Tür. Keiner der Agenten würde es wagen, einen Fuß in ihr Schlafzimmer zu setzen, es sei denn, das Haus brannte oder die USA wurden angegriffen, aber Nick schloss trotzdem immer hinter ihnen ab, weil er sicherstellen wollte, dass sie zumindest für diese paar Stunden ungestört sein würden. Wenn Scotty sie brauchte, würde er anklopfen.

Er legte Krawatte und Hemd ab, warf beides achtlos über einen Stuhl, so eilig hatte er es, die eleganten Klamotten loszuwerden, die er in letzter Zeit allzu häufig tragen musste. Als er bemerkte, wie sich Sam verrenkte, um an den Reißverschluss ihres Kleides heranzukommen, eilte er ihr zu Hilfe.

„Lass mich das machen", bat er. Nick schob ihr Haar zur Seite und unterstrich seine Worte mit Küssen auf ihren Nacken, woraufhin sie sich seufzend an ihn schmiegte. „Wenn du dich an mich lehnst, wird das mit dem Reißverschluss schwierig." Er legte die Arme um sie.

„Ich konnte nicht anders."

„Stets zu Diensten."

„Danke für diesen schönen Abend."

„Es war mir ein Vergnügen, wie immer, wenn wir zusammen sind." Er bedeckte ihren Nacken weiter mit Küssen, und als er an ihrem Ohrläppchen knabberte, stöhnte sie auf. „Aber jetzt möchte ich sehen, was du drunter trägst."

„Der Platz war knapp, also erwarte nicht zu viel."

Er presste sich von hinten an ihren Po. „Zu spät." Ihr mädchenhaftes Kichern, das ausschließlich ihm vorbehalten war, war Musik in seinen Ohren. Er ließ sie lange genug los, um den Reißverschluss öffnen zu können. Danach streifte sie sich das Kleid ab, und ihre verführerischen Bewegungen steigerten seine Erregung ins Unermessliche. „Kann ich davon bei Gelegenheit ein Video kriegen?"

„Träum weiter."

„Das war so heiß, Babe."

„Was denn? Ich habe mir lediglich mein Kleid ausgezogen."

Er nahm ihre Hand und drückte sie auf seine Erektion. „Sieh mal, was das für Folgen hatte."

„Mmm, das fühlt sich ziemlich ernst an. Dagegen müssen wir etwas unternehmen." Sie drehte sich zu ihm um. Der trägerlose BH aus Spitze konnte ihre Brüste kaum bändigen. Sein Blick wanderte tiefer, zu ihrem winzigen Slip.

Er befeuchtete sich die Lippen, die vor Lust ganz trocken

waren. „Ich soll nicht zu viel erwarten, hast du gesagt? Schau dich bitte mal an."

Sie zog ihm das T-Shirt über den Kopf und machte sich dann an seinem Gürtel und dem Verschluss seiner Hose zu schaffen. „Ich würde viel lieber *dich* anschauen." Nachdem sie ihn aus seinen Boxershorts befreit hatte, umschloss sie ihn mit der Hand und ging vor ihm auf die Knie.

O Gott. „Sam, ich weiß nicht, ob ich das heute Nacht aushalte."

„Seit wann kannst du denn nur einmal? Morgen ist Feiertag. Wir haben die ganze Nacht und können sogar ausschlafen." Damit schloss sie die Lippen um ihn, während sie ihn streichelte. Die Kombination dieser beiden Empfindungen war überwältigend, dabei berührte sie ihn bisher kaum. Dann öffnete sie den Mund weit, nahm ihn tief in sich auf, ehe sie genüsslich an ihm entlangleckte.

„Mein Gott, Samantha." Als seine Beine zu zittern begannen, umschloss sie mit der Hand seine Hoden und massierte sie, bis er sich nicht mehr beherrschen konnte und mit den Hüften zu stoßen begann.

Sie saugte ihn tiefer, und er kam.

Er krallte sich in ihr Haar, vergaß alle Sorgen und kam in ihrem Mund. Sie leckte und streichelte ihn weiter, bis er beinahe um Gnade flehte. Dann arbeitete sie sich mit den Lippen über seinen Bauch zu seiner Brust empor, umspielte mit der Zunge seine Brustwarzen und küsste ihn schließlich auf den Mund.

„Komm mit." Sie zerrte den Überwurf und zwei Kissen vom Bett und breitete sie vor dem Gaskamin aus, den sie mit einem Knopfdruck anzündete. „Weißt du noch, letztes Jahr?"

„Klar." Er legte sich zu ihr und nahm sie in die Arme, während sie sie beide zudeckte. „Die erste Nacht, die wir in diesem Haus verbracht haben." Er öffnete den Rückenverschluss ihres BHs, weil er ihre Brüste an seinem Körper spüren wollte, streifte ihr den Slip ab und schob ein Bein zwischen ihre Schenkel.

„Falls ich es bisher nicht erwähnt haben sollte", sagte sie, „ich liebe dieses Haus wirklich. Weil mein Vater ganz in der Nähe wohnt. Weil du hier lebst und jetzt auch Scotty, und weil wir nach deiner Beförderung hierbleiben durften."

Er fragte lachend: „Beförderung? Ist das jetzt die offizielle

Bezeichnung für das Chaos, in das ich unser aller Leben gestürzt habe?“

„Mhm. Ich liebe es, einen begehbaren Kleiderschrank zu besitzen, und du weißt, wie viel mir unser ausgebauter Dachboden bedeutet.“

„Den mag ich auch ganz besonders.“ Während er sie küsste, legte er sich auf sie, sah sie direkt an. „Aber das Beste ist, dich hier bei mir zu haben. Dich und Scotty. Mehr brauche ich nicht zum Glücklichsein.“

Aufgrund der Tatsache, dass er seit dem Tag seiner Vereidigung nichts mehr von seinem neuen Chef oder dessen Stab gehört hatte, vermutete Nick, dass Nelson ihn nur benutzt hatte, um seine sinkenden Umfragewerte zu verbessern. Der Präsident war mit einer der knappsten Mehrheiten in der Geschichte der USA wiedergewählt worden, und die Demokraten hatten die Kontrolle über das Abgeordnetenhaus verloren. Die zweite Amtszeit des Präsidenten versprach holprig und schwierig zu werden, da konnte es nicht schaden, einen beliebten Vizepräsidenten zu haben.

„Worüber denkst du nach?“, fragte sie ihn.

Ihm wurde klar, dass er im Geiste ganz woanders gewesen war, was sonst nie passierte, wenn sie nackt unter ihm lag. „Darüber, wie gut du dich anfühlst.“ Nick hasste es, seine Sorgen nicht mit Sam teilen zu können, die ihn so vorbehaltlos unterstützt hatte und so verständnisvoll gewesen war, als der Secret Service in ihr Leben und ihr Haus eingedrungen war.

„Weißt du, wie du mich gerade wirklich glücklich machen könntest?“, fragte sie mit dem koketten Lächeln, das er so liebte.

„Wie denn?“

Sie nahm ihn in die Hand, streichelte ihn, bis er härter war als vor seinem ersten Orgasmus, und dirigierte ihn dann genau dorthin, wo sie ihn haben wollte.

Als er in sie glitt, vergaß er alles, was nicht sie betraf. Von ihrer Hitze umschlossen konnte er gar nicht anders, als ihr seine gesamte Aufmerksamkeit zu schenken. Solange er das hatte, solange er *sie* hatte, konnte ihm nichts passieren. Das war das Einzige, wovon er felsenfest überzeugt war. Dann umschlang sie ihn mit Armen und Beinen, und sein Herz floss über vor Liebe zu ihr. Sie gab ihm alles, selbst Dinge, von denen sie gar nicht gewusst hatte, dass er sie brauchte.

„Samantha." Seine Lippen fanden ihre in einem hungrigen, fordernden Kuss, als er plötzlich spürte, dass ihre inneren Muskeln sich um ihn zusammenzogen, ein Zeichen, dass sie kurz vor dem Höhepunkt stand. Sie, die in früheren Beziehungen Orgasmusschwierigkeiten gehabt hatte, kam beim Sex mit ihm jedes Mal, eine weitere wundervolle Besonderheit ihrer Beziehung. Er stieß hart und heftig in sie, wovon sie immer sofort kam. So auch diesmal.

Dabei küsste er sie weiter, um ihre Schreie etwas abzudämpfen, und folgte ihr zum Gipfel, verströmte sich in ihr, bis sie beide erschöpft und noch immer atemlos aufeinanderlagen. „Ich liebe dich", flüsterte er.

„Ich dich auch. Frohes neues Jahr."

„Dir auch, Babe." Er erwartete zwar ein in vielerlei Hinsicht lausiges neues Jahr, doch er würde alles in seiner Macht Stehende tun, um dafür zu sorgen, dass es für sie und Scotty gut wurde. Ihr Glück und ihre Sicherheit waren das Einzige, was ihm wirklich wichtig war.

Früh am nächsten Morgen erwachten sie vom Klingeln eines Handys. Sam stöhnte, als sie begriff, dass es ihres war. Ein Blick aufs Display verriet ihr, dass der Anruf von der Zentrale kam. „O nein."

„Ich wünsche dir auch einen guten Morgen, Liebste", gähnte Nick.

„Das ist das Department."

„Natürlich."

Sie setzte sich im Bett auf und ließ dabei ihre Decke bis zu den Hüften nach unten rutschen. „Holland."

„Lieutenant, wir haben einen Mord in der Constitution Avenue, in der Nähe des West Potomac Park. Das Opfer sitzt in einem geparkten Auto."

„Bin schon unterwegs. Verständigen Sie Cruz."

„Jawohl, Ma'am."

„Drecksmistscheißkack", schimpfte Sam, schwang die Beine aus dem Bett und ging Richtung Dusche. So viel zu ihrem dienstfreien Feiertagswochenende.

Nick lachte über ihren offensichtlich von Herzen kommenden Fluch. „Sorry, Babe."

„Wissen diese dämlichen Mörder denn nicht, dass ich ein freies Wochenende habe?"

„Ich fürchte, daran haben sie keinen Gedanken verschwendet."

Über die Schulter sagte sie zu ihm: „Dusche. Auf der Stelle." Sie liebte es, wie er vor Überraschung über ihren Befehl die Augen aufriss. Der Klang seiner Schritte hinter ihr ließ ihr Herz in Vorfreude schneller schlagen. Sie trat in die Dusche und drehte das heiße Wasser auf. Während sie sich rasch die Haare wusch, füllte sich die Duschkabine mit Dampf.

Er kam zu ihr und schlang ihr einen Arm um die Taille. „Darf ich?", fragte er, nahm ihr die Flasche aus der Hand und massierte ihr Conditioner in das lange Haar.

Sam drückte sich mit dem Hintern gegen seine Erektion, was ihr einen kräftigen Klaps auf den Po eintrug, der sie überrascht und lustvoll aufschreien ließ. Sie würde nie vergessen, wie er das zum ersten Mal getan und wie sehr es ihr gefallen hatte.

Er tat es erneut, diesmal erwischte es die andere Pobacke, dann beugte er sie vor und nahm sie hart von hinten. Es war blitzschnell vorüber, aber ihr ganzer Körper kribbelte noch im Nachbeben ihres Höhepunkts, als er sie zwischen den Beinen wusch und dann mit einem weiteren wohlplatzierten Klaps aus der Dusche scheuchte. „Pass gut auf dich auf, Babe."

„Tu ich doch immer."

„Lass mich wissen, was los ist, wenn du Gelegenheit dazu hast."

„Mach ich. Danke für die Aufwachhilfe."

„Jederzeit."

Sam küsste ihn und ließ ihn in Ruhe zu Ende duschen. Sie zog sich einen Morgenmantel über und überquerte den Korridor, um sich in ihrem begehbaren Kleiderschrank anzuziehen, wobei sie versuchte, den Agenten zu ignorieren, der vor Scottys Zimmer stand und sich die gleiche Mühe gab, sie nicht zu sehen. Wann würde sie sich endlich daran gewöhnen, dass es in ihrem Haus von fremden Menschen nur so wimmelte?

Sie entschied sich für Jeans, einen dicken Pulli und die pelzgefütterten Winterstiefel, die ihr Nick zu Weihnachten geschenkt hatte. Um wegen ihres nassen Haars am Tatort nicht zu frieren, setzte sie eine Strickmütze auf und schlang sich einen Schal um den Hals. Dann lief sie nach unten, schnappte sich einen Apfel und eine Flasche Wasser und rannte an dem Agenten an der Tür vorbei die Rampe hinunter, wobei sie einen Blick aufs Handy warf, um nachzuschauen, wie spät es war.

Zwölf Minuten vom Anruf bis zum Auto, Sex unter der Dusche inklusive. Nicht schlecht.

Unterwegs aß sie den Apfel und gähnte unablässig. Sie sehnte sich nach einer Cola light, doch die durfte sie nicht mehr trinken, weil ihr Magen massive Probleme mit der Säure hatte. Sie wollte keinen Moment missen, den sie mit ihrem wunderbaren Mann verbracht hatte, allerdings wären ein paar Minuten Schlaf mehr schon gut gewesen.

Sie parkte verbotenerweise an der Constitution Avenue und duckte sich unter dem gelben Absperrband durch, das ein Streifenpolizist für sie hochhielt. „Was haben wir?", fragte sie Officer Beckett, der neben dem Wagen stand.

„Das Opfer ist weiblich, etwa dreißig. Ich warte noch auf Einzelheiten zum Auto von der Zentrale."

„Haben Sie irgendetwas angefasst?"

„Ich habe Handschuhe angezogen, die Autotür geöffnet und ihren Puls geprüft. Außerdem habe ich im Handschuhfach nach Papieren gesucht, da waren aber keine. Sonst wollte ich allein nichts machen."

„Gute Arbeit."

Sie griff nach den Latexhandschuhen in ihrer Manteltasche und streifte sie über, ehe sie sich ins Auto beugte, um sich umzusehen. Die Frau hatte langes braunes Haar und blasse Haut. Sam bemerkte Male am Hals, die auf manuelles Erwürgen hindeuteten. Sie griff über das Opfer hinweg nach der Handtasche auf dem Beifahrersitz und suchte darin nach einem Portemonnaie, das sie ganz unten auch fand.

Sam nahm es heraus, richtete sich auf und las im ersten

Morgenlicht den Namen und die Adresse auf dem in Maryland ausgestellten Führerschein. Lori Phillips. Ein Schock durchzuckte Sam, und sie keuchte mit zusammengepressten Lippen auf, während sie einen zweiten Blick auf die Frau warf und sie als die Mutter von Gonzos Sohn erkannte – die Frau, gegen die er seinen Sorgerechtsstreit gewonnen hatte und von der er gesagt hatte, er würde sie am liebsten erwürgen.

„Scheiße", flüsterte Sam.

„Seit wann fluchst du denn schon vor Sonnenaufgang?", fragte ihr Partner Detective Freddie Cruz, während er näher trat.

Sam drehte sich zu ihm um, nicht überrascht, dass er verstrubbelt und zerknittert aussah, wie immer, wenn er spätnachts oder frühmorgens zu einem Einsatz gerufen wurde. „Es ist Lori Phillips."

Freddie öffnete den Mund und schloss ihn dann wieder. „*Gonzos* Lori Phillips?", fragte er halblaut.

„Genau die."

„Scheiße."

„Deshalb habe ich geflucht." Sam verriet ihm nicht, was Gonzo gestern Abend zu ihr gesagt hatte – das würde sie für sich behalten. Sie würde sich allerdings, sobald sie vom Tatort wegkonnte, mit ihrem Detective Sergeant unterhalten.

Freddie schloss den Reißverschluss seiner Jacke bis zum Kragen. Ein peitschender Wind machte die Kälte noch beißender, als sie ohnehin schon war. „Wie gehen wir das an?"

„Noch unklar. Bin auch gerade erst gekommen. Ich muss mal kurz nachdenken." Sam fischte Loris Mobiltelefon aus deren Handtasche und reichte es Freddie. „Wie können wir sehen, was da drauf ist?"

Freddie nahm es ihr aus der Hand und drückte ein paar Knöpfe. „Es ist passwortgeschützt. Um da dranzukommen, brauchen wir Archie." Er warf einen Blick über Sams Schulter. „Die Gerichtsmedizinerin ist da." Dann schaute er sie wieder an und legte sein attraktives Gesicht in Sorgenfalten. „Du glaubst doch nicht ..."

„Nein! Das glaube ich nicht, und du auch nicht."

„Stimmt. Natürlich nicht." Nach einer langen Pause fügte er hinzu: „Aber alle anderen werden das tun."

„Drecksmistscheißkack", murmelte sie, starrte auf Lori hinab und dachte an den Zirkus, der losgehen würde, wenn die Medien Wind von der Tatsache bekamen, dass sie ermordet worden war. Bei jeder Mordermittlung dachte Sam immer zuerst an das Opfer und daran, dass ihm und seiner Familie Gerechtigkeit widerfuhr. In diesem Fall jedoch galten ihre ersten Gedanken unwillkürlich ihrem guten Freund und der Frage, wie das alles sein Leben auf den Kopf stellen würde.

„Meine Worte." In der Regel überließ Freddie das Fluchen ihr, aber selbst er konnte sich in Ausnahmesituationen manchmal nicht beherrschen, und dies war zweifellos eine solche. „Wie lautet der Plan?"

„Wir untersuchen den Tatort und behalten die Identität des Opfers für uns, bis mir etwas eingefallen ist. Niemand darf erfahren, um wen es sich handelt. Wir versuchen, an Überwachungsbilder aus der Umgebung zu kommen. Bestimmt gibt es hier doch irgendwo Kameras. Außerdem schaffen wir so schnell wie möglich dieses Handy zu Archie ins Hauptquartier." Sam schob Freddie Loris Portemonnaie in die Jackentasche. „Beckett!"

Der Streifenpolizist trat zu ihnen. „Ja, Ma'am?"

„Haben Sie aus der Zentrale etwas zu dem Auto gehört?"

„Gerade eben." Er reichte ihr einen Zettel, auf dem „George Phillips" stand, dazu eine Adresse in Bowie, Maryland.

„Danke. Ich verhänge hiermit eine Nachrichtensperre über sämtliche Details dieser Ermittlung. Verstanden?"

„Jawohl, Ma'am. Von mir erfährt niemand etwas."

„Gut. Wo bleibt die Spurensicherung?", fragte sie.

„Ist unterwegs."

„Danke." Nachdem sie und Freddie den Wagen in Augenschein genommen und auf den ersten Blick keine sachdienlichen Hinweise entdeckt hatten, winkte Sam Lindsey McNamara, die leitende Gerichtsmedizinerin der Hauptstadt, zu sich. „Er gehört dir, Doc."

„Wissen wir, wer das Opfer ist?"

„Ja."

Lindsey band ihr langes rotes Haar zu einem Pferdeschwanz zusammen. „Nämlich?"

„Aktuell ist sie eine einunddreißigjährige Unbekannte. Klar?"

„Okay."

„Ich informiere dich so bald wie möglich." Zu Freddie sagte sie: „Behalt die Dinge hier im Auge – die Streifenpolizisten sollen die Anwohner befragen. Sorg dafür, dass ich auf dem Laufenden bin. Bring das Handy so schnell wie möglich ins Hauptquartier."

„Alles klar. Wo willst du hin?"

„Zu Gonzo."

„Sam. Dir ist doch klar, dass er niemals ..."

„Das wünschen wir uns beide, Freddie, aber ehrlicherweise müssen wir uns eingestehen, dass man nie genau weiß, wozu jemand aus Verzweiflung imstande ist, wenn er in die Ecke getrieben wird."

Freddie wurde blass. „Du hast gesagt, du glaubst es nicht."

„Ich muss los. Pass auf, dass am Tatort nichts verändert wird."

„Werd ich."

Auf dem Weg zu ihrem Wagen duckte sich Sam unter dem gelben Absperrband durch. Ihr war übel. Nein, sie hielt ihren engen Freund und Kollegen nicht für fähig, einen Mord zu begehen. Doch Gonzo hatte schrecklichen Stress gehabt, während er versuchte, sich von einer Schusswunde zu erholen und gleichzeitig mit dem Medienzirkus wegen seiner früheren Kontakte zu dem Richter klarzukommen.

Jetzt war Lori tot, und aller Augen würden sich auf ihn richten. Die erste Frage bei jeder Morduntersuchung war die nach dem Motiv. Wer profitierte am meisten davon, Lori aus dem Weg zu schaffen?

Detective Sergeant Thomas Gonzales.

4

———

Voller Sorge fuhr Sam quer durch die Stadt zu Gonzo, Christina und Alex. Sie hätte alles dafür gegeben, nicht tun zu müssen, was jetzt ihre Pflicht war. Sie hatte Gonzos Worte vom Vorabend noch gut im Gedächtnis und fragte sich unwillkürlich, ob jemand, den sie so gut zu kennen glaubte, fähig wäre ...

„Nein", verkündete sie laut. „Denk nicht mal dran. Das ist unmöglich." Andererseits durfte sie den schrecklichen Stress nicht außer Acht lassen, unter dem Gonzo stand, seit man ihn niedergeschossen hatte, kurz nachdem ihm das alleinige Sorgerecht für Alex zugesprochen worden war. Sam konnte nicht vergessen, wie Lori im Krankenhaus aufgetaucht war, während sie alle auf Nachricht darüber gewartet hatten, ob Gonzo durchkommen würde, und erklärt hatte, sie würde Alex zu sich nehmen, solange dessen Vater außer Gefecht war.

An diesem Tag hätte Sam die Frau am liebsten selbst erwürgt. Sie konnte sich kaum vorstellen, was Gonzo empfunden haben musste, als er erfahren hatte, dass Loris Anwälte in seinem Leben herumgeschnüffelt und die Verbindung zwischen ihm und Richter Morton ausgegraben hatten. Einer von beiden hätte diese Verbindung im Vorfeld des Prozesses offenlegen sollen, aber sie hatten es beide unterlassen, und jetzt ...

„Jetzt ist sie tot, und die Medien werden sich mit Hingabe über ihn hermachen und ihm die Tat unterstellen." Sie schlug mit der

Hand aufs Lenkrad. „Verdammt, verdammt, verdammt!" Ihr Handy klingelte und unterbrach sie. „Holland."

„Chief Farnsworth möchte Sie sprechen."

Es klickte im Telefon, als die Frau aus der Telefonzentrale ihn durchstellte. „Holland?" Es klang sehr dienstlich.

„Ja, Sir."

„Tut mir leid, dass ich Sie am Feiertag stören muss."

„Das hat die Zentrale bereits erledigt."

„Was haben wir?"

Sam schluckte schwer. Sie musste es ihm eigentlich sagen. Im Grunde führte kein Weg daran vorbei. Aber sie brachte es nicht über sich – nicht, ehe sie Gelegenheit gehabt hatte, mit Gonzo zu reden. „Weibliches Mordopfer, erwürgt. Aufgefunden in einem Auto an der Constitution, Nähe West Potomac Park. Frühphase der Ermittlungen."

„Halten Sie mich auf dem Laufenden", erwiderte er mit weniger Interesse, als er bei einem Mord normalerweise an den Tag legte. Nichts an dem, was gerade passierte, schien normal zu sein.

„Mach ich."

„Um zwölf Uhr findet eine Besprechung der leitenden Beamten statt. Ich würde mich freuen, wenn Sie daran teilnehmen könnten."

„Natürlich."

„Ich bedaure, Ihnen das ausgerechnet heute zumuten zu müssen. Es ist nur ... Nun ja, ich brauche ..." Er räusperte sich. „Sehen wir uns um zwölf?"

Sam hasste die Beklommenheit, die sie in seiner sonst so selbstsicheren Stimme hörte. Mehr noch hasste sie den Anflug von Furcht, der sich in ihrem Herzen breitmachte, als ihr klar wurde, wie ängstlich er klang. Ihr Onkel Joe – ihr Chief – klang nie ängstlich. „Ich werde da sein."

„Danke. Bis nachher."

Sam schob das Handy in die Manteltasche und fuhr vor dem Apartmenthaus, in dem Gonzo wohnte, rechts ran. Sie dachte an ihren letzten Besuch hier, im Rahmen einer Weihnachtsfeier, die Christina organisiert hatte, um Gonzo etwas aufzumuntern.

Seine Genesung dauerte länger, als ihm lieb war, und er

brannte darauf, endlich wieder arbeiten zu können. Die Zeit mit seinem Team und anderen Freunden hatte ihm gutgetan, und sie hatte die Party in der Hoffnung verlassen, dass er bald wieder ganz der Alte sein würde – und jetzt das.

Sam stieg aus und nahm die Treppe zu Gonzos Wohnung im zweiten Obergeschoss, wo sie an seine Tür klopfte. Da er oft erwähnte, wie früh Alex aufwachte, war sie zuversichtlich, dass sie ihn nicht wecken würde.

Er kam mit dem Baby auf dem Arm an die Tür. Der lächelnde, dunkelhaarige Junge war seinem Vater wie aus dem Gesicht geschnitten, bis hin zu dem Grübchen im süßen kleinen Kinn. „Hey", begrüßte Gonzo sie, eindeutig überrascht, sie auf seiner Schwelle vorzufinden. „Was treibt dich denn an einem Feiertag so früh hierher?"

„Kann ich kurz reinkommen?"

Gonzo zog die Brauen zusammen, doch er stellte keine Fragen. „Klar." Er trat beiseite, um sie einzulassen, und setzte Alex ab. Das Baby krabbelte in eine Ecke des Wohnzimmers, in der einige Spielsachen lagen. „Was ist los, Sam?"

Sam zwang sich, ihm in die Augen zu schauen. „Ist Christina da?"

„Unter der Dusche."

Sam hatte Magenschmerzen, wie früher, wenn sie zu viel Cola light getrunken hatte. Sie legte sich eine Hand auf den Bauch und versuchte, sich über ihr weiteres Vorgehen klar zu werden und gleichzeitig nicht auf die nach wie vor übel aussehende Wunde an seinem Hals zu starren. „Also, äh, bist du nach unserem Telefongespräch gestern Abend noch mal rausgegangen?"

„Nein. Ich war die ganze Nacht hier. Deiner Empfehlung folgend habe ich versucht, mich auf Chris und unseren Jahrestag zu konzentrieren. Alles in allem hatten wir eine gute Nacht. Warum?"

„Du lügst mich doch nicht an, oder?"

Er legte den Kopf schief. „Ob ich dich anlüge? Nein. Warum fragst du?"

Sam seufzte. „Lori ist heute Morgen in der Innenstadt in einem geparkten Auto tot aufgefunden worden. Mit bloßen Händen erwürgt."

Während er das Gehörte verarbeitete, schien alle Farbe aus Gonzos Gesicht zu weichen. „Ach, und da hast du gedacht, weil ich ja schließlich gestern Abend gesagt habe ..."

„Nein, das habe ich nicht gedacht. Ich *wollte* es nicht mal denken."

„Komm schon, Sam! Ich bin's. Du glaubst doch nicht wirklich, dass ich ihr etwas antun würde, oder? Klar, ich wollte, dass sie aus meinem Leben verschwindet und uns in Ruhe lässt, aber ganz sicher nicht so." Er sah zu seinem kleinen Sohn hinüber, der mit seinen Lkws spielte. „Sie ist seine Mutter, Sam", flüsterte er. „Das hätte ich niemals getan. Ich hätte es gar nicht fertiggebracht. Obwohl ich das gesagt habe. Das musst du mir glauben."

„Ich glaube dir ja. Dir muss jedoch klar sein, dass dir das massiv um die Ohren fliegen wird und du im Mittelpunkt des öffentlichen Interesses stehen wirst, bis wir wissen, wer es wirklich getan hat."

Er fuhr sich mit beiden Händen durchs Haar, während ihm langsam die Tragweite dessen, was er gerade erfahren hatte, dämmerte. „Das ist ein totaler Albtraum. Diese ganze Geschichte seit ihrem ersten Anruf ... Außer ihm. Er ist der Lichtblick in alldem, aber was, wenn er eines Tages denkt ... ich könnte ..."

„Gonzo." Sam legte ihm eine Hand auf den Arm und drückte zu. „Atme erst mal tief durch."

Er tat es, dann schaute er sie an. Ihr Kollege schien am Boden zerstört zu sein. „Sie ist wirklich tot? Hast du es mit eigenen Augen gesehen?"

„Ja, habe ich, und ja, ist sie."

„Wer weiß noch, dass es sich um sie handelt?"

„Momentan nur Cruz. Lange werde ich das allerdings nicht unter der Decke halten können. Farnsworth ist informiert, dass wir einen neuen Fall haben. Er wird Fragen stellen."

„Verdammt. Ich weiß überhaupt nicht, was ich tun soll. Was meinst du?"

„Hey, Sam." Christina kam in Yogahose und Tanktop herein. Ihr schulterlanges blondes Haar war vom Duschen feucht. „Du bist aber früh unterwegs."

„Baby." Gonzo streckte die Hand nach ihr aus, und sie nahm sie und ließ zu, dass er sie zu sich zog.

„Was ist denn, Tommy? Du machst mir Angst."

„Es geht um Lori", flüsterte er. „Sie ist ermordet worden."

„Was? Wann?"

„Es wurde heute Morgen gemeldet", antwortete Sam.

„O mein Gott." Auf Christinas Gesicht malten sich gleichzeitig Entsetzen und Begreifen. „Du bist doch nicht hier, weil du glaubst, er hätte etwas damit zu tun, oder? Er war die ganze Nacht hier. Das kann ich bezeugen. Was muss ich dafür tun?"

Gonzo streichelte ihr den Rücken. „Beruhig dich, Süße."

Alex, der eindeutig ihre Verzweiflung spürte, kam angekrabbelt und krallte sich an Christinas Hosenbein. Sie hob ihn hoch und wischte sich die Tränen ab. „Er hat nichts damit zu tun, Sam. Das weißt du genauso gut wie ich."

„Mama?", fragte Alex mit zitternder Unterlippe.

Christina drückte ihn an sich und ermutigte ihn, sich an sie zu kuscheln.

Christina mit dem Baby zu sehen versetzte Sam einen sehnsuchtsvollen Stich. Sie versuchte schon ewig, schwanger zu werden, und als Alex aus heiterem Himmel in Gonzos Leben gelandet war, hatte sie das mit unangemessener Eifersucht erfüllt.

„Können wir eine Erklärung abgeben?" Kaum war der erste Schock vorüber, war Christina ganz professionell. „Wenn wir damit der Veröffentlichung der Geschichte zuvorkommen, kann man uns nicht durch den Dreck ziehen."

„Das würde ich nicht empfehlen", meinte Sam. „Letztlich habt ihr beide ein Motiv und könnt euch nur gegenseitig ein Alibi geben."

„Wie kannst du so etwas sagen?", fragte Christina wütend. „Du bist unsere Freundin. Sam, du kennst uns! Du kannst nicht wirklich glauben, wir könnten jemanden umbringen."

„Babe." Gonzos ruhiger Tonfall stand in krassem Gegensatz zu der Panik, die Sam noch immer in seinem Blick sah, und den grimmig zusammengepressten Lippen. „Sam hat recht. Sie spielt den Advocatus Diaboli. Es ist egal, dass wir die Wahrheit kennen. Wichtig ist, was alle anderen glauben und sagen werden."

„Aber wir müssen doch irgendetwas tun können! Wir haben diese Wohnung nicht mehr verlassen, seit wir gestern Nachmittag vom Einkaufen zurückgekommen sind."

„Gibt es hier im Gebäude Überwachungskameras?", erkundigte sich Sam.

„Ich glaube schon", erwiderte Gonzo und wirkte sofort hoffnungsvoller.

„Dann besorge ich mir einen Durchsuchungsbeschluss." Sam zückte ihr Handy und rief Captain Malone, ihren Mentor und Vorgesetzten, an.

„Frohes neues Jahr", wünschte er ihr. „Welchem Umstand verdanke ich das Vergnügen?"

„Ich brauche einen Durchsuchungsbeschluss", antwortete Sam ohne Vorrede.

„Wofür?"

„Für das Gebäude, in dem Detective Sergeant Gonzales, seine Verlobte und sein Sohn wohnen." Sam gab ihm die Adresse. „Ich brauche die Aufnahmen der Überwachungskameras."

„Äh, darf ich fragen, warum?"

„Die Mutter seines Sohnes wurde heute Morgen ermordet aufgefunden. Wir wollen nachweisen, dass weder er noch seine Verlobte seit gestern Nachmittag das Haus verlassen haben."

„Heilige Scheiße", flüsterte Malone.

„Durchsuchungsbeschluss? Ja?"

„Natürlich. Ich bin dran. Ich melde mich so schnell wie möglich wieder bei Ihnen."

„Danke. Wir haben den Namen des Opfers bisher geheim gehalten. Es wäre mir recht, wenn es dabei bliebe, bis wir einen Plan haben."

„Alles klar. Werden Sie an der Mittagsrunde teilnehmen?"

„Auf jeden Fall."

„Bis dann."

„Was hat er gesagt?", fragte Gonzo, kaum dass Sam aufgelegt hatte.

„Er organisiert den Durchsuchungsbeschluss. Hat dieses Gebäude einen Hausmeister oder Verwalter?"

Gonzo nickte. „Er wohnt im Erdgeschoss. Ein Typ namens Tony. Den Nachnamen weiß ich gerade nicht."

„Er wohnt in Apartment 1A", ergänzte Christina.

„Ich gehe runter und rede mit ihm", verkündete Sam. „Bleibt

hier, und versucht, euch keine Sorgen zu machen. Wenn ihr nichts getan habt, habt ihr nichts zu befürchten."

„*Wenn?*", fragte Christina ungläubig. „Du glaubst uns nicht, oder?"

„Doch, ich glaube euch. Aber ich muss so schnell wie möglich Beweise für eure Aussage finden, ehe jemand die Chance hat, mit Unterstellungen euer Leben zu ruinieren."

„Geh nur, Sam", meinte Gonzo resigniert. „Wir rühren uns nicht von der Stelle."

„Sprecht mit niemandem. Nehmt keine Anrufe an. Ruft selbst niemanden an. Verstanden?"

„Ja", sagte er. „Verstanden."

Sie musste ihm nicht erklären, wie wichtig die nächsten paar Stunden waren, wenn sie nicht die Kontrolle über die Situation verlieren wollten. Sam ging ins Erdgeschoss hinunter, um den Verwalter aufzusuchen, blieb jedoch stehen, als sie mehrere Männer in der Lobby in der Nähe der Eingangstür arbeiten sah. „Ist einer von Ihnen Tony?"

„Ja, ich", antwortete ein großer, muskulöser Afroamerikaner. „Was kann ich für Sie tun?"

Sam zeigte ihm ihre Marke. „Lieutenant Holland, Metro PD."

„Aaah, die Frau des Vizepräsidenten", stellte Tony mit einem Lächeln fest. „Leute, wir haben hohen Besuch."

Seine Begleiter unterbrachen ihre Tätigkeit, um Sam eingehend zu mustern, was ihr Gänsehaut verursachte. Sie hasste es, wenn Menschen ihr Privatleben und ihren Job vermischten. Warum mussten alle so ein Aufheben darum machen, mit wem sie verheiratet war? Wieso war das überhaupt wichtig?

„Im Augenblick bin ich Polizistin und habe ein paar Fragen", sagte sie brüsk.

„Was kann ich für Sie tun?"

„Gibt es hier im Gebäude Überwachungskameras?"

Er deutete auf die anderen Männer. „Ja. Die Jungs reparieren sie gerade. Warum?"

Sam wurde ganz flau im Magen, als sie das hörte. „Wie lange sind sie schon kaputt?"

„Seit gestern Mittag. Ist mir heute Morgen aufgefallen. Die

da?" Er deutete auf die Kamera, die den Eingang überwachte. „Als ich von meiner Freundin zurückkam, hing sie nur noch an den Kabeln. Ich habe die Jungs da angerufen und ihnen einen Zuschlag bezahlt, weil heute Feiertag ist. Wir nehmen die Sicherheit in diesem Gebäude sehr ernst." Er hielt inne und schaute die Treppe hoch. „Einer Ihrer Kollegen wohnt hier."

„Richtig." Möglicherweise würde es ihr weiterhelfen, herauszufinden, wer die Kameras beschädigt hatte. „Ich habe einen Durchsuchungsbeschluss beantragt, um mir die Aufnahmen der Überwachungskameras ansehen zu können."

„Wieso das?", fragte der Mann argwöhnisch.

„Es geschieht im Rahmen einer laufenden Ermittlung. Ich darf Ihnen keine Einzelheiten nennen. Muss ich auf den Durchsuchungsbeschluss warten, oder zeigen Sie sich kooperativ und sind mir behilflich?"

„Ich bin nicht sicher, ob ich Ihnen die Aufzeichnungen einfach so überlassen darf. Da müsste ich bei meinem Chef nachfragen."

„Würden Sie das bitte tun?"

„Klar." Er ging in seine Wohnung und schloss die Tür hinter sich.

„Was ist denn mit den Kameras?", erkundigte sich Sam bei den Handwerkern.

„Jemand hat sie aus der Halterung geschraubt und einfach an den Kabeln herunterhängen lassen", erwiderte einer von ihnen. „Auf den Bildern werden Sie nur den Fußboden sehen."

Natürlich hatten sie die Kamera bei der Reparatur angefasst und damit alle potenziell brauchbaren Fingerabdrücke verwischt. Sam wurde im Magen immer flauer, während ihr die Tragweite dieser Entwicklung bewusst wurde. Ohne die Kamera hatten sie keinen Beweis dafür, dass Gonzo und Christina in der Nacht das Gebäude nicht verlassen hatten.

Sams Handy klingelte, und sie nahm Freddies Anruf entgegen, während sie auf Tonys Rückkehr wartete. „Was gibt's?"

„Lindsey bringt das Opfer gleich in die Gerichtsmedizin. Die Spurensicherung ist eingetroffen und wartet auf die Genehmigung dafür, das Auto ins Labor zu schaffen."

Sam trat ein Stück beiseite, sodass sie außer Hörweite der

Handwerker war, bevor sie antwortete. „Sollen sie machen. Wir brauchen eine Spur. Ich nehme alles, was ich kriegen kann."

„Hast du mit ihm geredet?"

Sam war froh, dass er keine Namen nannte. „Ja, die Nachricht hat ihn ziemlich mitgenommen, aber seine Aussage ist ganz klar. Beide haben die Wohnung nicht verlassen, seit sie gestern Nachmittag vom Einkaufen zurückgekommen sind."

„Gut", seufzte Freddie hörbar erleichtert. „Das ist wirklich prima."

„Es gibt allerdings keine Beweise dafür." Sie erzählte ihm von der beschädigten Kamera in der Eingangshalle des Gebäudes.

„Oh, Scheiße. Was nun?"

„Ich weiß es noch nicht. Momentan warte ich ab, ob mir der Hausmeister die vorhandenen Aufzeichnungen überlässt. Wenn wir Bilder von jemandem haben, der sich an der Kamera zu schaffen gemacht hat, hätten wir wenigstens einen Ansatzpunkt. Malone besorgt mir einen Durchsuchungsbeschluss, aber ich habe den Hausmeister gebeten, sich kooperativ zu zeigen. Er telefoniert gerade mit dem Hausbesitzer."

„Sam ..."

„Ich weiß. Glaub mir. Ich weiß."

„Wie kann ich helfen?"

„Ich will alles über das Opfer wissen. Finde jemanden, der ein Motiv hatte, und zwar so schnell wie möglich. Ich will, dass das gesamte Team an diesem Fall arbeitet. Sag allen Bescheid, beruf dich auf mich."

„Okay." In diesem einen Wort lag seine gesamte Erleichterung darüber, etwas beitragen zu können. Gonzo war einer seiner besten Freunde und sein Kollege, und er hätte alles getan, um ihm zu helfen.

„Beeil dich. Wahrscheinlich entzieht man uns diesen Fall, sobald unsere Vorgesetzten mitkriegen, wer das Opfer ist."

„Alles klar. Ich bin dran."

„Halt mich auf dem Laufenden. Ich habe um zwölf ein Treffen mit dem Chief, danach sehen wir uns."

„Ich gehe davon aus, dass ich das, was wir bisher wissen, an den Rest des Teams weitergeben kann?"

„Ja", stimmte Sam zögernd zu. Je mehr Leute Bescheid wussten, desto wahrscheinlicher würde es sich herumsprechen – nicht, dass einer ihrer Leute ohne ihre Zustimmung auch nur ein einziges Wort sagen würde. Doch wenn es nach ihr gegangen wäre, hätte niemand erfahren, wer ihr Opfer war, bevor sie einen anderen Verdächtigen hatten.

Tony kam aus seiner Wohnung.

„Ich muss auflegen. Bis nachher." Sie klappte ihr Handy zu und steckte es wieder in ihre Tasche. „Was sagt er?"

„Ich soll Ihnen die Aufnahmen gleich geben, aber er will für seine Akten eine Kopie des Durchsuchungsbeschlusses. Für alle Fälle."

Unter normalen Umständen hätte Sam nachgefragt, was er damit meinte. Dies waren jedoch alles andere als normale Umstände, und sie war für die Kooperationsbereitschaft dankbar. „Kriegen Sie, sobald ich ihn habe."

„Kommen Sie mit." Er führte sie in den rückwärtigen Bereich des Gebäudes, wo ihm ein kleines Kabuff als Büro diente. Einem Gerät in der hintersten Ecke entnahm er eine CD, die er in ihre Hülle schob und Sam reichte. „Die letzten vierundzwanzig Stunden", verkündete er und legte einen neuen CD-Rohling ein.

„Hätten Sie was dagegen, mir zu unterschreiben, dass Sie sie mir überlassen haben?"

„Äh, klar, warum nicht?"

„Ich will Sie ja nicht vor Gericht zerren oder so."

„Das sagen Sie jetzt."

Sam zuckte zustimmend die Achseln. Wie die Dinge lagen, hing möglicherweise der gesamte Fall von ihm ab, und sie hatte kein Recht, ihm etwas zu versprechen, was sie möglicherweise nicht würde halten können. Aus der Gesäßtasche zog sie das Notizbuch, das sie immer bei sich hatte, und kritzelte handschriftlich einen Beweiskettenvermerk hinein, den sie ihn zu unterschreiben bat. „Ich brauche Ihren Namen in Druckbuchstaben und Ihre Telefonnummer unter Ihrer Unterschrift mit Datum, bitte."

Er gehorchte und reichte ihr das Notizbuch zurück. „Ist Ihr Kollege oben in Schwierigkeiten?"

„Ich glaube nicht." Sie schob das Notizbuch wieder in die Tasche. „Danke für Ihre Hilfe."

Tony reichte ihr seine Visitenkarte. „Schicken Sie mir den Durchsuchungsbeschluss, wenn Sie ihn haben. Meine Mailadresse steht auf der Karte."

„Mach ich. Danke noch mal."

„Ich mag ihn", sagte Tony. „Er ist ein guter Mann und diesem kleinen Jungen ein toller Vater."

„Das sehe ich ganz genauso." Sam verließ das Büro und ging wieder nach oben, um mit Gonzo zu reden.

Er musste gehört haben, dass sie kam, denn die Tür flog auf. „Warum zum Teufel hat das so lange gedauert?"

„Ich habe gute und schlechte Neuigkeiten. Welche willst du zuerst hören?"

Er biss die Zähne zusammen. „Die schlechten."

Sam hätte in seiner Situation dieselbe Entscheidung getroffen. „Jemand hat gestern die Überwachungskameras sabotiert."

„Scheiße", knurrte er leise. „Na schön, und wie lauten die guten?"

„Der Hausmeister hat mir die Aufnahmen gegeben." Sie hielt die CD hoch. „Vielleicht verraten sie uns, wer es war."

„Dann haben wir außer meinem und Christinas Wort also nach wie vor keinen Beweis dafür, dass ich gestern Abend nicht mehr das Gebäude verlassen habe."

„Momentan nicht." Ehe er ausflippen konnte, ergänzte sie: „Wir arbeiten dran. Freddie und der Rest der Truppe nehmen Loris Leben auseinander. Wenn jemand ein Motiv hat, dann werden wir ihn finden."

„Was soll ich bis dahin tun? Es kann sich jeden Augenblick herumsprechen, dass sie tot ist, und dann habe ich die Medien am Hals."

„Deshalb werdet ihr euch verziehen, solange es noch geht. Fahrt zu deinen Eltern oder zu Christinas Familie. Verlasst die Stadt, bis Gras über die Sache gewachsen ist."

„Wird das nicht aussehen, als hätten wir die Flucht ergriffen?"

„Um Gottes willen, es ist Feiertag. Da unternehmen Leute Dinge. Esst mit deinen Eltern zu Abend, und tut, als sei nichts geschehen. Wenn ihr hierbleibt, kommt ihr nicht mehr weg, wenn die Sache erst einmal Schlagzeilen macht."

„Meine Eltern haben uns fürs Wochenende zu sich eingeladen, aber wir wollten unseren Jahrestag allein feiern", erklärte er grimmig. „Ich kann dir gar nicht sagen, wie sehr ich jetzt wünschte, wir wären hingefahren."

„Das wünschte ich auch."

5

———

Gonzo ging ins Schlafzimmer und warf Klamotten in eine Reisetasche, die er unter dem Bett hervorgezogen hatte. Er kannte den Ausdruck „sich in seiner Haut nicht wohlfühlen" schon sein ganzes Leben lang, aber erst jetzt erlebte er am eigenen Leib, was damit gemeint war. Er hatte buchstäblich das Gefühl, als müsse er aus der Haut fahren.

„Tommy." Die Frau, die er liebte, sagte seinen Namen, und er drehte sich zu ihr um. „Warte doch mal eine Minute. Versuch, dich zu beruhigen."

„Wo ist Alex?"

„Ich habe ihn hingelegt."

„Dafür haben wir jetzt keine Zeit."

Sie trat zu ihm und legte die Hände auf seine Brust, sodass sie sein hämmerndes Herz spüren konnte. „Tief durchatmen."

„Das kann ich nicht."

„Probier's. Mir zuliebe."

Mühsam holte er tief Luft und stieß sie langsam wieder aus.

„Noch mal."

„Chris ..."

„Noch mal."

Resigniert gehorchte er.

„Du hast nichts falsch gemacht. Du hast Lori nicht umgebracht."

„Aber das wird jeder glauben."

„Sollen sie doch. Wir kennen die Wahrheit. Wir kennen sie, Tommy."

„Ich wollte es."

„Was?"

„Sie umbringen. Als ich herausgefunden habe, dass sie ihre Anwälte auf mich angesetzt hat, dass die in meinem Leben rumgeschnüffelt und etwas gesucht haben, das sie gegen mich verwenden können. Nachdem sie dann meine Verbindung zu Morton entdeckt hatte und damit an die Medien gegangen ist, hätte ich sie ermorden können."

„Dieser Wunsch macht dich nicht zum Mörder."

„Als ich gestern Abend mit Sam telefoniert habe, habe ich ihr davon erzählt … Ich habe ihr gesagt, ich wolle Lori die Hände um den Hals legen und sie erwürgen."

Christina keuchte: „Das hast du wirklich laut ausgesprochen?"

„Ja." Ihm wurde übel, und er musste mehrfach schlucken. „Ich habe nur Dampf abgelassen. Woher hätte ich wissen sollen, dass ihr das wirklich jemand antun würde?"

„O mein Gott, Tommy. Kein Wunder, dass sie vorhin dachte, du könntest es gewesen sein."

„Sie weiß, dass ich es nicht war, Christina! *Du* weißt das!"

„Was, wenn sie jemandem erzählt, was du gesagt hast?"

„Das wird sie nicht."

„Woher willst du das wissen?"

„Ich weiß es einfach. Chris, ich kenne sie. Sie wird es niemandem gegenüber erwähnen."

„Im Zweifelsfall wird sie zuerst an sich denken und erst dann an dich."

Er schüttelte den Kopf. „Wenn du das glaubst, kennst du sie überhaupt nicht. Der Schutz des Teams steht bei ihr immer an erster Stelle. Immer. Ich habe keine Angst, dass sie es jemandem verraten könnte. Sie ist einer der wenigen Menschen auf dieser Welt, denen ich uneingeschränkt vertraue." Er küsste sie auf die Stirn und hielt sie eine Weile im Arm, obwohl sie dafür eigentlich keine Zeit hatten. „Wir müssen hier weg. Sam hat recht. Wenn die Medien Loris Namen spitzkriegen, wird hier die Hölle los sein."

Mit zitternden Händen fasste sie ihr Haar zu einem

Pferdeschwanz zusammen. Er hasste es, ihr solchen Kummer zu bereiten. „Das wird schon wieder, Baby", versuchte er sie zu trösten und zuversichtlicher zu klingen, als er sich eigentlich fühlte. „Solange wir zusammenhalten, wird alles gut."

„Ich packe ein paar Sachen für Alex ein." Sie wandte sich ab und ging über den Flur ins Zimmer des Kleinen.

Gonzo setzte sich aufs Bett und schlug die Hände vors Gesicht. Wie zum Teufel hatte alles so schnell so gründlich schieflaufen können? Er hätte seine Verbindung zu Richter Morton offenlegen sollen. Das wusste er. Er hatte das Sorgerecht für Alex nur so unbedingt gewollt, dass er die Klappe gehalten hatte, weil er jeden sich bietenden Vorteil hatte nutzen wollen. Genau das aber war ihm jetzt zum Verhängnis geworden.

Lori war *tot*. O Gott. Wer konnte nach allem, was sie im zurückliegenden Jahr getan hatte, um ihr Leben in den Griff zu bekommen, ihren Tod gewollt haben? Jemand aus ihrer Drogenvergangenheit? Hatte sie jemand Neues kennengelernt und war in eine Missbrauchssituation geraten? Höchste Zeit, dass er sich beruhigte und anfing, wie ein Ermittler zu denken.

Sein Handy klingelte, und er zog es aus der Tasche. Eine Nummer aus Virginia, die er nicht kannte. Er nahm den Anruf trotzdem entgegen, wenn auch mit einem unguten Gefühl und in Erwartung weiterer schlechter Nachrichten. „Gonzales."

„Leon Morton hier."

Gonzo setzte sich automatisch aufrecht hin. „Oh, Euer Ehren."

„Tut mir leid, Sie am Feiertag stören zu müssen."

Gonzo antwortete ihm nicht, dass er bereits wesentlich schlimmer gestört worden war. „Kein Problem."

„Ich wollte mich entschuldigen." Der Richter sprach stockend, als wäre ihm das Thema unangenehm. „Es tut mir furchtbar leid, dass Sie jetzt solche Probleme haben."

Er hatte ja keine Ahnung, wie groß die Probleme über Nacht geworden waren. „Danke, Sir, aber das ist nicht Ihre Schuld. Ich hätte etwas sagen sollen."

„Das hätten wir beide tun sollen. Es war naiv von mir, zu glauben, niemand würde etwas merken."

„Ich war genauso naiv", gab Gonzo zu.

„Das alles hat jedoch nichts mit meiner Entscheidung zu tun. Der richtige Elternteil hat das Sorgerecht bekommen."

„Danke."

„Wie Sie sich vorstellen können, hat mir die ganze Berichterstattung geschadet. Ich habe beschlossen, aus dem aktiven Richterdienst auszuscheiden, ehe alles noch schlimmer wird."

Wieder drohte Gonzo schlecht zu werden. Wenn sich Morton zurückzog, würde die gesamte öffentliche Aufmerksamkeit ihm gelten, was nach Loris Tod nun vermutlich ohnehin der Fall sein würde. „Das ist wahrscheinlich das Beste."

„Ich wollte nur sagen, dass ich, dass *wir* trotz alledem zu schätzen wissen, was Sie damals für unsere Familie getan haben. Es hat meinen Eltern sehr geholfen, zu wissen, dass Evas Mörder seine gerechte Strafe bekommen hat, und dafür werde ich Ihnen immer dankbar sein. Es tut mir leid, dass Ihnen das jetzt so auf die Füße fällt."

„Das ist nicht Ihre Schuld, also machen Sie sich bitte keine Vorwürfe." Er hasste den Gedanken, dass er von Loris Ermordung letztlich profitieren würde: Sie würde den Sorgerechtsstreit beenden. Zumindest, wenn er nicht unter Mordverdacht festgenommen wurde.

„Nun, dann möchte ich Sie nicht länger aufhalten. Grüßen Sie Ihre Verlobte, ich wünsche Ihnen beiden ein gutes neues Jahr."

„Gleichfalls. Danke für den Anruf."

„Das war das Mindeste, was ich tun konnte."

„Passen Sie auf sich auf." Gonzo unterbrach die Verbindung, saß einfach nur da und starrte zu Boden, während er die Worte des Richters Revue passieren ließ.

„Wer war das?", fragte Christina, die wieder ins Schlafzimmer kam, in der Hand den Rucksack mit dem Monogramm, den ihre Eltern Alex zu Weihnachten geschenkt hatten.

„Richter Morton."

„Im Ernst? Was wollte er?"

„Sagen, dass ihm leidtut, was passiert ist, er mir aber dennoch dankbar für das ist, was ich damals für seine Familie getan habe."

Sie setzte sich neben ihn aufs Bett. „Wie nett von ihm."

„Ja."

„Hast du ihm das mit Lori erzählt?"

„Ich habe keinen Grund dazu gesehen. Das findet er noch früh genug heraus. Genau wie der Rest der Welt." Er legte den Arm um sie und küsste sie auf die Wange. „Lass uns zu Ende packen und dann abhauen, ehe hier die Hölle losbricht."

~

Im Hauptquartier ging Sam direkt zur Gerichtsmedizin, wo Lindsey McNamara schon mit der Autopsie von Lori Phillips begonnen hatte. „Was hast du für mich, Doc?", erkundigte sich Sam, als sie den kalten, antiseptisch riechenden Raum betrat, der ihr immer Schauer über den Rücken jagte.

„Bisher nicht viel. Ich habe gerade erst angefangen."

„Bitte sag mir, dass du Fingerabdrücke an ihrem Hals gefunden hast. Sag mir, dass das eine Affekttat war und unser Täter keine Handschuhe getragen hat."

Lindsey blickte sie an. „Verrätst du mir, wer sie ist?"

„Wenn ich das tue, musst du es eine Weile für dich behalten."

„Wieso das?"

Sam seufzte tief. „Sie ist die Mutter von Gonzos kleinem Sohn."

Lindsey riss entsetzt die Augen auf. „Was da über seine Verbindung zu dem Richter in der Zeitung stand ..."

„Ein Shitstorm, der bald noch wesentlich heftiger werden wird."

„Weiß er Bescheid?"

Sam nickte. „Ich war vorhin bei ihm. Er ist am Boden zerstört."

„Aber er hat sie doch nicht ... Nein, natürlich nicht. Allerdings hätte er es wahrscheinlich gern getan, und die Presse wird über ihn herfallen."

„Genau deshalb stellt der Rest meines Teams gerade auf der Suche nach jemand anderem mit einem Motiv Loris Leben auf den Kopf."

„Verdammt." Lindsey musterte die nackte Frau mit den Hämatomen am Hals und den Schwangerschaftsstreifen am Bauch, die verrieten, dass sie ein Kind ausgetragen hatte.

War es seltsam, dass Sam eine Tote um diese

Schwangerschaftsstreifen beneidete? Ja, sehr, aber sie hatte sich an die seltsamen Sehnsüchte gewöhnt, die eine Begleiterscheinung ihrer Unfruchtbarkeit waren. Sie holten sie zu den seltsamsten Zeiten ein.

„Zuerst wird er angeschossen, und jetzt das", sagte Lindsey mit dem Einfühlungsvermögen, das Sam von ihrer Kollegin kannte. Es gehörte mit zu den Gründen, aus denen sie eine so hervorragende Rechtsmedizinerin war. „Der Arme hat wirklich eine furchtbare Pechsträhne."

„Ich weiß. Er war schon angeschlagen, bevor seine Wunde eine Ewigkeit gebraucht hat, um zu heilen." Sam fragte sich besorgt, wie viel Gonzo noch verkraften konnte, bevor er zusammenbrach. „Mal was anderes", wechselte sie das Thema und schüttelte zumindest vorübergehend die düsteren Gedanken ab, „wie war die Feier eures Jahrestags?"

Lindsey errötete wie ein Schulmädchen. „Toll." Sie hatte ihren Freund Terry O'Connor ebenfalls auf Sams und Nicks Beförderungsparty letztes Jahr am Silvesterabend kennengelernt. Terry war jetzt Nicks Stabschef, nachdem Christina nach dem Wahlkampf gekündigt hatte, um mehr Zeit mit Alex und Gonzo verbringen zu können.

„Das ist alles? Mehr willst du mir nicht verraten?"

„Eine Sache könnte ich vielleicht schon erwähnen."

„Schieß los."

„Wir haben uns verlobt."

„Das sind ja großartige Neuigkeiten! Gratuliere. Ich freue mich so für euch beide."

„Das klingt jetzt aber ganz anders als ‚Warum müssen sich Nicks Welt und meine überschneiden?'", sagte Lindsey und imitierte dabei auf sehr treffende Weise Sams Art, zu sprechen.

„Nennen wir es Altersweisheit."

Lindsey lachte auf. „Das bezweifle ich."

„Also, wie hat er dir den Antrag gemacht?"

„Ganz schlicht und süß. Wir war essen, und als wir wieder zu Hause waren, hat er mich gefragt."

„Wo ist der Ring?"

„Daheim, wo er hingehört, genau wie deiner, wenn du im Dienst bist."

„Wie sieht er aus?"

„Wunderschön. Ein großer Solitär, umgeben von kleineren Diamanten auf einem diamantbesetzten Ring. Ich liebe ihn."

„Hat er dich überrascht?"

„Nicht ganz. Wir haben ein paarmal darüber gesprochen, doch ich hatte keine Ahnung, dass es gestern Nacht so weit sein würde. Als er mich gefragt hat, habe ich zuerst geheult wie ein Schlosshund, und als ich dann Ja gesagt habe, sind ihm die Augen feucht geworden. Es war sehr ... Es war wunderschön."

„Wenn ich das so höre, kann ich mich irgendwie des Eindrucks nicht erwehren, dass ich selbst ein bisschen zu nah am Wasser gebaut habe."

Lindsey schaute Sam mit hochgezogener Braue an. „Du? Zu nah am Wasser gebaut?"

„Verrat es bloß niemandem."

„Dein Geheimnis ist bei mir gut aufgehoben."

Sams Blick fiel auf Lori Phillips' wächsern aussehende sterbliche Überreste. „Ist es irgendwie merkwürdig, dass wir uns hier einfach unterhalten, während vor uns eine Leiche liegt?"

„Die meisten Menschen würden diese Frage vermutlich mit Ja beantworten, aber das ist Teil unseres Berufs – so ist es eben. Wenn wir inmitten all dieser sinnlosen Tode nicht normal bleiben könnten, säßen wir inzwischen vermutlich alle in der Klapse."

„Stimmt."

„Ich habe im Übrigen keinerlei Zweifel daran, dass du den Mörder dieser armen Frau seiner gerechten Strafe zuführen wirst. Egal, was sie unserem Freund angetan hat, das hatte sie nicht verdient."

„Nein", seufzte Sam, „wahrhaftig nicht. Sag mir Bescheid, wenn dein Bericht fertig ist."

„Tu ich das nicht immer?"

„Danke, Doc." Sam verließ die Gerichtsmedizin und nahm die Treppe zum ersten Obergeschoss. Dort kam ihr Sergeant Ramsey von der Sondereinheit für Sexualdelikte entgegen. Als sie an ihm vorbeiging, verfinsterte sich sein Gesicht. Sam seufzte innerlich. „Ist wie immer eine Freude, Sie zu sehen, Sergeant."

„Lecken Sie mich am Arsch."

Sam wirbelte herum. „Bitte?"

Er blieb nicht stehen. „Sie haben schon richtig gehört.“

Sam stürmte die restlichen Stufen hinauf und bog nach links Richtung Spezialeinheit ab, obwohl sie eigentlich zur IT-Abteilung gewollt hatte. Sie marschierte zwischen den Schreibtischen hindurch bis ganz nach hinten zum Büro des Lieutenants, und alle Detectives, an denen sie vorbeikam, hoben alarmiert die Köpfe.

Ohne anzuklopfen, betrat sie das Büro von Lieutenant Davidson, dem Leiter der Special Victims Unit, und schlug die Tür hinter sich zu.

„Kann ich Ihnen helfen, Lieutenant?“, fragte Davidson, ohne den Kopf zu heben.

Sam weigerte sich, zu dem akkuraten Scheitel in seinem dunklen Haar zu sprechen, und wartete, bis er sie endlich ansah. „Ramsey.“

„Was ist mit ihm?“

„Er hat gerade einer Vorgesetzten gesagt, sie solle ihn am Arsch lecken.“

„Wirklich?“

„Ja.“

„Okay.“

„Wie gedenken Sie darauf zu reagieren?“

„Ich werde mit ihm reden.“

„Tun Sie das.“

„Äh, ja, wie gesagt, das habe ich vor. Sonst noch was?“

Sam wusste, sie sollte eigentlich gehen, solange sie gesprächstaktisch im Vorteil war, doch das machte natürlich nur halb so viel Spaß. „Kennen Sie das Sprichwort, dass Fische vom Kopf her stinken?“

„Was soll das heißen?“

„Vielleicht sollten Sie Ihre Leute mal wissen lassen, dass Insubordination inakzeptabel ist und sich außerdem negativ auf die Karriere auswirkt.“

„Vielleicht sollten *Sie* mal lieber vor der eigenen Tür kehren, bevor Sie mir Vorträge halten.“

„Vor meiner eigenen Tür gibt es nichts zu kehren, trotzdem danke für den Hinweis. Ihre hingegen hat offenbar schon lange keinen Besen mehr zu Gesicht bekommen.“ Zufrieden, dass sie das letzte Wort gehabt hatte, öffnete Sam die Tür und marschierte davon.

Detective Erica Lucas schaute in Sams Richtung und hob eine Braue, als diese an ihrem Schreibtisch vorbeilief.

„Lieutenant", begrüßte Erica sie.

„Detective. Schön, Sie zu sehen."

„Gleichfalls. Wie geht es Ihrer Nichte?"

„Viel besser. Sie ist wieder auf dem Internat in Virginia, um dort ihren Abschluss zu machen."

„Das höre ich gern."

„Danke noch mal für den sensiblen Umgang mit ihr."

„Nichts zu danken." Sie warf einen Blick in Richtung des Büros des Lieutenants. „Alles in Ordnung?"

Sam senkte die Stimme, damit niemand sie belauschen konnte. „Ich bin nur gerade schon wieder mit meinem guten Freund Ramsey zusammengerasselt."

Erica verdrehte die Augen. „Passen Sie bloß auf. Der hasst Sie wie die Pest."

„Haben Sie eine Ahnung, warum?"

„Ich hätte da ein paar Theorien." Erica sah sich um. „Lassen Sie uns demnächst mal einen Kaffee trinken, aber nicht in der Cafeteria."

„Sehr gerne."

Erica nickte und sagte: „Ich habe Ihnen bisher gar nicht zum neuen Job Ihres Mannes gratuliert."

„Danke, schätze ich."

Erica lachte und schüttelte den Kopf. „Ich kann es gar nicht richtig glauben."

„Wir auch nicht."

„Sie müssen mir das in allen Einzelheiten erzählen."

„Wenn ich auf den Kaffee zurückkomme."

„Klingt gut."

Sam verließ die Sondereinheit für Sexualdelikte und ging in die IT-Abteilung, wo Lieutenant Archelotta, der eine Kollege, der sie dank einer kurzen Affäre mehrere Jahre zuvor schon nackt gesehen hatte, sie wesentlich freundlicher empfing.

„Hey, Sam. Was führt dich zu mir?"

Sie zog die CD aus dem Apartmentgebäude, in dem Gonzo

wohnte, aus der Tasche. „Könntest du dir die für mich anschauen und versuchen, die Person respektive die Personen zu isolieren, die die Überwachungskamera beschädigt haben, von der die Aufnahmen stammen?"

„Klar, ich setze gleich einen meiner Jungs dran."

„Wieso arbeitest du am Feiertag?"

„Ich habe nichts Besseres vor", antwortete er und grinste. „Und du?"

„Ein neuer Mordfall."

„Oh, verdammt. Im Übrigen ... Es ist viel passiert, seit wir uns das letzte Mal gesehen haben." Er reckte den Hals und blickte um sie herum. „Wo sind deine Personenschützer?"

„Ich habe keine. Nur er und der Kleine."

„Wie hast du das denn geschafft?"

„Es war seine Bedingung", antwortete sie mit einem Achselzucken. „Die wollten ihn so unbedingt, dass dem stattgegeben wurde."

„Sehr cool. Ich kann nicht glauben, dass dein Mann jetzt Vizepräsident ist."

„Er glaubt es selbst noch nicht so richtig."

Archie lachte. „Dann macht ihr beiden einfach so weiter wie zuvor?"

„Zumindest haben wir das vor."

Er hielt die CD-Hülle hoch. „Ich werte die hier und das Handy, das mir Cruz gebracht hat, so schnell wie möglich für dich aus."

„Danke, Archie." Sam ging nach unten ins Großraumbüro der Detectives, wo sich der Großteil ihres Teams versammelt hatte, wobei sie sorgfältig darauf achtete, ob Ramsey ihr erneut über den Weg lief. Freddie telefonierte gerade, deshalb deutete sie nur auf ihre Tür. Er nickte und hob den Zeigefinger.

Sam setzte sich hinter ihren übervollen Schreibtisch und fasste ihr nach wie vor feuchtes Haar mit einer Haarspange zusammen. Gedanken und Bilder wirbelten in ihrem Kopf durcheinander. Dann klopfte es, und Captain Malone trat ein.

Er schloss die Tür hinter sich.

„Captain."

„Lieutenant." Er trug Jeans und Pulli, hatte die Dienstwaffe im Holster am Gürtel und hatte seine Dienstmarke an eine der

Vordertaschen seiner Hose geklemmt. Malone hatte zwar bereits graue Haare, wirkte in ihren Augen aber immer noch wie ein harter Typ. „Was wissen wir über den Mordfall Phillips?"

„Sie wurde heute früh in der Constitution Avenue, Höhe West Potomac Park, in einem geparkten Auto gefunden. Jemand hat sie mit bloßen Händen erwürgt."

„Saß sie auf dem Fahrersitz?"

„Ja."

„War es ihr Auto?"

Sam schüttelte den Kopf. „Es ist auf einen George Phillips aus Bowie zugelassen."

„Wurde er schon befragt?"

„Steht auf meiner To-do-Liste. Ich muss zuvor mit meinem Team sprechen, um unsere weitere Vorgehensweise zu klären."

„Was ist mit Detective Gonzales?"

„Mit dem habe ich schon geredet. Er und seine Verlobte waren den ganzen Abend daheim, um den ersten Jahrestag ihrer Beziehung zu feiern. Sie sind gestern Nachmittag heimgekommen und haben die Wohnung nicht mehr verlassen, bis ich dort eintraf."

„Können sie das beweisen?"

„Nicht wirklich." Sie erläuterte ihm die Sache mit den Überwachungskameras. „Der Verwalter hat ausgesagt, gestern hätten die Kameras noch problemlos funktioniert. Archie hat die Bilder. Er prüft gerade, ob wir erkennen können, wer sie abgeschraubt hat."

„Das hört sich alles nicht gut an."

„Da kann ich Ihnen nur zustimmen."

„Wenn jemand sie töten wollte, gibt der Mann, der gerade einen Sorgerechtsstreit mit ihr ausficht, den idealen Sündenbock ab", stellte Malone fest.

„Korrekt."

„Wo ist er?"

„Ich habe ihm vorgeschlagen, heute seine Eltern in West Virginia zu besuchen." Nach einer kurzen Pause ergänzte sie: „Wie geplant."

„Guter Gedanke."

„Wie gehen wir mit unseren Vorgesetzten um? Sobald wir den

Namen des Opfers bekannt geben, werden die Medien über uns herfallen – und über Gonzo. Wir wissen beide, dass er es nicht war, Cap."

„Ja, das wissen wir, aber uns ist auch klar, dass er ein Motiv hatte. Genau wie Christina."

„Sie waren es nicht."

„Das werden wir beweisen müssen. Das ist Ihnen klar, oder?"

„Ja", seufzte Sam.

„Ein Fall, bei dem einer unserer Kollegen ein starkes Motiv hatte, den Tod des Opfers zu wollen, stellt einen Interessenkonflikt dar."

„Was wollen Sie damit sagen?"

„Der Chief wird Unterstützung von außen hinzuziehen wollen."

Sam neigte den Kopf, in ihren Schläfen pulsierten die Frühwarnsignale eines Migräneanfalls. „Was für Unterstützung von außen?"

„Sie wissen genau, was ich meine."

Das FBI. Avery Hill. „Ich habe es langsam satt, dass er mir bei jeder Ermittlung vor den Füßen herumläuft, als bekämen wir allein nichts auf die Reihe."

„Wir kommen ziemlich gut allein klar, aber manchmal brauchen wir Hilfe. Etwa wenn er ohne großen Bürokratie-Aufwand einen Durchsuchungsbeschluss für das Wohnheimzimmer Ihrer Nichte besorgt oder nach der OP Ihres Vaters die Kugel in Rekordzeit vom Labor untersuchen lässt."

„Was auch immer uns das gebracht hat."

„Wir haben jetzt mehr Informationen als zuvor."

Das National Integrated Ballistics Information Network, eine landesweite gemeinsame Ballistikdatenbank aller US-Ermittlungsbehörden, hatte keinen Treffer für die Neun-Millimeter-Kugel ausgespuckt, die die Ärzte aus der Wirbelsäule ihres Vaters herausoperiert hatten.

„Wenn der Schütze mit derselben Waffe noch einmal aktenkundig wird, haben wir ihn – oder sie", erinnerte Malone Sam. „Die Kugel Ihres Vaters ist jetzt in unserem System. Es kann jederzeit zu bahnbrechenden neuen Entwicklungen in dem Fall kommen."

Malone erzählte Sam damit nichts Neues. Sie hatte inzwischen allerdings keine große Hoffnung mehr auf einen schnellen Durchbruch.

„Wie geht es ihm eigentlich?"

„Nicht gut. Er hat starke Schmerzen. Die Ärzte sagen, das wird wieder, nur ist die OP jetzt über einen Monat her, und es ist keine Besserung in Sicht. Er ist so mit Morphium vollgepumpt, dass er meist bloß vor sich hindämmert. Ich dachte eigentlich, die Situation könnte sich nicht mehr verschlechtern, hat sie aber."

„Das tut mir so leid, Sam. Ich weiß, es ist übel. Verdammt, es fällt uns schon schwer, ihn so zu sehen, und wir sind nur seine Freunde."

„Sie sind für ihn viel mehr als das. Für uns alle."

„Lassen Sie es mich wissen, wenn ich irgendetwas tun kann, okay?"

Sie nickte. „Ihre Besuche – alle Besuche von Kollegen – halten ihn am Leben."

„Wir lieben ihn", stellte Malone schlicht fest.

Sam musste das Thema wechseln, ehe sie vor ihrem Chef in Tränen ausbrach. „Die Besprechung beginnt gleich."

„Ja. Der nächste Mist."

„Ich komme sofort."

„Bis gleich."

Ehe Sam ihren Schreibtisch verließ, nahm sie zwei der verschreibungspflichtigen Tabletten, mit denen sie ihre Migräne einigermaßen unter Kontrolle halten konnte. Freddie stand plötzlich in der Tür, und Sam winkte ihn herein, während sie einen Schluck Wasser hinterhertrank.

„Alles in Ordnung?", fragte ihr Partner. „Du siehst nicht gut aus."

„Na vielen Dank. Ich versuche gerade, einen Migräneanfall abzuwehren."

„Also genau das, was du heute nicht brauchen kannst."

„Ja, und auch sonst nicht. Wo stehen wir?"

„McBride und Tyrone waren bei Lori daheim, um mit den Nachbarn zu sprechen. Archies Team wertet ihr Handy aus, und Arnold versucht herauszufinden, wo sie gearbeitet hat."

Sam nahm Loris Portemonnaie aus der Tasche und reichte es

ihm. „Arnold soll den Inhalt katalogisieren. Vielleicht findet sich ein Hinweis darauf, wo sie gearbeitet hat."

„Alles klar. Ich kümmere mich darum."

„Ich habe um zwölf eine Besprechung des Leitungsstabs. Danach fahren wir nach Bowie."

„Alles klar."

„Tut mir leid, wenn das deine Pläne für den Feiertag durchkreuzt."

„Tut es nicht. Elin muss heute sowieso arbeiten. An Neujahr ist wegen der guten Vorsätze im Fitnessstudio die Hölle los."

„Warum zum Teufel tun Leute so dummes Zeug, wie plötzlich mit Sport anzufangen, nur weil ein neues Jahr begonnen hat?"

Freddie lachte und entfernte sich kopfschüttelnd. „Probier es doch selbst mal aus."

„So weit kommt's noch."

6

In Gedanken noch immer bei den Schrecken eines Fitnessstudio-Besuchs, rief Sam rasch Nick an, ehe sie zu der Besprechung mit dem Chief ging.

„Wie läuft's, Babe?"

„Beschissen." Sie erzählte ihm von ihrem Morgen.

„Heilige Scheiße", entfuhr es ihm. „Gonzo ist aber …"

„Unschuldig. Das wissen wir alle. Wir müssen es nur noch beweisen. Kannst du mir Andys Nummer geben? Er hat vielleicht nützliche Informationen über Lori. Schließlich hat er Gonzo in dem Sorgerechtsstreit vertreten."

„Klar." Er nannte ihr die Nummer.

Sam notierte sie. „Danke."

„Das wird ein langer Tag, was?"

„Sieht so aus."

„Ich freue mich darauf, dass du heimkommst. Ich liebe dich."

„Ich dich auch."

Sam hinterließ Andy eine Nachricht und begab sich dann zum Büro des Polizeichefs. Seine Sekretärin, eine unscheinbare Frau, deren Namen sich Sam einfach nicht merken konnte, fing sie im Vorzimmer ab.

„Könnte ich Sie kurz sprechen, Lieutenant?", bat sie so leise, dass Sam es kaum verstand. Der Blick ihrer braunen Augen huschte ängstlich zur geschlossenen Tür des Chiefs.

„Natürlich. Was ist los?"

„Ich weiß, Sie stehen dem Chief persönlich nahe."

„Ja, und?", fragte Sam alarmiert. Sie hasste es, wenn man sie an ihre persönlichen Verbindungen zu ihren Vorgesetzten erinnerte. Sicher, ihr Vater war bei der Polizei eine große Nummer gewesen, aber sie hatte sich ihre gegenwärtige Position ganz allein erarbeitet. Na ja, nicht ganz, schließlich hatte der Chief ein Auge zugedrückt und sie zum Lieutenant befördert, obwohl er wusste, dass sie mit Dyslexie zu kämpfen hatte.

„Ich mache mir Sorgen um ihn. Er steht irgendwie neben sich, und sein Gesicht ...'

„Was ist mit seinem Gesicht?"

„Es ist ... so blass. Er sieht krank aus."

Sam musste zu ihrer Schande gestehen, dass sie nicht besonders darauf geachtet hatte, wie der Chief mit Springers Schmutzkampagne fertigwurde. „Ich rede nach der Besprechung mal mit ihm."

„Danke", seufzte die Sekretärin. „Tut mir leid, wenn ich Sie aufgehalten habe."

„Das ist schon in Ordnung. Danke, dass Sie mich darauf hingewiesen haben."

Wieder warf ihre Gesprächspartnerin einen Blick zu der geschlossenen Tür. „Auf Sie hört er."

Sam nickte. „Wir kennen uns schon sehr lange." Als Nennonkel hatte er sie durch ihre gesamte Kindheit und Jugend begleitet. Der Chief und seine Frau hatten keinen eigenen Nachwuchs bekommen können. Sam und ihre Schwestern, zusammen mit einigen anderen Kindern, hatten diese Lücke für sie gefüllt. Seit sie vor fast vierzehn Jahren bei der Polizei angefangen hatte, gaben sie sich beide große Mühe, trotz ihrer persönlichen Beziehung in beruflicher Hinsicht stets professionell miteinander umzugehen.

Als Sam nach kurzem Klopfen eintrat, fand sie im Zimmer des Chiefs außer ihm selbst den Deputy Chief Conklin, Captain Malone und sämtliche Lieutenants vor. Wow, er hatte tatsächlich alle zusammengetrommelt. Sie nickte zuerst Archie und dann Higgins vom Bombenentschärfungskommando zu. Wann hatte der Chief denn den zum Lieutenant befördert?

Nach einem Stirnrunzeln für Davidson nahm sie den letzten freien Platz neben Lieutenant Cole McDonald vom Drogendezernat ein. Na großartig. Sie und McDonald waren am Ende des Falls Springer aneinandergeraten, weil seine schiefgelaufene Aktion gegen einen Drogenhändlerring ihrer Mordermittlung in die Quere gekommen war.

„Sind jetzt alle da?", fragte Farnsworth Conklin, der nach einem kurzen Blick in die Runde nickte. „Danke, dass Sie alle am Feiertag hergekommen sind. Das weiß ich sehr zu schätzen. Wie Ihnen bekannt sein dürfte, steht die Polizei – und vor allem ich – wegen des Handlings des Springer-Falls unter Beschuss. Bill Springer lebt seinen Kummer über den Verlust seiner beiden Söhne in Form einer Hexenjagd aus, die sich gegen diese Behörde und speziell die Mordkommission richtet."

Während Farnsworth sprach, betrachtete McDonald seine Finger, die in seinem Schoß zuckten.

Zu Recht. Sein Versagen hatte diesen Albtraum für die Polizei im Allgemeinen und den Chief im Besonderen ausgelöst. Wobei – wenn sie ihre Empörung kurz zügelte, musste sie fairerweise zugestehen, dass er über die ganze Sache vermutlich genauso aufgebracht war wie jeder andere. Sam hob die Hand.

„Holland."

„Es würde mich interessieren, ob wir inzwischen wissen, woran die Drogenermittlung gescheitert ist."

Neben ihr erstarrte McDonald, sein Unbehagen und seine Wut waren fast mit Händen zu greifen.

Sam wusste, dass es eine Arschlochaktion war, ihrem Kollegen mit dieser Frage derart in den Rücken zu fallen, doch einer ihrer besten Mitarbeiter, der ihr zudem ein guter Freund war, wäre beinahe gestorben, weil McDonalds Team unfähig gewesen war, und sie wollte Antworten.

„McDonald?", gab der Chief ihre Frage weiter. „Was haben Sie dazu zu sagen?"

„Wir setzen unsere interne Ermittlung fort. Ich habe ausführlich mit allen Beteiligten gesprochen, aber keiner von ihnen hatte in der Nacht vor der Schießerei in Friendship Heights Kontakt mit Springer oder einer unserer anderen Zielpersonen."

„Wir wissen also immer noch nicht, wie er herausgefunden hat, dass wir ihn unter Mordverdacht hatten?", hakte Sam nach.

„Nein", antwortete McDonald mit zusammengebissenen Zähnen. „Tun wir nicht."

„Das ist jetzt sechs Wochen her …"

„Das ist mir auch klar, verdammt noch mal!" McDonald verlor die Beherrschung. „Glauben Sie, darüber würde ich nicht in jeder beschissenen Minute eines jeden beschissenen Tages nachdenken?"

„McDonald", ermahnte ihn Malone. „Schalten Sie mal einen Gang zurück."

„Ich habe keinen Grund, einen Gang zurückzuschalten, Captain. Wir tun, was wir können, um Licht in die Ereignisse jener Nacht zu bringen, aber ich habe bisher nicht alle erforderlichen Antworten. Auch wenn ich wünschte, es wäre anders." Er hielt inne und ergänzte dann: „Sie sollten wissen, dass ein paar meiner Jungs und ich Todesdrohungen erhalten haben. Wir vermuten, sie stammen von den anderen Mitgliedern von Billy Springers Bande, die bis heute auf freiem Fuß sind, nachdem die Ermittlung geplatzt ist."

Farnsworth hörte ihm mit versteinerter Miene zu, während alle anderen warteten, was er dazu sagen würde. „Wie lange erhalten Sie diese Drohungen schon?"

„Eine ganze Weile."

„Und das erwähnen Sie erst jetzt?"

„Wir können auf uns aufpassen, Chief. Außerdem sollten wir aus einer Mücke keinen Elefanten machen. Diese Typen werden sich so bald nicht wieder in der Stadt sehen lassen. Die wissen ja, dass wir sie suchen."

„Ich will bis heute Abend einen umfassenden Bericht mit Details und genauen Angaben über jede einzelne Todesdrohung und die jeweiligen Empfänger", forderte Conklin.

„Jawohl, Sir", erwiderte McDonald.

Obwohl Sam den Kerl nicht mochte, tat er ihr leid. Ihr war selbst einmal eine langfristige verdeckte Ermittlung um die Ohren geflogen. Selbst nach über einem Jahr hörte sie in ihren Albträumen manchmal noch immer Marquis Johnsons gequälte Schreie, nachdem sie mit einem Team eine Crackküche gestürmt hatte und bei dem folgenden Schusswechsel sein kleiner Sohn Quentin erschossen worden war. Quentin hätte nicht dort sein dürfen. Die Tatsache, dass er in jener Nacht trotzdem in diesem Haus gewesen war, belastete Sam schwer.

„Ich finde, Sie sollten an die Öffentlichkeit gehen", sagte Sam zum Chief und überraschte sich mit ihren Worten selbst genauso wie die anderen. „Sie müssen offenlegen, was in jener Nacht warum passiert ist, damit die Leute wissen, dass die interne Untersuchung läuft und dass wir Verständnis für Mr Springers Trauer über den Verlust seiner Söhne haben. Sie könnten die Presse über Detective Gonzales' Zustand informieren – schließlich hat ihm Billy Springer in den Hals geschossen, wovon er sich bis heute nicht vollständig erholt hat. Dann wäre klar, dass Mr Springers geliebter Sohn nicht nur seinen eigenen Bruder und acht weitere Teenager ermordet hat, sondern auch noch beinahe einen hochdekorierten Mordermittler erschossen hätte." Als Sam klar wurde, dass alle sie anstarrten, schluckte sie schwer, fuhr jedoch fort: „Wir haben bisher keine Erklärung oder Pressemitteilung abgegeben. Vielleicht ist es Zeit für ein Update. Sir."

Nach einer langen Pause fragte Farnsworth: „Was denken die anderen?"

„Ich gebe Lieutenant Holland recht", erwiderte Malone. „Springer bestimmt jetzt seit Wochen die Schlagzeilen. Wir müssen endlich unsere Seite der Geschichte in die Medien bringen. Sie könnten eine Pressekonferenz abhalten und außerdem in ein paar Radio- und Fernsehtalkshows auftreten. Vermitteln Sie, dass wir unsere Fehler aufarbeiten und hoffen, der Familie Springer genau wie der breiteren Öffentlichkeit bald Antworten liefern zu können."

„Ich würde das gerne mit der Presseabteilung besprechen", verkündete Farnsworth.

„Ich hole jemanden." Conklin erhob sich und verließ den Raum.

„Ich muss das mit der Bürgermeisterin abklären. Sie sitzt mir deswegen jetzt seit Wochen im Nacken."

„Warum bitten Sie sie nicht, an der Pressekonferenz

teilzunehmen?", schlug Sam vor. „Um ihrem Polizeichef gegen Angriffe von außen den Rücken zu stärken?"

„Ich werde sie fragen." Er schien alles andere als begeistert von der Idee, aber daraus konnte Sam ihm keinen Vorwurf machen.

Conklin kehrte zurück. „Captain Norris wird gleich da sein. Ich habe ihn gebeten, persönlich herzukommen."

„Danke. Weitere Wortmeldungen?" Als niemand etwas sagte, entließ Farnsworth die anderen Beamten. „Conklin, Holland und Malone, Sie bleiben bitte."

Malone blickte Sam mit fragend hochgezogener Augenbraue an.

Sam wusste, was er meinte, und nickte zögernd. Sobald die anderen Beamten den Raum verlassen hatten, wechselte Sam auf einen Platz näher beim Schreibtisch des Chiefs. „Es gibt noch etwas, was ich Ihnen mitteilen muss", erklärte sie und bemerkte jetzt auch, wie aschfahl Farnsworth war. Seine Sekretärin hatte recht: Er sah furchtbar aus.

„Nämlich?"

Es tat ihr schrecklich leid, dass sie mit der Neuigkeit von Gonzo seine Sorgen vergrößern musste. „Die Mutter von Detective Sergeant Gonzales' Sohn wurde heute Morgen in einem geparkten Auto ermordet aufgefunden. Man hat sie mit bloßen Händen erwürgt."

Farnsworth starrte sie ausdruckslos an. „Die Frau, die unlängst seine frühere Bekanntschaft mit dem Richter im Sorgerechtsstreit um ihren gemeinsamen Sohn öffentlich gemacht hat?"

„Ebendie", antwortete Sam.

Das tiefe Seufzen des Chiefs sprach Bände.

„Sagen Sie mir, dass er für die letzte Nacht ein Alibi hat", bat Conklin.

„Er und seine Verlobte waren die ganze Nacht mit ihrem Sohn zu Hause und haben den ersten Jahrestag ihres Kennenlernens gefeiert. Ich habe gegen elf mit ihm telefoniert, da hat er mir anvertraut, dass er Angst vor den möglichen Auswirkungen auf die Sorgerechtsfrage hat, wenn die Medien Wind von der Sache bekommen. Er war aufgebracht, hatte sich aber vollkommen unter Kontrolle."

„Er hat die Mutter des Kindes ansonsten nicht erwähnt?", fragte Conklin.

Dann gibt es noch einen Teil von mir, der ihr am liebsten die Hände um den Hals legen und sie erwürgen würde.

„Nein", erwiderte Sam ungerührt. „Sir."

„Er und seine Verlobte, die das Kind ebenfalls liebt, geben sich also gegenseitig ein Alibi?", fasste Farnsworth zusammen.

„Ja." Sam erzählte ihnen von den Überwachungskameras in dem Gebäude, in dem Gonzo wohnte, und den Aufnahmen, die sie in der Hoffnung, so möglicherweise herauszufinden, wer die Kameras abgeschraubt hatte, bei Archie gelassen hatte. „Außerdem nehmen wir Loris Leben auseinander. Sie war eine ehemalige Drogenabhängige, die gerade das Sorgerecht für das Kind verloren hatte, für das sie ihr ganzes Leben umgekrempelt hatte. Wir hoffen, einen potenziellen Schuldigen zu finden, bevor wir den Namen des Opfers bekannt geben."

„Spätestens morgen werden wir das aber tun müssen", erinnerte Conklin sie.

„Das ist mir klar, Sir. Deshalb habe ich mein gesamtes Team herbeordert, wir arbeiten alle an dem Fall. Ich bin davon ausgegangen, dass die Überstunden genehmigt werden."

„Haben wir eine andere Wahl?", fragte Farnsworth. „Ich kann es mir nicht leisten, dass unsere Abteilung noch mehr schlechte Presse macht, und der Mord an dieser Frau, mit der Sergeant Gonzales im Clinch lag, wird einen Shitstorm von epischen Ausmaßen auslösen."

„Haben wir nicht außerdem das Problem eines Interessenkonflikts?", gab Malone zu bedenken.

„Das wäre meine nächste Frage gewesen", sagte Conklin.

Farnsworth strich sich über das unrasierte Kinn, während er darüber nachdachte. „Ich möchte Hill hinzuziehen, damit wir ihm den Fall übertragen können, falls es auf Sergeant Gonzales als Täter hinausläuft."

„Das wird es nicht!", rief Sam. „Er ist kein Mörder, sondern ein hochdekorierter Kriminalbeamter."

„Seine Qualifikationen und seine tadellose Dienstakte sind mir durchaus bekannt, Lieutenant", erwiderte der Chief. „Doch er ist auch Vater und würde alles tun, um sein Kind zu beschützen."

„Alles außer Mord", korrigierte Sam. „Ich kenne nur wenige Menschen so gut wie ihn, und ich würde meine Dienstmarke und meine Karriere auf seine Unschuld verwetten. Außerdem ist einer der Gründe, warum er noch nicht wieder arbeitsfähig ist, die Tatsache, dass sein Arm nach wie vor nicht wieder voll einsatzfähig ist. Ich bezweifle, dass er aktuell körperlich dazu in der Lage wäre, jemanden mit bloßen Händen zu erwürgen."

„Er steht in letzter Zeit unter ziemlichem Druck", wandte Conklin ein. „Zuerst die Wunde, die ungewöhnlich langsam verheilt, und dann die Enthüllungen über seine Verbindung zu diesem Richter. Unter solchem Stress haben Menschen schon verrücktere Dinge getan, als einen Mord zu begehen."

„Was ist denn verrückter als Mord?", fragte Sam und setzte mit ziemlicher Verspätung „Sir" hinzu.

„Es ist angekommen, was Deputy Chief Conklin damit sagen wollte", antwortete Farnsworth an dessen Stelle.

Sam hätte am liebsten gefragt: *Bei wem?*, ließ es jedoch bleiben. „Wir laufen Gefahr, dass das FBI und andere glauben, wir würden mit unseren Fällen allein nicht fertigwerden. Wir haben Hill schon bei den letzten beiden hinzugezogen."

„Wenn ich mich recht entsinne", erwiderte Conklin, „waren Sie über Agent Hills Hilfe im Fall Ihrer Nichte mehr als erfreut."

„Das war etwas anderes", beharrte Sam.

„Inwiefern?", fragte Conklin. „Weil es etwas Persönliches war? Dieser Fall ist für Gonzales etwas Persönliches. Er hat mit dieser Frau ein Kind, und sie hat ihm in aller Öffentlichkeit ziemliche Schwierigkeiten bereitet. Jetzt ist sie tot, und seine Verlobte ist sein Alibi. Sie wissen genauso gut wie ich, wie das bei der Presse ankommen wird, Lieutenant. Die Hinzuziehung des FBI ist reiner Selbstschutz, der mir auch dringend geboten scheint."

Dass Conklin uncharakteristisch laut wurde, verriet Sam, unter welchem Druck er stand. „Gut, wenn Sie alle glauben, wir bräuchten die Bundesbehörde, holen Sie sie mit ins Boot. Aber Sergeant Gonzales war es nicht."

„Wenn es auch nur den geringsten Hinweis auf eine Beteiligung seinerseits gibt, sind wir aus der Nummer raus", sagte der Polizeichef. „Habe ich mich klar ausgedrückt?"

„Glasklar. Darf ich jetzt weiterarbeiten?"

„Bitte", antwortete Farnsworth.

Sam verließ das Büro und bemerkte sofort den fragenden Blick der Sekretärin des Chiefs. „Ich hatte keine Chance für ein Gespräch unter vier Augen. Das hole ich so bald wie möglich nach. Allerdings finde ich tatsächlich, dass er ein bisschen grau im Gesicht ist."

„Er steht völlig neben sich."

„Im Moment hat er enormen Druck. Versuchen Sie, sich keine allzu großen Sorgen zu machen. Bisher hat er immer alles gut weggesteckt." Der Gedanke, es könnte einmal anders sein, war etwas, das Sams ohnehin bereits überlastetes Hirn gerade nicht verarbeiten konnte.

Die Sekretärin nickte, schien aber wenig beruhigt.

„Leider muss ich jetzt wieder an die Arbeit. Ich schaue später noch mal nach ihm."

„Okay, danke."

Sam ging aus dem Vorzimmer des Chiefs und durchquerte mit einem wachsenden Gefühl der Unruhe den Eingangsbereich zum Großraumbüro der Detectives. Ihr Handy klingelte. Es war eine interne Nummer. „Holland."

„Haggerty hier."

„Was gibt's?", fragte sie den Lieutenant, der die Spurensicherung leitete.

„Haben Sie eine Ahnung, warum unter der Fußmatte in dem Auto, in dem das Opfer gefunden wurde, ein Zettel mit Sergeant Gonzales' Adresse liegt?"

Sam hatte das Gefühl, als hätte sie einen Schlag in die Magengrube erhalten. „Ja, aber darum kann ich mich im Augenblick nicht kümmern. Schreiben Sie ihn auf die Liste der gesicherten Spuren. Gab es sonst etwas Interessantes im Auto?"

„Bisher nicht. Morgen früh haben Sie meinen Bericht."

„Geht es nicht ein bisschen schneller?"

„Wir erledigen es so zügig wie möglich. Trotzdem bin ich lieber gründlich als schnell."

Sam verbiss sich den scharfen Kommentar, der ihr auf der Zunge lag, und klappte ihr Handy zu. „Was zur Hölle ...?", murmelte sie, während sie ihr Büro betrat, die Tür hinter sich schloss und Gonzos Nummer wählte.

Er nahm beim ersten Klingeln ab. „Was gibt's?"

„Beantworte mir eine Frage."

„Klar doch."

„Hattest du seit dem Tag, an dem dir das Gericht das Sorgerecht zugesprochen hat, Kontakt mit Lori?"

„Ich habe ihr ein paar Nachrichten hinterlassen, weil sie ja unbedingt Alex sehen wollte. Sie hat nie zurückgerufen. Ich hab's wirklich versucht, verstehst du?"

„Ja."

„Warum fragst du das?"

„Die Spurensicherung hat unter der Fußmatte des Autos einen Zettel mit deinem Namen und deiner Adresse gefunden."

Schweigend versuchte er, diese neue Information zu verarbeiten.

„Komm schon, gib mir einen Tipp, Gonzo. Wer hatte sonst noch ein Motiv, sie zu töten?"

„Woher zum Teufel soll ich das wissen? Ich habe sie kaum gekannt!"

„Denk nach, Gonzo. Denk gründlich nach. Ich brauche irgendeinen Hinweis." Sie konnte praktisch hören, wie sich die Rädchen in seinem Gehirn drehten.

„Rex Connolly. Der Typ, mit dem sie zusammen war, als ich von Alex erfahren habe. Angeblich hatte sie sich von ihm getrennt, aber vielleicht weiß er ja mehr über ihr Leben. Er ist aktenkundig – Drogen, Einbruchdiebstahl, geschlossene Jugendstrafakte, wenn ich mich recht entsinne. Lori war auch aktenkundig. Mehrere Anklagen wegen Drogenbesitzes."

„Das ist gut."

„Die Sozialarbeiterin, die das Gutachten in unserem Sorgerechtsprozess verfasst hat, Justine ... Travers heißt sie jetzt. Sie hat vor Kurzem geheiratet und den Namen ihres Mannes angenommen. Die Frau arbeitet fast ausschließlich als Gerichtsgutachterin und hat während des Prozesses viel Zeit mit Lori verbracht. Dann würde mir mein Freund Mark Angelo einfallen. Mit ihm war ich in der Nacht, als ich ihr das erste Mal begegnet bin, unterwegs, und er kannte sie da schon. Seine Schwester Sara war eng mit Lori befreundet. Ich kann ihn ja mal anrufen."

„Nein, das mache ich. Schick mir seine Nummer per SMS."

„Okay."

„Das hilft mir sehr. Wenigstens haben wir jetzt einen Ansatzpunkt."

„Wann macht ihr Loris Namen publik?"

„Wenn es gar nicht mehr anders geht. Wo bist du?"

„Fast bei meinen Eltern in Harpers Ferry."

„Bleib dort, bis du etwas anderes von mir hörst. Verstanden? Geh dort nicht wieder weg."

„Alles klar."

„Wir finden heraus, wer das getan hat. Versprochen."

„Darauf verlasse ich mich."

„Bis später." Sam schob ihr Handy in die Tasche, schnappte sich Schlüsselbund und Mantel und marschierte in Richtung Großraumbüro der Detectives. „Cruz! Du kommst mit mir."

„Alles klar."

„McBride!"

Jeannie McBride erhob sich von ihrem Schreibtisch. „Jap?"

„Finde Rex Connolly." Sam gab ihr die Informationen weiter, die sie von Gonzo erhalten hatte. „Schick mir seine aktuelle Adresse per SMS."

„Schon dabei", sagte Jeannie.

„Alle anderen melden Cruz in den nächsten fünfzehn Minuten ihren Standort."

Als Antwort auf ihren Befehl kamen gemurmelte „Jawohl, Ma'am" oder „Alles klar, Lieutenant".

7

Freddie zog seinen allgegenwärtigen Trenchcoat über und eilte ihr mit vollem Mund nach. Er hatte eigentlich immer den Mund voll, üblicherweise mit Donuts oder sonstigem Süßkram, allerdings ohne ein Gramm zuzulegen. „Wo geht's hin?"

„Mit vollem Mund spricht man nicht. Das ist eklig."

„Dann dürfte ich ja nie was sagen."

Darüber musste Sam lachen. „Wir fahren nach Bowie, um mit George Phillips zu reden, dem Besitzer des Autos, in dem Lori aufgefunden wurde."

„Verraten wir ihm, dass sie tot ist?"

„Vorher möchte ich wissen, wer er ist."

„Sind unsere Vorgesetzten eigentlich darüber im Bilde, in welchem Verhältnis das Opfer zu Gonzo steht?"

„Ja, und sie ziehen das FBI als Babysitter hinzu, damit wir keine roten Linien überschreiten."

„In letzter Zeit haben wir das FBI ziemlich oft vor den Füßen."

„Richtig, darauf habe ich hingewiesen, aber man hat mich überstimmt."

Während Sam sich ans Steuer setzte, gab Freddie die Adresse auf seinem Smartphone bei Google Maps ein, und sie fädelten sich vom Parkplatz aus in die mittägliche Rushhour ein. „Warum unternimmt eigentlich niemand etwas gegen den Verkehrskollaps in dieser Stadt?", fragte Sam.

„War das eine rhetorische Frage?"

„Nein, das war mein Ernst. Wenn wir eine Mondlandung hinkriegen, sollten wir eigentlich auch eine effiziente Methode erfinden können, Autos durch eine moderne, kosmopolitische Stadt zu bewegen, oder?"

„Gute Frage."

„Warum ist heute überhaupt so viel los? Es ist doch Feiertag, verdammt noch mal."

„Die Caps haben ein Heimspiel."

„Na großartig. Dann brauchen wir mindestens eine Stunde bis zur Route 50. Probier du derweil mal, ob du eine Sozialarbeiterin namens Justine Travers ans Handy kriegst. Sie arbeitet beim Amtsgericht, sodass dir vermutlich Faith Miller behilflich sein kann. Die müsste wissen, wie man sie erreicht."

„Dir ist schon klar, dass heute Feiertag ist, oder?"

„Natürlich. Eigentlich sollte ich jetzt bei meinem Mann im Bett sein."

„Iih."

„O bitte! Wer hat denn hier ununterbrochen Sex?"

Vor Lachen schnaubend sagte er: „Von ‚ununterbrochen' kann keine Rede sein."

„Wie du meinst."

Während sie sich durch das allgegenwärtige Verkehrschaos in D. C. kämpfte, hängte Freddie sich ans Telefon und versuchte, über ihr Netzwerk Ms Travers ausfindig zu machen.

„Hi, Faith, tut mir leid, wenn ich Sie am Feiertag störe. Freddie Cruz hier. Haben Sie einen Moment?" Nach einer kurzen Pause fuhr er fort: „Wir müssten eine Sozialarbeiterin namens Justine Travers erreichen. Haben Sie zufällig ihre Nummer?" Nach einer weiteren Pause notierte er sich eilig was. „Vielen Dank. Entschuldigen Sie, dass ich Sie gestört habe."

Nachdem er die Verbindung beendet hatte, fragte Sam: „Hat sie nicht gefragt, worum es geht?"

„Ich habe aufgelegt, bevor sie die Gelegenheit dazu hatte."

„Kluger Schachzug. Dann jetzt die Sozialarbeiterin."

„Genau das wollte ich tun, bevor du mich unterbrochen hast."

Sam wandte den Blick lange genug von der Straße, um ihn anzufunkeln. „Hast du noch Donuts übrig?"

Während er darauf wartete, dass Justine abnahm, zog er ein ungeöffnetes Paket zuckerbestäubter Donuts aus der Tasche und reichte es ihr.

„Dafür hasse ich dich."

„Ach Quatsch. Du liebst mich."

„Genau jetzt hasse ich dich."

„Johannes spricht: ‚Wer sagt, er sei im Licht, und hasst seinen Bruder, der ist noch in der Finsternis.'"

„Genau das bin ich. Die Fürstin der Finsternis. In der Finsternis arbeite ich am besten."

Er sah sie an und verdrehte die Augen. „Hi, Justine! Detective Cruz hier, Metro PD. Haben Sie zufällig heute Nachmittag Zeit, uns ein paar Fragen über einen Ihrer Fälle zu beantworten?"

Sam hielt den Atem an, während sie auf Justines Antwort wartete.

„Lori Phillips", sagte Freddie. „Ja, mir ist klar, dass einer meiner Kollegen ihr Gegner in dem Sorgerechtsstreit war. Es ist wichtig, sonst hätte ich Sie nicht am Feiertag gestört." Er blickte kurz zu Sam. „Okay, wir besorgen uns eine richterliche Anordnung. Ich rufe wieder an, wenn wir die haben."

Noch ehe er richtig zu Ende gesprochen hatte, wählte sie Malones Nummer, um sich die Anordnung zu besorgen. „Das könnte schwierig werden", meinte Malone.

„Sie hat wahrscheinlich mehr Informationen über Loris Lebensumstände unmittelbar vor ihrem Tod als jeder andere. Wir brauchen sie, Cap."

„Ich werde tun, was ich kann."

„Halten Sie mich bitte auf dem Laufenden."

Eine Dreiviertelstunde nach ihrem Aufbruch am Hauptquartier fuhren sie schließlich Richtung Baltimore-Washington Parkway auf die Route 50 auf. Fünfundzwanzig Minuten später erreichten sie Bowie. „Wer tut sich denn täglich anderthalb verdammte Stunden im Berufsverkehr an?", fragte Sam, als sie vor George Phillips' Haus anhielten.

„Sie sollten dringend mal an Ihrer Ausdrucksweise arbeiten, Lieutenant", sagte ihr bibeltreuer Partner.

„Du hast recht, ‚Verkehr' ist wirklich ein obszönes Wort."

„Sam, du weißt genau, dass ich das nicht gemeint habe."

„Beruf". Ebenfalls ein obszönes Wort, zumindest an einem gottverdammten Feiertag, den man eigentlich mit seiner Familie verbringen sollte."

„Sam! Ist gut jetzt."

„Oh, tut mir leid", entschuldigte sie sich. „Ist mir so rausgerutscht."

Sie gingen auf die Vordertür des weißen, einstöckigen Hauses zu. Sam klingelte. „Ich hoffe, er ist nach dieser langen Anfahrt auch zu Hause." Sie klopfte an die gläserne Sturmtür.

Die innere Tür öffnete sich, und als sie dem Mann, der vor ihnen stand, ihre Marken zeigten, verwandelte sich seine leichte Genervtheit in Aggressivität. „Was wollen Sie?", fragte er durch die geschlossene Glastür.

„Hätten Sie ein paar Minuten Zeit?", fragte Sam.

„Nein. Ich habe zu tun."

„Wir können Sie natürlich festnehmen, dann ist garantiert, dass Sie erst mal nicht weiterarbeiten können."

Er warf ihr einen Blick zu, der sie, wenn das möglich gewesen wäre, auf der Stelle tot hätte umfallen lassen. An guten Tagen bekam sie solche Blicke häufiger. Er stieß die Tür auf, die nur knapp Sams Gesicht verfehlte. „Dann aber flott."

„Sind Sie George Phillips?"

„Ja, warum?" Er trug sein fettiges Haar über den fast kahlen Schädel gekämmt, und seine Unterarme waren tätowiert. Phillips sah aus, als hätte er sich seit Tagen nicht mehr rasiert, und aus dem Haus roch es muffig und abgestanden.

„Ich bin Lieutenant Holland, das ist mein Partner Detective Cruz. Metro PD."

„Sie sind die Alte des Vizepräsidenten."

Freddie lachte kurz auf und überspielte seine erheiterte Reaktion schnell mit einem Husten.

George versuchte, an ihnen vorbeizuschauen. „Wo sind Ihre Bodyguards?"

Sam biss die Zähne zusammen und fuhr fort: „Sind Sie mit Lori Phillips verwandt?"

„Hat sie schon wieder Ärger? Nach dem letzten Mal habe ich ihr gesagt, sie soll mich nicht wieder anrufen. Ich habe sie und ihre ständigen Dramen satt."

„Beantworten Sie die Frage.“

„Sie ist meine kleine Schwester.“

„Wann haben Sie sie das letzte Mal gesehen oder mit ihr gesprochen?“

„An Weihnachten haben wir beide unsere Mutter besucht. Aber wir haben uns nicht wirklich unterhalten. Sie war total mies drauf, weil sie das Sorgerecht für ihr Kind verloren hatte, deshalb habe ich mich nicht weiter mit ihr abgegeben. Warum? Was hat sie denn jetzt schon wieder angestellt?“

„Können Sie mir sagen, warum sie im Besitz Ihres Wagens ist?“

„Was hat sie mit meinem Auto gemacht? Ich schwöre bei Gott …“

„Sie ist tot, Mr Phillips. Wir haben sie heute Morgen erwürgt in Ihrem Auto aufgefunden.“

„W… was? Sie ist tot? Lori ist tot?“

„Ja. Es tut mir leid, Ihnen diese schlimme Nachricht überbringen zu müssen.“

Er stolperte ein paar Schritte rückwärts, dann fing er sich und ging zu einem Sofa im Wohnzimmer. Nachdem er sich gesetzt hatte, schlug er die Hände vors Gesicht und fragte: „Wie?“

„Man hat sie mit bloßen Händen erwürgt.“

„Wer tut denn so etwas? War es dieser Bulle, mit dem sie sich um ihr Kind gestritten hat?“

„Er hat ein Alibi.“

„Natürlich. Andererseits hasst er sie wie die Pest. Wer profitiert von ihrem Tod denn mehr als er?“

„Das wüssten wir auch gerne.“

„Er war es! Er muss es gewesen sein! Sie hat ihm jede Menge Ärger gemacht! Die Nachrichten waren voll davon. Er steckte mit diesem Richter unter einer Decke, und die haben sie um ihr Baby beschissen.“

„Mr Phillips, Detective Sergeant Gonzales ist ein allseits geachteter Polizist. Wir haben absolut keinen Grund, ihn zu verdächtigen.“

„Natürlich nicht“, sagte er bitter. „Gegen diesen ‚allseits geachteten‘ Polizisten, der seine Kontakte hat spielen lassen, um ihr das Kind wegzunehmen, hatte meine Schwester nie eine Chance.“

Sam schaute zu Freddie, dessen Miene ihr verriet, dass er das Gleiche dachte wie sie: Sie verschwendeten hier ihre Zeit.

„Ich wüsste gern, mit wem Lori sonst noch Probleme hatte."

Er schüttelte den Kopf. „Ich wüsste sonst niemanden."

„Vielleicht Ihre Mutter?"

Er zuckte die Achseln und antwortete: „Das bezweifle ich. Lori hat mit uns nicht über solche Dinge gesprochen. Einmal wussten wir monatelang nicht, wo sie überhaupt steckte. Dann stellte sich heraus, dass sie einen Entzug gemacht hatte."

„Warum hatte sie Ihr Auto?"

„Ich habe es ihr geliehen, weil ihres in der Werkstatt war. Für ein paar Tage war das kein Problem, weil ich auch einen Firmen-Pick-up habe."

„Nach der Autopsie wird jemand sie identifizieren und sich um die Bestattung kümmern müssen. Würden Sie das übernehmen?"

„Ja, ich schätze schon", seufzte er. „Besser ich als unsere Mutter."

Sam reichte ihm das Notizbuch, das sie immer bei sich trug. „Könnten Sie uns Ihre Telefonnummer aufschreiben, damit wir Sie benachrichtigen können?"

Er nahm ihr das Notizbuch aus der Hand, kritzelte seine Nummer hinein und gab es ihr zurück. „Hat sie leiden müssen?"

Sam hasste diese Frage und wusste nie genau, was sie darauf erwidern sollte – die Wahrheit, eine Halbwahrheit oder eine Lüge? Natürlich hatte sie leiden müssen. Man hatte sie ermordet. „Vielleicht kurz, aber es besteht Grund zu der Hoffnung, dass es schnell vorbei war."

Er nickte, anscheinend beruhigt. „Ich frage ja in so einem Moment nur ungern nach meinem Auto ..."

„Sie kriegen es zurück, sobald die Untersuchung durch die Spurensicherung abgeschlossen ist."

„Gut."

Sam zückte ihre Karte. „Bitte rufen Sie mich an, wenn Ihnen noch irgendetwas einfällt, was für unsere Ermittlungen wichtig sein könnte."

„In Ordnung."

„Die ersten paar Stunden einer Mordermittlung sind entscheidend, deshalb bitten wir Sie, mit niemandem über den

Mord an Ihrer Schwester zu sprechen, bis wir ihren Namen publik machen."

„Kann ich es meiner Mutter sagen?"

„Ja, aber sie soll es bitte für sich behalten."

„Okay."

Sam und Freddie gingen zurück zum Auto.

„Glaubst du, die werden dichthalten?", fragte Freddie.

„Ich hoffe es. Je länger wir die Medien aus der Sache raushalten können, desto größer ist unsere Chance, den Mörder zu finden, ehe die Presse Gonzos Leben ruiniert." Sams Handy klingelte. Auf dem Display stand eine Nummer, die sie nicht kannte. „Holland."

„Mrs Cappuano?"

Sam zuckte ob der selten verwendeten Anrede zusammen. „Am Apparat."

„Lilia Van Nostrand hier."

„Wer?"

„Ihre Stabschefin, Ma'am."

Sie sah Freddie verständnislos an. „Meine was?"

„Stabschefin. Aus dem Weißen Haus?"

„Oh. Ja. Die." Nach einer langen, unangenehmen Pause fragte Sam: „Was kann ich für Sie tun?"

„Ich rufe wegen der Mitarbeiterbesprechung morgen früh um neun an."

„Wir haben morgen früh um neun eine Mitarbeiterbesprechung?"

„Ja, ich habe Ihnen dazu vor einer Woche eine Nachricht hinterlassen."

„Sorry, die habe ich nicht bekommen." Sie schaute Freddie an, der hinter vorgehaltener Hand grinste, und schnitt eine Grimasse.

„Passt Ihnen der Termin?"

„Nein, tut mir leid, da kann ich nicht. Morgen früh um neun muss ich in einem Mordfall ermitteln." *Mit anderen Worten: Ich werde Wichtigeres zu tun haben*, dachte Sam.

„Oh, das ist in der Tat ein Dilemma. Ihr Stab freut sich darauf, Sie kennenzulernen und erste Anweisungen von Ihnen zu erhalten."

„Wieso habe ich überhaupt einen ‚Stab'?"

„Wir haben schon für Mrs Gooding gearbeitet, und Mrs Nelson ist davon ausgegangen, dass Sie die Hilfe eines erfahrenen Stabs zu schätzen wüssten, der bereits die Gattin des letzten Vizepräsidenten unterstützt hat."

Ach ja, davon war Mrs Nelson ausgegangen? „Kann ich Sie zurückrufen? Ich bin im Moment sehr beschäftigt."

„Ja, natürlich. Ich freue mich darauf."

„Gut. Okay. Bis dann." Sie klappte das Handy zu. „Herrgott noch mal."

„Sam."

„Was? Man darf Gott doch wohl erwähnen, ohne dass man gleich seinen Namen missbraucht. Das war meine Stabschefin aus dem verdammten Weißen Haus, die wissen wollte, ob ich morgen früh um neun an einer Mitarbeiterbesprechung teilnehmen kann. Ich habe einen verfluchten Stab."

„Du meinst, einen *weiteren* verfluchten Stab?", frotzelte Freddie und zeigte auf sich.

„Das ist nicht lustig."

„O doch. Und wie."

Sie funkelte ihn an und knurrte: „Sei still." Sie klappte ihr Handy wieder auf und tippte in der Kontaktliste auf den Namen der Person, die eigentlich ihr absoluter Lieblingsmensch war.

Nick nahm das Gespräch beim dritten Klingeln an. Er klang atemlos, als er sagte: „Hey, Babe."

„Wieso keuchst du denn so?"

„Ich trainiere", antwortete er lachend, „also vergiss deine schmutzigen Gedanken gleich wieder."

„Meine Gedanken sind keineswegs schmutzig. Sie sind blütenrein, gelten sie doch momentan dem Weißen Haus."

„Hm?"

„Mich hat gerade eine sehr vornehm sprechende Dame mit eindrucksvollem Namen angerufen, die behauptet, meine ‚Stabschefin' zu sein. Weißt du irgendetwas darüber?"

„Mir wurde gesagt, Mrs Goodings Stab stünde dir zur Verfügung, für den Fall, dass du auf ein erfahrenes Team zurückgreifen möchtest. Das habe ich dir auch erzählt."

„Äh, wann denn?"

„Datum und Uhrzeit weiß ich nicht mehr genau, aber wir haben darüber gesprochen."

„Habe ich da gerade geschlafen? War ich bewusstlos? Oder vielleicht im postkoitalen Koma?"

„Oje", murmelte Freddie. „Jetzt wird es nicht jugendfrei."

Sam streckte ihm die Zunge heraus, während Nick über ihre Frage lachte. „Du warst hellwach, und ich hatte den Eindruck, du hörst mir zu."

„Der Eindruck hat getäuscht – und jetzt ruft mich Lilly von Nudel wegen Terminen im Weißen Haus an. Ich möchte keine Termine im Weißen Haus haben!"

„So heißt sie nicht wirklich, oder?"

„Woher zum Teufel soll ich das wissen? Bevor sie sich bei mir gemeldet hat, um mir mitzuteilen, dass sie meine sogenannte Stabschefin ist, hatte ich noch nie von ihr gehört. Joe Farnsworth ist der Chef in meinem Stab – und zwar der einzige, den ich brauche."

„Samantha, würdest du bitte mal tief durchatmen?"

„Sprich nicht in diesem Ton mit mir. Ich bin kein Kind."

„Okay, dann atme nicht, aber zähl nicht auf Hilfe von mir, wenn du ohnmächtig wirst."

„Nick, das ist nicht witzig! Diese Leute erwarten von mir, bei einem Treffen zu erscheinen und ihnen ‚Anweisungen' zu geben. Was denn für welche? Hallo, ich habe einen Beruf und muss einen Mord aufklären, in den indirekt einer meiner engsten Kollegen verwickelt ist, während mein tatsächlicher Chef um seine Karriere kämpfen muss. Ich habe für so etwas keine Zeit!"

„Ich werde mit Nelsons Leuten reden und sehen, was ich tun kann, okay?"

„Ja, okay, solange ich nicht zu irgendwelchen Treffen dort muss."

„Wie gesagt, ich werde tun, was ich kann, aber wir hatten darüber gesprochen, dass du als Gattin des Vizepräsidenten kleinere Repräsentativpflichten wirst wahrnehmen müssen, bevor wir uns darauf geeinigt haben, dass ich Nelsons Angebot annehme."

„Für kleinere repräsentative Pflichten braucht man nicht gleich einen ganzen Stab, Nick!"

„Doch", erwiderte er mit einem leisen Lachen, das ihre Laune nicht verbesserte. „Wer soll denn sonst die ganze Arbeit machen?"

„Was für Arbeit bringen denn kleinere Repräsentativpflichten mit sich?"

„Babe, können wir darüber reden, wenn du wieder zu Hause bist?"

„Schon wieder dieser Tonfall."

„Was denn? Ich sage schließlich nur, dass ich lieber persönlich mit meiner Frau reden würde, als mich von ihr am Telefon anschreien zu lassen, weil sie sauer ist. Wo ist das Problem?"

„Na gut, schön. Wir reden später zu Hause."

„Toll, ich freue mich darauf."

„Ich nicht."

„Ach, ich dachte, du freust dich immer, wenn wir miteinander reden?"

„Nicht, wenn es um solchen Mist geht."

„Wir kriegen das schon hin. Keine Sorge."

„Ich muss diese Frau von Nudel zurückrufen. Was soll ich ihr sagen?"

„Lass mal, ich kümmere mich darum."

„Kein Treffen morgen."

„Wird gemacht."

„Kann es sein, dass du gerade einen ziemlich gönnerhaften Tonfall anschlägst?", fragte sie.

„Würde ich das wagen, wo meine wunderbare Frau eine Schusswaffe trägt?"

Bei diesen Worten musste Sam grinsen.

„Geht es dir jetzt besser?", erkundigte er sich.

Es ging ihr immer besser, nachdem sie mit ihm geredet hatte, aber das hätte sie niemals zugegeben, denn sie war nach wie vor sauer über den Anruf aus dem Weißen Haus. Dem gottverdammten Weißen Haus!

„Samantha? Bist du noch dran?"

„Ja."

„Planst du meine Ermordung mithilfe eines rostigen Steakmessers?"

„Derzeit nicht, ich behalte mir allerdings das Recht vor, später darüber nachzudenken."

„Zur Kenntnis genommen. Sehen wir uns heute Abend?"

„Ja."

„Ich liebe dich, Babe. Sei vorsichtig da draußen."

„Das bin ich doch immer. Du auch, was immer du gerade tust."

Lachend beendete er das Gespräch.

Sam lächelte, während sie ihr Handy wegsteckte.

„Hat er dich ein bisschen beruhigt?"

„Sie sind heute aber impertinent, Detective. Ist das dein guter Vorsatz fürs neue Jahr? Deiner Vorgesetzten gegenüber so aufsässig wie möglich zu sein?"

„Eigentlich lautet er, meiner Freundin Sam gegenüber so aufsässig wie möglich zu sein."

„Als du Angst vor mir hattest, hast du mir besser gefallen."

„Wann genau war das?"

Als Sams Handy erneut klingelte, warf sie einen besorgten Blick aufs Display und sah erleichtert, dass sie diesmal die Nummer kannte. Sie stellte das Handy laut, damit Freddie mithören konnte. „Ich bin ganz Ohr."

„Ich habe den Drogentest von Lori Phillips fertig", sagte Lindsey. „Ihre Blutalkoholkonzentration war 1,8 Promille, und in ihrer Nase und ihrem Blut haben wir Spuren von Kokain gefunden."

Sam stieß einen leisen Pfiff aus. „So viel zum Thema Entzug."

„Wir haben auch Spuren kürzlich erfolgten Geschlechtsverkehrs gefunden."

„DNA?"

„Bin dabei."

„Vermutest du eine Vergewaltigung?"

„Ich habe keine Verletzungen feststellen können, der Sex war also vermutlich einvernehmlich."

„Es wäre wirklich interessant, zu wissen, wo die Gute gestern war. Danke, Lindsey. Lass es mich wissen, wenn du Ergebnisse vom DNA-Test hast."

„Na klar."

Sam beendete das Gespräch und rief Archie an. „Wie weit seid ihr mit der Analyse des Handys, das euch Cruz heute Morgen gebracht hat?"

„Für Smartphones benötigen wir, wie du sicher weißt, etwa acht Stunden."

„Ich brauch so schnell wie möglich die SMS-Daten. Es geht darum, herauszufinden, wo das Opfer seine letzten Stunden verbracht hat."

„Du kriegst sie, sobald ich sie habe."

„Danke, Archie."

„Wo ich dich gerade dranhabe, wir brauchen einen Termin für die Einführung deines Teams in die neuen Tablets, die wir diesen Monat implementieren."

„Was für Tablets?"

„Liest du eigentlich deine E-Mails, Sam?", fragte er lachend.

Offenbar war der erste Januar der Tag, an dem sich die Männer in ihrem Leben auf ihre Kosten amüsierten. „Gelegentlich."

„Ich habe schon vor Wochen allen Teamleitern eine Mail mit der Bitte geschickt, einen Termin für die Einführung festzulegen. Gerade ist mir aufgefallen, dass mir deiner noch fehlt."

„Wir brauchen keine Tablets. Uns reicht unsere derzeitige Ausstattung."

„Das ist verpflichtend, Sam. Da müssen wir alle durch."

„Warum werden wir gezwungen, uns an etwas Neues zu gewöhnen, das wir gar nicht brauchen?"

„Wenn du dich erst einmal damit vertraut gemacht hast, wirst du es lieben."

„Nein. Ich habe ein Klapphandy, und das reicht mir völlig."

„Autsch", sagte Archie, und sie konnte förmlich seine Grimasse hören. „Setz dich darüber mit deinen Vorgesetzten auseinander. Aber bis dahin schick mir bitte per Mail ein paar Termine, zu denen ich mich mit deinem Team zusammensetzen kann. Ich brauche etwa vier Stunden."

„Vier Stunden?"

„Ich muss auflegen. Hier laufen gerade eure Überwachungsaufnahmen."

„Jaja."

„Schick mir eine Mail mit den Terminen. Bis morgen."

Seufzend klappte Sam ihr Handy zu und warf es von einer

Hand in die andere. „Wusstest du, dass wir im Einsatz jetzt Tablets nutzen sollen?“

„Ich kann's kaum erwarten. Dann können wir überall unsere Berichte schreiben, haben ständig Zugang zu den Datenbanken, können von unterwegs Fingerabdrücke überprüfen. Das wird super.“

Sam kam ein absolut brillanter Gedanke. Es hieß doch immer, sie müsse mehr delegieren. Normalerweise hätte sie diese fürchterliche Aufgabe auf ihren Stellvertreter Gonzo abgewälzt, aber da er krankgeschrieben war, erwischte es eben Freddie. „Hiermit ernenne ich dich zu Archies Kontaktmann. Organisiere du mit ihm die Einweisung unseres Teams für die blöden Dinger.“

Er wurde blass. „Bedeutet das, ich bin auch für deine Einweisung verantwortlich?“

Sie schenkte ihm ihr charmantestes Lächeln. „Ja. Nicht, dass ich vorhabe, so ein Ding je zu benutzen, da mein Partner sich ja schon so darauf freut.“

„O mein Gott.“

„Freddie! Du missbrauchst den Namen des Herrn! Wie kannst du es wagen?“

„Du treibst mich dazu.“

„Du triffst dich spätestens morgen mit Archie und machst das klar. Ja?“

„Ja“, erwiderte er mit zusammengebissenen Zähnen.

„Hervorragend.“

8

———

Sam rief Jeannie McBride an. „Wie weit bist du mit Rex Connolly?"

„Es sind mehrere Männer dieses Namens aktenkundig. Deinen habe ich gerade gefunden. Er wohnt in Laurel."

Sam notierte sich die Adresse. „Danke, Jeannie." Sie reichte Freddie ihr Notizbuch. „Gib das ins Navi ein", bat sie und erinnerte ihn so daran, dass sie mit diesem Gerät ebenfalls noch nicht umgehen konnte. Warum auch, wo er ihr immer alles abnahm? Je mehr sie konnte, desto mehr wurde von ihr erwartet, das hatte Sam schon lange begriffen. Als die Technik an ihrem Arbeitsplatz Einzug gehalten hatte, hatte sie plötzlich dreimal so viel zu tun gehabt, weswegen ihre Devise lautete: »Je einfacher, desto besser.«

Sie nahmen die Schnellstraße, die von Bowie nach Norden Richtung Laurel führte. Rex Connolly lebte in einer Gegend mit heruntergekommenen Reihenhäusern, die so dicht an dieser Schnellstraße lagen, dass man vom Parkplatz aus den Verkehrslärm hörte.

„Was bringt jemanden dazu, so dicht an eine Hauptverkehrsstraße zu ziehen?", fragte Sam Freddie.

„Sie können sich nichts anderes leisten?"

„Vermutlich." Sie klopfte an die gläserne Sturmtür des Hauses. „Wir haben Glück, dass heute Feiertag ist."

„Inwiefern?“

„Es steigert die Wahrscheinlichkeit, dass die Leute, mit denen wir reden müssen, daheim sind, und in den Zeitungsredaktionen arbeitet an solchen Tagen meist nur eine Notbesetzung.“

„Stimmt.“

Die Tür öffnete sich, und vor ihnen stand ein großer, glatzköpfiger, muskulöser Mann. Seine massigen Arme, seine breite Brust und sogar sein Gesicht waren tätowiert. Sam zuckte innerlich zusammen. Sie würde niemals verstehen, wie man sich das antun konnte. Er trug lediglich eine tief auf den Hüften sitzende Jogginghose.

„Mr Connolly?“, fragte sie durch die Tür, während sie und Freddie ihre Dienstmarken hochhielten.

„Ja. Was wollen Sie?“

„Ein paar Minuten Ihrer Zeit. Dürfen wir reinkommen?“

„Nicht ohne Durchsuchungsbeschluss.“

„Haben Sie etwas zu verbergen?“

„Nein, aber ich habe Rechte, und Sie betreten mein Haus nicht.“

Hinter ihm erschien eine nackte Frau auf dem Flur. „Was ist denn los?“

„Nichts, Baby. Geh wieder ins Bett. Ich komm auch gleich.“

Die Frau ging genauso nonchalant, wie sie gekommen war, als sei es für sie nichts Besonderes, nackt vor Fremden herumzulaufen. Vielleicht war dem ja so.

„Lassen Sie uns rein, Mr Connolly, sonst nehmen wir Sie zur Befragung mit. Ihre Entscheidung.“

Mit einem unwilligen Knurren, das Sam durch das Glas hörte, stieß er die Tür auf und entfernte sich.

Sam und Freddie folgten ihm in eine schmutzige, unaufgeräumte Küche, die nach abgestandenem Zigarettenrauch und Bier roch.

Er zündete sich eine Kippe an und blies den Rauch in ihre Richtung. „Was wollen Sie von mir?“, begann er. „Ich weiß nichts. Meine Freundin und ich ficken seit zwanzig Stunden fast ununterbrochen. Ich kann Ihnen als Beweis die benutzten Kondome zeigen.“

„So spannend das auch wäre, wir wollen nur Informationen über eine alte Freundin von Ihnen."

„Welche alte Freundin?"

„Lori Phillips."

Er lachte rau. „Ah, die liebe alte Lori, die zu Gott gefunden und dann beschlossen hat, dass sie jetzt zu gut für Leute wie mich ist, obwohl ich mich um sie und ihren kleinen Scheißer gekümmert habe? *Die* Lori? Warum suchen Sie sie? Weil sie Ihrem Kollegen Gonzales Ärger macht?"

„Nein. Wir wüssten gern, wann Sie das letzte Mal mit ihr gesprochen haben."

Er dachte nach. „Ich habe sie auf einer Weihnachtsfeier gesehen. Sie wollte mit mir reden, aber ich habe eine Neue, deshalb habe ich sie nur kurz begrüßt. Lori ist mit mir fertig. Sie wollte clean und nüchtern leben, und das ist nichts für mich."

„Wissen Sie, wer ihr früherer Dealer war?", fragte Sam.

„Ja, klar. Wenn ich Ihnen diese Information gebe, nehmen Sie mich doch direkt im Anschluss wegen Drogenkonsums fest. Halten Sie mich für blöd oder was?"

„Wir haben kein Interesse daran, Sie festzunehmen, Mr Connolly", sagte Sam. „Wir brauchen Informationen über Lori. Ausschließlich."

„Was hat sie angestellt?", fragte er und hob die Zigarette an die Lippen.

„Sie wurde ermordet."

Seine Hand erstarrte auf halbem Weg zum Mund. „Ermordet? Wie? Wann?" Er wirkte ehrlich überrascht – und betroffen.

„Wir kennen noch nicht alle Einzelheiten. Wir arbeiten daran."

„Ich wette, Ihr Kumpel Gonzales weiß, was mit ihr geschehen ist. Sie hat ihm ganz schön die Hölle heißgemacht."

„Er steht nicht unter Verdacht."

„Natürlich nicht", erwiderte er mit einem bitteren Lachen.

„Was können Sie uns über ihre Freunde, Bekannten und Dealer sagen? Auch der kleinste Hinweis könnte hilfreich sein."

„Sie hat mit den Leuten aus unserer gemeinsamen Zeit keinen Kontakt mehr. Sie ist jetzt clean."

„Wir haben Grund zu der Annahme, dass sie zum Zeitpunkt ihres Todes wieder zur Flasche gegriffen hatte."

„Wirklich? Ach, Scheiße. Sie hat sich wirklich große Mühe gegeben, ihr Leben auf die Reihe zu kriegen. Sie hat diesen kleinen Jungen so geliebt. Wollte ihm eine gute Mutter sein. Ich dachte, sie würde es schaffen."

„Mit wem war sie befreundet, Mr Connolly?"

„Ihre beste Freundin war Sara Angelo."

„Wissen Sie, wo wir sie finden?"

„Sie wohnt tatsächlich nur zwei Blocks entfernt." Er nannte ihnen den Namen der Straße. „Die Hausnummer weiß ich nicht. Vor ein paar Wochen habe ich sie im 7-Eleven getroffen, sonst wüsste ich gar nicht, dass wir praktisch Nachbarn sind."

„Wer war Loris Dealer?"

Er schüttelte den Kopf. „Das müssen Sie schon selbst herausfinden. Ich weiß, Sie sind hier in meinem Haus und versprechen mir, es würde nicht auf mich zurückfallen ... Sie müssen schon entschuldigen, dass ich Ihnen das nicht abkaufe. Leute wie Sie haben mich schon zu oft verarscht."

„Wie sieht es mit Namen von Freunden aus ihrer wilden Zeit aus?"

Rex schüttelte den Kopf. „Da kann ich Ihnen nicht weiterhelfen. Wenn ich anfange, diesen Leuten Bullen vorbeizuschicken, kann ich mich gleich neben Lori ins Leichenschauhaus legen."

„Wir könnten Sie mit zum MPD nehmen, bis Sie sich kooperativer zeigen."

„Lady, Sie wissen, dass ich wieder raus wäre, bevor Ihr Dienst heute endet. Sie kriegen diesen Namen nicht von mir." Er verschränkte die Arme vor der breiten Brust. „Nehmen Sie mich ruhig fest. Das wird Ihnen nicht weiterhelfen."

Sam versuchte, ihn mit ihrem Blick einzuschüchtern, doch er war unbeeindruckt.

„Ich möchte Ihnen ja helfen, den Kerl zu finden, der ihr das angetan hat", versicherte Rex. „Sie war ein nettes Mädchen, und wir hatten viel Spaß miteinander, aber für eine Tote riskiere ich nicht meinen Hals. Kommt nicht infrage."

Sam reichte ihm ihre Karte. „Wenn Ihnen noch etwas einfällt, das uns helfen könnte und das Sie uns mitteilen möchten, hier ist meine Nummer.“

Er nickte.

Mit einer Kopfbewegung deutete sie in Richtung Tür, und während sie dorthin gingen, tippte er auf seinem Handy herum.

„Ich habe Sara Angelos Adresse.“

Vielleicht hatten Smartphones ja doch etwas Gutes, dachte Sam, aber solange Freddie eins auf der Arbeit und Nick eins zu Hause hatte, brauchte sie kein eigenes.

Sie stiegen wieder ins Auto, und Freddie lotste sie um ein paar Ecken in eine weitere Straße voller anonymer Reihenhäuser.

„Die sehen alle gleich aus“, sagte Sam, nachdem sie sich umgeschaut hatte. „Was glaubst du, wie oft ich mich in der Tür irren würde, wenn ich hier leben würde?“

„Jeden Tag?“

„Vielleicht sogar stündlich.“ Sam klingelte und warf ihm einen Blick zu. „Warum übernimmst du nicht die Gesprächsführung?“

„Oh, äh, okay.“ Nach einer kurzen Pause fragte er: „Ist das die Strafe? Für den Spruch eben?“

„Wenn dem so wäre, wäre ich gemein und rachsüchtig. Beides trifft nicht zu. Es geht um Übung, um Weiterbildung im Dienst, um ...“ Die Tür flog auf und unterbrach ihre lahme Ausrede. Vor ihnen stand eine Frau mit roten Wangen und dunklen Haaren und Augen.

„Sorry“, sagte sie, „ich habe trainiert.“

Sam und Freddie zeigten ihr ihre Dienstmarken.

„Detective Cruz und Lieutenant Holland, Metro PD“, stellte Freddie sich und seine Vorgesetzte vor. „Haben Sie ein paar Minuten für uns?“

„Ja, okay.“ Sie trat zurück und ließ sie in ihr gepflegtes Heim. Nach den beiden letzten Besuchen war diese Wohnung wie eine frische Brise – wortwörtlich. „Worum geht es?“

„Sie sind mit Lori Phillips befreundet?“, fragte Freddie.

„Ja“, antwortete sie zögernd. „Was ist mit ihr?“

„Wann haben Sie sie das letzte Mal gesehen oder mit ihr gesprochen?“

„Wir waren Anfang Dezember zusammen auf einer Weihnachtsfeier. Aber wir schreiben uns recht regelmäßig gegenseitig Textnachrichten. Warum? Hat sie ein Problem? Sie hat sich große Mühe gegeben, ihr Leben in den Griff zu kriegen. Wirklich.“

„Ich muss Ihnen leider mitteilen, dass sie heute Morgen ermordet aufgefunden wurde.“

Sara öffnete den Mund und schloss ihn dann wieder, ohne ein Wort zu sagen. Tränen traten ihr in die Augen. „Ermordet?“ Ihre Stimme war nur ein Flüstern. „Wer könnte ihr denn etwas zuleide tun? Sie war so ein liebenswerter Mensch.“ Dann verhärtete sich ihre Miene. „Der Vater ihres Kindes. Sie hat ihm Ärger gemacht. Ich wette, er war es.“

Freddie stellte ganz ruhig fest: „Nein.“

„Klar, das müssen Sie ja sagen! Er ist Polizist! Natürlich war er es nicht. Aber wer sollte es sonst gewesen sein?“

„Das wüssten wir auch gerne.“

Wütend wischte sie sich die Tränen von den Wangen. „Haben Sie ihn als Verdächtigen überhaupt in Betracht gezogen?“

„Er hat ein Alibi.“

„Na logisch. Leute wie Lori bedeuten Ihnen einfach weniger als ein anderer Bulle. Schon klar.“

„Das ist nicht wahr“, widersprach Sam. „Wir wollen genau wie Sie, dass ihr Mörder seine gerechte Strafe bekommt.“

„Irgendwie bezweifle ich das. Sie war seit der Highschool meine beste Freundin. Ich wette, mir ist mehr daran gelegen als Ihnen, dass ihr Mörder seine gerechte Strafe erhält.“

„Das mag sein“, räumte Sam ein. „Ich sage nur, dass für uns alle Morde gleichermaßen wichtig sind. Wir wollen bei jedem Mordfall der Gerechtigkeit zum Sieg verhelfen. Können Sie uns verraten, mit wem Lori sonst noch Streit gehabt haben könnte? Wissen Sie etwas von einem Mann in ihrem Leben?“

Sara schwieg für mehrere Minuten, in denen sie sich nur die Tränen abwischte. „Es gab jemanden, von dem sie ein paarmal gesprochen hat.“

„Kennen Sie seinen Namen?“, fragte Freddie.

„Liam Hughes.“

„Wie haben die beiden sich kennengelernt?“

„Online, vor ein paar Monaten. Sie mochte ihn wirklich.“

„Wissen Sie, welche Onlineplattform sie benutzt hat?“, erkundigte sich Freddie.

„Ich glaube, sie ist ihm auf einer Seite namens DateFinder begegnet.“

„Wo wohnt er?“

„In Baltimore, meine ich.“

Bei dem Gedanken, bis nach Baltimore fahren zu müssen, hätte Sam am liebsten laut gestöhnt. „Wissen Sie, ob sie ihn gestern getroffen hat?“, fragte sie stattdessen.

„Das weiß ich nicht. Ich war den Großteil der letzten Woche mit ein paar Freunden in Colorado Ski fahren. Seit meiner Rückkehr habe ich nicht mit Lori gesprochen. Ich wollte heute mal bei ihr anrufen.“ Sie ließ die Schultern hängen, als ihr plötzlich klar zu werden schien, dass sie nie wieder mit ihrer Freundin sprechen würde. „Was ist passiert?“

„Jemand hat sie mit bloßen Händen erwürgt“, antwortete Freddie. Die Erfahrung hatte sie gelehrt, dass es besser war, einfach die Wahrheit zu sagen, als um den heißen Brei herumzureden.

„O Gott“, seufzte Sara. „Ich weiß überhaupt nichts über Morde, aber das klingt irgendwie ziemlich ... persönlich. Sind Sie sicher, dass es nicht der Kindsvater war? Ihm käme es doch sehr gelegen, sie aus dem Weg zu schaffen, vor allem, weil sie ihm solchen Ärger bereitet hat.“

„Er war es nicht“, sagte Freddie.

Im Handumdrehen verwandelte sich Saras Schmerz in Wut. „Woher wollen Sie das wissen?“

„Wir kennen ihn“, entgegnete Freddie. „Schon seit Jahren. Wir wissen, dass er dazu nicht imstande wäre. Er liebt dieses Kind und würde niemals etwas tun, das ihm schadet, und das schließt auch die Ermordung seiner Mutter ein.“

Sam hätte ihren Partner für diese Worte am liebsten gelobt, doch sie hielt sich zurück. Sie musste keine weiteren Plattitüden obendrauf packen. Sie würden diese Frau, die Gonzo überhaupt nicht kannte, nicht davon überzeugen können, dass er zu einem Mord schlicht nicht imstande war.

„Ms Angelo“, sagte Sam stattdessen so sanft wie möglich, „ich mache diesen Job jetzt schon seit vielen Jahren und habe gelernt, keine voreiligen Schlüsse zu ziehen. Im Augenblick sammeln wir Fakten. Sie haben uns sehr geholfen. Wir haben jetzt einen Ansatzpunkt und wissen das sehr zu schätzen." Sie gab ihr ihre Karte. „Wenn Ihnen noch irgendetwas einfällt, das für unsere Ermittlung von Bedeutung sein könnte, rufen Sie mich bitte an."

Sara nahm die Visitenkarte entgegen.

„Ihre Familie weiß bisher nichts von alldem", fuhr Sam fort, „deshalb wäre es besser, wenn Sie die Angelegenheit fürs Erste für sich behalten könnten."

„Ich rufe nicht gleich beim Fernsehen an, falls Sie mir das unterstellen wollten."

„Nein, das wollte ich nicht, aber Ihre Verschwiegenheit wäre dennoch hilfreich."

„Tut mir leid", sagte Sara. „Ich bin sehr aufgebracht. Wir waren lange befreundet. In den Jahren, in denen sie zusammen mit diesem Drecksack Rex auf die schiefe Bahn geraten ist, haben wir uns ein wenig aus den Augen verloren, sind uns in letzter Zeit jedoch wieder nähergekommen." Ihre Stimme brach, und wieder rannen ihr Tränen über die Wangen.

„Herzliches Beileid zu Ihrem Verlust", kondolierte Freddie.

„Danke."

Auf dem Weg nach draußen schüttelte Freddie den Kopf. „Das wird einfach nie leichter."

„Nein."

„Dann fahren wir wohl nach Baltimore?"

„Wenn es uns gelingt, diesen Hughes zu lokalisieren." Im Auto wartete sie, bis Freddie mit seinem Smartphone eine Online-Spur des Mannes gefunden hatte. „Kannst du mir mal erklären, was so toll an Onlinedating ist? Ich hätte ständig Angst, ich könnte mich mit einem Serienkiller verabredet haben."

„Könnte sein, dass dein Beruf deine Sicht der Dinge ein wenig negativ beeinflusst."

„Ich gebe ja nur ungern zu, dass du recht haben könntest …"

Er lachte. „Das schmerzt, oder?"

„Ganz furchtbar. Trotzdem kann ich mir nicht vorstellen, mich mit einem Typen einzulassen, den ich im Internet kennengelernt habe." Sie erschauerte. „Supergruselig."

„Ich muss dich leider daran erinnern, dass du in deiner

eigenen WG einen ziemlich gruseligen Typen kennengelernt hast."

Der Gedanke an ihren ehemaligen Mitbewohner, der inzwischen ihr psychotischer Ex-Ehemann war, jagte Sam erneut Schauer über den Rücken. Vier Jahre ihres Lebens, die sie niemals zurückbekommen würde. „Verdammt, heute hast du ja wirklich ein ums andere Mal recht."

„Ich liebe das. Es steigt mir gerade so richtig zu Kopf."

„Tu dir nicht weh dabei", sagte Sam.

„Ich kann dich leider nicht verstehen – ich bin gerade zu sehr damit beschäftigt, zu genießen, dass ich recht hatte."

„Komm wieder runter, und finde ihren Netzflirt." Sam nutzte die Gelegenheit, um Archie anzurufen. „Hat die Spurensicherung den Computer unseres Opfers eingetütet?", fragte sie ohne Begrüßung, nachdem er sich gemeldet hatte.

„Noch nicht."

„Offenbar hatte sie etwas mit einem Typen am Laufen, den sie bei DateFinder kennengelernt hat. Ich hätte gerne so schnell wie möglich Zugang zu ihrem Account dort."

„Ich geb dir Bescheid, sobald der Computer hier eintrifft."

„Danke. Irgendwas Neues zu den Überwachungsaufnahmen?"

„Nur Dunkelheit und Schuhe. Ich mache Screenshots für dich. Wer auch immer die Kameras abgeschraubt hat, wusste, wie man es vermeidet, dabei gefilmt zu werden."

„Großartig." Eine weitere Spur war gerade kalt geworden. „Ich melde mich, wenn ich aus Baltimore zurück bin."

„Baltimore? Was zur Hölle ...?"

„Ich verfolge eine Spur."

„Na dann. Besser du als ich."

„Danke, du bist ein Schatz." Archie lachte, und sie legte auf. „Heute haben wirklich alle einen Clown gefrühstückt."

„Das ist bestimmt dein komödiantischer Einfluss."

„Hast du unseren Mann aufgespürt?"

„Glaube schon. Nimm die Schnellstraße nach Norden."

„Ich möchte zu Protokoll geben, dass ich das nur unter Zwang tue. Freiwillig betritt die Metro Police Baltimore bloß wegen des guten italienischen Essens."

„Oder weil Mordverdächtige dort wohnen."

„Oder das.“

„Vielleicht können wir uns ja ein köstliches italienisches Mittagessen gönnen?“, fragte er hoffnungsvoll.

„Du hast doch gerade erst gefrühstückt.“

„Das war vor Stunden, und ich bin noch im Wachstum.“

„Benachrichtige bitte, während du wächst, unsere Kollegen vom Baltimore PD, dass wir kommen. Frag mal, ob unser Freund Hughes der Polizei bekannt ist, und lass sie wissen, dass wir uns über Unterstützung freuen würden.“

„Wir brauchen keine.“

„Das wissen wir beide, aber wir müssen ihnen trotzdem den Schwanz lutschen.“

„Pfui, Sam! Mal ehrlich ...“

„Was habe ich denn jetzt wieder Schlimmes gesagt?“ An der Ausfahrt der Route 32 zur National Security Agency kam der Verkehr komplett zum Erliegen. „Warum? Warum, warum, warum? Spielen hier auch die Caps?“

Er konsultierte seine ständige Verbindung zur Außenwelt. „Nein, die Ravens haben heute ein Heimspiel.“

„Drecksmist. Ich hasse diesen Tag mit der brennenden Leidenschaft von tausend Hämorrhoiden.“

Freddie setzte sich unbehaglich anders hin. „Autsch. Das brennt wirklich.“

Sams Handy klingelte, und sie nahm den Anruf entgegen, weil sie ansonsten nur über die Wunder des Straßenverkehrs und Hämorrhoiden hätte nachdenken können. „Holland.“

„Gutes neues Jahr, Mrs Vice President.“

Sam hätte beinahe laut gestöhnt, als ihr klar wurde, dass sie mit Darren Tabor vom *Washington Star* sprach. Nicht tausend, sondern eine Million Hämorrhoiden. „Was wollen Sie, Darren? Ich bin beschäftigt.“

„Das habe ich schon gehört. Seit heute Morgen gibt es einen neuen Mordfall. Super Anfang für ein neues Jahr.“

„Nur ein weiterer Tag im Paradies.“

„Interessanterweise habe ich gehört, dass der Täter womöglich ein Kollege von Ihnen ist.“

„Was? Wovon reden Sie?“

„Ich habe einen Insidertipp bekommen, der besagt, dass Sie

Gonzales des Mordes an der Mutter seines Kindes verdächtigen."

Sam wäre beinahe von der Straße abgekommen. „*Was?* Das stimmt nicht. Haben Sie gehört, Darren? Das stimmt nicht mal ansatzweise. Gonzo ist kein Verdächtiger."

„Stimmt es, dass das Opfer die Mutter seines Kindes ist?"

„Kein Kommentar."

„Kommen Sie, Sam. Irgendwas müssen Sie mir geben."

„Nein, muss ich nicht, und wenn Sie Gonzo als Verdächtigen bezeichnen, werde ich Sie verklagen und ihm anraten, das ebenfalls zu tun."

„Meine Quelle dafür ist aber zuverlässig."

„Zuverlässiger als ich, die zuständige Leiterin der betreffenden Ermittlung? Wer ist denn Ihre sogenannte Quelle?"

„Sie wissen, dass ich Ihnen das nicht sagen kann."

„Hören Sie zu, Darren. Ob Sie es glauben oder nicht, ich halte Sie für einen der anständigen Vertreter Ihrer Zunft. Wenn Sie irgendetwas drucken, das auch nur andeutet, Gonzo könne in den Mordfall verstrickt sein, werde ich dafür sorgen, dass Sie nie wieder ein Zitat von einem Mitarbeiter des Metro PD oder aus dem Team des Vizepräsidenten kriegen. Habe ich mich klar ausgedrückt? Sollten Sie glauben, ich sei dazu nicht in der Lage ...“

„Machen Sie sich mal locker, Sam. Ich bringe das nicht. Erst mal zumindest."

„Sie sollten es besser nie bringen. Es würde die Karriere und das Leben eines Mannes ruinieren, der etwas Besseres verdient, nachdem er sich vor sehr kurzer Zeit im Dienst eine Kugel eingefangen hat und beinahe gestorben wäre. Erinnern Sie sich?"

„Ja."

„Erinnern Sie sich außerdem, dass ich Ihnen das erste Exklusiv-Interview mit ihm verschafft habe, sobald er nicht mehr in Lebensgefahr war?"

„Ja, ja."

„Wollen Sie, dass diese Quelle schneller austrocknet als die Muschi einer Jungfrau?"

„O mein Gott, Sam", stöhnte Freddie. Sein Tonfall war ganz ähnlich wie der von Darren am anderen Ende der Leitung. „Das ist widerlich."

„Habe ich mich klar und unmissverständlich ausgedrückt?“, fragte sie Darren, während sie Freddies tadelnden Blick ignorierte.

„Sie sind eine ganz schön krasse Nummer, Mrs Cappuano“, erwiderte Darren.

„Es wäre im Übrigen besser, wenn ich in der Zeitung keine Erwähnung davon lese, dass die Frau des Vizepräsidenten über Jungfrauenmuschis geredet hat.“

„Gerade eben hatte ich noch Lust auf ein Mittagessen“, sagte Darren. „Danke, dass Sie mir den Appetit und die Story ruiniert haben.“

„Immer gern zu Diensten. Fallen Sie mir bloß nicht in den Rücken, Darren. Was Leute betrifft, die meinem Team geschadet haben, habe ich ein Gedächtnis wie ein Elefant.“

„Das ist jetzt zwar ein unglaublich schrecklicher Themenwechsel, aber wie kommt Jeannie mit dem bevorstehenden Prozess zurecht?“

„Es ist der schrecklichste Themenwechsel in der Geschichte der Menschheit, und ich werde vergessen, dass Sie diesen rhetorischen Salto rückwärts geschlagen haben, und Ihnen einfach antworten, dass es ihr gut geht und das auch so bleibt, bis dieser Hurensohn, der sie angegriffen hat, verurteilt ist.“

„Der Prozess wird einen riesigen Medienrummel auslösen.“

„Das ist uns vollkommen klar.“

„Sie wissen, wo Sie mich finden, wenn sie bereit ist, mit einem Medienvertreter zu sprechen.“

„Ich werde an Sie denken, vorausgesetzt, Sie halten sich an unsere Abmachungen zum Thema Gonzo.“

„Rufen Sie mich an, wenn Sie bereit sind, den Namen des Opfers öffentlich bekannt zu geben?“

„Wenn ich Gelegenheit dazu finde, ja. Mehr kann ich nicht versprechen.“

„Das reicht mir für den Augenblick. Möchten Sie noch etwas zur Situation des Chiefs sagen?“

Sam hätte fast laut gelacht. „Netter Versuch, Darren.“

„O Mann. Sie sind schlimmer als meine Mutter.“

Sam klappte das Handy zu. „Wer zum Teufel hat die verdammte Presse angerufen und denen erzählt, wir hätten einen

Mordfall, bei dem ein Kollege der Hauptverdächtige ist, und zwar Gonzo?"

„Ja, wer zum Teufel macht so etwas?"

„Könntest du vielleicht ausnahmsweise mal darüber nachdenken, ordentlich zu fluchen?"

„Habe ich doch gerade."

„Wer zum Teufel' ist nicht geflucht!" Sam rief im Hauptquartier an. „Lieutenant Holland hier. Stellen Sie mich bitte in den Höllenschlund durch."

„Wohin?"

„Zur Mordkommission", flötete Sam, obgleich sie innerlich kochte.

„Moment bitte."

„Wer bildet die Trottel in der Telefonzentrale eigentlich aus?"

„Jedenfalls nicht du."

„Korrekt. Sonst würden die sich mit den Grundbegriffen des MPD-Slangs auskennen."

„Und anderem, ja."

„Wie bitte, Detective?"

„Ich sagte gerade: Sie haben völlig recht, Lieutenant."

„Dann habe ich dich ja doch richtig verstanden. Warum nimmt da eigentlich niemand ab, verdammt noch mal?" Sie legte auf und wählte erneut. „Chief Farnsworth bitte."

„Wer ist am Apparat?"

„Lieutenant Holland."

„Oh, ja, natürlich. Ich stelle Sie gleich durch. Außerdem gratulie..."

„Wenn Sie Ihren Job behalten wollen, sprechen Sie jetzt nicht weiter."

„Natürlich, Ma'am."

„Sieht so mein neues Jahr aus? Denn ich muss wirklich sagen, bisher gefällt es mir überhaupt nicht." Es klickte in der Leitung, dann hörte sie die Stimme des Chiefs.

„Holland?"

„Ja, Sir. Ich hatte eben einen merkwürdigen Anruf von Darren Tabor, der verdammt viel über unser Opfer und seine Beziehung zu Gonzo zu wissen schien. Tatsächlich hat er behauptet,

Gerüchten zufolge sei Gonzo unser Hauptverdächtiger, obwohl das gar nicht stimmt."

„Woher zum Teufel hat er das alles?"

„Das wüsste ich auch gern. Laut ihm von einer Quelle bei der Polizei."

„Nach der Sache mit Stahl ist hier niemand mehr dumm genug, von einem Behördenapparat aus mit den Medien zu telefonieren."

„Er hat nicht gesagt, der Anruf sei aus dem Hauptquartier gekommen. Nur, dass es sich um einen Insidertipp handelt."

„Hast du irgendeine Ahnung, wer das gewesen sein könnte?"

„Ich würde ja auf Stahl tippen, aber seit es ihm irgendwie gelungen ist, bis zu seinem Prozess auf Kaution freizukommen, hat er sich untadelig verhalten. Ich wüsste übrigens immer noch gern, woher er die Kohle hatte."

„Nicht nur du."

„Ramsey von der Special Victims Unit ist irgendeine Laus über die Leber gelaufen, die meinen Namen trug."

„Was für ein schönes Bild, Lieutenant."

„Tatsächlich hat er heute Morgen zu mir gesagt: ‚Lecken Sie mich am Arsch.' Ich habe das Davidson gemeldet, der es allerdings unter den Teppich kehren wird."

„Das hat er wirklich gesagt? Wieso das denn?"

„Ich glaube, dass ich ihm einen guten Morgen gewünscht habe. Das hat er wohl in die falsche Kehle gekriegt."

„Womit hast du dir denn seine Feindschaft verdient?"

„Ich war zu ihm genauso charmant wie zu jedem anderen. Nach meinem Gespräch mit Davidson habe ich kurz mit Erica Lucas geredet, und sie deutete an, sie hätte nähere Informationen zu ihm. Wir trinken demnächst einen Kaffee zusammen."

„Derweil werde ich mir mal Ramsey vorknöpfen, um herauszufinden, ob er unsere undichte Stelle ist."

„Halt mich bitte da raus."

„Mir würde im Traum nicht einfallen, dich zu erwähnen."

„Wie läuft die Zusammenarbeit mit der Presseabteilung?"

„Ich würde sagen, wie eine Wurzelbehandlung ohne Betäubung."

Sam verzog das Gesicht, als sie hörte, wie erschöpft er war.

„Hör mal ... Die graue Maus vor deiner Tür, wie heißt sie gleich noch ...?"

„Du meinst Helen, meine Sekretärin?"

Helen! So hieß sie. „Ja, genau."

„Und da wunderst du dich, dass die Leute ständig sauer auf dich sind."

„Tatsächlich wundert mich das überhaupt nicht."

Er lachte grunzend. „Was ist mit ihr?"

„Sie macht sich Sorgen um dich. Dein Teint gefällt ihr nicht. Ich muss sagen, ich gebe ihr recht. Du wirkst ein bisschen grau im Gesicht."

„Ich habe ziemlich viel um die Ohren."

„Hör zu, ich weiß, du bist erwachsen und kannst auf dich aufpassen, aber wenn du dir wegen dieser Sache die Gesundheit ruinierst, hilft das niemandem. Zunächst mal ist dieser Drecksack von Springer es nicht wert, dass du dich seinetwegen kaputtmachst, und zweitens ... Na schön, eigentlich gibt es kein Zweitens, außer dass wir alle dich gesund und munter brauchen. Geh mal zum Arzt. Bitte?"

„Marti nervt mich deswegen auch schon", gestand er. Marti war seine Frau. „Ich besorg mir einen Termin."

„Jetzt gleich? Wenn wir aufgelegt haben?"

„Ja, Sam! Ich habe doch gesagt, ich besorg mir einen Termin. Wo steckst du gerade?"

„Wir stehen hier Stoßstange an Stoßstange, und zwar ausgerechnet auf dem Weg nach Baltimore."

„Was zum Teufel wollt ihr da?"

„Wir folgen einer Spur im Fall Phillips. Sie hat online einen Mann kennengelernt, der dort lebt. Wir versuchen, ihre letzten Tage zu rekonstruieren, ohne schon auf Handy- oder Computerdaten zurückgreifen zu können."

„Gut. Halt mich auf dem Laufenden. Hast du schon etwas von Hill gehört?"

„Nein. Sollte ich?"

„Ich habe ihn hinzugezogen. Er wird sich bald bei dir melden."

„Na, da kommt doch Freude auf. Der Tag wird echt minütlich besser."

Freddies Smartphone klingelte, und nach einem Blick aufs Display nahm er den Anruf entgegen.

„Ich muss zurück zur Besprechung mit der Presseabteilung", erklärte Farnsworth. „Falls ich das nicht erwähnt haben sollte, das war eine gute Idee vorhin, unsere Sichtweise der Geschichte publik zu machen. Ich hatte mich eingeigelt, aber du hast recht, die Öffentlichkeit muss etwas von mir hören."

„Ich habe eigentlich immer recht. Sagt zumindest Nick."

„Puh. Na schön, den Spruch hatte ich verdient. Halt mich auf dem Laufenden, was Phillips angeht."

„In Ordnung. Ruf den Arzt an. Bye." Zufrieden, dass sie ausgesprochen hatte, was ihr auf dem Herzen lag, und zugleich ihr Versprechen Helen gegenüber gehalten hatte, klappte sie das Handy zu. Genau das war der Grund, warum sie sich niemals ein Smartphone anschaffen würde. Man konnte die Dinger nicht energisch zuklappen.

9
———

„Was soll das heißen, er hat dich geschlagen?", fragte Freddie angespannt. Er saß stocksteif da, während er ihr zuhörte. „Einfach so? Völlig grundlos?" Dann lauschte er wieder eine Weile, und schließlich sagte er: „Ruf die Polizei. Oder soll ich das für dich erledigen?" Es folgte eine kurze Pause. „Ja, Elin! Es ist ein Verbrechen, wenn dich jemand ins Gesicht schlägt. Außerdem musst du in die Notaufnahme. Kann dich jemand hinbringen?"

Sam sah ihn fragend an.

„Sie wollte bei einem Streit im Fitnessstudio schlichtend eingreifen, und ein Typ hat sie mit der Faust erwischt."

„Ich kann das melden."

Er hob einen Finger und bedeutete ihr damit, einen Moment zu warten. „Es hat schon jemand die Polizei und einen Krankenwagen gerufen?", erkundigte er sich. „Gut. Ich komme, so schnell ich kann. Im Augenblick bin ich in der Nähe von Baltimore, es wird also ein bisschen dauern. Bist du sicher, dass es dir gut geht?" Er lehnte die Stirn auf die Hand, mit der er sich auf die Autotür stützte. „Ja, Baby. Ich liebe dich. Es tut mir leid, dass du verletzt worden bist. Ich bin bald bei dir." Er unterbrach die Verbindung und umklammerte sein Smartphone.

„Geht es ihr gut?"

„Sie behauptet es, aber ich habe gehört, dass sie geweint hat."

„Ich bringe dich so schnell wie möglich zu ihr."

Er nickte und starrte aus dem Fenster auf das Verkehrschaos zwischen ihnen und der Stadt.

„Hast du die Polizei in Baltimore erreicht?"

„Ja, die beobachten das Haus des Typen schon eine Weile. Sie sind noch nicht sicher, ob er in Drogen oder Prostitution involviert ist."

„Na fabelhaft. Durchsuchungsbeschluss?"

„Sie sind bereit, uns einen zu besorgen, wenn sie bei der Durchsuchung dabei sein können."

„Natürlich wollen sie dabei sein."

„Das würden wir genauso machen."

„Kennt dein Wundertelefon Schleichwege in die Innenstadt?"

Er schien erleichtert, etwas zu tun zu haben, womit er sich von den Sorgen um seine verletzte Freundin ablenken konnte. Nach kurzem, intensivem Tippen wies er sie an, die nächste Ausfahrt zu nehmen. Zwanzig Minuten später erreichten sie die Straße im historischen Stadtteil Fells Point, in der Hughes wohnte, und suchten dann zehn Minuten lang nach einem Parkplatz.

„Ich war früher im Sommer gern hier, um was zu trinken", erzählte Sam. „Einer meiner Mitschüler auf dem College hat hier gelebt. Das war eine schöne Zeit."

Freddie sah sich um. „Ich glaube, ich bin zum ersten Mal hier."

„Kein großer Partygänger, was?", bemerkte sie, während sie ausstiegen.

„War ich noch nie."

„Möchtest du nie einfach mal die Sau rauslassen?"

„Woher weißt du, dass ich das nicht gelegentlich tue?", lautete seine Gegenfrage.

„Stimmt. Deine Vorstellung von wildem Sex ist vermutlich welcher, der sonntags nach der Kirche stattfindet." Seine Sorge um Elin verhinderte, dass er wie üblich schlagfertig konterte. „Sie kommt schon klar, Mann. Sie hat geredet und geweint, und sie war sauer. All das ist gut."

„Ich hasse es, hier zu sein, wenn sie mich zu Hause braucht."

„Du bist ja bald bei ihr." Sam schlang sich ihren Schal um den Hals. „Wieso ist es hier eigentlich kälter als in D. C.?"

„Wir sind in der Nähe des Innenhafens. Vom Wasser her weht eine kühle Brise."

Die Reihenhäuser, von denen Liam Hughes eins bewohnte, unterschieden sich durch die Farbe ihrer Ziegel. „Hier würde ich mich nicht so leicht verirren."

Statt die Gelegenheit für einen Spruch, die sie ihm quasi auf dem Präsentierteller anbot, zu nutzen, nickte Freddie nur. Er war mit den Gedanken ganz woanders, doch Sam machte ihm keinen Vorwurf daraus. Sie würde durchdrehen, wenn Nick verletzt wäre und sie keine Möglichkeit hätte, an seine Seite zu eilen.

Sie klopften mehrfach an die Tür, aber nichts rührte sich dahinter.

„Toll", brummte Freddie. „Der ganze Weg umsonst."

„Fragen wir mal bei den Nachbarn rum, ob die wissen, wo er ist."

Sam nahm das Haus links neben Liams, Freddie das rechts. Eine junge Frau mit einem Kind auf der Hüfte öffnete links die Tür. Sam zeigte ihr ihre Dienstmarke. „Könnten Sie uns vielleicht sagen, wo wir Ihren Nachbarn finden können? Liam Hughes?"

„Wer weiß das schon? Er hat einen seltsamen Tagesrhythmus. Er ist die ganze Nacht wach und hört laute Musik und verschläft dann den Tag. Wir mussten das Kinderzimmer auf die andere Seite des Hauses verlegen, weil seine Musik sie ständig geweckt hat."

„Sie hatten also Kontakt mit ihm?"

„So wenig wie möglich. Wir sind nicht gerade befreundet. Bei ihm gehen zu jeder Tages- und Nachtzeit Leute – meist Frauen – ein und aus. Mein Mann meint, Hughes sei ein Zuhälter. Darüber zu spekulieren, was da drüben läuft, ist unser Lieblingshobby."

„Darf ich mir Ihren Namen und Ihre Telefonnummer aufschreiben, falls wir noch ein paar Anschlussfragen haben?"

„Klar, kein Problem."

Als Sam wieder auf die Straße trat, wartete Freddie schon mit ähnlichen Auskünften von dem Nachbarn auf der anderen Seite auf sie – viele Partys, viele Frauen, laute Musik. „Der Typ scheint ein ziemlicher Idiot zu sein." Sie sah ihren Partner an. „Ich weiß, du willst zurück nach Washington. Ich würde trotzdem gerne kurz abwarten, ob er zurückkommt."

„Was heißt ‚kurz'?"

„Maximal eine Stunde."

Freddie verzog das Gesicht, nickte aber. „Okay.“

„Sorry.“

„Nicht deine Schuld.“ Er warf einen Blick auf sein Smartphone, während sie zum Auto zurückgingen. „He, weißt du, was? Hughes ist zur Festnahme ausgeschrieben. Wegen ausstehender Unterhaltszahlungen.“

„Hervorragend. Hoffen wir, Daddy kommt heim, damit wir ihn deswegen verhaften und ihm dann ein paar Fragen über seine Freundin Lori stellen können.“

„Ich brauche was zu essen.“ Freddie deutete auf einen Sandwichladen am anderen Ende des Blocks. „Was dagegen, wenn ich mir da schnell was hole?“

Sie nahm einen Zehner aus ihrem Geldbeutel. „Bring mir irgendetwas Vegetarisches und ein Wasser mit.“

„Alles klar. Ich bin gleich wieder da.“ Er eilte die Straße entlang, während Sam es sich auf dem Fahrersitz ihres Autos bequem machte.

Sie schickte Nick eine SMS.

Tja, jetzt verbringe ich Neujahr mit einer Überwachung in Baltimore. So habe ich mir den Jahresanfang nicht vorgestellt.

Er schrieb sofort zurück.

Was treibst du denn da oben?

Freddie hatte Lust auf italienisches Essen. Ha! Wir folgen einer Spur, was sonst? Hast du dich schon um mein „Problem“ gekümmert?

Telefoniere gerade herum. Mach dir keine Sorgen. Ich erledige das.

Danke. Tut mir leid, dass ich so eine miese Vizepräsidentengattin bin.

Solange du weiter regelmäßig Beischlafbereitschaft zeigst, bist du die beste Vizepräsidentengattin aller Zeiten.

Haha, du Sex-Bestie. Was ist, wenn der Secret Service deine SMS mitliest?

Die überwachen nur mein Diensthandy. Das hier ist mein privates. Hast du den Mist in den Nachrichten gesehen, von wegen Gonzo als Mordverdächtiger?

WAS?!?

CBC ist voll davon. Hast du das nicht mitbekommen?

NEIN!!! OMG! Darum muss ich mich sofort kümmern. Bis dann.

Sorry, Babe. Halt durch. Liebe dich.

Liebe dich auch.

Sam rief im Hauptquartier an, verlangte den Chief zu sprechen und erhielt die Auskunft, er sei in einem Meeting. „Helen, Lieutenant Holland hier. Ich muss sofort mit ihm reden. Es ist dringend."

„Bleiben Sie bitte dran."

Sam war gezwungen, sich den lächerlichen Softrock anzuhören, der im Telefonsystem des Departments als Warteschleifenmusik diente. Nichts signalisierte so zuverlässig, dass man telefonisch mit der Zentrale der knallharten Hauptstadtcops verbunden war, wie weichgespülter Rock. Sie brauchten unbedingt ein bisschen Bon Jovi, um die Warteschleife etwas aufzumischen. Das würde sie bei der nächsten Personalversammlung beantragen. Während sie auf den Chief wartete, kam ein Mann um die Ecke. Er sah sich nervös um, bevor er auf die Tür zuging, die sie im Auge hatte.

Sam warf das Handy zur Seite, stieg aus und überquerte die Straße, um zeitgleich mit ihm die Treppe zu seinem Reihenhaus zu erreichen. Sie zeigte ihm ihre Dienstmarke. „Mr Hughes? Lieutenant Holland, Metro PD, Washington D. C. Ich möchte Ihnen ein paar Fragen stellen."

Beim Anblick ihrer Dienstmarke wirbelte er herum und ergriff die Flucht.

Leise fluchend nahm Sam die Verfolgung auf. Wussten diese Idioten denn nicht, dass es einem Schuldbekenntnis gleichkam, vor der Polizei davonzulaufen? Sie legte einen Zahn zu und holte ihn zwei Blocks weiter ein. Sam packte die Kapuze seines Sweatshirts, zog heftig daran und schleuderte ihn auf den Gehsteig. Sie stürzte sich auf ihn und landete dabei schmerzhaft auf dem rechten Knie.

Nachdem sie ihm das linke Knie ins Kreuz gestemmt hatte, gelang es ihr, ihm innerhalb von Sekunden Handschellen anzulegen.

„Was soll die Scheiße? Ich hab nichts gemacht! Sie können mich nicht einfach so umrennen und festnehmen."

„Ach nein? Sieht so aus, als hätte ich genau das gerade getan. Warum sind Sie abgehauen, wenn Sie keinen Dreck am Stecken haben?"

In diesem Moment kam Freddie um die Ecke und wirkte etwas irritiert, als er sie mit dem Typen am Boden erblickte. „Kaum ist man mal zehn Minuten weg, steckst du schon in Schwierigkeiten.“

„Die Schwierigkeiten sind bereits geklärt. Detective Cruz, das ist Liam Hughes.“

„Ich würde ja gern erklären, es sei mir eine Freude, Sie kennenzulernen“, meinte Freddie, „aber Sie scheinen sich nicht besonders zu freuen.“

„Dafür werde ich Sie verklagen“, drohte Hughes und zerrte an den Handschellen.

„Dann sollte ich Ihnen mitteilen, dass Sie das Recht haben, zu schweigen“, erwiderte Sam. „Alles, was Sie sagen, kann und wird vor Gericht gegen Sie verwendet werden.“ Nachdem sie ihn über seine Rechte aufgeklärt hatte, zerrte Freddie Hughes hoch und führte ihn zum Wagen. „Außerdem, Sie Drecksack, können Sie uns gar nicht verklagen, denn Sie werden wegen nicht geleisteter Unterhaltszahlungen gesucht.“

„Ich schulde der Schlampe überhaupt nichts. Das Kind ist nicht von mir.“

„Erzählen Sie das dem Richter.“

Sam folgte ihnen hinkend, denn das Knie, mit dem sie auf den Gehsteig geknallt war, pochte. Alle Muskeln in ihrem Körper brannten von dem Sprint, ein Beweis dafür, dass sie vielleicht doch einen guten Vorsatz fassen sollte, der mit einem Fitnessstudio zu tun hatte, bevor sie völlig außer Form geriet. Mit fünfunddreißig war sie offensichtlich nicht mehr so fit wie früher.

Nachdem Freddie Hughes auf die Rückbank verfrachtet hatte, wandte er sich ihr zu. „Alles in Ordnung?“

„Ja, ich bin hart auf dem Knie gelandet und ziemlich ausgepumpt, aber ansonsten ist alles okay.“

„Soll ich fahren?“

Sie warf ihm den Schlüssel zu. „Dazu sage ich nicht Nein.“ Auf dem Beifahrersitz fand sie die Tüte mit dem Imbiss vor, die er dort abgestellt hatte, ehe er sich auf die Suche nach ihr gemacht hatte. „Schön, dass du das Essen vorher in Sicherheit gebracht hast.“

„Klar doch. Der Himmel allein weiß, wann du mir wieder die Chance gibst, was zu bekommen.“

„Also hast du zuerst die Sandwiches gesichert, statt deiner

Partnerin zu Hilfe zu eilen, die sich möglicherweise in Todesgefahr befand? Gut zu wissen, wo ich auf deiner Prioritätenskala rangiere."

„Das sollte dir nach all der Zeit nicht mehr neu sein."

„Ich will einen Anwalt", warf Hughes vom Rücksitz ein.

„Halten Sie die Klappe", sagte Sam, biss in ihr Sandwich und wünschte, es wäre mit saftigem Fleisch belegt statt mit Gemüse. „Wir sollten in Baltimore Bescheid sagen, damit die Kollegen nicht sauer sind, dass wir in ihrer Stadt eine Verhaftung vorgenommen haben."

„Mach ich." Irgendwie gelang es ihm, gleichzeitig zu essen, zu fahren und mit der Mordkommission des Baltimore PD zu telefonieren, um die Information zu übermitteln, dass sie im Zuge einer Ermittlung in deren Stadt eine Festnahme durchgeführt hatten.

Professionelle Höflichkeit und der ganze Drecksmist. Sam hatte es so satt, auf all die empfindlichen Egos von Kolleginnen und Kollegen Rücksicht nehmen zu müssen. Bloß nicht in jemandes Revier wildern, ohne vorher Bescheid zu sagen. Dann fiel ihr das Telefongespräch wieder ein, das sie abrupt unterbrochen hatte, als Hughes aufgetaucht war, und warum sie es hatte führen wollen.

„Sie geben uns Bescheid, wenn der Haftbefehl da ist", erklärte Freddie.

„Wir haben ein Problem", teilte sie ihm mit. „CBC meldet, Gonzo sei unser Hauptverdächtiger für den Mord an der Mutter seines Kindes."

„Was? Wie zum Teufel ...?"

„,Scheiße' lautet das Wort, das du suchst. Wer weiß? Offenbar hat sich unsere undichte Stelle nicht nur an Darren gewandt, und der wird jetzt sauer auf mich sein, weil ihm jemand anders zuvorgekommen ist." So viele Egos, so wenig Zeit. Sie wählte erneut die Nummer des Chiefs.

„Einmal konnte ich ihn stören", antwortete Helen in schnippischem Tonfall. „Noch mal leider nicht."

„Ich habe einen Verdächtigen in einer Mordermittlung verfolgt."

„Mord!", rief Hughes vom Rücksitz. „Was zur Hölle …? Ich habe niemanden umgebracht."

Sam ignorierte ihn. „Ich muss dringend mit dem Chief reden. Es geht um Leben und Tod." Das war zwar vielleicht nicht ganz zutreffend, doch Gonzos Leben und Karriere standen zweifellos auf dem Spiel, und er verdiente es, dass sie für beides eintrat.

„Bitte bleiben Sie dran, und bitte seien Sie diesmal auch da, wenn er das Gespräch annimmt."

Sobald die Warteschleifenmusik erklang, murmelte Sam gespielt gekränkt: „Ach Helen, ich dachte, wir wären Freundinnen. Das finde ich jetzt schon ein bisschen verletzend."

„Das hast du jetzt nicht wirklich gesagt", meinte Freddie, der den Mund mit etwas voll hatte, das vermutlich Hühnchen-Parmigiana war. Beim Gedanken daran lief Sam das Wasser im Mund zusammen.

„Nein. Das hat nur die schreckliche Softrockmusik gehört, die bei uns in der Warteschleife läuft."

„Furchtbares Zeug."

„Im Moment jammert mir gerade jemand etwas über ewige Liebe ins Ohr."

„Verdammt, Gonzo wird durchdrehen."

„Vielleicht weiß er es noch nicht." Genau da klopfte ein weiterer Anrufer auf ihrem Handy an. Ein Blick aufs Display verriet ihr, dass es sich um Gonzo handelte. „Doch, er weiß es. Rufst du ihn bitte zurück? Sag ihm, wir tun, was wir können, um dem was entgegenzusetzen." Sam wusste genauso gut wie Gonzo, dass allein schon der Verdacht seinen untadeligen Ruf beschädigen und möglicherweise seine Karriere ruinieren würde. Natürlich lag genau das in der Absicht der Person, die diese Lügen über den Stand der Ermittlungen an die Medien weitergegeben hatte.

„Holland?", knurrte der Chief, kaum dass die Verbindung stand. „Bist du diesmal dran?"

„Tut mir leid wegen vorhin. Ich habe einen Verdächtigen im Fall Phillips festgenommen."

„Welcher Fall Phillips?", fragte Hughes von der Rückbank. „Reden Sie über Lori? Ich kenne sie doch kaum! Was hat sie angestellt?"

Sam nickte Freddie zu, der daraufhin seinerseits Hughes anwies, die Klappe zu halten.

„Wir haben ein Problem. CBC hat gemeldet, Gonzo sei unser Hauptverdächtiger."

„Verdammte Scheiße", murmelte Farnsworth und drückte damit genau das aus, was Sam dachte.

„Unsere undichte Stelle war fleißig. Irgendeine Idee, wer es sein könnte?"

Während sie durch die verstopfte Stadt fuhren, hörte Sam, wie Freddie neben ihr am Telefon versuchte, Gonzo zu beruhigen.

„Conklin redet gerade mit Ramsey. Ich habe noch nichts von ihm gehört. Ich hänge in dieser Besprechung mit den Idioten von der Presseabteilung, die glauben, besser zu wissen als ich, wie man die Behörde nach außen repräsentieren sollte."

„Kannst du sie nicht rausschmeißen und jemand Neues einstellen?"

„Ich wünschte, es wäre so leicht", sagte er mit einem bitteren Lachen. „Sam, ich muss da wieder rein. Wir machen Pläne für eine große Medienoffensive, die morgen früh beginnen soll."

„Kann ich irgendwas tun? Du weißt, ich hasse meinen Promistatus, aber wenn er hilfreich sein kann, stehe ich gerne an deiner Seite, um meine Solidarität zu bekunden."

„Interessantes Angebot. Der Chef unserer Presseabteilung hat vorgeschlagen, ich soll dich genau darum bitten, doch ich habe mich geweigert."

„Wieso das?"

„Du hasst deinen Promistatus, und mir gefällt die Vorstellung nicht, dich darum zu bitten, ihn zu meinen Gunsten einzusetzen."

„Aber dann wäre er ausnahmsweise mal zu etwas gut und nicht nur nervig."

Farnsworth lachte über ihre Wortwahl. „Was hältst du von einem Fernsehauftritt um sieben Uhr morgens?"

„Ist mir recht. Tolle Idee. Lass mich wissen, wohin ich kommen soll. Ich bin zu allem bereit."

„Ich gestatte das nur, weil du die Ermittlungen im Fall Springer geleitet hast. Nicht, weil du die Gattin des Vizepräsidenten bist."

„Danke, dass du ‚Gattin' sagst. Man hat mich heute schon als seine Alte bezeichnet. Ja, darüber darfst du lachen."

Es war schön, sein Lachen zu hören. Er hatte in letzter Zeit nicht viel Anlass dazu gehabt. „Das ist urkomisch. Hat derjenige, der das gesagt hat, noch alle Zähne?"

„Nur weil ich Informationen von ihm brauchte."

„Da hat er wirklich Glück gehabt. Er hat gar keine Ahnung, wie viel."

„Hat er tatsächlich nicht. Durchhalten. Wir sehen uns morgen."

„Danke, Sam. Ich kann gar nicht in Worte fassen, wie sehr ich deine Unterstützung zu schätzen weiß."

„Das ist das Mindeste, was ich tun kann, nachdem ich dich all die Jahre beinahe in den Wahnsinn getrieben habe." Lächelnd klappte Sam ihr Handy zu und schob es wieder in die Tasche.

„Sam, hast du dich wirklich gerade freiwillig zu einem Fernsehauftritt bereit erklärt?", fragte Freddie. „Hast du jetzt den letzten Rest deines Verstands verloren?"

„Wahrscheinlich, aber wenn es ihm hilft, dann mache ich es und nutze die Gelegenheit, öffentlich bekannt zu geben, dass wir Gonzo nicht verdächtigen. Apropos … Dreht er durch?"

„Was ist denn die nächste Phase nach Durchdrehen? Das Schlimmste ist, dass er wirklich gedacht hat, die Info käme von uns."

„Ich hoffe, du hast ihn vom Gegenteil überzeugen können."

„So halbwegs. Der arme Kerl dreht am Rad. Dieselben Reporter, die ihn nach der Schießerei zum Helden hochstilisiert haben, rennen ihm jetzt die Bude ein und wollen wissen, ob er ein Mörder ist."

„Wir müssen das irgendwie abstellen." Wieder zückte sie ihr Handy und rief Malone an. Als er abnahm, verkündete sie: „Wir haben ein Riesenproblem."

Während Scotty Skip und Celia besuchte, verbrachte Nick den Feiertag am Telefon, zuerst mit seinem Stabschef Terry O'Connor, der in den zurückliegenden Wochen daran gearbeitet hatte, ihr neues Team zusammenzustellen. Nick sollte am nächsten Tag sein neues Amt als Vizepräsident antreten, und zwar mit einem deutlich erweiterten Stab, darunter zwei eigene nationale Sicherheitsberater. Unvorstellbar.

Terry hatte sich zwar um die Zusammenstellung dessen gekümmert, was er als ihr „Dream-Team" bezeichnete, doch Nick war ständig auf dem Laufenden gewesen und hatte alle Entscheidungen Terrys abgesegnet. In dieser Übergangsphase hatten sich die Verbindungen seines Stabschefs im politischen Washington als sehr nützlich erwiesen. Terrys Vater Graham, der so etwas wie Nicks Ersatzvater und politischer Mentor war, hatte ebenfalls Einfluss auf die Entscheidungen seines Sohnes genommen, und auch das war Nick ganz recht.

Der frühere Senator O'Connor war begeisterter als jeder andere von Nicks großem Karrieresprung, und Nick freute sich, zu sehen, wie sich der ältere Mann voller Eifer wieder in die politischen Prozesse einmischte, die er so liebte.

Zum zwanzigsten Mal an diesem Tag klingelte sein Telefon. Es war Derek Kavanaugh, der stellvertretende Stabschef des Weißen Hauses.

„Tut mir leid, dass ich Sie erst jetzt zurückrufe, Mr Vice President", sagte Derek, als Nick das Gespräch entgegennahm.

„Hör mit dem Quatsch auf, Derek." Die beiden Männer waren seit fünfzehn Jahren befreundet. Damals waren sie beide junge Mitarbeiter von Kongressabgeordneten und ganz neu in Washington gewesen.

Derek lachte. „Ich halte mich nur ans Protokoll, Sir."

„Derek ..."

„Sorry, Nick. Wie geht's?"

„Bisher ganz gut, abgesehen von den allgegenwärtigen Bodyguards. Daran muss ich mich erst noch gewöhnen."

„Das ist doch nicht deine erste Begegnung mit dem Secret Service. Ich hätte gedacht, nach dem Wahlkampf hättest du dich daran gewöhnt."

„Das ist eine ganz andere Ebene. Ich muss sagen, es nervt mich schon, dass ich quasi erst um Erlaubnis fragen muss, wenn ich mal rasch zu meinem Schwiegervater rübergehen möchte, und ich bin sicher, unsere Nachbarn lieben die Absperrungen in der Ninth Street.“

„Aber es ist doch großartig, dass ihr daheim wohnen bleiben könnt.“

„Das hatte ich zur Bedingung gemacht, und Ambrose war zwar von Anfang an dafür“, antwortete Nick und meinte damit den Leiter des Secret Service, „ich bin mir allerdings ziemlich sicher, dass meine Bodyguards es weniger prickelnd finden.“

„Sie werden sich daran gewöhnen müssen, genau wie du.“

„Vermutlich.“ Nick konnte sich nicht vorstellen, sich jemals an das Gefühl zu gewöhnen, sich wie ein Goldfisch im Glas von allen Seiten anstarren zu lassen. „Der Grund für meinen Anruf war, dass ich einen Rat zu den Gepflogenheiten im Weißen Haus bräuchte, was Sams Rolle angeht.“

„Sams Rolle?“

„Ich weiß. Wir finden das auch lustig. Folgendes: Man will, dass sie an Besprechungen und allen möglichen Terminen teilnimmt, aber es ist ja wohl klar, dass das nicht infrage kommt. Wie umschiffe ich das also auf eine Art und Weise, die meine Frau glücklich macht und trotzdem den Anforderungen meiner Position entspricht?“

„Hm, das ist gar nicht so einfach, vor allem, da Mrs Gooding im Weißen Haus überaus präsent und hier deswegen überall sehr angesehen war.“

„Sam wird überaus unpräsent sein.“

Derek lachte wieder, was Nick wirklich freute. Sein Freund hatte seit der Ermordung seiner Frau und der anschließenden Enthüllung einer weitreichenden Verschwörung nicht viel zu lachen gehabt. „Daran hast du doch sicher von Anfang an keinen Zweifel gelassen.“

„Nein, nur bekommt sie jetzt plötzlich Anrufe von einer Lilly Sowieso, die möchte, dass sie morgen zu einer Mitarbeiterbesprechung erscheint, was auf keinen Fall passieren wird.“

„Lilia Van Nostrand“, sagte Derek. „Auch die genießt hier hohes Ansehen. Eine wirklich tatkräftige Frau.“

„Dann wird sie vermutlich größere Probleme mit meiner Frau kriegen.“

Derek gab ein Geräusch von sich, das klang wie ein durch ein Hüsteln kaschiertes Lachen. „Vielleicht wäre es sinnvoll, wenn du dich vorab mit ihr triffst und ihr Sams ... Grenzen erklärst."

„Grenzen", wiederholte Nick lachend. „Sehr schön ausgedrückt. Das ist tatsächlich eine gute Idee. Ich werde Terry bitten, einen Termin mit ihr zu vereinbaren. Mein Einstand im Weißen Haus soll so wenig holprig wie möglich über die Bühne gehen, aber ich habe Sam einiges versprochen, als ich das Amt angenommen habe. Vor allem, dass sich in ihrem Leben nicht sehr viel ändern wird."

„Es könnte schwer werden, dieses Versprechen zu halten. Manchmal wird man erwarten, dass ihr beide an Veranstaltungen teilnehmt."

„Ich habe von vornherein gesagt, dass man sich manchmal mit mir wird begnügen müssen."

„Ich persönlich finde es sehr cool, dass sie etwas tut, was noch keine andere Vizepräsidentengattin vor ihr getan hat – zumindest nicht, dass ich wüsste. Sie arbeitet ohne Personenschutz weiter als Polizistin im Außendienst. Wahnsinn."

„Andererseits bin ich ständig am Rande eines Herzkaspers bei dem Gedanken, dass sie ohne Leibwächter durch die Gegend rennt und dabei eine große Zielscheibe auf dem Rücken trägt, weil sie mit mir verheiratet ist."

„Wenn ich eins über Sam weiß, dann, dass sie mehr als in der Lage ist, auf sich aufzupassen."

„Stimmt. Außerdem würde jeder potenzielle Kidnapper sie wahrscheinlich nach maximal dreißig Minuten freiwillig wieder laufen lassen." Nick scherzte darüber, doch der Gedanke, dass jemand versuchen könnte, Sam zu entführen, jagte ihm große Angst ein.

Diesmal machte Derek keinen Versuch, sein Lachen zu unterdrücken. „Das hast du gesagt."

„Aber du hast es gedacht."

„Das würde ich niemals zugeben."

„Ich weiß deine Unterstützung bei alldem wirklich zu schätzen. Du warst mir und Terry eine große Hilfe." Nick hatte beschlossen, Derek nicht zu fragen, was die seltsame Funkstille aus dem Westflügel in den zurückliegenden Wochen zu bedeuten hatte. Er wollte ihre Freundschaft nicht ausnutzen, deshalb würde er diese Karte erst spielen, wenn es unumgänglich war.

„Es war mir ein Vergnügen. Ich freue mich, dass Sie jetzt in den Westflügel einziehen, *Sir*.“

„Klappe, Derek.“

„Sehr wohl, Sir. Bis morgen.“

„Hey, Derek?“

„Ja?“

„Geht es dir gut?“

Aus dem Telefon erklang laut und deutlich ein tiefes Seufzen. „Den Umständen entsprechend, denke ich. Wir haben die Feiertage überlebt. Das ist doch schon mal was. Gott sei Dank gibt es meine Familie und Maeve“, antwortete er. Maeve war seine kleine Tochter. „Sie ist der Grund, warum ich jeden Tag aufstehe und weitermache.“

„Ihr seid von vielen Menschen umgeben, denen ihr beide sehr wichtig seid. Ich hoffe, das weißt du.“

„Ja, und das hat mir auch sehr geholfen. Danke für alles, was ihr für uns getan habt. Du und Sam, ihr wart uns großartige Freunde.“

„Wir wünschten, wir könnten mehr tun.“

„Es heißt, die Zeit heilt alle Wunden. Darauf setze ich.“

„Wenn du mich brauchst, bin ich für dich da. Der neue Job ändert daran gar nichts. Ich hoffe, das weißt du.“

„Das ist mir klar, und ich weiß es zu schätzen, *Sir*.“

Nick freute sich über Dereks Versuch, die Situation aufzulockern. „Ich lasse dir den Mist jetzt ein letztes Mal durchgehen, ausnahmsweise. Bis morgen.“

„Bis dann. Und danke der Nachfrage, Nick.“

„Pass auf dich auf.“ Er beendete das Gespräch. Danach saß er lange reglos da und dachte über Derek, seine wunderbare Frau Victoria und die finsteren Pläne nach, die Arnie Patterson geschmiedet hatte, um sich in Präsident Nelsons inneren Kreis einzuschleichen.

Noch nach all den Monaten drehten die Methoden, die Patterson und seine Söhne angewandt hatten, um Arnie das Präsidentenamt zu sichern, Nick den Magen um. Nun allerdings lautete ihre neue Adresse keineswegs „Pennsylvania Avenue 1600“.

Die drei und mehrere ihrer Komplizen warteten in einem Bundesgefängnis auf das Urteil in ihrem Prozess wegen Mord und Verschwörung.

Nick wollte sich gerade einigen der schriftlichen Briefings zuwenden, die ihm Terry zur Vorbereitung auf seinen neuen Job vorbeigebracht hatte, als es an der Tür klopfte. „Herein", rief er, doch zu seiner Überraschung betrat nicht Scotty, sondern Shelby das Zimmer. „Hallo. Was machst du denn heute hier? Selbst Sklaventreiber wie wir geben ihren Mitarbeitern an Feiertagen frei."

Lächelnd kam die zierliche Blondine herein und lehnte die Tür hinter sich an. „Scotty hat in einer SMS erwähnt, dass Sam zu einem Fall musste. Da dachte ich, dies sei eine gute Gelegenheit, unter vier Augen etwas mit dir zu besprechen."

„Klar." Nick deutete auf den zweiten Stuhl in seinem improvisierten Büro in einem der Gästezimmer im ersten Obergeschoss des Hauses. Er vermisste sein Arbeitszimmer unten, das jetzt dem Secret Service als Kommandozentrale diente. „Was gibt's?", fragte er, als sie Platz genommen hatte und jetzt nervös an ihrem flauschigen pinkfarbenen Schal herumspielte. „Bitte sag mir nicht, dass du kündigen willst. Ohne dich würden wir das hier nicht überleben."

„Nein, nein, ich gebe definitiv nicht den besten Job auf, den ich je hatte."

„Ist er besser als die Selbstständigkeit?"

„Viel besser und viel weniger stressig."

„Was belastet dich dann?"

„Na ja, ich habe euch ja schon bei den Vorbesprechungen zu diesem Job erzählt, dass ich nebenher an einem ziemlich privaten Projekt arbeite."

Zuerst wusste er nicht, wovon sie redete, doch dann fiel es ihm wieder ein. „Oh, ja." Sollte er jetzt fragen, wie es damit voranging? Oder warten, bis sie von sich aus mit der Sprache rausrückte?

„Ich wollte dir mitteilen, dass mein Projekt erfolgreich war." Sie sah ihn mit tränenschimmernden Augen an. „Ich bin schwanger."

Nicks Gehirn verfiel kurz in Schockstarre beim Gedanken daran, wie Sam diese Nachricht aufnehmen würde. Shelby wartete offenbar darauf, dass er etwas erwiderte. „Das sind ja großartige Neuigkeiten, Shelby. Ich freue mich für dich. Wann ist es denn so weit?"

„Um den vierten Juli herum. Ich wollte erst etwas sagen, wenn das kritische erste Trimester um ist, aber bisher läuft alles gut, obwohl ich ja nicht mehr die Jüngste bin."

Sie war zweiundvierzig und hatte ihnen anvertraut, dass ihre biologische Uhr heftig tickte, weshalb sie es mit künstlicher Befruchtung versucht hatte.

„Dein Baby hat großes Glück, eine so wundervolle Mutter zu haben."

Shelby tupfte sich die Augen trocken. „Das ist lieb. Ich wusste nicht, wie ich es euch sagen sollte. Mir ist klar, dass dieses Thema für Sam – und für dich – nicht einfach ist. Du sollst nicht glauben ..."

„Shelby, wir freuen uns uneingeschränkt für dich und werden glücklich sein, wenn wir hier nächsten Sommer Babylachen hören."

„Oh, ich werde ihn oder sie nicht mit zur Arbeit bringen. Das würde stören."

„Warum denn nicht? Es gibt keinen Grund, das nicht zu tun."

Jetzt begann sie richtig zu weinen. „Mein Gott, du machst mich echt fertig, Nick ... Ich meine, Mr Vice President."

„Ich mache dich nur fertig, wenn du nicht sofort wieder aufhörst, mich so anzureden", entgegnete er scherzhaft. „Für dich bin und bleibe ich Nick, und natürlich kannst du dein Kind mit zur Arbeit bringen. Bei nichts, was du für uns tun musst, wäre dein Baby im Weg."

Shelby schüttelte den Kopf und wischte sich die Tränen ab. „Du bist wirklich der netteste Mann der Welt. Vielen Dank. Du, Sam und Scotty, ihr habt gar keine Ahnung, wie sehr ich diesen Job, mein neues Leben und euch alle liebe. Ihr seid für mich wie eine Familie."

„So geht es uns auch."

„Wie soll ich das bloß Sam sagen? Ich möchte Rücksicht darauf nehmen, was sie durchgemacht hat ..."

„Ich übernehme das. Sie wird sich für dich freuen."

„Glaubst du?"

Tatsächlich hatte er keine Ahnung, wie sie reagieren würde, doch das musste Shelby nicht wissen. „Ja, das glaube ich wirklich. Keine Sorge. Denk du nur an dich und das Baby."

„Hast du was dagegen, wenn ich es Scotty erzähle?"

„Natürlich nicht. Er wird sich so für dich freuen."

„Ich weiß. Er ist ein toller Junge. Genau so soll mein Kind mal werden. Aber ich warte damit, bis Sam Bescheid weiß."

„Wie du möchtest."

„Okay, ich lasse dich mal weiterarbeiten. Wenn ich dich nicht mehr sehe, bevor du morgen aus dem Haus gehst: Ich hoffe, du hast einen großartigen ersten Tag im Weißen Haus. Wir kennen einander noch nicht so lange, doch ich bin furchtbar stolz, für den Vizepräsidenten der Vereinigten Staaten zu arbeiten, der zufällig ein sehr guter Freund von mir ist."

Nick erhob sich und umarmte sie. „Danke dafür und für alles, was du für uns tust. Sam und ich sagen immer, dass wir das ohne dich niemals durchstehen würden."

„Danke – für alles. Bis morgen."

„Bis dann."

Als sie weg war, starrte Nick lange die Tür an und fragte sich erneut, welche Wirkung diese Nachricht auf Sam haben mochte. Natürlich würde sie sich für Shelby genauso freuen wie für ihre Schwester Angela, die jüngst die kleine Ella geboren hatte. Sam vergötterte das Baby und ihre anderen Nichten und Neffen. Das bedeutete allerdings nicht, dass sie nicht innerlich zerrissen war.

Trotz ihrer häufigen Versuche in den vergangenen Monaten war es ihnen nicht gelungen, erneut ein Kind zu zeugen. Sams fünfunddreißigster Geburtstag im Oktober war von der Erkenntnis überschattet gewesen, dass die Zeit für sie knapp wurde. Er hatte das Thema Fruchtbarkeitsbehandlung angesprochen, aber das hatte sie in ihrer Ehe mit Peter bereits einmal hinter sich gebracht und wollte es nicht ein weiteres Mal durchmachen. Sie war der Auffassung, was einmal auf natürlichem Wege geklappt hatte, würde vielleicht auch ein zweites Mal funktionieren.

Nick hätte alles gegeben, hätte er ihr nur diese eine Sache schenken können, die sie sich mehr wünschte als alles andere auf der Welt. Seit Scotty bei ihnen lebte, war das Thema weniger heikel und brisant. Der Junge füllte diese Lücke für sie beide. Doch auch wenn sie selten darüber sprach, wusste Nick, dass Sam unbedingt eine Schwangerschaft zu Ende bringen und ein Kind bekommen wollte.

Er würde einen Weg finden müssen, ihr zu erzählen, was es bei Shelby Neues gab – und dann konnte er bloß hoffen, dass es ihr nicht zu weh tat, dass eine Frau aus ihrem Umfeld erleben würde, was Sam bisher versagt geblieben war. Sie würde sich für Shelby freuen. Dessen war Nick sich sicher. Aber genauso sicher war er sich, dass es sie innerlich zerreißen würde, weil sie vielleicht nie dasselbe Glück erfahren würde.

10

———

Shelby verließ Sams und Nicks Haus mit dem Gefühl, ihr sei eine schwere Last von den Schultern genommen worden. Nick hatte durch und durch hilfsbereit reagiert und sich für sie gefreut. Da Shelby wusste, dass Sam mehrere Fehlgeburten hinter sich hatte, hatte sie gezögert, ihr von dem Baby zu erzählen. Das Grübeln darüber, wie und wann sie es den beiden beibringen sollte, hatte ihr einen Teil der Freude über ihre Schwangerschaft verleidet.

Jetzt durfte sie das Glück auskosten, das sie erfüllte, seit der Reproduktionsmediziner, bei dem sie seit über einem Jahr in Behandlung war, ihr die freudige Nachricht verkündet hatte. Da Nick es Sam erzählen würde, musste Shelby es nur noch einem Menschen sagen – Avery Hill, und wie seine Reaktion auf die Nachricht ausfallen würde, da war sie sich gar nicht sicher.

Der sexy FBI-Agent spielte in ihrem aufregenden neuen Leben als persönliche Assistentin des Vizepräsidenten und seiner wundervollen, erfolgreichen Frau eine große Rolle. Sie hatte Avery über Sam kennengelernt und sich sofort zu ihm hingezogen gefühlt. Die Erinnerung an den Tag, an dem er ihren Kinderwunschspezialisten im Rahmen einer Mordermittlung befragt hatte und sie einander im Wartezimmer begegnet waren, ließ Shelby auch nach all der Zeit innerlich erschauern.

Sie war ihm auf furchtbar peinliche Art und Weise

nachgelaufen und hatte ihn auf einen Kaffee eingeladen. Damals hatte sie dieses gar nicht zu ihr passende Zugehen auf einen Mann, der offensichtlich in einer ganz anderen Liga spielte als sie, den Hormonen und der emotionalen Achterbahnfahrt bei dem Versuch, schwanger zu werden, zugeschrieben. Zumindest, bis sie ihn besser kennengelernt und festgestellt hatte, dass er in vielerlei Hinsicht sehr gut zu ihr passte.

Seit diesem Tag wusste er, dass sie versuchte, ein Kind zu bekommen. Sie hatten ab und zu über ihr „Nebenprojekt" gesprochen, während sie immer mehr Zeit miteinander verbracht hatten. Trotzdem hatte sie wirklich keine Ahnung, wie er reagieren würde, wenn sie es ihm endlich sagte.

Sie fuhr ins Adams-Morgan-Viertel, wo er lebte, und verbrachte eine Viertelstunde mit der Suche nach einem Parkplatz. Da Feiertag war, waren alle daheim, und es war kein freier Platz zu entdecken. Zum Glück passte ihr winziger pinkfarbener Mini Cooper in die eine Parklücke, die sie schließlich fand. Die drei Blocks Fußmarsch bis zu Averys Wohnung boten ihr Zeit, sich zu sammeln und sich auf das längst überfällige Gespräch vorzubereiten.

Da sie ihm eine SMS geschrieben und nachgefragt hatte, ob sie vorbeikommen könne, war sie nicht überrascht, als sich die Tür öffnete, sobald sie die Steinstufen zu seinem Reihenhaus erklomm.

„Komm rein." Er führte sie in die Wärme seines schönen Heims. Alles an diesem Mann sprach von Stil und Klasse, zwei Dingen, die Shelby sehr schätzte. „Was treibt dich bei dieser Eiseskälte aus dem Haus?"

„Ich wollte dich sehen", sagte sie und lächelte ihn an, obwohl der Gedanke daran, warum sie eigentlich gekommen war, sie unfassbar nervös machte. Irgendwann in den zurückliegenden Monaten hatte sie sich ziemlich in ihn verliebt und wollte ihn nicht verlieren. Sie folgte ihm ins gemütliche Wohnzimmer, wo er den Großteil der Stunden, die er zu Hause war, verbrachte. Sie ging direkt zum Kamin, um sich die Hände an den Flammen zu wärmen. „Ich liebe dieses Zimmer."

„Ja, ich auch. Der Rest des Gebäudes ist praktisch

Platzverschwendung. Wie du weißt, benutze ich diesen Raum, das Schlafzimmer, die Küche und das Bad. Das war's."

„Trotzdem war dieses Haus ein guter Kauf, den du niemals bereuen wirst." Als man ihn zum Leiter der Abteilung Kriminalpolizeiliche Ermittlungen des FBI befördert hatte, hatte sie ihm bei der Immobiliensuche geholfen. Dieses Haus hatte ihnen von allen, die sie besichtigt hatten, am besten gefallen.

„Komm, setz dich", lud er sie ein und streckte die Hand nach ihr aus.

Shelby durchquerte das Zimmer und ließ sich neben ihm auf das weiche Ledersofa sinken, das auszusuchen sie ebenfalls geholfen hatte. Sein E-Reader lag auf dem Couchtisch. Er las gerade die Biografie J. Edgar Hoovers.

Avery legte den Arm um sie und zog sie für einen langen Kuss an sich. „Hallo", begrüßte er sie.

„Hi." Sie wurde des Anblicks dieses Gesichts mit den hohen Wangenknochen, den sinnlichen Lippen und den goldfarbenen Augen niemals müde. Von seinem South-Carolina-Akzent ganz zu schweigen.

„Was für eine angenehme Überraschung."

„Freut mich, dass du das so empfindest." Sie hatte etwas Zeit für sich gebraucht, deshalb war sie nach der Silvesterfeier nach Hause gefahren, und für Neujahr hatten sie eigentlich keine gemeinsamen Pläne gehabt. „Genießt du deinen freien Tag?"

„Im Moment schon. Ich warte auf einen Anruf meines Lieblingslieutenants, den ich bei einem Fall unterstützen soll, doch wie üblich zögert sie, mich hinzuzuziehen."

„Sie wird sich schon noch melden."

„Ich bin sicher, ich stehe ziemlich weit unten auf ihrer To-do-Liste, aber sie hat einen heißen Fall, der mit jeder Minute heißer wird."

„Was ist denn passiert?"

„Jemand hat die Mutter von Gonzos Kind ermordet."

„O mein Gott. Sie glauben doch nicht etwa, er hätte es getan, oder?"

„Nein. Die Medien behaupten allerdings unter Berufung auf MPD-Quellen, er sei der Hauptverdächtige."

„Ach komm", sagte Shelby. „Das können die nicht ernsthaft glauben."

„Tun sie auch nicht. Eine ‚üblicherweise gut informierte Quelle beim MPD' dagegen offenbar schon."

„Wow. Das ist ja verrückt. Sam muss schrecklich wütend sein."

„Vermutlich. Aber irgendwie hab ich den Eindruck, dass du nicht gekommen bist, um über Sam zu reden."

„Nein, tatsächlich nicht."

„Stimmt etwas nicht, Shelby?"

„Ganz im Gegenteil. Es stimmt vielmehr etwas ganz und gar, und ich kann es kaum erwarten, es dir zu erzählen."

„Worum geht es denn?"

„Erinnerst du dich an das Projekt, an dem ich arbeite, seit wir uns kennengelernt haben?"

„Das Babyprojekt?"

„Genau. Es scheint erfolgreich gewesen zu sein."

„Du bist schwanger?"

„Ich bin schwanger."

„Das sind ja tolle Neuigkeiten. Gratuliere. Ich weiß, wie sehr du dir das gewünscht hast."

„Was bedeutet das für uns, Avery?"

„Ich weiß nicht. Was denkst du denn?"

„Ich habe Angst, dass du dich jetzt aus dem Staub machst, weil du für die Familienpackung nicht unterschrieben hast."

„Nicht?"

„Wie meinst du das?"

„Habe ich nicht von Anfang an gewusst, dass diese Möglichkeit besteht?"

„Na ja, schätze schon, aber das bedeutet nicht, dass ich erwarte, dass du ein Teil davon wirst. Es sei denn, du möchtest es."

„Besteht die Möglichkeit, dass das Kind von mir ist, Shelby?"

„Ich ... ich denke schon."

„Dann würde ich sagen, ich bin ein Teil davon."

„Was, wenn es nicht von dir ist?"

„Dann bin ich trotzdem ein Teil davon, wenn du das möchtest."

„Ich will nicht, dass du dich in irgendeiner Weise verpflichtet fühlst."

„Tu ich nicht. Tatsächlich bin ich ... irgendwie aufgeregt."

„Wirklich?" Obwohl sie wild entschlossen gewesen war, nicht zu weinen, traten ihr Tränen in die Augen. „Sagst du das auch nicht nur so?"

„Nein, Shelby", antwortete er mit einem leisen Lachen und zog sie an sich, „ich sage das nicht nur so." Dann flüsterte er ihr ins Ohr: „Immer, wenn wir uns geliebt haben, ohne zu verhüten, habe ich gewusst, was passieren kann. Ich weiß schon die ganze Zeit, was du willst, und habe gehofft, dass vielleicht ich dir diesen Wunsch erfüllen könnte."

Sie legte sich die Hand auf die Brust. „Ich glaube, mir ist eben kurz das Herz stehen geblieben."

„Was glaubst du, was das zwischen uns die ganze Zeit war?"

„Ich war mir nicht sicher. Wir haben nie darüber geredet."

„Nein", seufzte er, „und das ist in erster Linie meine Schuld."

„Wie kommst du darauf?"

Er zögerte, seufzte und richtete sich auf seinem Stuhl auf. „Wenn ich es dir sage, willst du vielleicht nicht mehr mit mir zusammen sein."

„Das kann ich mir nicht vorstellen."

„Warte ab, bis du gehört hast, was es ist."

„Bist du verheiratet? Schwul? In Wirklichkeit eine Frau?"

Lachend schüttelte er den Kopf. „Nein, nein und nein."

„Was könnte dann so schlimm sein?"

Nach einer weiteren langen Pause, in der sie ihn am liebsten angefleht hätte, endlich weiterzureden, gestand er: „Lange bevor wir einander begegnet sind und bevor ich wusste, dass sie verheiratet ist, stand ich ziemlich auf Sam."

„Sam, *meine* Sam?"

„Ja."

Shelby löste sich von ihm, weil ihr tausend irritierende Gedanken durch den Kopf schossen. „Hast du dich deshalb mit mir eingelassen? Um in ihrer Nähe sein zu können?"

„Das hatte damit nichts zu tun. Wir haben uns nur zufällig über sie kennengelernt. Das ist alles." Er nahm ihre Hand. „Denk doch an all unsere gemeinsame Zeit. Denk an die Stunden, die wir zusammen im Bett verbracht haben, an die Nächte, in denen du in meinen Armen geschlafen hast, an die Zeit vor dem Fernseher, beim Kochen oder zusammen mit Scotty. Was hatte all das mit ihr zu tun?"

„Hattest du vor, mir von deinen Gefühlen für sie zu erzählen?"

„Das tue ich ja gerade."

Shelby seufzte ungläubig. „Jetzt, nachdem wir seit Monaten zusammen sind, rückst du damit raus, dass du früher in meine Chefin und enge Freundin verliebt warst. Du hast mir etwas Wichtiges verschwiegen, Avery."

„Wann hätte ich dir das denn erzählen sollen? Zu welchem Zeitpunkt hättest du nicht genau das gedacht, was du jetzt gerade denkst – dass ich dich benutzt habe, um in ihrer Nähe sein zu können?"

„Hast du das denn?"

„Nein! Das Einzige, was uns mit ihr verbindet, ist die Tatsache, dass wir beide mit ihr zusammenarbeiten."

„Also deshalb mag Nick dich nicht." Innerhalb weniger Sekunden wurden ihr schlagartig zahlreiche Dinge klar. „Sie wissen es, oder? Sie wissen das beide und haben es mir verschwiegen. Mein Gott, wie dumm kann man sein?" Sie riss sich von ihm los und erhob sich mit zittrigen Beinen. Erst langsam fand sie ihre Fassung wieder. „Ich ... ich muss weg."

„Shelby, komm schon. Bleib hier, und lass uns reden." Bei diesen Worten klingelte sein Handy. Er warf einen Blick aufs Display und fluchte halblaut. „Bitte geh nicht."

„Nimm es ruhig an. Ich finde selbst raus."

„Shelby, Süße, bitte. Bleib hier und rede mit mir."

Sie wollte ihm verbieten, sie so zu nennen, doch die Worte blieben ihr im Halse stecken. Tränenblind stürmte sie aus dem Haus, stolperte auf der letzten Stufe und landete auf Händen und Knien auf dem Gehsteig.

Der Aufprall nahm ihr den Atem, und der stechende Schmerz in Knien und Handflächen ließ sie aufschluchzen.

Avery kam die Treppe heruntergerannt. „Shelby! Alles in Ordnung?"

Sie wollte ihn abwehren, ihm sagen, er solle sich zum Teufel scheren, aber er hob sie hoch, als wöge sie nichts, und trug sie ins Haus zurück. „Mein Gott, Süße, du blutest."

Sie schluchzte so sehr, dass sie nicht antworten konnte. Ihr Herz tat fast so weh wie ihre Knie.

Avery setzte sie auf einen der Hocker in der Küche und legte ihre Beine vorsichtig auf den daneben. „Kleinen Moment. Lass mich den Verbandskasten holen." Er verschwand nach nebenan, und als er zurückkam, sprach er in knappen Sätzen in sein Handy.

„Fahr zum Hauptquartier, und schau, wie du dich nützlich machen kannst." Nach einer kurzen Pause fügte er hinzu: „Ich wollte das eigentlich selbst erledigen, aber das geht jetzt nicht. Das ist ein Befehl, George." Er legte sein Handy auf den Küchentresen und begann, Shelbys Schürfwunden zu säubern. Ausgerechnet heute trug sie einen Rock und ihre Lieblingsstrumpfhose in hellem Pink. Die war jetzt ruiniert, genau wie ihre Knie.

Der Schmerz war unerwartet schlimm und erinnerte sie an einen Sturz auf der Straße vor ihrem Elternhaus, wo sie mit ihrer Schwester die Rollerblades hatte ausprobieren wollen, die sie zu Weihnachten bekommen hatten. Danach hatte sie einen weiten Bogen um die Rollerblades gemacht.

Er versorgte die Wunden mit antiseptischer Salbe, und Shelby schnappte vor Schmerz nach Luft.

„Sorry, Süße."

Dieses Wort versetzte ihr einen schmerzhaften Stich. Früher einmal hatte sie dieses Kosewort aus seinem Mund geliebt. „Nenn mich nicht so. Ich bin nicht deine ‚Süße'. Nicht mehr."

„Doch."

Sie schob seine Hand von ihrem Bein. „Nein. Du hast mich belogen, mich benutzt und weiß Gott was sonst noch."

„Ich habe nichts von alldem getan."

„Du wolltest eigentlich meine Freundin, und als das nicht ging, hast du dich mit der Zweitbesten zufriedengegeben."

„Das stimmt nicht." Er umfasste ihr Kinn und zwang sie, seinem stählernen Blick zu begegnen. Wie immer brachten seine honiggoldenen Augen sie zum Schmelzen, bis ihr wieder einfiel, warum sie so sauer war. „An dir ist nichts das Zweitbeste. Du bist in jeder Hinsicht erstklassig, und jede Minute, die ich mit dir verbracht habe, war ausschließlich dir als Person und niemand anderem geschuldet."

„Ich glaube dir nicht. Das sagst du nur, weil ich vielleicht ein Kind von dir bekomme." Wütend wischte sie sich die Tränen ab, die weiter flossen, wenn auch jetzt nicht mehr aus Verletztheit, sondern aus Wut. „Ich wünschte, ich hätte dir nichts davon erzählt."

„Hast du aber, und jetzt weiß ich es." Mit ruckartigen Bewegungen säuberte er ihr anderes Knie. „Ich fahre dich jetzt zur Notaufnahme, die sollen untersuchen, ob du dir beim Sturz sonstige Verletzungen zugezogen hast. Danach kommen wir wieder hierher und diskutieren das aus."

„Ich gehe nicht in die Notaufnahme. Dieses Gespräch ist beendet."

„O doch, du gehst in die Notaufnahme, und dieses Gespräch hat gerade erst begonnen."

„Ich möchte nicht mit dir zusammen sein."

„Okay." Als hätte sie kein Wort gesagt, schnappte er sich seine Schlüssel, zog eine Jacke an, hob sie hoch und trug sie in die Garage zu seinem Auto.

Shelby hatte ihm körperlich nichts entgegenzusetzen und ließ ihn gewähren. Sobald sie konnte, würde sie sich von ihm trennen. Für immer.

Als Gonzo beobachtete, wie sich die Nachricht in der Stadt verbreitete, hatte er das Gefühl, jeden Augenblick einen Herzinfarkt zu bekommen. Eine Quelle bei der Polizei hatte ihn als Hauptverdächtigen für die Ermordung der Mutter seines Sohnes bezeichnet. Die TV-Sprecher wärmten seinen Sorgerechtsstreit mit Lori wieder auf, beleuchteten jedes kleinste Detail und arbeiteten sich an der Tatsache ab, dass er seine früheren Kontakte zu dem Richter nicht offengelegt hatte.

„Lori Phillips' Anwälte machten die Verbindung zwischen Gonzales und Richter Leon Morton vor drei Tagen öffentlich, und jetzt ist sie tot", rekapitulierte der Nachrichtensprecher von CBC fast schon händereibend. „Zufall, oder ist der jüngst zum Helden erkorene Mann in Wirklichkeit ein kaltblütiger Mörder?"

„O mein Gott", entfuhr es Gonzo, während er sich am ganzen

Körper vor Entsetzen verkrampfte. Bedeuteten all die Jahre tadelloser Diensterfüllung denn gar nichts?

Christina betrat das Zimmer.

„Wo ist Alex?"

„Bei deiner Mutter. Sie liest ihm etwas vor und versucht, ihn zum Einschlafen zu bringen."

„Die Sache ist völlig außer Kontrolle geraten, Chris. Die haben auf meine Kosten ihren großen Tag. Wenn das nicht jemand schnell in geordnete Bahnen lenkt, werde ich in dieser Stadt nie wieder arbeiten können."

„Wir brauchen sofort einen Anwalt."

„Ich habe versucht, Andy zu erreichen."

„Wir brauchen einen Strafverteidiger. Ich möchte meinen Bruder anrufen."

„Aber ich habe doch nichts getan!"

„Tommy, Baby, uns beiden ist das klar. Trotzdem müssen wir aufpassen, dass du nicht unter die Räder gerätst."

„Wie kann das sein? Die Polizisten, die in diesem Fall ermitteln, sind meine Freunde. Sie sind wie eine Familie für mich. Warum treten sie nicht für mich ein?"

„Wahrscheinlich hatten sie noch keine Gelegenheit dazu, weil sie parallel versuchen, den Fall zu lösen. Lass mich Carson anrufen."

„Wenn ich einen Staranwalt wie ihn einschalte, kann ich mich auch gleich schuldig bekennen."

„Du musst dich schützen."

„Wenn ich mir einen Anwalt nehme, wird mich jeder für schuldig halten, Christina."

„Baby, das tun doch ohnehin schon alle! Mein Telefon klingelt ununterbrochen."

„Scheiße. Das ist ein verfluchter Albtraum. Warum zum Teufel ruft Sam nicht zurück?"

„Ich bin sicher, sie tut, was sie kann ... Oh, schau mal! Da ist sie vor dem Hauptquartier und spricht zur Presse."

Gonzo wirbelte herum und beobachtete erleichtert, wie seine Vorgesetzte und Freundin ans Mikrofon trat.

„Ich möchte nur eine kurze Erklärung abgeben. Heute Morgen wurde die Leiche von Lori Phillips in einem geparkten Auto in der

Nähe des West Potomac Park gefunden. Ms Phillips wurde erwürgt. Sie berichten korrekterweise, dass sie die Mutter des kleinen Sohns von Detective Sergeant Thomas Gonzales vom MPD ist. Aber Sie berichten fälschlicherweise, er sei tatverdächtig. Ich wiederhole daher noch einmal unmissverständlich: Thomas Gonzales ist kein Verdächtiger im Mordfall Lori Phillips. Die Informationen, die Sie aus einer angeblichen Quelle bei der Polizei erhalten haben, sind falsch. Die einzige glaubwürdige Quelle bei der Polizei in diesem Fall bin ich."

Eine wasserstoffblonde Reporterin eines lokalen Fernsehsenders fragte: „Wieso bearbeiten Sie einen Fall, in den einer Ihrer Mitarbeiter verwickelt ist?"

„Haben Sie mir gerade nicht zugehört?"

„Wie konnten Sie Detective Sergeant Gonzales als Tatverdächtigen ausschließen?"

„Er hat ein Alibi und ist darüber hinaus ein hochdekorierter Polizeibeamter, der unlängst im Dienst schwer verwundet wurde. Außerdem haben wir einen möglichen Verdächtigen in Gewahrsam. Weitere Informationen erhalten Sie in den nächsten Tagen. Wenn Sie bis dahin weiterhin Sergeant Gonzales' Namen im Zusammenhang mit diesem Fall nennen und in die Öffentlichkeit tragen, wird das zivilrechtliche Konsequenzen haben. Ich könnte ihm keinen Vorwurf daraus machen, wenn er Sie wegen Rufschädigung verklagt. Das ist alles."

„Wann nimmt Ihr Mann seine Tätigkeit im Weißen Haus auf?"

Sam verdrehte die Augen in Richtung des Reporters, der diese Frage gestellt hatte, und wandte sich von den Presseleuten ab, um wieder nach drinnen zu gehen.

„So", sagte Christina. „Fühlst du dich jetzt besser?"

Dank Sams Aussage konnte er endlich wieder tief durchatmen. „Ja. Aber richtig gut wird es erst wieder, wenn der Mörder hinter Schloss und Riegel sitzt."

Christina trat zu ihm und schlang ihm die Arme um die Taille. „Halt dich an mir fest, Baby. Halt dich einfach an mir fest."

Ihre Nähe, Zuneigung und Unterstützung beruhigten ihn, und er legte die Arme um sie. Sie allein verhinderte, dass er zusammenbrach. Er konnte und wollte sich ein Leben ohne sie nicht vorstellen.

„Wie soll ich je wieder arbeiten, wenn die Menschen glauben, ich könnte jemanden ermorden? Mein Beruf ist es, Mörder zu jagen, und jetzt hält man mich für einen?"

„Ich will dir mal was sagen, was ich ganz sicher weiß. Der Medienzirkus ist enorm schnelllebig. In ein oder zwei Tagen wird etwas anderes passieren, und die Leute werden das alles blitzschnell vergessen."

„Vielleicht, aber ich nicht." Er war wild entschlossen, herauszufinden, wer von seinen Kolleginnen und Kollegen bei der Polizei es für angebracht gehalten hatte, mit dem Finger auf ihn zu deuten.

~

Während Freddie Hughes zum Erkennungsdienst brachte, begab sich Sam zum Rest ihres Teams im Großraumbüro der Detectives. Zuerst begegnete sie Gonzos Partner Detective Arnold. Der junge Beamte näherte sich ihr zögernd. „Das stimmt nicht, oder, Lieutenant? Er hat sie doch nicht getötet?"

„Nein, hat er nicht, aber genau das möchte uns jemand glauben machen. Ich denke langsam, dieser Jemand befindet sich in diesem Gebäude."

„Ernsthaft?"

„Wie sonst sollte die Presse Informationen über diese Ermittlung aus einer ‚polizeilichen Quelle' erhalten?" Sie löste ihre Haarspange, fuhr sich mit den Fingern durchs Haar und steckte es dann wieder hoch. „Wo sind denn alle?"

„Jeannie und Tyrone haben einige Kollegen von Lori aufgespürt und wollten sie befragen. Carlucci und Dominguez sind mit der Spurensicherung in Loris Wohnung."

„Durchsuchungsbeschluss?"

„Jawohl, Ma'am. Captain Malone hat ihnen einen besorgt."

„Hervorragend."

„Ich versuche, die Sozialarbeiterin ans Telefon zu kriegen, die sich mit Gonzos Fall befasst hat. Sie ist über den Jahreswechsel in Urlaub, aber ich habe ihr mehrere Nachrichten auf der Mailbox hinterlassen."

„Gute Arbeit. Danke für das Update – halt mich auf dem

Laufenden." Sam ging in ihr Büro und sah rasch ihre Mails durch. Unter anderem hatte ihr Lindsey den Autopsiebericht geschickt. Jemand hatte Lori mit bloßen Händen erwürgt, doch es gab keine verwertbaren Fingerabdrücke an ihrem Hals. „Natürlich nicht", murmelte Sam. Das Sperma, das Lindsey in Loris Vagina gefunden hatte, hatte sie zur DNA-Analyse geschickt, die etwa achtundvierzig Stunden dauern würde. Außerdem lag ein genauer Bericht über die in Loris Blut festgestellten Drogen und ihren Blutalkohol bei. Das Opfer hatte keine Abwehrverletzungen an den Händen, was bedeutete, dass der tödliche Angriff sie möglicherweise überrascht hatte. „Jemand, dem sie vertraut hat", folgerte Sam. „Wir müssen näher an ihren inneren Zirkel ran."

„Reden Sie mit sich selbst, Lieutenant?", fragte Captain Malone, der gerade in ihr Büro kam.

„Ich arbeite an unserem Fall, Captain."

„Was haben Sie bisher?"

„Eine Frau, die sich große Mühe gegeben hat, ihr Leben in den Griff zu kriegen, wird erwürgt im geparkten Auto ihres Bruders aufgefunden. Im Blut finden sich Alkohol und Spuren von Kokain."

„Sie war also wieder auf die schiefe Bahn geraten."

„Sieht so aus. All das passiert, wenige Tage nachdem sie Gonzos frühere Verbindung zu dem Richter öffentlich gemacht hat, der den Vorsitz in ihrem Sorgerechtsfall hatte. Ich will wissen, welche ‚polizeiliche Quelle' den Medien erzählt hat, er sei unser Hauptverdächtiger."

„Das überprüfen wir gerade."

„Was hat Conklins Gespräch mit Ramsey ergeben?"

„Ramsey sagt, er war es nicht."

„Ich glaube ihm nicht. Heute Morgen bin ich ihm auf der Treppe begegnet, und als ich ihn begrüßt habe, hat er gemeint, ich könne ihn am Arsch lecken. Ich habe es Davidson gemeldet – nicht, dass ich mir viel davon erwarte."

„Was hat Ramsey eigentlich für ein Problem mit Ihnen?"

„Wer weiß? Ich habe mit ihm im Fall Kavanaugh zusammengearbeitet und bin auch sonst ein paarmal mit ihm aneinandergeraten, aber das ist eigentlich kein Grund für so etwas. Ich glaube keine Sekunde lang, dass er mit dieser Sache nichts zu tun hatte. Er hat mich heute Morgen angemacht, ich habe mich bei seinem Lieutenant über ihn beschwert, und ein paar Stunden darauf bezichtigt eine ‚Insiderquelle‘ meinen Stellvertreter des Mordes? Das stinkt doch zum Himmel.“

„Finde ich auch. Wir bleiben dran. Wo stehen wir inzwischen mit der Suche nach dem wahren Täter?“

„Wir haben einen Typen in Gewahrsam, mit dem ich reden werde, sobald Cruz ihn erkennungsdienstlich hat behandeln lassen.“ Sie erzählte ihm von Hughes, dem Haftbefehl wegen Unterhaltsverstößen und dem beantragten Durchsuchungsbeschluss für sein Haus, wo sie Beweise für seine Beteiligung am Fall Phillips zu finden hoffte.

„Arbeiten Sie dabei mit Baltimore zusammen?“

Sie nickte. „Die besorgen den Durchsuchungsbeschluss und wissen, dass wir ihn festgenommen haben.“

„Hervorragend. Ich werde darauf achten, bei Ihrer Beurteilung zu erwähnen, dass Sie eine Teamplayerin sind. Apropos, Hills Stellvertreter, Agent Terrell, ist hier, um uns bei dem Fall zur Seite zu stehen.“

„Warum nicht Hill selbst?“

„Er hatte heute offenbar einen privaten Termin und stand nicht zur Verfügung.“

„Hm, interessant.“ Da nach Sams Kenntnisstand Hills einziges Privatleben direkt ihre Assistentin betraf, war ihre Neugier sofort geweckt. Doch sie sagte sich, dass seine Privatangelegenheiten sie definitiv nichts angingen. „Wo ist Terrell?“

„Ich habe ihn in den Konferenzraum geschickt, bis Sie wieder da sind.“

„Dann werde ich ihn mal ins Bild setzen.“

„Danke – auch für das, was Sie morgen für den Chief tun.“

Sam hätte ihn beinahe gefragt, was er meinte, dann fiel ihr wieder ein, dass sie versprochen hatte, mit dem Chief die große Fernsehrunde zu drehen. Bei dem Gedanken bekam sie Magenflattern. Aber für ihn würde sie das tun. „So kann ich den Promimist wenigstens mal sinnvoll nutzen.“

Cruz erschien an der Tür. „Hughes ist so weit. Beckett ist mit ihm in Verhörraum zwei.“

„Okay, dann fahr zu Elin.“

„Bist du sicher? Ich kann noch bis nach unserem Gespräch mit Hughes warten."

„Arnold und der Typ vom FBI sind hier. Wir schaffen das schon." Zu Malone sagte Sam: „Man hat Detective Cruz' Freundin heute Morgen am Arbeitsplatz tätlich angegriffen."

„In dem Fitnessstudio in der 16th Street?", fragte Malone.

„Ja, Sir."

„Davon habe ich gehört. Es heißt, sie habe einiges abbekommen. Wir haben den Kerl verhaftet. Er beruhigt sich gerade unten."

„Also los, Cruz", wies Sam ihren Partner an. „Sag mir später Bescheid, wie ihr Zustand ist."

„Mach ich, danke."

„Es geht ihr doch gut, oder?", erkundigte sich Sam bei Malone, nachdem Freddie verschwunden war.

„Ich glaube schon. Officer Andrews hat nur gesagt, sie habe ganz schön was abgekriegt."

Ein weiterer Grund, sich Sorgen zu machen, dachte Sam. Als ob dieser Tag ihnen dazu nicht schon Anlass genug gegeben hätte.

11

Freddie verließ eilig das Hauptquartier und schob sich auf dem Weg zu seinem Auto durch eine Traube von Reportern, die im Hof herumlungerten. Schleunigst fuhr er vom Parkplatz und fädelte sich in den Verkehr ein, um in die Notaufnahme des George Washington Hospital zu gelangen. Unterwegs versuchte er, Elin telefonisch zu erreichen. Es ging sofort die Mailbox dran, was bedeutete, dass entweder ihr Handy ausgeschaltet oder der Akku leer war.

Sie vergaß immer, es ans Ladegerät zu hängen. Er hatte ihr zu Weihnachten ein Ladecase geschenkt, aber das benutzte sie nie. Sosehr er sie liebte, diese Frau machte ihn manchmal wahnsinnig. Der Gedanke, dass sie verletzt war, dass jemand sie angegriffen hatte ... Er umklammerte das Lenkrad fester, als hilfloser Zorn in ihm aufloderte.

Er brauchte zwanzig qualvoll lange Minuten bis zum Krankenhaus. Dort rannte er zum Empfangstresen der Notaufnahme. „Detective Cruz, Metro PD." Er zeigte der Schwester seine Dienstmarke. „Meine Freundin Elin Svendsen ist vom Rettungsdienst hier eingeliefert worden."

„Ich frage mal bei den Schwestern nach, wo sie ist. Setzen Sie sich, ich sage Ihnen gleich Bescheid."

„Ich will mich nicht setzen, ich will zu ihr. Sie braucht mich jetzt."

„Geben Sie mir nur eine Minute, Detective."

Von Sam hatte er gelernt, Menschen an Empfangsschaltern grundsätzlich nicht zu mögen, aber noch nie hatte er jemanden in dieser Funktion weniger gemocht als diese Frau, die zwischen ihm und Elin stand. Er schrieb seiner Freundin eine SMS.

Bin vor der Tür. Sag denen, sie sollen mich reinlassen.

Er hatte keine Ahnung, ob sie die SMS lesen würde oder ob auch nur ihr Handy inzwischen wieder an war.

Während er vor dem Empfangstresen auf und ab tigerte und darauf wartete, zu Elin vorgelassen zu werden, sah er zu seiner Überraschung Avery Hill und Shelby Faircloth aus dem Behandlungsbereich kommen.

„Hey", begrüßte er Hill, der irgendwie abgelenkt und aufgebracht wirkte.

„Oh, hi", antwortete der. „Was machen Sie denn hier? Ist Sam schon wieder verletzt?"

„Nein, meiner Freundin Elin wurde auf der Arbeit ins Gesicht geschlagen."

„Geht es ihr gut?", fragte Shelby.

„Ich glaube schon. Bisher hat man mich noch nicht zu ihr gelassen." Mit einem raschen Blick registrierte Freddie Shelbys rote, verquollene Augen, die zerrissene Strumpfhose und die verbundenen Knie. „Alles in Ordnung bei Ihnen?"

„Das wird schon wieder. Ich bin auf dem Bürgersteig gestolpert und habe mir die Knie aufgeschürft."

„Das tut mir leid", sagte Freddie, überrascht darüber, dass sie wegen aufgeschürfter Knie in der Notaufnahme war.

„Ich bringe Shelby jetzt heim", verkündete Hill.

„Gute Besserung", wünschte Freddie.

„Danke", erwiderte Shelby mit einem angedeuteten Lächeln, das irgendwie nicht echt wirkte. Hier stimmte etwas ganz und gar nicht.

Langsam entfernten die beiden sich und verschwanden durch die sich automatisch öffnende Tür. Freddie zückte sein Handy und schickte Sam eine kurze SMS.

Habe gerade Hill und Shelby in der NA des GW gesehen. Sie sagt, sie sei gestürzt und habe sich die Knie aufgeschürft. Irgendwie schien mehr dahinterzustecken, aber sie haben mich nicht eingeweiht. Dachte, das interessiert dich vielleicht.

Sam schrieb sofort zurück.

Danke. Wie geht es Elin?

Durfte bisher nicht zu ihr. Springe gleich der Krankenschwester am Empfang ins Gesicht.

Gut. Mach sie fertig, Tiger. Halt mich über Elins Zustand auf dem Laufenden.

Na klar.

Die gestresste Empfangsschwester kehrte zurück. „Hier entlang, Detective."

Freddie steckte sein Handy weg und folgte der Frau. Sein Herz raste, während er sich darauf vorbereitete, Elin verletzt zu sehen. Aber nichts auf der Welt hätte ihn auf den Anblick ihres Gesichts mit den großen Hämatomen und der aufgeplatzten, geschwollenen Unterlippe vorbereiten können. Sie bekam eine Infusion und hing an mehreren Monitoren. Er musste blinzeln und eilte an ihre Seite.

Langsam erwachte sie und stöhnte auf, als sie versuchte, eine bequeme Liegeposition zu finden.

„Versuch, dich nicht zu bewegen."

„Freddie ..."

„Ja, Süße, ich bin's. Ich bin hier. Tut mir leid, dass es so lange gedauert hat."

Sie nahm seine Hand und umklammerte sie. „Ist schon okay. Du musstest doch arbeiten."

„Was sagen die Ärzte?"

„Einige der Knochen in meinem Gesicht sind gebrochen, sodass ich über Nacht hierbleiben muss. Oben wird bald ein Zimmer frei."

Freddies gesamter Körper erstarrte bei den Worten „Knochen in meinem Gesicht" und „gebrochen". „Wer hat dir das angetan?"

„Im Studio hat es eine Schlägerei gegeben."

„Kennst du den Kerl, der dich geschlagen hat?"

Sie schaute ihn mit diesen strahlend blauen Augen an, die er zum ersten Mal bei den Ermittlungen im Fall O'Connor gesehen hatte. Es war sofort um ihn geschehen gewesen. „Ja, ich kenne ihn."

„Fühlst du dich imstande, mir zu erzählen, was passiert ist?"

„Du wirst sauer auf mich sein", flüsterte sie, und in ihren Augen glitzerten Tränen.

Freddie strich ihr das weißblonde Haar aus der Stirn. „Ganz bestimmt nicht."

„Doch, wirst du."

„Baby, ich liebe dich. Nichts, was du mir erzählen könntest, ändert daran etwas." Er sagte zwar, was sie in diesem Augenblick hören musste, hatte allerdings Angst vor dem, was sie ihm zu berichten hatte. Hatte sie ihn betrogen? Mit allem anderen würde er fertigwerden. Das aber würde ihn umbringen.

Sie begann, heftig zu weinen. „Ich dachte, ich würde allein damit zurechtkommen."

„Womit?"

„Mit diesem Kerl im Fitnessstudio, der mich belästigt hat."

„Ein Typ im Fitnessstudio hat dich belästigt." Freddie musste sich extrem zusammenreißen, um bei diesen Worten nicht die Beherrschung zu verlieren. „Wie lange schon?"

„Eine ganze Weile."

„Aber du hast das deinem Freund gegenüber, der zufällig Polizist ist, mit keinem Wort erwähnt?"

„Ich habe mich selbst darum gekümmert."

„Elin ..." Freddie schloss sie in die Arme, ganz vorsichtig, um ihr nicht noch mehr wehzutun. „Warum wolltest du das allein in den Griff kriegen, wo das doch gar nicht mehr nötig ist?" Bei dem Gedanken daran, dass sie ein so großes Problem gehabt und ihn nicht um Hilfe gebeten hatte, begannen seine Augen zu brennen. „Weißt du denn nicht, dass du mit deinem ganz persönlichen Bullen schläfst, der alles für dich tun würde?"

Jetzt schluchzte sie, und die Tränen fielen auf ihr Krankenhausnachthemd.

Freddie zog ein Papiertaschentuch aus einer Schachtel auf dem Nachttisch und tupfte ihr vorsichtig das Gesicht ab. „Erzähl mir alles. Lass nichts aus."

„Ich traue mich nicht."

„Warum nicht, Süße?"

„Ich will nicht, dass du dich anschließend auf ihn stürzt und deswegen Ärger bekommst. Deshalb habe ich es dir nicht erzählt. Ich hatte Angst um dich.“

„Ich werde keinen Ärger kriegen. Versprochen. Jetzt raus damit.“

Sie seufzte, schmiegte sich in ihr Kissen und verzog schon bei dieser kleinen Bewegung das Gesicht. „Er heißt Andre und ist seit etwa einem Monat Mitglied im Fitnessstudio.“

„Das geht schon einen ganzen Monat so?“

„Schlimm wurde es erst vor etwa einer Woche.“

„Was heißt ‚schlimm‘?“

„Er hat ständig versucht, mich in Gespräche zu verwickeln, wollte, dass ich mit ihm ausgehe oder sein Training übernehme. Ich habe ihm gesagt, dass ich einen Freund habe, mit dem ich glücklich bin, und dass er mich in Ruhe lassen soll.“

„Hat er aber nicht?“

„Nein, er … Neulich hat er nach Feierabend auf dem Parkplatz auf mich gewartet. Da hat er mir das erste Mal richtig Angst gemacht. Ich habe das Pfefferspray aus der Handtasche geholt, das du mir geschenkt hast, und ihm gedroht, ich würde es einsetzen, wenn er mich anfasst. Daraufhin ist er zurückgewichen, ich bin ins Auto gestiegen und heimgefahren.“

„Das war der Abend, an dem dir die ganze Zeit so kalt war, richtig?“

„Ja“, flüsterte sie.

„Mein Gott, Elin, warum hast du denn nichts gesagt?“

„Ich habe es am nächsten Tag Glen gemeldet“, antwortete sie. Glen war der Geschäftsführer des Fitnessstudios. „Er hat Andres Mitgliedschaft sofort auf Eis gelegt.“

„Hast du nicht damit gerechnet, dass er sich dafür rächen wollen würde?“

„Freddie … Es tut mir leid. Sei nicht sauer auf mich. Ich habe versucht, allein klarzukommen.“

„Nein, mir tut es leid, Baby. Ich bin nicht sauer auf dich. Ich bin wütend auf diesen Kerl, der dich belästigt hat, und hatte keine Ahnung, dass du so etwas durchmachst. Wie konnte ich übersehen, dass du so aufgebracht und gestresst warst?“

„Ich wollte nicht, dass du es merkst. Es ist ja nicht deine Schuld.“

Es belastete ihn sehr, dass sie das Gefühl gehabt hatte, ihm etwas so Großes vorenthalten zu müssen, aber darüber würde er später nachdenken – wenn er den Rest der Geschichte kannte.

„Jedenfalls“, fuhr sie mit einem weiteren Seufzen fort, „kam dieser Andre heute ins Studio und wollte mit mir reden. Glen hat sich ihm in den Weg gestellt. Andre ist viel größer und stärker als er, und ich hatte Angst, er würde ihm wehtun, also habe ich versucht dazwischenzugehen.“

Freddie musste sich auf die Zunge beißen, um nichts zu sagen.

„Daraus entwickelte sich eine große Schlägerei, an der noch weitere Mitarbeiter und Mitglieder des Studios beteiligt waren.“

„Wie kam es, dass du getroffen wurdest?“

„Ich glaube, er wollte gar nicht mich erwischen …“

„Wer war es? Dieser Andre?“

Sie nickte vorsichtig, was mit Schmerzen verbunden zu sein schien. „Er ist herumgewirbelt und hat mich ins Gesicht geschlagen. Es ging alles so schnell … Ich bin mit dem Hinterkopf auf die Schreibtischkante geknallt. Dann war ich ein Weilchen bewusstlos. Als ich wieder zu mir gekommen bin, war die Polizei da und hat ihn festgenommen.“

„Du hast gesagt, Andre ist größer als Glen, dabei ist der schon ein Hüne. Andre hätte dich mit einem Schlag töten können. Das ist dir klar, oder?“

„Jetzt ja, aber in der Situation dachte ich nicht, dass er mir wehtun könnte.“

„Du hast ihm mit Pfefferspray gedroht“, erinnerte Freddie sie und bemühte sich, nicht laut zu werden. „Das bedeutet, dass du Angst hattest.“

„Ich wollte, dass er weiß, dass ich mich wehren kann. Das war alles.“ Sie sah zu ihm auf. „Ich wusste, du würdest sauer auf mich sein.“

„Nein, ich bin nicht sauer. Es quält mich, dass dir das passiert ist und du das Gefühl hattest, nicht mit mir darüber reden zu können.“

„Es tut mir leid. Ich hätte es dir sagen sollen.“

„Elin, es muss dir nicht leidtun. Du hast nichts falsch gemacht. Baby, du bist hier das Opfer, und du wirst diesen Typen anzeigen, verstanden?“

„Ja. Ich will, dass er mich in Ruhe lässt."

„Wir beantragen ein Kontaktverbot", erklärte Freddie, obgleich ihm nur allzu klar war, wie oft Menschen gegen ein solches verstießen.

Elins Lider senkten sich. „Ich bin müde, Freddie. So müde."

„Ruh dich aus." Er küsste sie auf die Stirn. „Ich bleibe hier."

„Freddie, ich liebe dich."

„Ich dich auch, Baby." Nie hatte er sie mehr geliebt als in diesem Augenblick. Sie verprügelt und mit blutunterlaufenem Gesicht zu sehen hatte einen urtümlichen Beschützerinstinkt in ihm geweckt. Damit, dass sie ihm etwas so Wichtiges verschwiegen hatte, um ihn zu schützen, würden sie sich später auseinandersetzen. Und sobald er zurück im Hauptquartier war, würde er mit diesem Andre ein Wörtchen reden müssen.

Sam und Arnold betraten den Verhörraum, während sich Terrell in den Nebenraum begab, um durch den Einwegspiegel zuzuschauen. Sam hatte angeregt, dass es vielleicht besser wäre, das FBI zunächst aus dem Fall herauszuhalten, und Terrell war einverstanden gewesen. Er war viel zugänglicher als sein Vorgesetzter, so viel war klar. Hill hätte verlangt, an dem Verhör teilnehmen zu dürfen, obwohl es sinnvoll war, nicht gleich mit Kanonen auf Spatzen zu schießen.

Sobald das FBI an einer Untersuchung beteiligt war, änderten sich die Voraussetzungen. Sie wollte, dass Hughes mit ihnen redete und nicht dichtmachte.

Als sie in den Raum kamen, sprang er auf. „Ich will einen Anwalt." Er hatte sein schulterlanges braunes Haar zu einem Pferdeschwanz zusammengebunden, statt Jeans und Kapuzenpulli trug er jetzt einen orangen Overall. „Die haben eine verfickte Leibesvisitation an mir vorgenommen!"

Selbst die aufsässigsten Verhafteten knickten nach einer Leibesvisitation in der Regel ein. „Reine Routine", wiegelte Sam ab. „Wen sollen wir anrufen?"

„Woher zum Teufel soll ich das wissen? Ich hab noch nie einen Anwalt gebraucht."

„Nicht mal, als man Sie wegen nicht geleisteter Unterhaltszahlungen verklagt hat?“

„Ist das die Sorte Anwalt, die ich jetzt brauche?“

„Eigentlich nicht. Können Sie sich einen Anwalt leisten, oder möchten Sie, dass Ihnen ein Pflichtverteidiger gestellt wird?“

„Was kostet ein Anwalt?“

„Ich kenne die aktuellen Preise nicht genau, aber ich glaube, sie sind nicht billig. Das Jurastudium steigt den meisten zu Kopf.“

„Gut, dann besorgen Sie mir einen Pflichtverteidiger.“

„Sie wissen, dass die heute nicht arbeiten, weil Feiertag ist, oder?“

„Was heißt das?“

„Sie bleiben über Nacht hier“, sagte Sam und verfolgte befriedigt, wie er seine Zwangslage erkannte, was ihm ziemlich den Schneid abkaufte. „Wenn Sie allerdings Ihre Forderung nach einem Anwalt zurückziehen, können wir uns heute schon unterhalten, und dann dürfen Sie möglicherweise zu Hause übernachten.“ Sie zuckte die Achseln, als sei es ihr völlig egal, wie er sich entschied. „Das liegt ganz bei Ihnen.“

„Was wollen Sie wissen?“, erkundigte Hughes sich zögernd.

„Ich darf nicht mit Ihnen reden, solange Sie auf einem Anwalt bestehen.“

„Okay. Für den Augenblick brauche ich keinen Anwalt.“

„Detective Arnold, bitte zeichnen Sie unser Gespräch mit Mr Hughes auf.“

Arnold verließ seinen Posten an der Tür, schaltete den Rekorder ein und nannte laut das Datum, die Uhrzeit und die Namen der an dem Gespräch Beteiligten.

„Mr Hughes“, fragte Sam dann, „verzichten Sie im Gegensatz zu einer früheren Äußerung auf einen Anwalt?“

„Ja“, erwiderte er.

„Ich habe Sie nicht verstanden.“

„Ja, ich verzichte auf einen Anwalt. Können wir jetzt weitermachen?“

„Reden wir über Lori Phillips.“

Bei der Erwähnung von Loris Namen wurde er blass. „Ich dachte, es ginge um meine Unterhaltsschulden.“

„Zu denen kommen wir noch. Ich möchte mit Lori anfangen.“

Hughes musterte Sam zögernd. „Was ist mit ihr?"

„Wie gut kennen Sie sie?"

„Wir sind ein paarmal zusammen aus gewesen. Keine große Sache."

„Wie lange kennen Sie einander schon?"

„Ich weiß nicht. Ein paar Monate vielleicht."

„Wie haben Sie sie kennengelernt?"

„Über eine Online-Datingplattform. So lerne ich viele Mädels kennen."

„Wann haben Sie sie das letzte Mal gesehen?"

Er rutschte auf seinem Stuhl hin und her, seine Finger zuckten nervös. „Weiß nicht."

„Ich glaube, das wissen Sie sehr wohl. Sogar ziemlich genau."

„Gestern. Na und?"

„Sagen Sie mir, was gestern passiert ist, und lassen Sie nichts aus."

Er betrachtete den Tisch vor sich und schien sich seine Antwort zurechtzulegen. Dann hob er den Kopf, und zum ersten Mal bemerkte Sam Angst in seinen Augen. Von seiner Großspurigkeit war nichts mehr übrig. „Sie hat mir gestern Morgen eine SMS geschickt, in der stand, sie sei in der Stadt und wolle sich mit mir treffen. Also habe ich zurückgeschrieben, sie soll doch vorbeikommen."

„Hat sie das getan?"

„Ja. Wir haben ein paar Stunden zusammen verbracht, dann ist sie gegangen, um mit einer ihrer Freundinnen Silvester zu feiern. Ich bin dann zu einer Party gefahren. Alles gut."

„Können Sie mir eine Liste von Leuten anfertigen, die auf dieser Party waren und bezeugen können, dass Sie da waren?"

„Ja, klar."

Sam schob ihm über den Tisch ihr Notizbuch hin. „Schreiben Sie mir mindestens drei auf." Während er es tat, sagte sie: „Was lief bei Ihnen zu Hause?"

„Wir haben rumgehangen und so."

„Was heißt ‚und so'?"

„Wir haben gefickt. Wollten Sie das wissen?"

„Ja. Wie oft?"

Eine Schweißperle bildete sich auf seiner Stirn. „Sie wollen wirklich eine Zahl hören?"

„Das wäre toll."

„Zweimal. Außerdem hat sie mir einen geblasen. Zufrieden?"

„Klingt, als wären zumindest Sie zufrieden gewesen. Also war es wahrscheinlich Ihr Sperma, das wir nach ihrer Ermordung in ihrer Vagina gefunden haben?"

Bei dem Wort „Ermordung" wurde er noch bleicher. „Ich habe sie nicht umgebracht. Sie ist gegen zwei gegangen, und seither habe ich sie weder gesehen noch mit ihr gesprochen."

„Wieso hatten Sie ohne Kondom Sex mit ihr?"

„Sie nimmt die Pille."

„Die schützt nicht vor Geschlechtskrankheiten."

Er zuckte die Achseln, als mache er sich über so etwas keine Gedanken.

„Hat sie Ihnen erzählt, was sie nach dem Besuch bei Ihnen vorhatte?"

„Nein, und ich habe auch nicht gefragt."

Sam neigte dazu, ihm zu glauben, dass er sie nicht ermordet hatte, aber sie wollte trotzdem einen DNA-Test durchführen lassen, um ihm das Sperma zuordnen zu können. „Ich brauche eine DNA-Probe von Ihnen."

„Warum? Damit Sie mir den Mord anhängen können?" An seinem Haaransatz waren jetzt weitere Schweißperlen zu sehen.

„Wenn Sie sie nicht getötet haben, haben Sie nichts zu befürchten."

„Ja, schon klar. Ich weiß, wie Sie arbeiten. Sie stellen über mein Sperma eine Verbindung zu ihr her, und zack, ich bin ein Mörder. Ich habe es mir anders überlegt. Jetzt will ich doch einen Anwalt. Ohne sage ich kein weiteres Wort."

„Klar. Ich rufe Ihren Anwalt an und stelle bei der Gelegenheit gleich den Antrag auf die Entnahme einer Speichelprobe. Wenn der bewilligt wird, können Sie uns entweder freiwillig eine geben, oder Sie haben mit weiteren Anklagen zu rechnen. Noch geht es nur um die Unterhaltssache und um Widerstand gegen die Staatsgewalt. Selbst ohne eine Mordanklage könnte das alles viel schlimmer für Sie werden, wenn Sie nicht kooperieren."

Er bedachte sie mit einem störrischen Blick und verschränkte die Arme, um zu signalisieren, dass das Gespräch für ihn beendet war.

Sie erhob sich und schob ihren Stuhl unter den Tisch. „Detective Arnold, bitte bringen Sie Mr Hughes nach unten."

„Jawohl, Ma'am."

Als Sam den Verhörraum verließ, lief sie praktisch in Terrell hinein, der mit Malone aus dem Beobachtungsraum trat.

„Ich glaube nicht, dass er unser Mann ist", verkündete Terrell.

„Sehe ich genauso. Ich neige dazu, ihm zu glauben, dass sie um zwei gegangen ist. Es ist leicht nachzuprüfen, ob er gestern Abend ohne sie unterwegs war. Ich rufe die Leute an, die er mir aufgeschrieben hat, um zu checken, ob er auf dieser Party war."

„Ich besorge die Erlaubnis zur Entnahme einer DNA-Probe", sagte Malone.

„Gut, dann sind wir auf der sicheren Seite." Sam nahm die Spange aus ihrem Haar, ließ es über ihren Rücken fallen und massierte sich mit den Fingerspitzen die Kopfhaut. „Damit stehen wir bei der Suche nach ihrem Mörder wieder ganz am Anfang. Ich wüsste wirklich gern, wo sie war, nachdem sie bei ihm aufgebrochen ist."

Archie kam den Gang entlang auf ihr kleines Grüppchen zu. „Ach, hier bist du", wandte er sich an Sam. „Ich hab dich überall gesucht."

„Was gibt's?"

Er reichte ihr einen dicken Stapel Papier. „Die Auswertung von Lori Phillips' Handy. Aber ich habe noch etwas, was dich interessieren dürfte."

„Nämlich?"

„Das Opfer wurde in einem in der Nähe des West Potomac Park geparkten Wagen gefunden, doch der Notruf, mit dem der Leichenfund gemeldet wurde, erfolgte zehn Blocks von dort entfernt." Er zeigte ihr eine Adresse, bei deren Anblick Sam ganz anders wurde. Sie war ganz in der Nähe von Gonzos Wohnung. Verdammt. „Ich habe mir den Anruf angehört. Es war ein Mann, er war außer Atem und berichtete, er habe beim Joggen eine Leiche in einem Auto gesehen. Er hat weder seinen Namen noch irgendwelche anderen persönlichen Informationen genannt."

„Interessant. Danke, Archie."

„Ich habe die SMS überflogen, die könnten hilfreich sein. Sie hat gestern viel geschrieben."

„Die werden mir helfen, ihren Tagesablauf zu rekonstruieren. Ich weiß das sehr zu schätzen."

„Gern geschehen." Er zog einen USB-Stick aus der Tasche und reichte ihr auch den. „Da ist der Notruf drauf. Lass es mich wissen, wenn ich dir anderweitig irgendwie helfen kann."

„Du hast schon sehr viel getan, danke." Nachdem Archie gegangen war, sagte sie zu Terrell und Malone: „Versammeln wir alle im Besprechungsraum, und tragen wir zusammen, wo wir stehen."

„Sie müssen bald Feierabend machen, damit Sie vor Ihrem Fernsehauftritt morgen noch genügend Schönheitsschlaf bekommen", frotzelte Malone grinsend.

Die Erinnerung an ihr Versprechen, zusammen mit dem Chief ins Fernsehen zu gehen, ließ sie aufstöhnen. „Niemand hat mir gesagt, dass ich gut aussehen muss."

Malone lachte. „Das Publikum hat hohe Erwartungen. Die möchten Sie doch nicht enttäuschen, oder?"

„Ach, seien Sie still."

„Haben Sie gehört, wie sie mit ihren Vorgesetzten spricht?", fragte Malone Terrell, der lachte.

„Ihr Ruf eilt ihr voraus", antwortete er mit funkelnden braunen Augen. Der gut aussehende, dunkelhaarige FBI-Agent trug einen teuren Anzug. Das schien ein unausgesprochener Konkurrenzkampf zwischen FBI-Agenten zu sein – wer den besten Anzug trägt, gewinnt.

„Ich bin sicher, Sie haben nur das Beste von mir gehört."

„In der Tat", bestätigte er. „Ausschließlich."

„Ich mag den Mann", sagte Sam. „Er scheint lernfähig."

„Sie mag Sie", wiederholte Malone. „Da können Sie sich glücklich schätzen."

„Ich fühle mich in der Tat gesegnet", erwiderte Terrell trocken.

„Ja, und sarkastisch." Sam hätte gern hinzugefügt, dass er sie außerdem nicht so anstarrte wie sein Vorgesetzter. „Besser geht es kaum."

„Ich gebe mir größte Mühe", erklärte Terrell mit einem Grinsen.

Sie kehrten ins Großraumbüro der Detectives zurück, wo sich ein Großteil von Sams Team aufhielt. „Wir treffen uns alle im Besprechungsraum. In zehn Minuten." Sie brachte den Papierstapel, den ihr Archie in die Hand gedrückt hatte, in ihr Büro und schloss die Tür hinter sich. Zuerst steckte sie den Stick in einen USB-Slot ihres Computers und hörte sich den Notruf an.

„Notrufzentrale, bitte schildern Sie den Grund Ihres Anrufs."

„Da ist eine Frau in einem Auto", keuchte ein Mann. „Ich habe sie beim Joggen gesehen."

„Wo steht das Auto?", fragte die Telefonistin.

„In der Nähe des West Potomac Park. Auf der Seite der Constitution."

Die Stimme klang gedämpft, als habe der Anrufer etwas über die Sprechmuschel gelegt. Aufgrund dessen und wegen des schweren Atmens war Sam sich nicht sicher, ob sie die Stimme kannte. Sie hörte sich den Notruf noch dreimal an und dachte dabei an all die Leute, die versuchten, ihr und ihrem Team zu schaden: Lieutenant Stahl, Detective Ramsey, ihr Ex-Mann Peter Gibson ... ganz zu schweigen von den zahllosen Verbrechern, die durch ihre Türen marschiert waren.

Jemand hatte sich große Mühe gegeben, eine Spur in Richtung Gonzo zu legen. Wer hatte daran ein Interesse? Sie hörte sich die Aufzeichnung drei weitere Male vergeblich an. Dann zog sie den USB-Stick aus ihrem Computer und packte ihn in der Hoffnung, jemand anders würde vielleicht etwas hören, das ihr entgangen war, zu ihren Unterlagen für die Besprechung.

Danach nahm sie sich ein paar Minuten Zeit, um die von Loris Handy heruntergeladenen SMS zu überfliegen. Archie hatte sich die Mühe gemacht, die Textnachrichten mit Namen und Nummern aus Loris Kontaktliste abzugleichen. Sam wusste das sehr zu schätzen und beschloss, ihm das bei nächster Gelegenheit auch zu sagen.

Sie sammelte ihren Kram ein, holte ihr allgegenwärtiges Notizbuch aus der Gesäßtasche, schnappte sich Handy und Stift und begab sich in den Besprechungsraum, wo sich mit Ausnahme von Cruz and Gonzo ihr gesamtes Team eingefunden hatte. Sie hätte niemals zugegeben, dass ihr die beiden fehlten, aber sie waren die Ermittler, auf die sie sich am meisten verlassen konnte.

Sie hatte keine andere Wahl, als ohne sie weiterzumachen. Doch ihre Abwesenheit führte ihr noch deutlicher vor Augen, wie wertvoll sie für sie waren. Nicht, dass sie ihnen das je gesagt hätte.

12

———

„Ich weiß nicht, ob ihr alle Agent George Terrell vom FBI kennt", eröffnete Sam die Besprechung und nahm am Kopfende des Tisches Platz. Chief Farnsworth und Captain Malone standen wie gewohnt weiter hinten im Raum. „Er unterstützt uns bei diesem Fall, weil es zwischen dem Opfer und einem Mitglied unseres Teams eine Verbindung gibt."

Nach einer Reihe gemurmelter Begrüßungen fuhr Sam fort: „Cruz ist bei Elin im Krankenhaus. Sie wurde heute bei der Arbeit verletzt."

„Geht es ihr gut?", fragte Arnold.

„Sie konnte sprechen und war stinksauer, ich denke also schon. Wer hat etwas Neues zu unserem Fall?"

„Ich fange mal an", meldete sich Jeannie zu Wort. „Tyrone und ich haben den Zahnarzt ausfindig gemacht, für den Lori gearbeitet hat. Er hat gesagt, sie sei eine gute Kraft gewesen, schnell, professionell und zuverlässig – bis vor etwas mehr als einem Monat. Nachdem sie das Sorgerecht verloren hatte, schien sie auch kein Interesse mehr an ihrem Job oder an sonst etwas zu haben. Sie war häufiger krankgemeldet als anwesend, und eine der anderen Frauen in der Praxis hat angedeutet, sie habe Drogen genommen. Der Zahnarzt wollte morgen mit ihr reden und sie entlassen. Er sagte, und ich zitiere: ‚Es hat uns allen leidgetan, dass der Sorgerechtsprozess nicht gut für sie gelaufen ist, aber es war unübersehbar, dass es in letzter Zeit mit ihr bergab ging, und da mussten wir einfach reagieren.‘"

„Hattest du den Eindruck, sie hat gewusst, dass ihr Job auf dem Spiel stand?", hakte Sam nach.

„Wenn, dann war es ihr wohl egal."

„Die Autopsie hat einen erhöhten Blutalkoholspiegel ergeben, außerdem hatte sie gekokst. Der Zahnarzt und seine Mitarbeiterinnen hatten also recht, sie war rückfällig geworden", fasste Sam zusammen. Sie teilte die Ausdrucke von Loris SMS in mehrere Stapel auf und reichte diese ihren Mitarbeitern. „Finden wir die Leute, an die diese Textnachrichten gegangen sind, und fragen wir sie, was sie über den letzten Tag unseres Opfers wissen. Ich will zu jedem Adressaten und den Ergebnissen der jeweiligen Befragung einen Bericht. E-Mail reicht. Haben wir schon irgendwelche Ergebnisse von der Hausdurchsuchung bei Lori durch die Spurensicherung?"

„Bisher nicht", antwortete Tyrone. „Ich bleibe dran."

„Danke. Wir wissen zu schätzen, dass ihr alle hierfür euren Feiertag opfert."

„Morde nehmen darauf keine Rücksicht", sagte Arnold.

„Allerdings", stimmte ihm Sam zu. „Ich habe eine Theorie, die ich euch gerne vorstellen will. Aber zuerst möchte ich, dass ihr euch den Notruf anhört. Er kam von einer Telefonzelle etwa zehn Blocks vom Fundort der Leiche entfernt, passenderweise ganz in der Nähe von Gonzos Wohnort." Über den Rechner im Besprechungsraum spielte sie ihrem Team die Aufzeichnung vor. „Hört noch mal gut hin", bat sie nach dem ersten Mal. „Erkennt jemand von euch die Stimme?"

„Schwer zu sagen. Sie klingt irgendwie gedämpft", bemerkte Carlucci.

„Das war auch mein erster Gedanke", pflichtete Sam ihr bei. „Da verstellt jemand seine Stimme. Der Anrufer hatte also Angst, dass wir sie erkennen könnten. Daraus ergibt sich meine Theorie, dass wir nach Leuten suchen müssen, die mit uns insgesamt oder mit Einzelnen von uns ein Hühnchen zu rupfen haben. Wer möchte unserem Team, der Polizei allgemein oder jemandem von uns persönlich Ärger machen?"

„Denken Sie an jemand Bestimmten, Lieutenant?", fragte Farnsworth.

„Die Liste der potenziellen Verdächtigen ist lang", erwiderte Sam. „Angefangen bei Stahl, Ramsey und Gibson, ganz zu schweigen von den zahlreichen Menschen, die wir festgenommen haben und die gegenwärtig gegen uns prozessieren, wie zum Beispiel Melissa Woodmansee, oder aus anderen Gründen ein Problem mit uns haben wie etwa Bill Springer."

„Wollen Sie damit sagen, jemand hätte die Mutter von Gonzos Sohn umgebracht, um uns eins auszuwischen?", erkundigte sich Malone. „Bisschen weit hergeholt, Lieutenant."

„Ich weiß, doch wir alle haben im Laufe unseres Berufslebens schon verrücktere Dinge erlebt, als dass jemand einen Mord begeht, um ein bestimmtes Ziel zu erreichen."

„Es lohnt sich auf jeden Fall, in diese Richtung weiterzudenken", bemerkte Farnsworth. „Wir haben uns im Laufe der Jahre einige Feinde gemacht, die alle froh wären, wenn wir uns selbst oder einen unserer besten Beamten gegen eine Mordanklage verteidigen müssten."

„Jemand hat sich große Mühe gegeben, eine Spur zu legen, die auf Gonzo weist", erklärte Sam. „Dieser Jemand hat die Überwachungskameras in dem Gebäude, in dem er wohnt, abgeschraubt, sodass wir nicht nachweisen können, dass er nach dem Heimkommen gestern Nachmittag das Haus nicht wieder verlassen hat. Sein Name und seine Adresse standen auf einem Zettel unter der Fußmatte in dem Auto, in dem Loris Leiche lag. Der Notruf kam aus der Gegend, in der er wohnt. Wer auch immer sie umgebracht hat, möchte, dass wir ihn für den Täter halten."

„Aber er ist es nicht gewesen", wandte Arnold ein. „Das wissen wir."

„Ja", gab ihm Sam recht. „Das Problem ist allerdings, dass wir das nicht beweisen können. Wir haben nur sein und Christinas Wort, dass sie beide gestern zu Hause geblieben sind. Beide hatten ein Motiv, weil die Sorgerechtsentscheidung auf der Kippe stand, nachdem Lori an die Öffentlichkeit gegangen war."

Arnold starrte sie an. Seine Wut war mit Händen zu greifen. „Er ist dein Freund. Du glaubst doch nicht wirklich ..."

„Nein, Arnold. Ich habe lediglich darauf hingewiesen, dass wir seine Unschuld nicht beweisen können.“

Der junge Detective ließ die Schultern hängen. „Irgendwas müssen wir tun können.“

„Ich bin für Vorschläge offen.“

„Keine Ahnung, aber irgendwas muss es doch geben.“

„Der einzige Weg, Gonzos Unschuld ein für alle Mal zu beweisen, ist, den wahren Täter zu finden – inklusive gerichtsverwertbarer Beweise.“

„Ich habe Lori mal gegoogelt“, ließ sich Jeannie vernehmen. „Dabei habe ich etwas Interessantes gefunden. Sie war im Vorstand einer recht umstrittenen Glaubensgemeinschaft in Bowie. Diese Leute nutzen unter anderem Beerdigungen von Polizistinnen und Polizisten, um zu demonstrieren.“

„Von denen habe ich schon gehört“, sagte Tyrone. „Die sind bei Bobbys Beerdigung aufgetaucht. Die Trauergäste waren stinksauer.“

Sam erinnerte sich an das Begräbnis eines Freundes von Tyrone von der Polizeischule, der bei einer Routine-Verkehrskontrolle überfahren worden war – und an die Kontroverse mit den Mitgliedern dieser Gemeinschaft, die beschlossen hatten, auf dem Friedhof aufzutauchen und die Bestattung für ihre Zwecke zu instrumentalisieren.

„Bobbys Familie hat das nie verwunden“, berichtete Tyrone. „Diese Leute nennen sich gottesfürchtig, missbrauchen aber das Begräbnis eines Polizisten für ihren Medienzirkus … Widerwärtig.“

„Das ist eine wirklich gute Spur.“ Sam deutete auf McBride und Tyrone. „Ich möchte, dass ihr beide dem morgen früh nachgeht.“

„Wird gemacht“, bestätigte Jeannie.

Sam ließ den Blick über die Ermittler der dritten Schicht gleiten. „Carlucci und Dominguez, ihr überprüft heute Nacht Loris finanzielle Verhältnisse. Ich brauche morgen früh einen Bericht. Da ihr schon den ganzen Tag hier wart, könnt ihr das von zu Hause aus erledigen.“

„Jawohl, Ma'am“, sagte Carlucci.

„Ich möchte nichts überdramatisieren, doch Gonzo verlässt sich darauf, dass wir ihn aus der Schusslinie holen. Denken wir bei unseren weiteren Ermittlungen vor allem an ihn und daran, dass sich jemand sehr große Mühe gegeben hat, ihm diese Sache in die Schuhe zu schieben. Wir wissen es natürlich besser, und deshalb müssen wir seine Unschuld beweisen. Ich werde weiter an meiner Rachetheorie arbeiten und all meinen Feinden einen Besuch abstatten. Ruft mich an, wenn sich bei den SMS etwas ergibt. Ansonsten sehen wir uns morgen früh."

Mit ernsten Gesichtern verließen die Ermittler den Raum. Sie hatten ihre Marschbefehle. Die meisten von ihnen würden wahrscheinlich die Nacht durcharbeiten, um Gonzos Unschuld zu beweisen.

Farnsworth und Malone blieben im Raum.

„Wie soll das mit diesen Besuchen ablaufen?", fragte Ersterer.

„Ich werde die Betreffenden der Reihe nach aufsuchen und sie fragen, wo sie gestern waren", antwortete Sam.

„Das machen Sie aber nicht allein", bestimmte Farnsworth.

„Ich komme mit", erbot sich Malone.

Sam sah ihn an. „Das Reden überlassen Sie mir."

„Natürlich, Lieutenant. Das versteht sich von selbst."

„Fangen wir doch in der Special Victims Unit an und schauen mal, wo unser Freund Ramsey Silvester verbracht hat."

„Soll mir recht sein", erwiderte Malone.

„Halten Sie mich über Ihre Ergebnisse auf dem Laufenden", verlangte Farnsworth. „Ich schwöre bei Gott, wenn das Stahls Werk ist, bringe ich ihn eigenhändig um."

Sam schluckte schwer, als sie daran dachte, was passiert war, kurz nachdem ein Kollege etwas ganz Ähnliches zu ihr gesagt hatte. „Sie haben schon genug um die Ohren. Überlassen Sie den Drecksack uns."

„Helen hat Ihnen die Informationen gegeben, die Sie für morgen früh brauchen", wechselte er das Thema. „Sind Sie sicher, dass Sie das durchziehen wollen? Ich würde Ihnen keinen Vorwurf daraus machen ..."

„Kein Problem."

„Was ist mit Nick? Haben Sie ihn gefragt?"

„Äh, nein, und das habe ich auch nicht vor. Ich gedenke, ihm *mitzuteilen*, was ich tun werde, aber er wird nichts dagegen haben."

„Sind Sie sicher? Im Grunde nutzen wir im Umgang mit den Medien die Tatsache aus, dass Sie mit dem Vizepräsidenten verheiratet sind. Da sollten wir vorher abklären, ob ihm das passt."

„Lassen Sie das meine Sorge sein. Ich versichere Ihnen, er würde wollen, dass ich alles tue, um Ihnen behilflich zu sein."

„Schließen Sie die Tür", befahl Farnsworth plötzlich.

Malone, der dem Ausgang am nächsten stand, tat es.

„Ich habe nachgedacht …"

Ein eisiger Schauer lief Sam über den Rücken. „Worüber?"

„Vielleicht sollte ich einfach abdanken. Das wäre für die Polizei insgesamt vielleicht das Beste …"

„Nein", widersprach Sam mit Nachdruck. „Wäre es nicht. *Sie* sind für die Polizei insgesamt das Beste. Wenn Sie aufgeben, verschafft das im Grunde Springer und all den anderen Schreihälsen nur einen leichten Sieg. Ich weiß, im Moment ist es nicht einfach. Es ist schrecklich, im Fadenkreuz der Medien zu stehen. Ich habe das am eigenen Leib erlebt, nachdem mir die Sache mit Johnson um die Ohren geflogen ist, und so etwas macht wirklich keinen Spaß. Doch so unangenehm die Lage im Moment auch sein mag, das geht vorbei. Die Karawane zieht weiter, und es wächst Gras über die Sache. Wie immer."

„Sie haben recht, ich erlebe das ja selbst nicht zum ersten Mal. Springer ist zu allem entschlossen. Ich fürchte, mit weniger als meinem Kopf auf einem Silbertablett wird er sich nicht zufriedengeben."

„Das mag ja sein, aber wollen Sie ihm den einfach so servieren? Sir."

Farnsworth lachte. „Ist es nicht wundervoll, wie sie jedes Mal dieses ‚Sir' nachschiebt, wenn ihr einfällt, mit wem sie gerade redet?"

„Ich finde das putzig", erwiderte Malone.

„Machen Sie sich ruhig auf meine Kosten lustig, meine Herren, auch wenn Sie im Grunde Ihres Herzens wissen, dass ich recht habe. Auch das wird vorübergehen, und dann werden Sie genau da sein, wo Sie hingehören – an der Spitze der Polizei. *Sir*."

„So ungern ich das zugebe", sagte Malone, „sie hat recht."

„Würden Sie das bitte noch mal wiederholen?", entgegnete Sam. „Ich glaube, ich habe mich verhört."

Beide Männer lachten – wie erhofft –, und das von Sorgen gezeichnete Gesicht des Polizeichefs schien sich ein klein wenig zu entspannen.

„Wir alle stehen hinter Ihnen, Chief", versicherte ihm Sam. „Bitte geben Sie nicht auf."

„Ich weiß die Motivationsansprache zu schätzen. Hoffentlich können wir die Angelegenheit morgen ein bisschen entschärfen."

„Wie wollen Sie erklären, was schiefgelaufen ist?", fragte Sam.

„Ich werde einfach die Wahrheit sagen. Wir hatten umfassendes belastendes Material wegen Verstößen gegen das Betäubungsmittelgesetz gegen Billy Springer und seine Komplizen gesammelt, deshalb habe ich der Drogenfahndung gestattet, ihre Ermittlung abzuschließen, ehe wir gegen Billy wegen des Mordes an seinem Bruder und dessen Freunden vorgegangen sind. Ich habe die in diesem Augenblick einzig richtige Entscheidung getroffen. Dann ist unsere verdeckte Ermittlung wegen der Drogen aufgeflogen, und das hat zu den Ereignissen im Haus von Billys Großmutter in Friendship Heights geführt."

„Was sagen Sie, wenn jemand fragt, warum die verdeckte Ermittlung aufgeflogen ist?"

„Dass dazu derzeit eine interne Ermittlung läuft, deren Ergebnisse wir abwarten müssen. Glauben Sie mir, ich will das genauso dringend wissen wie Bill Springer."

Sam dachte lange darüber nach. „Das könnte klappen. Die Öffentlichkeit wird Ihre Ehrlichkeit zu schätzen wissen."

„Das werden wir wohl schon bald rausfinden, oder?"

„Ja", stimmte Sam zu. „Wir stehen auf jeden Fall hinter Ihnen."

„Sie ahnen gar nicht, wie froh ich darüber bin. Aber jetzt mache ich mich mal vom Acker, damit Sie auch nach Hause kommen."

„Bis morgen früh."

„In alter Frische", antwortete er mit einer Grimasse, ehe er sich entfernte.

„Er nimmt das alles ganz schön schwer", stellte Sam besorgt fest, während sie dem Chief hinterherblickte.

„Weil er weiß, dass er Mist gebaut hat. Er hätte die Mordermittlung nie den Drogenfahndern zuliebe auf Eis legen sollen. Das war keine gute Idee. Haben wir ihm damals auch gesagt.“

„Finden Sie, er sollte zurücktreten?“

„Auf gar keinen Fall. Billy Springer war ein mieser Mörder und Drogenhändler, der bekommen hat, was er verdient hat. Der Einzige, der das anscheinend nicht kapiert, ist sein Vater.“

„Der leider eine erstklassige Plattform dafür hat, seine Meinung kundzutun.“

Malone grinste sie an. „Unsere ist besser. Das wird er bald merken. Lassen Sie uns noch ein paar Drecksäcke aufsuchen und dann für heute Schluss machen.“

„Was soll es denn zum Abendessen geben?“, fragte Nick Scotty, der mit seiner Xbox spielte, deren Platz seit Neuestem nicht mehr unten im Wohnzimmer war, sondern in dem Raum, den Nick jetzt als Büro nutzte.

„Mir egal.“

„Was ist denn los?“

„Nichts.“

Die einsilbige Antwort überraschte Nick. Man hatte ihn gewarnt, dass er sein Kind in den Anfängen der Pubertät kaum wiedererkennen würde, doch er hatte sich geweigert, zu glauben, Scotty würde je ein „typischer Teenager“ werden. Obwohl er es also eigentlich besser wusste, ließ er das Gespräch nicht auf sich beruhen, sondern folgte seiner Intuition.

Er ging zu dem Sofa, das sie gemeinsam die Treppe hochgeschleppt hatten, und setzte sich neben den Jungen. „He, Kumpel?“

„Ja?“

„Machst du bitte mal kurz Pause?“

Gehorsam wie immer unterbrach Scotty sein Spiel.

„Sag mir, was los ist.“

„Gar nichts.“

„Nervt es dich, dass morgen wieder Schule ist?“

„Total. Ich liebe Ferien."

„Also ... als du vorhin reingekommen bist, habe ich gleich gemerkt, dass etwas nicht stimmt. Ich bin noch Anfänger, was das Vatersein angeht, aber ich denke, dass ich dich inzwischen ganz gut kenne. Zieht dich nur das Ferienende so runter?"

Scotty spielte an seinem Controller herum, und als er zu Nick aufsah, glänzten seine Augen feucht. „Kann man denn für Skip gar nichts tun?", fragte er leise. „Ich finde es furchtbar, dass er die ganze Zeit im Bett liegen muss und Schmerzen hat. Sam will ich nicht fragen, weil ich weiß, dass es sie sehr mitnimmt."

Gerührt von der Sorge des Jungen um seinen Adoptivgroßvater erwiderte Nick: „Die Ärzte hoffen, dass sich sein Zustand mit der Zeit bessern wird."

„Er fehlt mir", erklärte Scotty und wischte sich eine Träne von der Wange. „Wenn ich zurzeit drüben bin, schläft er immer."

„Das liegt an seinen Medikamenten."

„Ja, das hat mir Celia auch erklärt."

„Ich weiß, das ist belastend. So geht es uns allen, aber die Ärzte tun für ihn, was sie können, und wir hoffen wie gesagt, dass sich sein Zustand mit der Zeit bessern wird. Sein Körper ist sehr schwach. Schon seit er angeschossen wurde, vor allem jedoch seit der OP."

„Ich finde es schrecklich, dass er solche Schmerzen hat."

„Ich auch, andererseits könnte das tatsächlich positiv sein."

„Warum?"

„Es könnte ein Zeichen sein, dass jetzt, wo die Ärzte die Kugel entfernt haben, das Gefühl in seine Gliedmaßen zurückkehrt."

„Heißt das, er wird wieder laufen können?"

„Ich glaube nicht, dass er sich so weit erholen wird. Allerdings habe ich gelernt, im Zusammenhang mit ihm alles für möglich zu halten. Er ist zäh wie Leder. Eigentlich war seine Schussverletzung tödlich, und schau, wie weit er sich inzwischen schon davon erholt hat."

„Ich kann mich an meinen eigenen Opa kaum erinnern, weil ich noch so klein war, als er gestorben ist. Aber wenn ich mit Skip zusammen bin ... Es ist schön, wieder einen Opa zu haben."

„Ich weiß, Kumpel. Er ist einfach klasse. Weißt du, was?

Morgen telefoniere ich von der Arbeit aus ein bisschen herum. Ich wette, es gibt irgendwo jemanden, der etwas weiß, wovon wir keine Ahnung haben.“

„Du meinst, in der Regierung?“

Nick zuckte die Achseln. „Vielleicht. Auf der Welt passieren unheimlich viele Dinge, und vielleicht arbeitet ja jemand an etwas, das ihm helfen kann.“

„Das wäre großartig.“

„Tu mir einen Gefallen, und behalte das für dich. Ich möchte nicht, dass der Rest der Familie sich falsche Hoffnungen macht, die dann enttäuscht werden, okay?“

Scotty nickte. „Geht klar. Danke, Nick.“

„Du weißt, dass du über alles mit mir reden kannst, oder? Absolut alles.“

„Ich weiß. Aber du trittst doch jetzt dein neues Amt an und hast viel zu tun …“

„Für dich habe ich immer Zeit. Egal, was gerade passiert. Selbst wenn *du* mal vierzig bist und selbst Kinder hast, werde ich für dich da sein.“

„Daran muss ich mich erst noch gewöhnen.“ Er musterte für einen Moment den Boden und sah dann zögernd wieder zu Nick auf. „Glaubst du, ich kann dich irgendwann – nicht sofort, aber vielleicht eines Tages – Dad nennen?“

Sprachlos starrte Nick seinen Adoptivsohn an und spürte, wie nun ihm Tränen in die Augen stiegen.

„Wenn du das nicht möchtest …“

Nick legte den Arm um Scotty und zog ihn an sich. „Und wie ich das möchte“, brummte er. „Jetzt, heute, morgen, wann immer du willst. Nichts wäre mir eine größere Ehre, als wenn du mich Dad nennst.“

„Du bist der Vizepräsident dieses Landes“, meinte Scotty trocken. „*Das* ist eine viel größere Ehre.“

„Nein.“

„Danke“, sagte Scotty. „Du weißt schon … für alles.“

„Du musst mir nicht danken. Sam und ich sind überglücklich, dass du jetzt zu unserer Familie gehörst. Der Tag, an dem du erklärt hast, dass du für immer bei uns bleiben möchtest, war der bisher beste unseres Lebens." Nicks Telefon klingelte und unterbrach den emotionalen Augenblick. „Das könnte Sam sein." Er lächelte Scotty an, ließ ihn los, zückte sein Handy und sah, dass der Anrufer vielmehr sein Freund Andy war. „Den muss ich annehmen."

„Mach ruhig", antwortete Scotty.

„Hey, Andy."

„Mr Vice President. Wie geht's?"

„Du kannst ruhig weiter ‚Nick' sagen, und es geht mir gut. Und wie ist die Lage bei dir?"

„Alles prima. Ich war doch tatsächlich über Silvester mit Elsa weg. Ihre Eltern haben Babysitter gespielt. Wir sind gerade zurückgekommen, und da habe ich gesehen, dass ich einen Anruf von Sam verpasst habe. Ich hab versucht, sie zurückzurufen, habe allerdings nur die Mailbox erreicht, da dachte ich, ich probiere es mal bei dir."

Nick erhob sich vom Sofa. „Ich bin gleich wieder da", bemerkte er an Scotty gerichtet, bevor er auf den Flur trat. „Hast du das mit Lori Phillips gehört?"

„Was denn?"

Nick brachte ihn auf den neuesten Stand.

„O mein Gott. Bestimmt hat mich deshalb auch Gonzo viermal angerufen. Sag mir, dass er nichts damit zu tun hat."

„Für Sam ist er kein Verdächtiger, aber die Medien sehen das anders. Die kreuzigen ihn."

„Verdammte Scheiße. Weißt du, was Sam von mir wollte?"

„Nein. Möglicherweise Informationen über den Sorgerechtsfall."

„In Anbetracht meiner Verschwiegenheitspflicht kann ich ihr da kaum weiterhelfen."

„Ich bezweifle, dass sie möchte, dass du gegen deine Schweigepflicht verstößt."

„Na ja, ich habe ihr eine Nachricht hinterlassen. Richte ihr bitte aus, dass sie mich die ganze Nacht anrufen kann. Ich werde helfen, wo immer es mir möglich ist."

„Das mache ich."

„Ich rufe außerdem an, weil sich der Ermittler bei mir

gemeldet hat, der nach Scottys Vater sucht. Er glaubt, ihn gefunden zu haben.“

Nick ging ins Schlafzimmer und schloss die Tür hinter sich. „Wo?“

„In New Jersey. Er arbeitet in Atlantic City an der Strandpromenade.“

„Woher wisst ihr, dass er es ist?“

„Ich kenne noch nicht alle Einzelheiten, aber mein Ermittler ist gut. Wenn er nicht sicher wäre, hätte er nicht angerufen.“

„Wie sieht der nächste Schritt aus?“

„Ich fliege hin und rede mit ihm.“

„Sollte ich das nicht übernehmen?“

„Auf gar keinen Fall. Ich möchte gerne herausfinden, ob wir es vermeiden können, ihm zu sagen, wer ihr seid. Lass mich mal die Lage peilen und versuchen, ob ich ihn überzeugen kann, der Adoption zuzustimmen, ohne euch ins Spiel zu bringen.“

„Wann fliegst du?“

„Ich versuche, mir dafür übermorgen Zeit freizuräumen.“

Nick setzte sich aufs Bett und fuhr sich mit den Fingern durchs Haar. „Warum kriege ich nur gerade solche Panik?“

„Dazu besteht kein Grund. Ich werde mein Bestes tun, um die Angelegenheit so schnell wie möglich für euch zu regeln.“

„Weißt du, worüber wir gerade gesprochen haben, als du angerufen hast? Er hat gefragt, ob er mich Dad nennen darf.“ Nicks Stimme brach. „Das darf nicht schiefgehen, Andy. Auf gar keinen Fall.“

„Wird es auch nicht. Scottys Alter wird euch zugutekommen. Er kann im Zweifelsfall seine Wünsche äußern. Mir ist genauso klar wie jedem anderen, der euch kennt, dass er genau da ist, wo er sein will.“

„Wem gegenüber kann er seine Wünsche äußern?“

„Einem Richter, doch das wird vielleicht gar nicht nötig sein. Ich befürchte eher, dass der Vater Geld von euch wollen wird.“

„Dann kriegt er es. Die Summe ist mir egal.“

Nick hörte Andys leises Lachen durch das Telefon. „Ganz im Ernst, Nick. Solltest du dem Typen je begegnen, dann sag das auf keinen Fall, okay?“

„Hoffen wir, dass es nicht dazu kommt.“

„Was ist mit Scotty?“

„Was soll mit ihm sein?“

„Werdet ihr ihm erzählen, dass wir seinen leiblichen Vater gefunden haben?“

„Darüber habe ich noch nicht nachgedacht. Ich hatte gehofft, die Frage würde sich gar nicht stellen.“

„Ihr solltet euch aber vermutlich überlegen, wie ihr damit umgehen wollt. Wenn er es ist, und da sind wir fast sicher, hat Scotty das Recht, zu wissen, dass wir ihn aufgespürt haben.“

„Ich rede mit Sam. Wir überlegen uns was.“

„Soll mir recht sein.“

„Andy ... Egal, was passiert, wir dürfen ihn nicht wieder verlieren. Das würde Sam umbringen.“

„Von den Auswirkungen auf dich ganz zu schweigen.“

„Richtig.“

„Wir kümmern uns darum. Versuch, dir keine Sorgen zu machen.“

„Ich geb mir Mühe.“

„Ich melde mich.“

„Danke, Andy.“ Nick beendete das Gespräch und saß mehrere Minuten lang reglos da. Zahllose beunruhigende Gedanken lähmten ihn, ließen ihn ausschließlich darüber nachgrübeln, was alles Schlimmes passieren konnte. Ein Klopfen an der Tür riss ihn schließlich aus seiner Starre. „Ja, bitte?“

Die Tür öffnete sich, und Scotty streckte den Kopf herein. „Wegen des Abendessens ...“

Nick zwang sich, seine Sorgen beiseitezuschieben und sich auf den Jungen zu konzentrieren, der ihm so viel bedeutete. „Worauf hast du Lust?“

„Spaghetti?“

„Das sagst du jedes Mal.“

„Ich mag eben Spaghetti.“

„Alles klar. Komm, hilf mir.“

„Alles in Ordnung?“

„Ja, klar. Warum?“

„Dir stehen die Haare zu Berge. Das passiert jedes Mal, wenn du dir Sorgen machst und dir mit den Fingern durch die Frisur fährst.“

„Ach ja?" Nick nahm Scotty spielerisch in den Schwitzkasten und zauste ihm die Haare. „So. Jetzt passen wir zusammen." Er ging zur Treppe und zog Scotty mit sich.

Scottys Lachen kam tief aus dem Bauch heraus und vertrieb einen Großteil von Nicks Ängsten. Aber ganz wurde er sie nicht los, während sie zusammen das Abendessen zubereiteten. Wie sollte er das nur Sam beibringen?

13

„Ich kann nicht glauben, dass ich wirklich freiwillig diesen Kerl aufsuche", brummte Sam, als sie sich dem Gebäude näherten, in dem Lieutenant Stahl wohnte.

Malone folgte ihr die Treppe hoch. „Ich auch nicht."

„Hat jemand mit ihm gesprochen, seit er wieder raus ist?"

„Nicht, dass ich wüsste. Seit dem Angriff auf Sie halten sich alle von ihm fern. Polizisten haben keinen Umgang mit Straftätern, wenn sie ihren Job behalten wollen."

„Faktisch ist er noch kein verurteilter Straftäter."

„Stimmt. Aber das ist nur eine Frage der Zeit."

„Wie gehen wir das an?", erkundigte sich Sam.

„Ganz einfach: Wir erkundigen uns danach, wo er an Silvester war."

„Was sagen wir, wenn er fragt, warum wir das wissen wollen?"

„Das wird ihm bereits klar sein. Inzwischen hat er mitbekommen, dass jemand die Mutter von Gonzos Baby ermordet hat. Wie ich ihn kenne – und ich kenne ihn viel besser, als mir lieb ist –, genießt er es gerade ungemein, dass alle Welt Gonzo verdächtigt."

„Wie kann ein Mann, der als Polizist Karriere machen wollte, so tief sinken, dass er sich freut, wenn einer seiner Kollegen fälschlicherweise des Mordes bezichtigt wird?"

„Indem die Karriere nicht läuft wie geplant", antwortete

Malone, „und er zusehen muss, wie andere, die viel später als er gestartet sind, Höhen erklimmen, von denen er nicht mal träumen darf. Das verbittert ihn, und diese Verbitterung schwärt."

Im zweiten Stock klopften sie an Stahls Tür und warteten.

„Machen Sie auf, Stahl." Malone hämmerte erneut gegen das Holz. Als niemand öffnete, drehte er sich um und blickte hinunter auf den Parkplatz. „Er kann nicht weit weg sein. Seine Bewährungsauflagen schränken seinen Bewegungsradius ein."

„Überprüft das denn mal jemand?"

„Nein. Sie wissen doch, wie Bewährung funktioniert. Es guckt nur jemand nach ihm, wenn er nicht zu einem Gerichtstermin erscheint." Malone sah sie an. „Sollen wir ein Weilchen warten?"

Sam konsultierte ihre Uhr. Es war schon fast sieben. Sie war jetzt seit dreizehn Stunden im Dienst, und langsam ging ihr die Kraft aus. „Schauen wir lieber, ob wir Peter erwischen, und machen dann Schluss für heute."

Malone folgte ihr nach Capitol Hill, in das Viertel, wo sie und leider auch Peter lebten. Der Captain parkte hinter ihr in der Seventh Street. Bei der Vorstellung, ihrem Ex-Mann zu begegnen, bekam Sam Magenschmerzen, aber wenn es Gonzo half, war sie gerne bereit dazu. Sie würde Peter als Verdächtigen ausschließen und nach Hause zu ihrem wunderbaren zweiten Mann fahren. Der Gedanke daran, dass Nick und Scotty daheim auf sie warteten, gab Sam die Kraft, zusammen mit Malone eine weitere Treppe zu erklimmen.

„Ich übernehme das", sagte der und bedeutete ihr mit einer Kopfbewegung, einen Schritt zur Seite zu treten. Ehe sie protestieren oder ihn auffordern konnte, sie nicht so zu verhätscheln, hämmerte er schon an die Tür. „Aufmachen, Polizei."

Hinter ihr öffnete sich eine Tür, und eine Frau steckte den Kopf raus. „Da ist niemand zu Hause. Er ist ausgezogen, und die neuen Mieter sind noch nicht da."

„Wissen Sie, wo er jetzt wohnt?", fragte Sam mit wachsender Beunruhigung.

„Keine Ahnung. Wir waren nicht befreundet. Man hat sich halt auf dem Flur gegrüßt. Er schien ganz nett zu sein. Was hat er angestellt?"

So vieles, dachte Sam. Peter hatte zu viel auf dem Kerbholz, als dass sie es hätte aufzählen mögen, angefangen damit, dass er ihr wichtige Nachrichten von Nick unterschlagen hatte, obwohl er doch angeblich ihr Freund gewesen war.

„Wir wollen nur mit ihm reden", entgegnete Malone. „Gibt es hier einen Hausmeister?"

Sie schüttelte den Kopf. „Der wohnt nicht hier. Aber ich kann Ihnen seine Nummer geben."

„Das wäre toll", erwiderte Malone. Während sie die Nummer holen ging, sah er Sam an. „Wir werden ihn finden. Keine Sorge."

Eigentlich hätten sie ihn im Gefängnis besuchen sollen, denn da gehörte er hin – schließlich hatte er versucht, Nick und sie mit selbst gebastelten Autobomben umzubringen.

Die Nachbarin kam mit einem Zettel mit der Nummer wieder und reichte ihn Malone.

„Vielen Dank für Ihre Hilfe."

„Steckt er in Schwierigkeiten?"

„Nicht, dass wir wüssten", entgegnete Malone. „Früher mal."

„Wow, das hätte ich nie gedacht. Er wirkte so ... normal."

„Das dachte ich auch", sagte Sam, die sich freute, dass sie nicht als Einzige auf seinen gespielten Charme hereingefallen war. „Danke für Ihre Hilfe."

„Ich kümmere mich noch heute Abend darum", versprach Malone. „Ich werde ihn ausfindig machen."

„Danke. Er ist sicher nicht weit weg. Sonst könnte er mich ja nicht mehr stalken."

„Wann haben Sie ihn das letzte Mal gesehen?"

„Ich glaube, das war, als ich hier vorbeigekommen bin, um herauszufinden, ob er mir nach meiner Hochzeit mit diesen Drohpostkarten das Leben schwer gemacht hat."

„Das ist fast ein Jahr her."

„Wenn man endlich glücklich verheiratet ist, vergeht die Zeit wie im Flug."

„Hat Nick nicht jemanden auf ihn angesetzt?"

„Eine Weile lang, doch er hat die Beobachtung einstellen lassen, weil ich gesagt habe, das sei Geldverschwendung." An ihrem Auto angekommen drehte sie sich zum Captain um. „Es stimmt mich nicht gerade glücklich, dass wir von beiden den aktuellen Aufenthaltsort nicht kennen. Ich stelle mir die ganze Zeit vor, wie sie zusammen in einem Bunker hocken und Pläne schmieden, um mein Leben und das der Menschen, die mir wichtig sind, zu zerstören, während Ramsey ihnen chinesisches Essen vorbeibringt."

Malone lachte bellend. „Gönnen Sie Ihrer überbordenden Fantasie mal ein paar Stündchen Pause. Ich sehe Sie morgen im TV."

„Jaja, reiben Sie es mir ruhig rein."

„Ich freue mich schon auf Ihre Reaktion, wenn man Ihnen persönliche Fragen stellt."

„Danke für die Warnung. Ich muss mir noch etwas total Unpassendes überlegen, was ich antworten kann, wenn man mich irgendwas in der Richtung fragt."

„Ich bin kein Politiker, aber irgendwie fürchte ich, dass das Nick überhaupt nicht gefallen würde."

„Ich weiß", erwiderte sie. „Er ist ein richtiger Spielverderber."

Plötzlich erschöpft, weil ihr Adrenalinspiegel nach diesem langen Tag in den Keller fiel, stieß sich Sam vom Wagen ab. „Bis morgen. Rufen Sie mich an, wenn sich etwas Neues ergibt."

„Mach ich."

Sam fuhr die zwei Blocks weit nach Hause in die Ninth Street, wo sie sich ausweisen musste, um vor ihrem eigenen Haus parken zu dürfen. Dankenswerterweise hatten die Nachbarn die verschärften Sicherheitsmaßnahmen gelassen hingenommen, vor allem weil sie Skip durch die Bank wirklich gernhatten und wussten, wie glücklich er darüber war, Sam und ihre Familie in seiner Nähe zu haben.

Skip war allgemein beliebt, doch niemand liebte ihn mehr als sie – dachte sie zumindest. Sam stieg aus, warf einen sehnsüchtigen Blick auf ihr eigenes Zuhause und ging dann auf das Haus ihres Vaters zu, das sie nach einem raschen Klopfen an der Eingangstür betrat.

Celia saß mit einem Glas Weißwein in der Hand auf dem Sofa, der Fernseher lief. „Hey", begrüßte sie Sam. „Kommst du jetzt erst nach Hause?"

„Ja. Toller Jahresanfang. Lori, die Mutter von Gonzos Sohn, wurde heute Morgen tot in einem Auto aufgefunden."

„Ich hab's in den Nachrichten gesehen. Bitte sag mir, dass ihr ihn nicht wirklich verdächtigt.“

„Auf keinen Fall. Aber seit wann schert sich die Presse um die Wahrheit, wenn es eine gute Geschichte zu erzählen gilt?“

Celia schüttelte bekümmert den Kopf. „Ich konnte es gar nicht glauben, als ich es vorhin gehört habe.“

„Da hat sich jemand viel Mühe gemacht, um es so aussehen zu lassen, als könne er es getan haben.“

„Er muss völlig außer sich sein.“

„Ist er“, bestätigte Sam und beschloss, ihren Freund und Kollegen anzurufen, sobald sie bei sich zu Hause war. „Wie steht es um unseren Patienten?“

„Er hatte einen harten Tag. Jetzt schläft er tief und fest.“ Celia hob ihr Weinglas. „Ich bin inzwischen zu Selbstmedikation übergegangen.“ Celia musste über ihren eigenen Witz lachen, aber das Lachen verwandelte sich fast augenblicklich in ein Schluchzen. „Sorry.“ Sie hielt sich den Mund zu. „Es ist nur … schwer, wirklich schwer, ihn so zu sehen. Ich weiß nicht, wie lange er das noch aushält.“

Sam legte die Arme um ihre Stiefmutter und drückte sie.

„Tut mir leid, dass ich so niedergeschlagen bin. Ich glaube, ich bin ein wenig angetrunken.“

Mit einem kleinen Lachen ließ Sam Celia los und blickte ihr ins Gesicht. „Daraus kann ich dir wirklich keinen Vorwurf machen.“

„Ich hatte ehrlich auf ein Wunder gehofft. Leider muss ich zugeben, dass ich voll auf die OP gesetzt hatte, obwohl ich natürlich wusste, wie es realistisch aussah. Ich habe mir so ein Szenario bloß nie vorstellen können.“

„Das konnte keiner von uns.“

„Er hat mich nach den Pillen im Safe gefragt.“

Sam lief es eiskalt über den Rücken, als sie an diese Pillen und ihren Verwendungszweck dachte. „Nein. So weit sind wir nicht.“

„Er schon, Süße. Seine Lebensqualität ist von ‚gering‘ auf ‚praktisch nicht vorhanden‘ gefallen, und je mehr Zeit er im Bett verbringt, desto größer wird die Gefahr einer Sekundärinfektion.“ Celia legte den Kopf in den Nacken und sah Sam an. „Ewig schaue ich da nicht zu. Ich habe ihm Dinge versprochen, die ich zu halten gedenke.“

Celias Worte entsetzten Sam, aber sie konnte ihrer Stiefmutter keine Vorwürfe machen. Auch sie wollte nicht, dass ihr Vater unter Qualen dahinsiechte. „Ich werde morgen ein weiteres Mal mit den Ärzten reden. Es muss etwas geben, das sie noch nicht ausprobiert haben.“

„Ich weiß deine Hilfe sehr zu schätzen, schon die ganze Zeit seit der OP.“

„Gib mir ein paar Tage, okay?“

Celia hob die Hand und wischte Sam die Tränen ab. „Okay.“

Wieder umarmte Sam sie. „Ich gebe ihm noch einen Gutenachtkuss.“ Sie erhob sich und ging durch die Küche ins ehemalige Esszimmer, das zur Versorgung ihres Vaters umgestaltet worden war. Vom Flur fiel Licht herein, als sie sich über das Krankenhausbett beugte, um Skip auf die Stirn zu küssen. Die einzige positive Entwicklung seit der OP war, dass er liegend nicht mehr beatmet werden musste. Unter normalen Umständen hätte man das als großen Sieg verbucht.

Er hob schläfrig die Lider. „Hey, Kleines.“

„Hey, Skippy. Ich wollte dich nicht wecken. Eigentlich habe ich nur hereingeschaut, um Gute Nacht zu sagen.“

„Das freut mich. Langer Tag, was?“

„Nicht schlimmer als sonst.“

„Ich habe in den Nachrichten diesen Mist über Gonzo gehört.“

„Daran ist kein Wort wahr. Totaler Unsinn.“

„Dachte ich mir.“

„Immerhin haben wir ein paar Spuren, um die wir uns morgen kümmern werden. Wir finden den Täter schon.“

„Wie immer. Dein Sohn war vorhin da. Ich liebe diesen Jungen.“

Sam legte ihm die Hand auf die Schulter und strich ihm die Haare aus der Stirn, die sich warm anfühlte. Als sie versuchte, sich ein Leben ohne ihn als Mittelpunkt vorzustellen, überfiel sie sofort wieder die Angst. „Und er dich.“

„Du solltest heim zu deinen Jungs gehen und dich ein bisschen ausruhen, solange du Gelegenheit dazu hast.“

„Wirst du schlafen können?“

„Ja, mach dir um mich keine Sorgen."

„Also gut ..." Sie beugte sich vor und küsste ihn erneut. „Ich hab dich lieb, Skippy."

„Ich dich auch, Kleines."

Sam ließ ihn allein, damit er schlafen konnte, und begab sich zurück ins Wohnzimmer. „Er ist wach, und wenn du mich fragst, hat er leichtes Fieber."

„Ich schau mal nach ihm."

„Lass es mich wissen, wenn du Hilfe brauchst, ja? Jederzeit – Tag und Nacht."

„Ich weiß ja, wo ich dich finde. Danke, Süße. Ihr Mädchen und eure Familien wart für uns beide ein Geschenk des Himmels. Und du solltest mal erleben, wie dein Vater strahlt, wenn Scotty ihn besuchen kommt."

„Scotty vergöttert ihn." Sie beugte sich vor und gab Celia einen Kuss. „Halt durch. Wir sehen uns morgen."

„Bis dann."

Mit schwerem Herzen und tief besorgt wegen der angeschlagenen Gesundheit ihres Vaters ging Sam aus dem Haus und die Rampe hinunter. In den drei Jahren seit seiner Schussverletzung war ihr Leben eine Achterbahnfahrt gewesen, und vor allem in letzter Zeit war es häufiger bergab als bergauf gegangen. Sie hatten gewusst, wie schlecht es um ihn stand. Doch nach der OP hatten sie Hoffnung geschöpft, die sich in den seither verstrichenen Wochen größtenteils wieder zerschlagen hatte. Er erholte sich nicht. Vielmehr verschlechterte sich sein Gesundheitszustand zusehends.

Als sie müde die Rampe zu ihrem eigenen Haus hochlief, kam ihr der plötzliche Gedanke, dass sie diese nicht mehr brauchen würden, wenn ihr Vater starb. „Nein", verkündete sie laut. „Er wird nicht sterben. Das kommt nicht infrage."

Einer der allgegenwärtigen Personenschützer öffnete Sam die Tür. „Guten Abend, Mrs Cappuano."

„Hi." Während sie ihre Jacke auszog und über das Sofa legte, fragte sie sich, ob er wohl ihr Selbstgespräch gehört hatte.

Nick kam aus der Küche. Er trug eine Schürze, das neue Harvard-T-Shirt, das sie ihm zu Weihnachten geschenkt hatte, und die abgewetzten, ausgebleichten Jeans, die sie so gern an ihm sah. Der sexyste Vizepräsident aller Zeiten. „Hey, Baby."

Sam hätte gern ihre Sorgen abgeschüttelt, um sich ganz auf ihn und Scotty konzentrieren zu können, aber der Anblick seines attraktiven Gesichts brachte sie emotional endgültig aus dem Gleichgewicht.

Zum Glück merkte er das sofort und zog sie in die Küche. „Würden Sie uns bitte allein lassen?", wandte er sich an den Bodyguard, der Zeitung lesend am Tisch saß.

„Natürlich." Der Agent erhob sich und verschwand.

Nick umarmte sie. „Was ist los?"

„Wo ist Scotty?"

„Er hat sich nach oben verzogen, um sich vor dem Abwasch zu drücken. Sprich mit mir, Babe."

„Mein Vater ... Ich habe ihn und Celia gerade besucht. Es geht ihm nicht gut, und es wird täglich schlimmer."

„Ich weiß. Scotty war deswegen vorhin auch schon ganz aufgewühlt. Er hat gefragt, warum man nichts unternehmen kann. Ich habe ihm versprochen, morgen ein wenig herumzutelefonieren."

„Du meinst, offiziell?"

„Kann man denn vom Weißen Haus aus überhaupt inoffiziell telefonieren?"

„Wirst du dafür nicht Ärger kriegen?"

„Weil ich mich an die besten Ärzte des Landes wende, um zu fragen, ob sie meinem Schwiegervater helfen können, einem hochrangigen Polizeibeamten, der im Dienst eine Schussverletzung erlitten hat? Darüber kann sich ja wohl niemand aufregen."

Sam klammerte sich fester an ihn und atmete seinen vertrauten Geruch ein. Nichts vermochte sie so zu beruhigen und zu erden wie seine Nähe. „Nick, du musst vorsichtig sein. Du bist mit den Regeln dieses Spiels noch nicht vertraut."

„Glaub mir, das ist mir vollkommen egal. Wenn daraus ein Riesenskandal erwächst, wir aber jemanden gefunden haben, der ihm helfen kann, soll mir das recht sein."

„Danke. Ich kann dir nicht mal widersprechen, so verzweifelt bin ich."

„Ich würde alles für ihn tun – genau wie für dich." Nick hielt sie lange fest, bis sie sich schließlich in seinen Armen entspannte. Er strich ihr über den Rücken und sagte: „Du hast sicher Hunger."

„Ich könnte etwas zu essen vertragen."

„Scotty und ich haben Soße gekocht."

„Richtig selbst gekocht?"

„Mhm."

„Angeber."

„Wenn man mit einer italienischen Großmutter aufwächst, lernt man eben ein paar Dinge. Willst du einen Teller?"

„Gleich", antwortete sie. „Halt mich erst noch ein bisschen."

„Solange du willst und wann immer du willst."

„Am liebsten für immer. Was habe ich eigentlich gemacht, bevor ich dich hatte?"

Er öffnete ihre Haarspange und fuhr ihr mit den Fingern durch die ungebärdigen Locken, die ihr bis über die Schultern fielen. „Ich liebe es, wenn du zu mir heimkommst. Jeden Abend merke ich, dass ich den ganzen Tag mit angehaltenem Atem darauf gewartet und um deine Sicherheit gebangt habe ..."

Sie hob den Kopf und blickte ihn an.

Er nahm ihr Gesicht zwischen beide Hände, sah ihr tief in die Augen und küsste sie sanft und zärtlich. Dann lehnte er die Stirn an ihre. „Wir brauchen heute Nacht Dachbodenzeit."

„Ja, bitte."

„Lass dir von mir erst was zu essen geben."

Zögernd löste sich Sam von ihm und setzte sich an den Tisch. Er goss ihr ein Glas ihres Lieblings-Chardonnays ein und füllte dann einen Teller mit Pasta und der Soße, die er mit Scotty zubereitet hatte.

„Riecht köstlich."

„Sie schmeckt auch verflucht gut, wenn ich das sagen darf."

„So viele Talente", entgegnete sie und hob anzüglich die Brauen.

Er machte sich ein Bier auf und setzte sich zu ihr.

„Was war hier heute los?"

„So einiges." Er sagte es leichthin, doch seine Lippen waren angespannt, was ihr sofort auffiel.

„Was einiges?"

„Andy hat angerufen. Ich soll dir ausrichten, er ist den ganzen Abend erreichbar, falls du ihn sprechen möchtest."

„Oh, gut. Ich muss wissen, wer Lori in dem Sorgerechtsfall vertreten hat, und brauche Informationen über die zuständige Sozialarbeiterin."

Er spielte mit dem Kronkorken und fuhr fort: „Er hat mir außerdem erzählt, dass sie vermutlich Scottys Vater in New Jersey aufgespürt haben."

Vor Schreck blieb Sam fast die Pasta im Hals stecken. Sie spülte sie mit einem Schluck Wein hinunter. „Sie haben ihn also tatsächlich gefunden."

„Ja."

„Was nun?" Die Frage verriet nichts von der nackten Angst, die sie bei dem Gedanken befiel, etwas könne ihren Plan zur Adoption Scottys durchkreuzen.

„Andy fliegt dahin und redet mit ihm."

„Was, wenn er ihn will? Was dann?"

Nick ergriff ihre freie Hand. „Selbst wenn die Sache vor Gericht kommt ..."

„Vor Gericht? Besteht diese Möglichkeit denn?"

„Reine Spekulation von Andys Seite, aber selbst wenn, wäre Scotty inzwischen alt genug, um eigene Wünsche zu äußern. Als Andy das erwähnt hat, ist es mir gleich besser gegangen."

„Wie kann der Vater schlimmstenfalls reagieren?"

„Andy fürchtet, wenn er erfährt, wer wir sind, wird er Geld wollen, deshalb will er zunächst versuchen, die Sache über die Bühne zu bringen, ohne dass der Mann diese Information erhält."

„Das finde ich gewagt."

„Ich auch. Andy meint, es sei einen Versuch wert. Er fliegt noch diese Woche hin, um ihn zu treffen."

Sam legte die Gabel weg und dann ihre Hand auf ihren Bauch. „Wie sollen wir mit dieser Ungewissheit leben?"

„Ich habe keine Ahnung. Aber die gute Nachricht ist, dass Scotty mich gefragt hat, ob er mich irgendwann Dad nennen darf."

„Oh, wow", flüsterte sie. „Das muss ein wundervoller Augenblick gewesen sein."

„Ja."

Sie drückte seine Hand. „Das muss jetzt langsam ein Ende haben. Ich will, dass er endgültig zu uns gehört."

„Wir arbeiten ja daran. Trotzdem müssen wir geduldig sein und dürfen nichts überstürzen."

„Ich hasse Geduld. Wie auf glühenden Kohlen zu sitzen ist nicht gerade meine Lieblingsbeschäftigung."

Nick lachte, beugte sich über ihre Hand und küsste sie. „Behalten wir das mit seinem Vater doch erst mal für uns. Ich sehe keine Veranlassung, ihn damit zu belasten, solange wir selbst noch nichts Genaueres wissen."

„Ganz meine Meinung."

„Iss auf."

„Ich habe keinen Hunger mehr."

„Samantha ... Wenn du nicht aufisst, gibt es keinen Nachtisch."

„Reden wir von Nachtisch oder *Nachtisch*?"

„Von der guten Sorte. Der Dachbodensorte."

„In dem Fall ..." Sie wickelte die nächste Portion Nudeln auf ihre Gabel. „Diese Soße ist unglaublich lecker. Ich bin wirklich beeindruckt."

„Scotty hat gesagt, sie sei besser als die aus dem Glas."

„Das ist aus seinem Munde ein großes Lob."

„Morgen Abend ist übrigens diese Sache von dem neuen Job."

„Welche Sache?"

„Das Personal des Westflügels veranstaltet uns zu Ehren einen Willkommensempfang. Du und Scotty, ihr seid auch eingeladen. Wenn ihr wollt."

„Oh."

„Er findet im Weißen Haus statt." Nick beobachtete genau, wie sie diese Neuigkeit aufnahm. Seine haselnussbraunen Augen funkelten amüsiert.

„Ich soll morgen Abend ohne jede Vorbereitungszeit zu einer ... Sache ... im Weißen Haus mitkommen?"

„Nur wenn du möchtest."

Sie sah ihn finster an. „Tu das nicht."

„Was denn?"

„Lass mich nicht so einfach vom Haken. Ich bin deine Frau. Wenn du deinen Amtsantritt feierst, sollte ich dabei sein. Im blöden Weißen Haus."

Er presste die Lippen zusammen, um sich ein Lachen zu verkneifen.

„Wag es nicht, mich auszulachen."

„Das würde ich niemals tun."

„O doch!"

„Nicht, wenn ich dir heute Nacht noch an die Wäsche will."

Sie verdrehte die Augen. „Du darfst mir schließlich fast jede Nacht an die Wäsche, selbst wenn du mich auslachst."

„Habe ich dir in letzter Zeit eigentlich mal gesagt, wie sehr ich dich liebe?"

„Lass das!"

„Ich darf dir nicht sagen, dass ich dich liebe?"

„Nicht, wenn du mich damit rumkriegen willst."

„Ich liebe es, dich rumzukriegen. Es gibt fast nichts, was ich lieber tue. Wenn es dich aber gerade nervt, erzähl mir lieber, wie du mit deinem Fall vorankommst."

„Langsam", seufzte sie. „Wir haben ein paar Spuren, denen wir morgen nachgehen wollen. Je schneller wir das in trockenen Tüchern haben, desto eher kann Gonzo wieder ein normales Leben führen."

„Ich kann nicht glauben, dass die Presse wirklich versucht, ihm das anzuhängen. Vor ein paar Wochen haben sie ihn als Helden gefeiert."

„Das Problem ist, dass wir seine Unschuld nicht beweisen können. Jemand hat sich an den Überwachungskameras in dem Gebäude, in dem er wohnt, zu schaffen gemacht, unter der Fußmatte in dem Auto, in dem Lori gefunden wurde, lag ein Zettel mit seinem Namen und seiner Adresse, und er und Christina können sich nur gegenseitig ein Alibi geben. Beide lieben Alex, und Lori hat ihnen großen Ärger bereitet."

„Ihr kriegt ihn also bloß aus der Schusslinie, indem ihr den wahren Täter findet."

„Genau. Wir tun, was wir können, aber bisher sind wir auf niemanden gestoßen, der ein besseres Motiv hätte als er. Die Ermittlungen haben allerdings auch gerade erst begonnen." Sie trank einen Schluck Wein und lächelte, als er ihr nachschenkte. „Freddie war heute mit Elin in der Notaufnahme im GW, weil sie im Fitnessstudio einen Schlag ins Gesicht abbekommen hat."

„Geht es ihr gut?"

„Schätze schon. Ich kenne noch keine Einzelheiten, doch sie hat ihn immerhin anrufen können. Er hat mir erzählt, er hätte Shelby dort getroffen. Mit Hill."

„Was? Wieso das denn?"

„Offenbar war sie auf dem Gehweg gestolpert und hatte sich die Knie aufgeschürft."

„Hm." Nick kratzte sich am unrasierten Kinn. „Ich hoffe, es war nicht Schlimmeres."

„Was meinst du damit?"

Er musterte sie zögernd.

„Was ist?"

„Sie war vorhin hier, um mir etwas zu erzählen. Was sie zu sagen hatte, könnte für dich problematisch sein, und sie hat es mir überlassen, es dir beizubringen."

„Sie ist schwanger."

„Ja."

„Du bist heute Abend wirklich ein regelrechter Quell neuer Informationen."

Er rückte mit dem Stuhl näher an sie heran und nahm ihre Hände. „Es ist völlig normal, wenn dich diese Nachricht etwas aus dem Gleichgewicht bringt. Ging mir genauso."

„Ich freue mich für sie. Ehrlich."

„Ja, klar. Ich weiß aber auch, dass es dir jedes Mal ein bisschen das Herz bricht, wenn eine Frau aus unserem Umfeld das bekommt, was du dir am meisten auf der Welt wünschst."

Es brach ihr tatsächlich das Herz, doch sie tat sein Mitgefühl mit einem Achselzucken ab, obwohl sein sanftes Verständnis den Schmerz zumindest etwas linderte. „Wenn sie in der Notaufnahme war, ging es vielleicht um mehr als nur um aufgeschürfte Knie."

„Oje, ich hoffe nicht." Er ließ ihre Hände los und zog sein Mobiltelefon aus der Gesäßtasche.

Sam beobachtete, wie er rasch eine SMS schrieb, und starrte dabei auf den Platinreif an seinem linken Ringfinger. Sie liebte es, den Ehering an seiner Hand zu sehen, bedeutete er doch, dass sie für den Rest ihres Lebens zusammengehörten. In chaotischen Zeiten wie diesen war er wie ein optischer Rettungsanker.

Er legte das Smartphone weg und umfasste wieder ihre Hände. „Sprich mit mir. Sag mir, was du denkst.“

„Ich freue mich für sie. Wirklich. Genauso wie für Angela, Gonzo, Derek und alle anderen unserer Bekannten, die Kinder haben. Ich frage mich nur manchmal, ob uns das auch irgendwann vergönnt sein wird.“

„Darüber denke ich nach, seit Shelby heute hier war. Wir haben bisher nicht alles unternommen, was möglich wäre.“

Sie schüttelte den Kopf, noch bevor er seinen Satz beendet hatte. „Ich habe bereits eine Fruchtbarkeitsbehandlung hinter mir. Es war furchtbar. Damals habe ich mir geschworen, so etwas nie wieder auf mich zu nehmen. Du hältst mich ja jetzt schon manchmal für verrückt, aber du solltest mich mal sehen, wenn ich mit Hormonen vollgepumpt bin. Außerdem müsstest du mir dann Spritzen geben, und dafür würde ich dich hassen.“ Sie schüttelte den Kopf. „Das kann ich kein zweites Mal durchmachen. Keine Chance.“

„Das liegt ganz bei dir, ich wollte dich nur wissen lassen, dass ich dazu bereit wäre.“

Sie hob eine Augenbraue und legte den Kopf schief. „Weißt du, was das für dich bedeuten würde?“

„Äh, nein, nicht so genau.“

Sam hielt sich den Mund zu und musste ein Lachen unterdrücken.

„Was ist daran so witzig?“

Ihre Augen funkelten erheitert. „Sagen wir es so: Du müsstest häufig deine Hände einsetzen und jede Menge Pornos konsumieren.“

„Mein Gott, Sam.“

„Was? Das ist nichts als die reine Wahrheit.“

„Wie du meinst. Amüsier dich ruhig auf meine Kosten. Für dich würde ich das tun.“

Sie rutschte von ihrem Stuhl auf seinen Schoß. „Dafür liebe ich dich, wirklich, aber ich kann mir das nicht noch mal antun. Die ersten beiden Male waren der totale Albtraum – und völlig umsonst. Ich schlage vor, wir machen weiter wie bisher, und wenn es passiert, dann gut. Wenn nicht, werde ich einen Weg finden, dankbar für das zu sein, was wir haben.“

„Wir müssen hier und jetzt gar nichts entscheiden. Wenn du darüber nachdenken möchtest ...“

Sie küsste ihn. „Darüber brauche ich nicht nachzudenken. Ich werde mich dieser Tortur kein weiteres Mal unterziehen, mal ganz abgesehen davon, dass sie einer ziemlich guten Ehe jede Romantik nehmen würde.“

„Einer ziemlich guten Ehe?“

„Einer überdurchschnittlichen Ehe.“

„Überdurchschnittlich?“

„Einer spektakulären, großartigen, fantastischen, wunderbaren, alle Erwartungen übertreffenden Ehe. Besser?“

„Viel.“

„Warum sollten wir daran etwas ändern wollen?“

„Damit du das bekommst, was du dir am meisten auf der Welt wünschst?“

„Ich habe durch dich und Scotty schon mehr, als ich mir je hätte träumen lassen. Das reicht mir völlig. Alles Weitere wäre nur das Sahnehäubchen auf einem bereits wunderbaren Kuchen.“

„Ja, der Kuchen ist ziemlich gut.“

„Ziemlich gut?“

„Lecker, köstlich, unglaublich schmackhaft. Der beste Kuchen, den ich je hatte. Besser?“

Sie lächelte und küsste ihn erneut. „Viel besser.“

14

Auf Averys Sofa ausgestreckt, warf Shelby einen Blick zu ihrem Handy auf dem Couchtisch, griff aber nicht danach, obwohl ein Signalton verkündete, dass eine neue Textnachricht eingegangen war. Sie, die nie eine Textnachricht unbeantwortet ließ, las diese nicht einmal. Wie wichtig konnte sie schon sein?

Avery hatte sich geweigert, sie nach Hause zu bringen, weil er sich um sie kümmern wollte. Sie hatte nicht die Kraft gehabt, mit ihm zu streiten.

An diesem Nachmittag und Abend hatte sie entdeckt, dass die Rückschau eine interessante Perspektive war. Jetzt, wo sie die Wahrheit kannte, ergab so vieles plötzlich Sinn.

Ihr fiel wieder ein, wie Avery Sam nach dem Mord an Willie Vasquez nach Hause gebracht hatte. Nick war dazugekommen, als sie vor seinem und Sams Haus mit Avery gesprochen hatte. Als Avery gegangen war, hatte sie Nick erzählt, dass sie im Begriff war, den FBI-Agenten zu daten.

Nick hatte sie darin bestärkt, und jetzt wusste sie auch, warum. Nicht, weil er geglaubt hatte, sie und Avery würden gut zusammenpassen. Sondern weil Nick wollte, dass Avery mit jemand anderem zusammen war, damit er keine Gefahr mehr für seine Ehe darstellte.

Sie kam sich vor wie eine Vollidiotin. Drei Menschen, denen sie nahestand, hatten sie monatelang im Dunkeln tappen lassen.

Sie hatten mit angesehen, wie sie eine Beziehung mit Avery begann, sie in dem Glauben gelassen, dass sie diesmal endlich ein Happy End bekommen konnte. Dabei hatten sie die ganze Zeit gewusst, wen Avery eigentlich wollte, aber nicht haben konnte.

Shelby erinnerte sich, wie sie Nick gefragt hatte, ob er etwas dagegen hätte, wenn sie mit Hill ausging. „Nein, nein", hatte er erwidert. „Machen Sie das ruhig. Amüsieren Sie sich. Unbedingt." Sie hatte das damals seltsam gefunden, weil sie bereits gewusst hatte, dass Nick Avery nicht leiden konnte – was bei Nick bloß sehr selten passierte.

„Ich war so dumm", flüsterte sie.

Avery kam herein, in der Hand eine dampfende Tasse mit dem Tee, den er extra für sie besorgt hatte. Früher hatte Shelby es bezaubernd gefunden, dass er ihren Lieblingstee gekauft hatte. Jetzt ließ sie das kalt, genau wie alles andere an ihm.

Mit der Tasse in der Hand setzte er sich an den Couchtisch und streckte sie ihr hin.

Shelby zwang sich, sich aufzusetzen, den Becher zu nehmen und daran zu nippen, ohne ihn anzuschauen.

„Es tut mir leid, Shelby. Ich kann nur vermuten, was du jetzt denkst, aber ich schwöre, was zwischen uns ist, hat außer mit uns beiden mit niemandem etwas zu tun."

„Die Tatsache, dass du in meine Freundin und Chefin verliebt gewesen bist, hat also überhaupt nichts mit uns zu tun?"

„Ich bin nicht in sie verliebt. Das war ich nie. Ich war … verknallt."

„Verknallt. Wie süß. Also hast du beschlossen, dich mit mir einzulassen, damit du in ihrer Nähe bleiben kannst."

„Das stimmt nicht. Ich sehe sie ständig auf der Arbeit. Um in ihrer Nähe zu sein, muss ich nicht mit dir ausgehen. Zwischen ihr und mir ist nie etwas passiert. Die Sache war einseitig und ist Geschichte."

„Ich habe die ganze Zeit nicht begriffen, warum Nick Cappuano, der sonst jeden leiden kann, dich nicht mag. Theoretisch bist du ja ein Mann genau nach seinem Geschmack – fähig, sportlich, charmant. Ihr beide müsstet eigentlich die besten Freunde sein, seid es jedoch nicht. Ich konnte es mir einfach nicht erklären. Jetzt allerdings ergibt alles Sinn. Er hasst dich, weil du auf seine Frau stehst.“

„Shelby, ich stehe nicht auf seine Frau. Ich mag sie. Ja, ich bewundere sie. Aber mir ist klar, dass sie extrem verheiratet ist, und da würde ich mich nie einmischen, schon allein, weil ich beiden keinen Kummer bereiten will. Ich war in sie verknallt. *War* – Vergangenheit.“ Er legte ihr eine Kaschmirdecke über den Schoß und schob ihr das Haar hinters Ohr.

Sie hätte verlangen sollen, dass er sie nicht anfasste, doch es gefiel ihr, wenn er sie berührte.

„Meine Verknalltheit in dich hingegen findet in der Gegenwart statt.“

Shelby schüttelte den Kopf. „Sag so etwas nicht.“

„Warum denn nicht? Es ist die Wahrheit. Glaubst du, ich würde fast jede Nacht mit dir verbringen, wenn du mir nicht wirklich etwas bedeuten würdest? Oder glaubst du, ich würde zu deinen Ausflügen mit Scotty mitkommen, wenn ihr mir egal wärt?“ Er beugte sich vor und küsste sie auf Stirn und Wange. „Glaubst du, ich würde bei jeder Gelegenheit mit dir schlafen, wenn ich das nicht tatsächlich wollte?“

„Ehrlich gesagt weiß ich nicht, was ich glauben soll. Ich bin verwirrt.“

„Dazu besteht kein Grund. Wir sind zusammen, und zwar schon eine ganze Weile. Sie und ich, wir sind Kollegen. Mehr waren wir nie, und mehr werden wir nie sein.“

„Mal hypothetisch gesprochen ... Wärst du weiterhin an mir interessiert, wenn sie frei wäre?“

„Ja. Glaubst du, ich hätte mit dir nur die Zeit totgeschlagen, während ich darauf gewartet habe, dass ein kerngesunder junger Mann den Löffel abgibt, damit ich seine Witwe trösten kann?“

Dieser wundervolle South-Carolina-Akzent, diese goldfarbenen Augen, diese Wangenknochen ... Sie stand total auf ihn. Oder zumindest hatte sie total auf ihn gestanden, bis sie herausgefunden hatte, dass er total auf Sam stand.

„Du machst aus einer Mücke einen Elefanten“, fügte er hinzu.

„Findest du? Drei Menschen, die mir wichtig sind und denen ich vertraue, haben mir sehr lange eine sehr wichtige Information vorenthalten. Ich komme mir vor wie eine Idiotin." Das galt umso mehr, als ihr jetzt Tränen in die Augen stiegen. Schon wieder.

„Das tut mir furchtbar leid. Ich wollte nicht, dass du erfährst, dass ich einmal etwas für sie empfunden habe, aber dann hatte ich das Gefühl, dich zu belügen, wenn ich es dir weiter vorenthalte, und das wollte ich auch nicht. Meine Gefühle für sie waren Kinderkram im Vergleich zu dem, was ich für dich empfinde. Das hier ist echte Liebe. Sie war so eine Art Wunschtraum. *Du* bist real, wundervoll, witzig, beeindruckend, bewundernswert und ..."

„Sag jetzt bloß nicht *süß*. Denk nicht einmal daran."

„Das würde ich nie wagen. Ich weiß es inzwischen besser." Er streichelte ihr Gesicht und wischte ihr zärtlich die Tränen weg. „Ich möchte zusehen, wie dein Bauch ganz dick und rund wird. Ich möchte dabei sein, wenn du dieses kleine Wesen auf die Welt bringst. Ich möchte jede Nacht neben dir schlafen, mit dir lachen und sogar tolerieren, dass du meinen Akzent nachmachst – und zwar schlecht, wie ich hinzufügen möchte."

„Meine Avery-Hill-Imitation ist großartig."

„Rede dir das ruhig weiter ein, Liebling. Aber ich möchte, dass du eine Sache nicht vergisst."

„Nämlich?"

„Ich habe dir zuliebe meine Meinung über die Farbe Pink geändert."

Shelby wollte eigentlich nicht lachen, konnte es sich dann jedoch nicht ganz verbeißen. Tatsächlich hatte er bei der Pink-Frage eine Hundertachtzig-Grad-Wendung vollzogen.

Er legte ihr einen Finger unters Kinn und zwang sie, ihm in die sexy goldenen Augen zu blicken, wovon sie schon seit ihrer ersten Begegnung regelmäßig weiche Knie bekam. „Verzeihst du mir?"

„Ich möchte es gerne, sosehr ich mich dafür hasse."

„Warum das denn?"

„Das fragst du noch? Dies ist meine bisher beste Beziehung, und ich möchte nicht, dass sie endet. Aber ich möchte mich weiterhin im Spiegel anschauen können. Du hast mir etwas Wichtiges verschwiegen – etwas, das zu wissen ich ein Recht hatte. Das darf nicht wieder vorkommen."

„Wird es nicht."

„Wir sind hier nicht beim FBI, Avery. Wenn du mich willst, ich meine, wenn du mich *wirklich* willst, dann ist da kein Platz für Geheimnisse und Intrigen. Die will *ich* nämlich nicht. Ich bin lieber allein als mit jemandem zusammen, dem ich nicht vertrauen kann. Weißt du, ich habe eine bessere Behandlung verdient, und zwar nicht nur von dir, sondern auch von den beiden Menschen, die ich ebenso als meine Arbeitgeber wie als meine Freunde ansehe."

„Du hast recht, ich hatte unrecht, und es tut mir leid. Ich bedaure wirklich, dass du meinetwegen leiden musstest. Körperlich und seelisch."

„Wie emanzipiert – ein Mann, der sich tatsächlich entschuldigt. Das unterscheidet unsere von all meinen früheren Beziehungen."

„Ich schwöre, ich sage das nicht nur, weil ich weiß, dass du es hören willst, Shelby." Ohne den Blickkontakt zu unterbrechen, beugte er sich langsam vor und küsste sie. „Du könntest meine Küsse ruhig erwidern."

„Dazu bin ich noch nicht bereit."

„Wann wirst du das denn sein?"

„Ich sage dir Bescheid."

Oh, dieses Lächeln stellte unglaubliche Dinge mit seinem sexy Gesicht an. Sie war machtlos dagegen.

Er küsste sie weiter, strich sanft mit den Lippen über ihre, provozierte sie mit hauchzarten Berührungen. „Wie geht es dir?"

„Gut."

„Und deinen Knien?"

„Nicht so gut."

Er nahm ihre Hände, die ebenfalls zerkratzt und aufgeschürft waren, und drückte ihr sanft je einen Kuss auf die Handflächen. „Shelby, ich habe mich für morgen krankgemeldet. Ich bleibe daheim, um mich um dich kümmern zu können."

„Das ist doch nicht notwendig."

„Finde ich schon."

„Ich muss aber morgen arbeiten."

„Du wirst die beiden anrufen und ihnen sagen, dass du dir wehgetan hast und einen freien Tag brauchst. Dann wirst du hier bei mir bleiben, in diese Decke gekuschelt, die mir meine Schwester zu Weihnachten geschenkt hat. Du darfst dich an mir rächen, indem du mich einen ganzen Tag lang mit deinen Lieblings-Mädelsfilmen quälst."

„Du hast keine Ahnung, worauf du dich da einlässt. Kennst du ‚Natürlich blond‘?"

„Noch nicht, doch nach dem morgigen Tag werde ich zweifellos komplett im Bilde sein."

Er legte die Arme um Shelby, und sie lehnte den Kopf an seine Brust. Nach all den Jahren auf dem Beziehungsmarkt hätte sie eigentlich von sich selbst erwartet, klar entscheiden zu können, ob er eine zweite Chance verdient hatte. Dass er sich ernsthaft entschuldigt und versichert hatte, keine Gefühle mehr für Sam zu haben, linderte ihren Schmerz enorm.

Aber irgendwann würde sie mit Sam und Nick über diese Angelegenheit reden müssen, und beim Gedanken daran drehte sich ihr der Magen um. Sie mochte beide sehr. Es überraschte und verletzte sie, dass sie ihr so etwas vorenthalten hatten.

„Gehen wir ins Bett, Liebling", schlug Avery vor.

Als er die Arme unter sie schob, um sie nach oben in sein Schlafzimmer zu tragen, legte Shelby ihre um seinen Hals. Um ihre Arbeitgeber konnte sie sich am nächsten Tag noch Gedanken machen.

Die Ärzte hatten beschlossen, Elin über Nacht im Krankenhaus zu behalten, weil sie durch den Schlag Frakturen im Gesicht und rings ums Auge erlitten hatte. Sie gaben ihr ein Schlafmittel, und kaum dass sie in einem Krankenzimmer untergebracht war, setzte die Wirkung auch schon ein. Freddie saß neben ihrem Bett, starrte ihr blutunterlaufenes, geschwollenes Gesicht an und grübelte.

Es machte ihn völlig fertig, dass sie ihm etwas so Wichtiges einen Monat lang verschwiegen hatte. Ein Typ hatte sie belästigt, und sie war der Auffassung gewesen, er müsse das nicht wissen? Da hatte er gedacht, er hätte diese Zweisamkeitssache endlich kapiert, und jetzt geschah so etwas und erinnerte ihn daran, dass er mit der Beziehung zu ihr komplett überfordert war, und zwar schon von Anfang an.

Er wusste noch genau, wie er sie während der Ermittlungen im

Mordfall O'Connor das erste Mal gesehen hatte. Damals hatte sie ihm den wilden Sex beschrieben, den sie mit dem Senator gehabt hatte. Er hatte sie sofort wie verrückt begehrt. Das war jetzt zwölf Monate her, und an seinen Gefühlen für sie hatte sich nichts geändert.

Auf den Tag genau vor einem Jahr hatte er sie im Fitnessstudio aufgesucht, voller guter Vorsätze für das neue Jahr, die nichts mit Sport zu tun gehabt hatten, sondern ausschließlich damit, die unglaublich erotische Elin Svendsen näher kennenzulernen und ins Bett zu kriegen. Niemanden hatte es mehr überrascht als ihn selbst, dass sie ihn genauso anziehend fand wie er sie. Diese Frau, die jeden hätte haben können, wollte tatsächlich ihn.

In einer Nacht mit ihr, die sein Leben verändert hatte, hatte er seine bis dahin gehütete Keuschheit abgelegt. Er hatte alles für sie aufs Spiel gesetzt – seinen Glauben, seine enge Beziehung zu seiner alleinerziehenden Mutter und vor allem sein Herz. Aber es hatte sich absolut und in jeder Weise gelohnt. Heute lebten sie zusammen in der Wohnung, die sie gemeinsam ausgesucht hatten.

Freddie freute sich jeden Abend darauf, zu ihr nach Hause zu kommen. Er liebte es, neben ihr einzuschlafen, Wochenenden mit ihr zu verbringen und Sex mit ihr zu haben. Deshalb brachte ihn das Wissen, dass jemand ihr Ärger gemacht, sie belästigt hatte und sie es ihrem Freund, dem Polizisten, nicht gesagt hatte, halb um. Was bedeutete es für ihre Beziehung, dass sie ihm so etwas so lange verschwiegen hatte?

Während sie im CT gewesen war, hatte er im Hauptquartier angerufen, um herauszufinden, was aus dem Mann geworden war, der sie geschlagen hatte. Der Kerl wartete in der Arrestzelle auf die Anklageverlesung am nächsten Morgen. Freddie ermahnte sich ununterbrochen, dass sein Platz jetzt bei Elin im Krankenhaus war und er hier auf keinen Fall wegkonnte.

Doch als ihr Gesicht weiter anschwoll und die Hämatome einen unschönen, dunkelvioletten Farbton annahmen, brach sich der Zorn, der die ganze Nacht in ihm geschwärt hatte, Bahn. Freddie wusste, er konnte nicht länger tatenlos herumsitzen. Also beugte er sich übers Bett, küsste sie auf die Lippen und wartete, ob sie davon aufwachen würde. Aber sie rührte sich nicht einmal.

„Elin, ich bin bald wieder da", flüsterte er und küsste sie

erneut. „Ich liebe dich." Nachdem er den Raum verlassen hatte, begab er sich zum Schwesternzimmer, wo er mehrere Mitarbeiterinnen wiedererkannte, die sich im letzten Winter nach einem Autounfall um Sam gekümmert hatten. „Ich muss mal kurz weg. Wenn meine Freundin Elin Svendsen aufwacht, sagen Sie ihr bitte, dass ich sofort wiederkomme?"

„Sie dürfte noch eine Weile weiterschlafen", antwortete eine der Schwestern. „Wir passen auf sie auf. Keine Sorge."

„Vielen Dank. Ich bin bald wieder da."

„Wir gehen nicht weg."

„Danke." Er begab sich zu den Aufzügen und nahm die Abkürzung durch die Notaufnahme zum Parkplatz. In der Zeit, die er im Krankenhaus verbracht hatte, war es deutlich kühler geworden, also zog er den Reißverschluss seines Kapuzenpullis zu und lief zum Auto, denn er hatte es eilig, über die Bühne zu bringen, was er erledigen musste, und dann zu Elin zurückzukehren. Eigentlich hätte er Sam anrufen müssen, doch sie hätte versucht, ihm auszureden, was er vorhatte. Das kam aber nicht infrage, befand er, als er seinen Wagen erreichte.

Der alte Mustang zeigte sich bockig, und Freddie fürchtete kurz, er werde nicht anspringen. Schließlich erwachte er brüllend zum Leben und hatte prompt eine Fehlzündung, als Freddie Gas gab. Einige Minuten später erreichte er das Revier, stellte seinen Wagen auf dem Besucherparkplatz vor dem Haupteingang ab und eilte nach drinnen. Er nickte dem Sergeant am Empfangstresen zu und begab sich in das verlassene Großraumbüro der Detectives.

Da Polizisten den Zellenblock nie bewaffnet betraten, damit sie nicht überwältigt und ihrer Dienstwaffe beraubt werden konnten, schloss Freddie seine in seiner Schreibtischschublade ein und nahm dann die Treppe zum zwei Stockwerke tiefer gelegenen Arrestbereich.

„Hey, Cruz." Sergeant Delany hatte Dienst. „Sie arbeiten heute aber lange."

„Ja, es ist wieder mal einer dieser Tage."

„Was kann ich für Sie tun?"

„Der Typ, der im Fitnessstudio in der 16th Street verhaftet worden ist …"

„Andre Elliott. Sitzt in Zelle sechs."

Freddie sah dem Sergeant in die Augen. „Er hat meine Freundin krankenhausreif geschlagen. Ich möchte gerne ein bisschen mit ihm plaudern."

Nach einer langen Pause, in der Freddie nicht blinzelte, sagte Delany: „Hier." Er reichte Freddie den Zellenschlüssel.

„Danke."

Delany nickte.

Freddie öffnete den Reißverschluss seines Kapuzenpullis und zog ihn aus, dann schloss er die Zellentür auf.

Elliott hatte sich auf der schmalen Liege ausgestreckt, setzte sich aber auf, als Freddie eintrat. „Wer sind Sie?"

Freddie hob den Kapuzenpulli, um sein Gesicht zu verdecken, und hängte ihn über die auf Elliott gerichtete Überwachungskamera. Der Mann war groß, muskulös, und sein Teint ließ darauf schließen, dass seine Eltern verschiedenen Ethnien angehörten. Eine gezackte Narbe verunzierte seinen Bizeps, und seine Arme waren voll tätowiert. Die Knöchel seiner rechten Hand waren aufgeschürft und geschwollen.

„Ich bin Detective Cruz." Er stützte die Hände in die Hüften, sodass der andere Mann seine Dienstmarke sehen konnte.

„Was wollen Sie?"

„Die Frau, die Sie heute im Fitnessstudio geschlagen haben …"

„Was ist mit ihr?"

„Elin ist meine Lebensgefährtin. Sie sagt, Sie belästigen sie schon eine ganze Weile."

„Die Schlampe lügt."

„O nein." Freddie kam einen Schritt näher. Der Kerl war zwar größer und wahrscheinlich deutlich skrupelloser als er, doch Freddie war voller Adrenalin und Zorn. „Damit das ganz klar ist: Sie halten sich verdammt noch mal von ihr fern, sonst kriegen Sie es mit mir zu tun."

„Glauben Sie, ich hätte Angst vor Ihnen?"

Freddie bewegte sich so schnell, dass Elliott das Knie nicht kommen sah, das ihn zwischen den Beinen traf. Er schrie vor Schmerz auf und fiel zu Boden. Ohne ihm Zeit zu geben, sich zu erholen, schlug Freddie dem Kerl ins Gesicht, und zwar dahin, wo der auch Elin getroffen hatte. Dann zerrte er Elliotts Kopf an den Haaren hoch und zwang den Mann, ihn anzuschauen.

Freddie brachte sein Gesicht ganz dicht vor Elliotts. „Halten Sie sich bloß von ihr fern, sonst mache ich Sie fertig, das schwöre ich bei Gott. Haben wir uns verstanden?"

„Das kostet Sie Ihre Dienstmarke."

„Nein. Wir halten hier nicht viel von Drecksäcken, die Frauen verprügeln." Er riss seinen Kopf zurück. „Haben wir uns verstanden?"

„Ja."

„Lauter!"

„Wir haben uns verstanden."

Freddie ließ Elliotts Haare los und stieß ihn weg. Der Mann sackte zusammen, beide Hände zwischen den Beinen. Auf dem Weg aus der Zelle hinaus ging Freddie an der Kamera vorbei und nahm seinen Kapuzenpulli wieder an sich.

Am Empfangstresen gab er Delany den Schlüssel zurück.

„Alles in Ordnung?", fragte Delany.

„Jetzt ja. Sie könnten mir einen persönlichen Gefallen tun und vergessen, dass ich hier war."

„Ich habe Sie hier nicht gesehen."

„Danke, Sarge. Frohes neues Jahr."

„Gleichfalls."

Freddie nahm auf dem Weg nach oben immer zwei Treppenstufen auf einmal, angetrieben vom selben Adrenalinrausch, der ihn hergeführt hatte. Er holte seine Waffe wieder aus seinem Schreibtisch und war fünf Minuten später auf dem Rückweg zum Krankenhaus. Erst als er wieder in Elins Zimmer stand und seine Hand von der Kollision mit Elliotts Gesicht anzuschwellen begann, hatte sein Körper das Adrenalin langsam abgebaut, und er beugte sich zitternd über sie, um sie auf die Stirn zu küssen.

Er ließ sich auf den Stuhl neben dem Bett fallen und akzeptierte die Tatsache, dass er mit dem Besuch in der Zelle gerade seine hart erarbeitete Karriere aufs Spiel gesetzt hatte. Aber um die Frau, die er liebte, zu schützen, würde er es jederzeit wieder tun.

Sam und Nick warteten, nachdem Scotty zu Bett gegangen war, noch eine Stunde, ehe sie sich in ihr Liebesnest auf dem Dachboden im zweiten Obergeschoss zurückzogen. Auf dem Weg nach oben vergewisserte sich Nick mit einem Blick in Scottys Zimmer, dass er tatsächlich schlief. Der Junge hatte den Großteil seiner Decke aus dem Bett gestrampelt, weswegen Nick ihn wieder zudeckte und dann die Nachttischlampe ausknipste.

Als er im Dachgeschoss ankam, telefonierte Sam gerade mit Gonzo.

„Wir haben Spuren, denen wir folgen. Carlucci und Dominguez befassen sich heute Abend genauer mit Loris Finanzen, und wir überprüfen auch die Glaubensgemeinschaft, zu der sie gehört hat. Die protestieren neben anderen unschönen Hobbys bei Veteranenbegräbnissen. Ich spreche morgen zusammen mit dem Chief im Fernsehen über Springer und werde die Gelegenheit nutzen, um dich aus der Schusslinie zu manövrieren.“

Nick entzündete die Kerzen mit Meeresduft, schaltete die Musik ein, die sie auf ihrer Hochzeitsreise nach Bora Bora so geliebt hatten, und löschte das Deckenlicht. Er setzte sich vor der Doppelliege neben sie auf den Boden, legte den Arm um sie und küsste sie auf den Hals. Es machte ihm nichts aus, schon mal ohne sie anzufangen. Sam würde aufholen. Wie immer.

Sie lehnte sich an ihn. „Ich weiß“, sagte sie zu Gonzo. „Die Leute reden absoluten Mist, aber alle, deren Meinung dir wichtig sein sollte, kennen die Wahrheit. Vergiss das nicht. Ich melde mich morgen bei dir, und falls sich vorher was tut, ruf ich dich an. Versuch zu schlafen.“ Sie beendete das Gespräch und warf ihr Handy zur Seite. „Sorry.“

„Kein Problem. Ich habe mich nicht gelangweilt.“

Lachend begann Sam, ihm das Shirt abzustreifen.

Er nahm die Arme nach hinten, um zusehen zu können, wie sie das Shirt hochschob, das sie ihm als Ersatz für das völlig verwaschene, das sie so gehasst hatte, geschenkt hatte. „Was hat es mit dieser Fernsehsache auf sich?“

„Oh. Das hast du gehört?“

„Ja. Was läuft da?“

„Der Chief wird von der Presse unter Druck gesetzt, und das

geht ihm an die Nieren. Ich habe ihm vorgeschlagen, das Heft in die Hand zu nehmen und seine Sicht der Dinge zu schildern." Als sich Nick das T-Shirt über den Kopf zog, fuhr sie mit dem Finger von seiner Kehle bis zum Hosenbund seiner Jeans, woraufhin alles Blut in seinem Körper in seinen Schritt strömte.

„Was hat das mit dir zu tun?"

Sam neigte den Kopf und küsste sich an der Spur entlang, die ihr Finger vorgezeichnet hatte. „Möglicherweise habe ich ihm angeboten, meine ..." Sie wedelte mit der Hand. „Wie nennst du das noch mal?"

„Deine Position als Gattin des Vizepräsidenten der Vereinigten Staaten?"

„Genau. Möglicherweise habe ich ihm angeboten, die zu nutzen."

Lachend ließ sich Nick rückwärts auf die Liege fallen. „Weißt du eigentlich, wie lustig du bist?"

„Inwiefern?"

„Du hast keine Ahnung von den Regeln dieses Spiels, oder?"

„Welches Spiels?"

„Des Spiels mit der Öffentlichkeit. Du bist *berühmt*, Samantha. Jeder in diesem Land weiß jetzt, wer du bist. Nutz das ruhig aus, um deinem Chief den Rücken zu stärken."

„Ich soll es nutzen." Sie nagte an ihrer Unterlippe, wie sie es zu tun pflegte, wenn sie nachdachte. „Ist das nicht ein bisschen ... unethisch?"

„Überhaupt nicht. Es wäre unethisch, wenn du mich bitten würdest, hinter den Kulissen ein paar Strippen für ihn zu ziehen. Wenn du aber im Fernsehen auftrittst und das allgemeine Interesse dazu nutzt, die öffentliche Meinung zu beeinflussen, ist das völlig okay."

„Es fühlt sich irgendwie nicht richtig an."

„Willkommen in der Politik, Baby."

Sie öffnete den Hosenknopf und den Reißverschluss seiner Jeans. „Ich will jetzt nicht über Politik reden."

Er wickelte sich eine ihrer Locken um den Finger und fragte: „Sondern?"

„Darüber, wie sexy mein Mann, der Vizepräsident, ist und dass jede Amerikanerin jetzt gerne an meiner Stelle wäre."

„Da bin ich mir nicht so sicher.“

„Wer hat jetzt keine Ahnung von den Regeln des Spiels?“

„Dieses spezielle Spiel möchte ich nur mit meiner wunderschönen Frau spielen.“

„Gesprochen wie ein echter Politiker.“

„Oder ein kluger Ehemann.“

„Auch das“, räumte Sam grinsend ein. Sie küsste sich von seinem Bauch über seine Brust bis zu seinen Lippen voran.

Er legte die Arme um sie, um sie festzuhalten, und verlor sich in dem Kuss und seinen Gefühlen für sie. Sie öffnete den Mund, und ihre Zungen liebkosten einander. O Gott, er hätte sie ewig so küssen können. Gleichzeitig zerrte er ungeduldig an ihren Klamotten und löste sich kurz von ihr, um ihr das Oberteil über den Kopf zu ziehen. Ihr Duft nach Lavendel und Vanille stieg ihm in die Nase, und sofort wollte er mehr von ihr.

Er streifte ihr den BH ab. Als sich ihr Busen gegen seine Brust drückte, fühlte sich das so wundervoll an, dass er aufkeuchte. Dieses Gefühl war eines seiner fünf liebsten Dinge im Leben. Als er ihre Jeans nach unten schob, entdeckte er ein weiteres dieser fünf Dinge – ihren prachtvollen Hintern. Tatsächlich liebte er jeden wundervollen Zentimeter von ihr, und ihre Reaktion auf ihn erinnerte ihn ständig daran, was für ein Riesenglück er hatte, dass sie ihn ebenfalls liebte.

Dann unterbrach sie den Kuss und führte ihm dieses Riesenglück auf ihre ganz besondere Weise vor Augen. Sie drückte ihn nach hinten und küsste sich an seinem Oberkörper nach unten.

Er atmete scharf ein, als sie ihn in den Mund nahm. Verdammt. *„Samantha.“*

„Hmm?“ Sie wusste, dass die Vibration ihrer Lippen um seinen harten Schaft ihn in den Wahnsinn trieb.

„Wenn du so weitermachst, sind wir fertig, bevor wir richtig angefangen haben.“

„Lass mir doch meinen Spaß.“

Was für sie Spaß war, war für ihn der Himmel. Er schob ihr Haar zur Seite, um ihr zusehen zu können, was fast genauso erotisch war wie das, was sie mit ihrer Zunge und ihren Lippen veranstaltete. Dann nahm sie ihn in ihre Kehle auf, was dafür sorgte, dass er fast gekommen wäre. „Sam …"

Sie ließ ihn langsam aus ihrem Mund gleiten und nahm sich die Zeit, ihn mit der Zunge zu streicheln.

Er zog sie zu sich hoch, konnte es nicht mehr erwarten, endlich in ihr zu sein, daher legte er sich auf sie und drang in sie ein. Sie schlag ihm die Arme um den Hals und die Beine um die Hüften. Umgeben von ihrer Hitze und ihrem Duft, ließ sich Nick einen Moment Zeit, um diese pure Lust zu genießen, die er jedes einzelne verdammte Mal bei ihr fand.

Dann bewegte sie sich unter ihm, wollte mehr. Er hob den Kopf, um ihr in die Augen zu blicken, die ihn voller Liebe und Lust, aber auch mit einem Anflug von Verletzlichkeit ansahen, die sie nur ihm zeigte. Sie öffnete sich ihm ganz, und das liebte er.

„Was ist?", fragte sie, nachdem er keine Anstalten machte, das Tempo zu steigern.

„Alles bestens." Er umfasste sanft ihr Gesicht und küsste sie zärtlich. Seine Samantha mochte es hart und schnell, aber diesmal wollte er sich Zeit lassen. Er wollte sie genießen. Von ihrem Hals aus küsste und knabberte er sich tiefer, während sie sich unter ihm wand und versuchte, ihm die Kontrolle zu entreißen.

Er umschloss mit den Händen ihre Brüste, saugte an der linken Spitze, sog sie in den Mund und strich mit der Zunge darüber.

Sie fuhr ihm mit der Hand ins Haar und zog daran, während sie die Beine um seine Hüften anspannte. Die Muskeln in ihr umklammerten ihn fester, massierten ihn, versuchten, ihn dazu zu bringen, sich schneller zu bewegen.

„Ich weiß, was du vorhast", meinte er.

„Was denn?"

„Du versuchst, die Kontrolle zu übernehmen."

„Ich versuche nur, dich dazu zu bringen, dich endlich zu bewegen."

„Das mache ich schon noch – und zwar genau dann, wenn ich es will." Er lachte über ihren frustrierten Gesichtsausdruck. „Du bist vielleicht bei den Detectives die Chefin, hier jedoch", erklärte er, obwohl er wusste, dass er sie damit wahrscheinlich ärgern würde, „habe ich das Sagen.“

„Aha, und wer hat das festgelegt?“

„Ich.“

„Dem habe ich nie zugestimmt.“

Er zog sich so schnell aus ihr zurück, dass sie aufkeuchte.

„Was zum Teufel …?“

„Dreh dich um. Ich will dich auf allen vieren, mit dem Kopf schön tief unten.“

„Nick.“

„Los, Samantha.“ Er erhob sich von der Liege. „Du hast jetzt mal ein Weilchen kein Mitspracherecht.“

Nick registrierte ihr Stirnrunzeln, doch sie gehorchte. Anweisungen zu befolgen fiel seiner Frau nicht leicht, aber er war entschlossen, seinen Willen durchzusetzen. Er durchquerte das Zimmer, um zu holen, was er brauchte, und während er zur Liege zurückkehrte, ergötzte er sich am Anblick seiner Frau, die ihm ihren Prachthintern entgegenreckte.

„Mach die Beine ein bisschen breiter.“

Es kam ihm vor, als gehorche sie nur zögernd.

„Was hast du vor?“, fragte sie.

„Nicht reden.“

Ihr tiefes Seufzen war so genervt, dass er sich zusammenreißen musste, um nicht loszulachen. Sie war wundervoll, und er liebte sie von ganzem Herzen, obgleich sie stur und wild entschlossen war, auch im Bett ihren Kopf durchzusetzen.

„Ich liebe es, dich so zu sehen“, teilte er ihr mit, legte die Hände auf ihre Pobacken und massierte sie.

„Ich dachte, wir dürfen nicht reden?“

„Ich schon. Du nicht.“

„Unfair.“

„Schhh. Entspann dich einfach, und lass dich von mir lieben.“

„Aber ich …“

Er brachte sie mit einem Klaps zum Schweigen, einem leichten, raschen Schlag mit der offenen Handfläche auf ihren Hintern, unter dem sie erzitterte. Dass seine sexy, wunderschöne, willensstarke Frau auf Spanking stand, war einer der Höhepunkte in einem Jahr voller unglaublicher Entdeckungen gewesen. Darauf bedacht, ihr Lust und nicht Schmerz zu bereiten, machte er weiter, bis sich ihr Hintern rosa verfärbte und er sie stöhnen hörte.

Nick spreizte ihre Pobacken, beugte sich vor und leckte sie, während er mit zwei Fingern in sie eindrang. Sie kam sofort und schrie im Orgasmus laut auf. Während sie sich so völlig gehen ließ, konnte er sich nur mit Mühe und Not beherrschen und wäre beinahe ebenfalls gekommen.

Er zog seine Finger zurück und nahm sie, stieß sich tief in sie, spürte den Rest ihres Orgasmus. Verdammt, sie war unglaublich – eng, heiß und so feucht. Er schnappte sich die Tube, die er neben sich gelegt hatte, und verteilte Gleitgel auf ihrem Hintereingang.

Als er zwei Finger an ihrem engen Schließmuskel vorbeischob, reagierte sie sofort und umschloss ihn noch fester. Mit der anderen Hand streichelte er sie zwischen den Beinen.

„O Gott", flüsterte sie, und er lächelte in dem Wissen, dass sie endlich ausschließlich im Hier und Jetzt war. Er stieß abwechselnd mit seinen Fingern und seinem Schwanz zu, sodass sie ständig ausgefüllt war, während er rhythmisch Druck auf ihre Klitoris ausübte. Er liebte das Gefühl, dass sie ihm völlig ausgeliefert war und er ihr Lust bereitete, wie es ihm gefiel.

Schöner wäre es nur gewesen, wenn er ihr Gesicht hätte sehen können, das, wie er wusste, vor Begierde gerötet war. Er bewegte sich schneller, bis er spürte, wie sie zum zweiten Mal heftig kam. Ihr ganzer Körper verkrampfte sich, und diesmal riss sie ihn mit in den Höhepunkt.

Er zog seine Finger aus ihr und umschlang sie mit den Armen, das Gesicht an ihren Rücken gepresst.

Sam ließ sich auf die Matratze sinken, und er folgte ihr, spürte, wie ihre inneren Muskeln im Abklingen des Orgasmus bebten.

„Du solltest jetzt eigentlich nicht mehr so hart sein", stellte sie nach einem längeren Schweigen fest.

Lachend antwortete er: „Was kann ich dafür, wenn ein Mal mit dir einfach nicht reicht?"

„Du hast mich eben komplett fertiggemacht. Ich bin nicht sicher, ob ich heute Nacht noch mal kann."

„Ich wette, ich kann dir da helfen."

„Daran habe ich keinen Zweifel.“

Er umschloss ihre Brüste mit den Händen und spielte mit den Spitzen.

„Das war unglaublich, Baby“, flüsterte er.

„Und wie.“

Sie ergriff eine seiner Hände unter ihr. „Ich liebe dich.“

Er drückte sie an sich. „Ich dich auch.“

15

───────

Gonzo stand hellwach im Gästezimmer seiner Eltern, Christina lag noch im warmen Bett. Er starrte aus dem Fenster auf die dünne Schneedecke im Hof. Wenn Alex am Morgen aufwachte, würde er begeistert sein, dass es geschneit hatte. Gonzos Eltern hatten darauf bestanden, dass das Kinderbett in ihr Schlafzimmer kam, damit sie morgens mit ihm aufstehen konnten.

„Schlaft euch mal aus", hatten sie ihn und Christina gedrängt, denn sie wussten, beide waren aufgebracht und besorgt.

Ausschlafen. Ja, klar. Wie sollte er denn schlafen, so aufgewühlt, wie er wegen Loris Tod und der gegen ihn und Christina gerichteten Verdächtigungen war? Sie hätten beide ein Motiv, die Gelegenheit und den Wunsch gehabt, Lori dauerhaft aus dem Leben ihres Sohnes zu entfernen, hatte einer der Nachrichtensprecher im Kabelfernsehen gesagt und dann genüsslich die pikanten Details ausgebreitet, die angeblich direkt von der Polizei von Washington, D. C., stammten.

Nur dass weder Christina noch er jemals jemanden umgebracht hätten, schon gar nicht Alex' leibliche Mutter. Klar, er hatte sie nicht besonders gemocht, aber daran war sie selbst schuld gewesen. Seine Antipathie hatte an dem Tag begonnen, an dem er von Alex erfahren hatte, als dieser ein paar Monate alt gewesen war, und Gonzo hatte feststellen müssen, dass sie nicht mal genug Interesse für seinen Sohn hatte aufbringen können, um ihm einen Namen zu geben.

Lori hatte sich darüber hinaus bei seiner Familie, seinen Freunden und Kollegen nicht gerade beliebt gemacht, als sie nach seiner Schussverletzung im Krankenhaus aufgetaucht war, um Alex mitzunehmen. Dankenswerterweise hatte er für den Fall, dass er in Ausübung seines Dienstes verletzt wurde, Vorsorge getroffen und Christina und seinen Eltern die Verantwortung übertragen, sodass Lori unverrichteter Dinge wieder hatte abziehen müssen.

Ihm wurde bewusst, dass er fror, denn er stand nur mit einer Flanellpyjamahose bekleidet am Fenster, konnte sich jedoch nicht dazu bringen, ins Bett zurückzukehren, wo er sich ohnehin bloß rastlos herumgewälzt hätte.

„Tommy", murmelte Christina schläfrig.

„Ich bin hier."

„Was tust du da?"

„Ich betrachte den Schnee."

„Komm wieder ins Bett."

Er wäre lieber aufgeblieben und die ganze Nacht auf und ab getigert, aber das hätte auch nichts geholfen, also kroch er wieder zu ihr ins Bett.

„Du bist ja eiskalt! Wie lange warst du denn auf?"

„Weiß nicht. Eine Weile."

Sie streckte die Arme nach ihm aus, und er schmiegte sich an sie.

Fröstelnd sagte sie: „Das ist ja, als kuschele man mit einem Eisberg."

„Tut mir leid."

„Mir nicht. Ich liebe es, mit dir zu kuscheln, selbst wenn du eiskalt bist."

Sie versuchte, ihn abzulenken. Das war ihm klar, und es funktionierte nicht.

„Weißt du, was das Schlimmste ist?", fragte er unvermittelt.

„Was?"

„All die Jahre habe ich das Richtige getan, habe Verbrecher gejagt und Drecksäcke von der Straße geholt, bin befördert, ausgezeichnet und schließlich vor gar nicht allzu langer Zeit in den Hals geschossen worden, was mich beinahe das Leben gekostet hätte. Jetzt ist es plötzlich so, als wäre das alles nie geschehen. Die Leute nehmen einfach an, dass ich die Mutter meines Sohnes umgebracht habe, nur weil wir Stress miteinander hatten.«

»Ich weiß, Süßer.«

»Die beschuldigen mich, als sei es komplett egal, dass ihre Behauptungen völlig aus der Luft gegriffen sind. Als sei all das Gute, das ich während meiner gesamten Laufbahn getan habe, völlig bedeutungslos.«

»Möchtest du vielleicht mal mit Darren reden? Er hat dir nach deiner Verletzung sehr weitergeholfen.«

»Das wäre jetzt, wo so viele Leute mit dem Finger auf mich zeigen, ziemlich riskant.«

»Dann erkläre öffentlich, dass du keinen Grund hattest, sie zu töten. Wenn das darauf abgezielt hätte, deinen Sohn zu behalten, wäre es vielmehr der völlig falsche Schritt gewesen. Du könntest auch sagen, wie schwer es dich trifft, dass deine Karriere als hochdekorierter Polizeibeamter in einem Meer von haltlosen Anschuldigungen und Unterstellungen ertrinkt, ohne jeden Beweis, dass du etwas mit Loris Tod zu tun hattest.«

»Weißt du, manchmal ist es sehr hilfreich, mit einer Politikexpertin zu schlafen.«

Christina lachte auf die leise, sexy Art, die er so wundervoll fand.

Er hatte nicht damit gerechnet, selbst lächeln zu müssen, aber sie tat ihm einfach gut.

»Ich nehme an, du willst damit sagen, das sei eine gute Idee?«

»Auf jeden Fall. Ich möchte allerdings vorher mit Andy abklären, ob das nicht irgendwie nach hinten losgehen kann.«

»Du musst mit einem Strafverteidiger reden, nicht mit einem Familienrechtler. Vielleicht übernimmt ja Bill Springer deinen Fall.«

»Haha! Sehr witzig. Kannst du dir vorstellen, was los wäre, wenn ich ihn anriefe und ihn bäte, mich zu vertreten?«

»Jedenfalls hätten die Reporter dann ein neues Thema, auf das sie sich stürzen könnten.«

»Momentan werde ich noch keinen Strafverteidiger

kontaktieren. Nach all den Jahren bei der Mordkommission weiß ich genau, dass in dem Augenblick, in dem man sich einen Anwalt nimmt, jeder denkt, man habe etwas zu verbergen. Ich werde mal bei Andy nachfragen, was er von einem Gespräch mit Darren hält, und dann meine weiteren Schritte erwägen."

„Geht es dir denn etwas besser?"

„Ja", räumte er ein, „überraschenderweise schon."

„Ich finde es immer hilfreich, einen Plan zu haben."

„Ich finde es immer hilfreich, *dich* zu haben. Ohne dich hätte ich dieses Jahr niemals durchgestanden."

„Das gilt umgekehrt genauso."

Er streichelte ihr Gesicht und küsste sie. „Wir sollten wirklich heiraten."

„Jederzeit."

„Echt?"

„Ja."

„Du willst keine große Hochzeit in Weiß?"

„Ich möchte einfach mit dir verheiratet sein. Eine große Hochzeit brauche ich nicht."

„Dann lass es uns durchziehen, wenn wir das alles hinter uns haben."

Sie streichelte mit großen, kreisenden Bewegungen seinen Rücken, was ungemein beruhigend wirkte. „Ich bedaure das mit Lori sehr. Das habe ich ihr nicht gewünscht, egal, wie viel Ärger sie uns gemacht hat. Aber wir kennen beide die Wahrheit – dass wir nichts damit zu tun hatten –, und deshalb dürfen wir nicht zulassen, dass uns diese Sache so lähmt, verstehst du? Das ist ein Problem, mit dem wir fertigwerden müssen, doch es ist nicht vergleichbar mit der Ungewissheit, ob du deine Schussverletzung überleben würdest. Das war eine ganz andere Liga."

„Ich weiß, Süße. Du hast recht. Ich muss mich verdammt noch mal beruhigen. Keine Anschuldigungen der Welt können etwas an der Wahrheit ändern."

„Richtig. Morgen kannst du mit Andy und vielleicht mit Darren reden und ein paar Dinge klarstellen."

„Ich hoffe nur, dass das nicht mehr Schaden anrichtet, als es hilft."

„Das hoffe ich auch."

Sams Tag begann um sechs mit einem Anruf. „Bist du schon wach?", fragte eine unangemessen munter klingende Lindsey sie.

„Mmm, ja."

„Sam. Wach auf."

„Ich bin wach." Sam öffnete die Augen, sah sich um und registrierte, dass sie allein unter der Decke lag. „Was gibt's?"

„Ich habe die DNA-Ergebnisse für das Sperma, das wir in Lori Phillips' Vagina gefunden haben. Wir haben eine Entsprechung mit diesem Hughes, aber außerdem ein zweites DNA-Profil. Ich gleiche es gerade mit der Datenbank ab. Ich dachte, du wolltest vorab schon mal wissen, dass sie mit mehr als einem Mann Geschlechtsverkehr hatte."

„Sie war an ihrem letzten Tag ganz schön emsig, das steht mal fest. Schnaps, Kokain und zwei Männer."

„Habt ihr schon was rausgefunden?"

„Wir haben ein paar Spuren, denen wir heute nachgehen werden. Heute Abend müssten wir mehr wissen."

„Die Verbindung zwischen ihr und Gonzo hat es in allen Morgenzeitungen auf die erste Seite geschafft, und überall wird der gesamte Sorgerechtsfall durchgekaut."

„Na toll", seufzte Sam. „Das hat uns gerade noch gefehlt."

„Dadurch ist heute wenigstens der Zweikampf ‚Springer kontra Farnsworth' nicht auf den Titelseiten."

„Immerhin etwas. Danke für die Info. Ich melde mich, wenn ich im Hauptquartier bin."

„Wünsch deinem Mann von mir einen erfolgreichen ersten Tag im Westflügel. Terry ist um halb fünf aufgestanden, weil er vor Aufregung nicht mehr schlafen konnte. Deshalb war ich heute so früh bei der Arbeit."

„Ich richte es ihm aus. Bis später." Sie legte auf und fühlte sich schuldig, weil sie beinahe vergessen hatte, dass heute Nicks erster offizieller Tag im Weißen Haus war. Wobei sie es wahrscheinlich vielmehr verdrängt hatte. Wenn sie es ignorierte, würde es nicht passieren, richtig?

Kaum hatte sie das gedacht, als der Vizepräsident persönlich die Treppe hochkam. Er sah in seinem dunklen Anzug mit dem weißen Hemd und der rot-blau gestreiften Krawatte sehr attraktiv und sexy aus. Nick hatte geduscht, sich rasiert und war einfach atemberaubend. Sie verspürte einen Stich in der Brust. Jede Frau in Amerika würde ihn wollen, wenn er nachher in den Nachrichten war, denn sein erster Tag würde zweifellos überall zu den Topthemen gehören.

Doch jetzt, in diesem Moment, gehörte er ganz ihr, und er brachte ihr ihren Morgenmantel und eine Tasse dampfend heißen Kaffees. Sam setzte sich auf und ließ die Decke bis zur Taille herunterrutschen. Sie fuhr sich mit den Fingern durchs Haar und glättete es. „Gut siehst du aus", stellte sie fest und musterte ihn von Kopf bis Fuß.

„Und du siehst wunderschön aus", erwiderte er und konnte den Blick nicht von ihren nackten Brüsten wenden. Er ließ sich auf der Kante der Liege nieder und beugte sich herüber, um sie zu küssen. „Guten Morgen."

„Morgen." Sie nahm ihm die Kaffeetasse aus der Hand und nippte daran. „Wie spät ist es?"

Er küsste sie auf den Hals, und sie erschauerte wohlig. „Sechs."

„Musst du schon los?"

„Bald." Er umfasste mit den Händen ihre Brüste und spielte mit den Spitzen, bis sie hart wurden. „Ich könnte mich allerdings dazu verleiten lassen, noch etwas zu bleiben."

„Du bist schon so chic. Ich möchte deine Kleidung nicht in Unordnung bringen."

Er legte die Hand an ihre Wange und fuhr ihr mit dem Daumen über die Lippen. „Ich liebe es, wenn du mich in Unordnung bringst."

Sie schenkte ihm ein schwaches Lächeln.

„Was ist?"

„Nichts, warum?"

„Ich kenne diesen Blick. Irgendetwas beschäftigt dich."

Sie strich über seine Seidenkrawatte. „Nur dass jede Frau in ganz Amerika heute auf meinen sexy Ehemann scharf sein wird."

„Ach was. Das stimmt doch gar nicht."

„Vertrau mir, Nick, mein Süßer. Werden sie."

Er neigte den Kopf und befasste sich wieder mit ihrem Hals, küsste ihn und knabberte daran, nicht fest genug, um Spuren zu hinterlassen, aber doch so, dass sie sich schon sehr bald wieder wand. „Was ist mit all den Männern, die auf meine sexy Ehefrau scharf sein werden, wenn sie heute Morgen im Fernsehen auftritt?"

„Du riechst so gut."

„Du weichst meiner Frage aus."

Sie zuckte die Achseln.

„Muss ich mir Sorgen machen?"

„Nein", antwortete sie nachdrücklich, überrascht, dass er das überhaupt fragte.

„Du auch nicht. Absolut nicht. Jede Frau auf der ganzen Welt könnte sich mir an den Hals werfen, und ich würde doch nur die wollen, die ich Glückspilz geheiratet habe."

Gerührt von seinen Worten nahm Sam seine Hand und drehte den Ehering an seinem Finger, dachte an die aufeinander abgestimmten Gravuren ihrer Trauringe, die so nicht abgesprochen gewesen waren. „Ich hatte an jenem Tag ebenfalls sehr großes Glück."

„Das hatten wir beide, und daran hat sich auch nichts geändert." Er widmete sich noch ein wenig ihrem Hals und löste damit ein Verlangen in ihr aus, das sie jetzt nicht stillen konnten. „Das heute Nacht war unglaublich heiß, Babe. Ich werde den ganzen Tag an nichts anderes denken können."

„Du solltest heute aber Wichtigeres im Kopf haben", erwiderte sie und errötete beim Gedanken an die Dinge, die sie getan hatten.

„O Gott, ich liebe es, wenn du rot wirst. Das ist das Heißeste, was es überhaupt gibt. Na ja, nach dem Anblick deines süßen rosa Hinterns ..."

Sam küsste ihn, damit er den Mund hielt.

Lachend rang er nach Luft. „Was denn? Darf ich nicht über ..."

Sie küsste ihn erneut. „Halt die Klappe, sonst kommt das nie wieder vor."

„Oh, das wird wieder vorkommen. Und zwar so bald wie möglich."

„Musst du nicht ein Land regieren? Hau ab, und lass mich in Ruhe, du sexbesessenes Monster."

Er küsste sie auf die Nasenspitze und dann erneut auf die

Lippen. „Fortsetzung folgt. Musst du um sieben nicht auch irgendwo sein?"

Sam stöhnte, als ihr der gemeinsame Fernsehtermin mit dem Chief wieder einfiel. „Ich habe mal wieder den Mund zu voll genommen."

„Ich liebe es, wenn du den Mund zu voll nimmst."

„Irgendwie glaube ich, wir reden über zwei unterschiedliche Dinge."

„Ich könnte dir zeigen, woran ich gedacht habe."

„Dafür habe ich jetzt keine Zeit."

„Gut, wenn du mich unbedingt mit einer peinlichen Erektion zu meinem ersten Tag im Weißen Haus schicken willst ..."

„Selbst schuld."

„Äh, ich glaube vielmehr, daran ist schuld, dass du mit nackten Brüsten dieses Haarding gemacht hast."

„Was für ein Haarding mit nackten Brüsten?"

„Du hast mit nackten Brüsten dagesessen und dein Haar zu so einem Ding zusammengefasst." Er bewegte seine Hand spiralförmig.

„Einem Dutt?"

„Ja, genau. Aber eben mit nackten Brüsten. Das hat schon gereicht. Tatsächlich wird mir das wieder passieren, wenn ich mir dieses Bild später vor Augen rufe."

„Bist du eigentlich siebenunddreißig oder erst siebzehn?"

„Was dich angeht – beides ein bisschen." Er schien sich in sein Schicksal zu ergeben, erhob sich und hielt ihr den Morgenmantel hin.

„Führt es nicht zu Dingen, für die wir eigentlich gar keine Zeit haben, wenn ich jetzt aufstehe, mit nackten Brüsten und auch sonst ziemlich unbekleidet?"

„Probier's aus."

Sam stellte ihre Tasse auf den Couchtisch und erhob sich langsam. Ihr Körper fühlte sich zwar an manchen Stellen wund an, doch insgesamt zutiefst befriedigt. Sie liebte den glühenden Blick, mit dem er sie musterte. Dann kehrte sie ihm den Rücken zu, er hüllte sie in den Morgenmantel und schlang die Arme um sie.

„Du bist eine unglaublich erotische Frau."

Sie lachte. „Das höre ich gern."

„Ich finde dich einfach überwältigend."

„Dito, Mr VP."

„Wir müssen an unserem Hochzeitstag irgendetwas ganz Tolles unternehmen."

„Zum Beispiel?"

„Keine Ahnung. Lass mich darüber nachdenken."

„Sehr gerne."

„Nimm dir für die ganze Woche, in der unser Hochzeitstag liegt, Urlaub, okay?"

„Kannst du das denn?", fragte sie.

„Keine Ahnung, ich tu es einfach." Er drückte seine Erektion gegen ihren Hintern. „Und dann machen wir es eine ganze Woche lang ohne Pause."

„Nick?"

„Ja, Baby?"

„Manchmal kann ich gar nicht glauben, dass ich das – dich – jetzt bis zum Ende meines Lebens jeden Tag haben kann."

Er zog sie noch enger an sich und vergrub sein Gesicht in ihrem Haar. „Ich auch nicht. Jedes Mal, wenn ich dich ansehe, denke ich, dass ich der glücklichste Mann auf der ganzen weiten Welt bin."

„Ich hätte nie gedacht, dass jemand einmal so für mich empfinden würde. Du hast es vermutlich schon bemerkt ... Ich kann ganz schön nervig sein."

„Nein! Das ist mir bisher komplett verborgen geblieben."

Neckisch presste sie ihm den Ellbogen in den Bauch. „Ich hoffe, du hast einen großartigen ersten Tag im Weißen Haus."

„Der Tag ist bereits jetzt großartig, egal, was er für mich noch in petto hat." Er hielt sie ein, zwei Minuten länger fest, ehe er sie losließ.

Sam band ihren Morgenmantel zu, schnappte sich die Kaffeetasse und nahm seine ausgestreckte Hand. „Du musstest all unsere Klamotten von letzter Nacht wegräumen, hm?"

„Klar. Inzwischen solltest du mich doch ein bisschen kennen."

„Du bist total pingelig und eindeutig in der analen Phase stecken geblieben."

„Ich bin nur ordentlich. Das ist nicht dasselbe."

„Pingelig!"

„Apropos anal …"

„Darüber reden wir jetzt nicht. Wir müssen zur Arbeit."

„Ich will aber darüber reden."

„Nein! Unten an der Treppe stehen Personenschützer vom Secret Service, und in seinem Zimmer schläft ein Junge, der fürs Leben gezeichnet wäre, wenn er uns belauschen würde. Daher sei jetzt still, und benimm dich wie der zweitwichtigste Mann der freien Welt, okay?"

„Ich mag es, wenn du so streng mit mir sprichst."

Sie schubste ihn in Richtung Treppe. „Los jetzt. Ich muss duschen und mich hübsch machen."

„Über das Wort mit A reden wir später. Ich habe Bedürfnisse", neckte er sie mit herausforderndem Blick.

Bedürfnisse, die vor ihr eine andere Frau befriedigt hatte – nicht, dass er das je offen zugegeben hätte. Er hatte die Achseln gezuckt, als sie gefragt hatte, ob er das schon einmal gemacht habe, und seither nagte an ihr, dass vor ihr schon eine andere in diesen Genuss gekommen war. Sie wandte sich ab.

Er begleitete sie nach unten, vorbei an dem Agenten vor Scottys Tür und ins Schlafzimmer, wo er die Tür hinter ihnen schloss. „Warum bist du eben plötzlich so still geworden?"

„Vielleicht weil du versucht hast, ein unangemessenes Gespräch zu führen, das jede Menge Leute hätten mithören können, die es absolut nichts angeht?"

„Inwiefern ist das ein unangemessenes Gespräch? Du bist einfach so verstummt. Ich wüsste gerne, warum."

Sie wandte sich ihm zu. „Weil es mich in den Wahnsinn treibt, dass du früher schon Dinge mit anderen Frauen gemacht hast, die wir noch nicht miteinander getan haben! Ich weiß nicht einmal, ob ich das will. Sicher ist nur, dass ich *nicht* will, dass eine andere mir etwas voraushat."

Er starrte sie mit ungläubiger Miene an. „Um Gottes willen, Samantha, ich hatte nie mit einer anderen etwas, das auch bloß ansatzweise mit dem vergleichbar gewesen wäre, was uns verbindet."

„Du hattest … *das* mit einer anderen."

„Ja und? Glaubst du, ich denke, wenn ich mit dir zusammen

bin, auch nur eine Sekunde über Menschen nach, die mir nicht einmal halb so wichtig waren, wie du es bist?"

„Keine Ahnung. Tust du das?"

„Schau mich an, Babe."

Es war leichter, dieses Gespräch mit dem Rücken zu ihm zu führen, doch sie gehorchte.

Er sah ihr tief in die Augen. „Ich denke nur an dich. So oft, dass für Gedanken an eine andere überhaupt kein Platz mehr bliebe."

„Trotzdem willst du ... das."

„Ja, mit dir, weil ich gedacht habe, es würde dir gefallen, nicht weil ich es schon einmal gemacht habe und von der guten alten Zeit träume."

„Ich hasse es einfach, dass du manche Dinge mit anderen getan hast, mit mir aber bisher nicht."

„Samantha! Baby, hör zu, ich hatte noch nie so etwas wie mit dir. Nicht mal annähernd."

„Du hast gesagt, du hättest Bedürfnisse."

„Das war ein Scherz, weil ich es liebe, wie du errötest, sobald wir über etwas reden, das nicht Blümchensex ist." Er legte ihr die Hände auf die Hüften und zog sie an sich. „Ich ertrage den Gedanken nicht, dass dir so etwas so viel ausmacht."

„Es macht mir gar nicht so viel aus", widersprach Sam, die sich langsam ein bisschen dumm vorkam, weil sie die Sache so aufgebauscht hatte. „Nur ein bisschen."

„Bitte verschwende keinen Gedanken daran. Was passiert, passiert. Was nicht passiert, passiert nicht. Du glaubst doch nicht wirklich, ich wäre mit unserem Sexleben nicht zufrieden? Um Gottes willen, Sam, wir treiben es praktisch wie die Karnickel. Es gibt in ganz Amerika bestimmt keinen sexuell befriedigteren Ehemann als mich."

Er sagte das so nachdrücklich, dass sie unwillkürlich kichern musste.

Seine Hände wanderten zu ihrem Gesicht, und er musterte sie mit diesen unglaublichen haselnussbraunen Augen, die sie immer völlig problemlos durchschauten. „Was mich betrifft, hast du absolut keinen Grund zur Sorge. Ich bin dein Sklave, Babe."

Sam schob die Arme unter sein Jackett und klammerte sich an ihn.

Er schlang die Arme um sie. „Bitte sag mir, dass du das weißt."

„Ja. Natürlich weiß ich das, und es ist albern von mir, mir Sorgen über olle Kamellen zu machen."

„Ganz genau. Wie kommst du darauf, dass ich nicht absolut begeistert von jedem einzelnen Aspekt unseres gemeinsamen Lebens sein könnte? Na ja, abgesehen davon, dass du gelegentlich beschossen wirst, man dir einen Schlag mit einer Pistole an den Kopf verpasst oder dich von der Straße abdrängt. Ohne diesen Mist könnte ich ganz gut leben."

Sie lächelte. „Ich auch."

Er blickte sie an und sagte: „Ich mag es nicht, dass du so unsicher bist. Wie können wir das ändern?"

„Es geht weniger um Unsicherheit als vielmehr um den Wunsch, mit dir alles nur Denkbare zu erleben."

„Das können wir tun, solange es nicht einem seltsamen Wunsch entspringt, irgendwelchen Erwartungen gerecht zu werden, die ich gar nicht habe."

„Okay."

Er hielt sie noch eine Minute lang fest. „Wieder alles gut?"

„Alles bestens."

„Ja, und zwar genau so, wie es ist. Vergiss das nie."

„Versprochen." Sie stellte sich auf die Zehenspitzen und küsste ihn. „Jetzt geh das Land regieren, während ich mich fürs Fernsehen in Schale werfe."

„Bis heute Abend."

„Ich freu mich schon darauf."

„Samantha, ich liebe dich so sehr. Ich wünschte, ich könnte es in Worte fassen."

„Das war doch schon ziemlich gut. Übrigens liebe ich dich ganz genauso."

Er küsste sie erneut und ließ sie dann los. „Pass heute auf dich auf da draußen."

„Das tu ich immer. Ich habe viel zu viele gute Gründe, zu leben, um mich in Gefahr zu bringen, also mach dir keine Sorgen."

„Genauso gut könntest du mir sagen, ich soll nicht atmen."

„Ab jetzt. Ich muss mich aufhübschen."

Sein Smartphone zeigte eine eingehende Nachricht an, auf die er einen Blick warf. „Mist, die ist von Shelby. Sie meldet sich für heute krank."

„Kein Wort zum Thema Notaufnahme?"

„Nein."

„Tja, dann hat sich die Tagesplanung gerade geändert."

„Eigentlich nicht. Die Bodyguards können Scotty in die Schule bringen und wieder abholen und werden ihm hier Gesellschaft leisten, wenn er wieder daheim ist."

„Nutzen wir sie jetzt als Babysitter?"

„Er braucht doch keine Babysitter mehr. Er ist dreizehn."

„Trotzdem ist der Empfang durch Agenten des Secret Service nicht gerade das schönste Nachhausekommen."

„Weißt du, was? Er soll nach der Schule am besten zu Skip und Celia, der ich gleich Bescheid sage, dass er sie besucht, wenn es ihnen recht ist."

„Gute Idee. Ich melde mich auch mal zwischendrin bei den beiden. Hoffentlich geht es Shelby gut. Ich versuche, später Zeit dafür zu finden, sie anzurufen."

„Ausgezeichnete Idee. Ich wecke ihn jetzt, und dann sehen wir uns später bei dem Empfang, wenn du es schaffst."

Sam hätte niemals zugegeben, dass sie die Einladung ins Weiße Haus komplett vergessen hatte. „Viel Glück heute."

„Danke, dito." Auf dem Weg durch die Tür ergatterte er noch einen Kuss.

Sam trat unter die Dusche. Im Nachgang der Unterhaltung eben wirbelten in ihrem Kopf die Gedanken durcheinander. Sie war immer wieder erstaunt, wie sehr sich ihre zweite Ehe von der ersten unterschied. Peter und sie hatten nie über die Dinge gesprochen, über die sie sich mit Nick so mühelos austauschen konnte. Nick war für jede Diskussion offen, und das liebte sie an ihm.

Sie duschte zügig, nahm sich Zeit, ihr Haar zu föhnen, und entschied sich für den Fernsehauftritt für ein schwarzes Kostüm mit rubinroter Bluse. Um sich später umziehen zu können, stopfte sie Jeans, einen Pulli und ihre geliebten Sportschuhe in einen Rucksack. Aus dem Nachttisch holte sie ihre Dienstwaffe, die sie in den Rockbund steckte, außerdem ihre Dienstmarke, ihre Handschellen und ihr Notizbuch, die sie im Rucksack verstaute.

Als sie nach unten kam, verspeiste Scotty gerade eine Schale Müsli und schaute auf Nicks iPad *SportsCenter*.

„Wow, du siehst toll aus", meinte er. „Warum hast du dich so chic gemacht?"

„Ich habe heute Morgen einen Fernsehauftritt mit Chief Farnsworth."

„Oh, cool. Wieso das denn?"

„Seit den Ermittlungen im Fall Springer hat er sich so einiges anhören müssen, und jetzt erzählen wir mal unsere Version der Geschichte. Zumindest versuchen wir das."

„Das ist eine gute Idee."

Sie fuhr ihm mit den Fingern durchs Haar. „Die ist ja auch von mir."

„Sie ist trotzdem gut."

„Es sei denn, sie geht voll nach hinten los."

„Das kannst du doch bestimmt verhindern."

Wenn das nur so einfach wäre. Rasch aß sie eine Scheibe Toast mit Erdnussbutter, dann lief sie wieder nach oben, um sich die Zähne zu putzen und einen letzten prüfenden Blick in den Spiegel zu werfen.

Zur Feier des TV-Termins zog sie ihren Verlobungsring und die Halskette mit dem Diamantanhänger in Schlüsselform an. Dann seufzte sie tief. Vor Fernsehauftritten war sie immer schrecklich nervös, aber sie war bereit, alles zu tun, um den Chief ein wenig aus der Schusslinie zu kriegen.

Sam stieg die Treppe wieder runter und trat in die Küche, wo Scotty gerade das Pausenbrot, das ihm Nick gerichtet hatte, in seinen Rucksack packte.

„Hat dir Nick gesagt, dass Shelby heute krank ist und dich die Personenschützer deshalb nach der Schule zu Skip bringen, wenn das für ihn und Celia okay ist?"

„Ja, er hat versprochen, mir eine SMS zu schicken, wenn er mit ihnen darüber geredet hat."

„Dann ist ja alles klar."

„Ist mit Shelby alles in Ordnung?"

„Ich denke schon. Sie hat nicht näher ausgeführt, was ihr fehlt, freut sich später jedoch sicher über eine Nachricht von dir.“

„Ich schreibe ihr. Gehen wir zu Nicks Empfang im Weißen Haus? Er hat mir meine offiziellen Klamotten gebügelt.“

Sam umarmte ihren Sohn und fragte sich dabei, wann ihr Mann aufgestanden war oder ob er überhaupt hatte schlafen können. „Ich hoffe, ich schaffe das zeitlich. Auf jeden Fall melde ich mich rechtzeitig bei dir.“

„Okay.“

„Einen schönen Tag. Ich hab dich lieb.“

„Und ich dich.“ Nach einer kurzen Pause fügte er hinzu: „Hey, Sam?“

„Ja?“

„Gestern Abend habe ich zu Nick gesagt, dass ich ihn irgendwann, wenn es sich richtig anfühlt, gerne Dad nennen würde. Wäre das auch für dich okay?“

Die Bitte traf sie wie ein Schlag in die Magengrube. „Du möchtest mich Dad nennen?“, scherzte sie, um nicht spontan in Tränen auszubrechen.

„Sam“, erwiderte er ungeduldig. „Du weißt doch, was ich meine.“

Sie trat zu ihm, konnte gar nicht anders. „Ja, ich weiß, was du meinst, und nichts auf der Welt würde mich glücklicher machen, als wenn du mich Dad nennst. Ich meine: Mom.“

Scotty lachte. „Du bist so blöd.“

„Du bist noch viel blöder.“

„Das bezweifle ich.“

„Darüber reden wir später weiter, junger Mann. Die Fernsehleute warten auf mich.“

„Auf mich wartet Algebra. Du hast es eindeutig besser.“

„Dem kann ich nicht widersprechen.“

Debra, eine von den für Scotty zuständigen Agenten, betrat die Küche. „Bist du bereit zum Aufbruch?“

„Klar“, antwortete er. „Bis dann, Sam.“

„Ich bringe dich raus.“

16

Nachdem sie sich durch den Verkehr gequält hatte, erreichte sie auf den letzten Drücker die CBC-Studios in der Connecticut Avenue. Der Chief erwartete sie in voller Uniform im Empfangsbereich.

„Hätte ich ebenfalls meine Uniform anziehen sollen?", fragte sie.

„Nein, du siehst großartig aus. Ich dachte nur, es wäre angebracht, wenn ich meine heute trage."

„Sie steht dir auf jeden Fall. Lass dir bloß nichts anderes erzählen."

„Ich weiß zu schätzen, dass du heute gekommen bist. Mir ist klar, dass du das nicht für jeden getan hättest."

„Wenn ich schon das ganze öffentliche Interesse ertragen muss, kann ich es auch zu meinem Vorteil nutzen."

„War Nick damit einverstanden?"

„Absolut. Er ist da ganz meiner Ansicht. Gestern Abend hat er zu mir gesagt, ich sei jetzt berühmt und solle das auf jeden Fall für meine Zwecke nutzen."

„Berühmt", wiederholte der Chief grinsend. „Berüchtigt warst du auf jeden Fall schon, ehe er Vizepräsident geworden ist."

„Ja, und stolz darauf."

Er schüttelte den Kopf über ihre schlagfertige Erwiderung. „Hast du heute schon etwas Neues zum Fall Phillips gehört?"

„Nur dass sie vor ihrem Tod mit zwei Männern Geschlechtsverkehr hatte und dass einer davon Mr Hughes aus Baltimore war. Lindsey gleicht gerade das zweite DNA-Profil mit unseren Datenbanken ab. Heute nehmen wir unter anderem diese Glaubensgemeinschaft unter die Lupe, zu der sie gehört hat."

„Wo ist Sergeant Gonzales?"

„Aktuell außerhalb der Stadt, bei seinen Eltern in Harpers Ferry, wo er demnächst spontan in Flammen aufgehen wird."

„Wir sollten die Gelegenheit nutzen, zu erwähnen, dass er nicht unter Verdacht steht."

„Unbedingt."

Der Sendeleiter kam sie holen und führte sie durch verwinkelte Gänge voller Schaltschränke, Kabel und Kram aller Art, den sich Sam gerne genauer angesehen hätte. Er brachte sie in einen Warteraum, in dem Kaffee und Donuts für die Gäste bereitstanden.

„Ich bin in ein paar Minuten wieder bei Ihnen", versprach der Mann.

„Danke", antwortete der Chief. Sam fragte er: „Kaffee? Donut?"

„Greif zu. Ich habe schon gefrühstückt." Sie war nervös und wollte nicht riskieren, während des Interviews von zu viel Kaffee Magenschmerzen zu bekommen.

Auf einem Monitor in der Ecke konnten sie verfolgen, wie die Nachrichtensprecher live die Schlagzeilen des Morgens präsentierten, darunter das Neueste über die Mutter von Detective Sergeant Gonzales' Sohn, die man, nur wenige Tage nachdem sie einen Interessenkonflikt in ihrem Sorgerechtsstreit öffentlich gemacht hatte, tot aufgefunden hatte. Natürlich erwähnte niemand, dass Gonzo jüngst im Dienst eine schwere Schussverletzung erlitten hatte.

„Das regt mich auf", murmelte der Chief.

„Ihn auch. All die Jahre als hochdekorierter Polizist scheinen plötzlich nichts mehr wert zu sein."

„Sag das nachher. Sooft du kannst."

„Wird das nicht aussehen, als versuche ich, einen Freund zu verteidigen?"

„Na und? Wahr ist es trotzdem."

„Du bist heute aber streitbar", stellte sie mit einem Lächeln fest.

„Es nervt mich, wie die Medien in letzter Zeit mit der Polizei umgehen."

„Wissen die Leute von unserer Presseabteilung, dass sie heute einen genervten Chief von der Leine gelassen haben?"

Er zwinkerte ihr zu. „Das sollte vielleicht besser unser kleines Geheimnis bleiben."

Lachend erwiderte sie: „Bis du es gleich live allen zeigst."

Farnsworth zuckte die Achseln. „Was soll schon groß passieren? Schlechte Presse? Kein Problem. Hab ich schon."

„Hast du schon was von der Bürgermeisterin gehört?"

„Sie hat ein paarmal angerufen. Möglicherweise habe ich vergessen, sie zurückzurufen ..."

Sam musste lachen. „Für so etwas liebe ich dich einfach. Du bist großartig."

„Dasselbe könnte ich über dich sagen. Niemand hat mich in meiner Amtszeit als Polizeichef besser dastehen lassen als der hitzköpfige Lieutenant, der meine Mordkommission leitet und zufällig meine Nichte ist."

Das Kompliment berührte sie zwar zutiefst, doch sie stieß ihn mit dem Ellbogen an. „Hör auf, dich bei mir einzuschleimen. Als Nächstes nehmen die Medien noch Stahls alte Behauptung wieder auf, wir beide hätten eine Affäre."

„*Das* hat Stahl verbreitet?"

„Ständig. Wie sonst hätte ich den Chief so um meinen Finger wickeln können?"

„Ich hasse diesen Mistkerl. Nur gut, dass wir den ein für alle Mal los sind."

„Sind wir das?", fragte Sam.

„Er hat dich vor deinem Haus angegriffen. Der Mann wird nie wieder in den Polizeidienst zurückkehren. Rauswinden kann er sich da auch nicht, denn die Agenten des Secret Service sind bereit, gegen ihn auszusagen."

„Apropos ‚aussagen': Diese Woche beginnt der Prozess gegen Sanborn."

„Kommt McBride damit klar?"

„Mehr oder weniger."

„Ich finde es fürchterlich, dass sie diesen Albtraum vor Gericht erneut durchleben muss."

„Geht mir genauso, aber es war nicht zu erwarten, dass Sanborn sich schuldig bekennt, nur weil sich das strafmildernd ausgewirkt hätte, und ihr damit die Aussage erspart bleibt. Ich habe Angst, dass dieser Prozess sie bei der Verarbeitung des Ganzen weit zurückwirft."

„Du bist ihre Vorgesetzte. Tu alles, was nötig ist, um ihr da durchzuhelfen."

„Werde ich, danke." Ihr Handy informierte sie per Signalton, dass eine SMS eingetroffen war. Sie kam von Captain Malone.

Peter Gibson hat in der Nähe seiner alten Wohnung eine neue gemietet und war im Urlaub in Florida. Wir können ihn von der Liste der Verdächtigen streichen. Es folgte Peters neue Adresse.

Sie seufzte erleichtert auf. Was auch immer da lief, es hatte nichts mit ihrem Ex-Mann zu tun.

Danke, schrieb sie dem Captain zurück. *Was ist mit Stahl?*

Wir suchen ihn noch.

Farnsworth sah auf die Uhr. „Warum dauert das denn so lange? Wir sollten um sieben hier sein, und jetzt ist es schon zwanzig nach."

„Ich bin sicher, wir gehen gleich auf Sendung. Wie viele weitere Termine haben wir denn?"

„Vier."

„*Vier?*"

Er zuckte die Achseln. „Ich kann nichts dafür, dass alle uns in ihrer Sendung haben wollten, als sie gehört haben, dass ich dich mitbringe."

„Drecksmistscheißkack."

„Ich muss doch sehr bitten, Lieutenant."

„Tut mir leid, ist aber so. Wissen die denn nicht, dass ich einen Mörder fangen muss?"

„Oh, das ist denen klar, aber laut unserer Presseabteilung haben sie, ich zitiere, ‚einen Riesenständer bekommen', als sie gehört haben, dass du an meiner Seite sein wirst."

„Wie eklig."

„Das waren ihre Worte, nicht meine." Er lachte noch immer, als der Sendeleiter zurückkehrte, um sie ins Studio zu führen, das zur Hälfte wie ein elegantes Wohnzimmer eingerichtet war. Die andere Hälfte war voller Kameras, Kabel und Menschen mit Kopfhörern. Eine junge, sehr dünne Asiatin stattete sie mit drahtlosen Mikros aus.

„Ich freue mich unglaublich, Sie kennenzulernen, Mrs Cappuano“, platzte sie heraus, nachdem sie Sam das Mikro ans Revers geklemmt hatte.

„Danke, gleichfalls.“ Sie fing einen Blick des Chiefs auf und bemerkte, dass er versuchte, ein Lachen zu unterdrücken. Er war für einen Mann, den die Presse jetzt seit Wochen täglich aufs Korn nahm, verdammt gut aufgelegt. Aber wenn die Tatsache, dass sie jetzt berühmt war, ihm half, war sie nur zu gerne die Zielscheibe seiner Witze.

Während der nächsten Werbepause setzte man sie auf ein Sofa. Monica Taylor, eine der Wasserstoffblondinen aus der Journalistenmeute, die über die Arbeit der Polizei berichtete, reichte ihnen beiden die Hand und hieß sie wie alte Freunde willkommen. „Ich kann Ihnen gar nicht sagen, was für eine Ehre es für uns ist, heute Morgen die Gattin des Vizepräsidenten in der Sendung zu haben.“

„Ich bin als Lieutenant Holland hier“, betonte Sam und wünschte, sie hätte vor Verlassen des Hauses ihre Dienstmarke an der Jacke befestigt. „Nicht als Frau des Vizepräsidenten.“

„Ja, natürlich.“ Monica strahlte sie mit blendend weißen Zähnen an, und Sam fragte sich, ob sie mit Bleiche gurgelte.

„Wir sind live in fünf, vier, drei …“

„Willkommen zurück bei *Good Morning, D. C.*, ich bin Monica Taylor. Wir freuen uns heute, zwei ganz besondere Gäste willkommen zu heißen: Metropolitan Police Chief Joseph Farnsworth und Lieutenant Cappuano.“

„Holland“, korrigierte Sam und funkelte Monica an. „Lieutenant Holland.“

„Oh, ja, natürlich. Mein Fehler.“

In der Tat, hätte Sam am liebsten gesagt. *Schwerer Fehler.*

„Wir sind nur alle so fasziniert von unserem neuen Vizepräsidenten und seiner Familie, und natürlich sind wir neugierig …“

„Sind wir deswegen hier? Um Ihre Neugier über meine Familie

zu befriedigen? *Ich* dachte, wir seien hier, um über die grundlosen Vorwürfe zu sprechen, die Bill Springer seit dem Tod seiner Söhne im November gegen den Chief und die Polizei im Allgemeinen erhebt."

„So ist uns das zumindest präsentiert worden", bekräftigte der Polizeichef.

Sichtbar aus dem Konzept gebracht bestätigte Monica: „Ja, natürlich. Über all das möchten wir uns mit Ihnen unterhalten." Dankenswerterweise schien sie zu begreifen, dass es absolut nicht infrage kam, Sam auf ihr Leben als Gattin des Vizepräsidenten anzusprechen. „Reden wir also über Bill Springers Anschuldigungen und geben Ihnen die Gelegenheit, Ihre Seite der Geschichte darzustellen. Beginnen wir mit seiner Behauptung, Sie seien schuld am Tod seines älteren Sohnes Billy."

„Mir ist bewusst, dass Mr Springer mich gerne dafür verantwortlich machen möchte", erklärte Farnsworth. „An seiner Stelle würde ich auch nach einem Schuldigen suchen. Wie soll man sonst mit dem Wissen umgehen, dass das eigene Kind in der Lage war, seinen Bruder und acht weitere unschuldige Opfer brutal zu töten? Wie sollen Eltern akzeptieren, dass ihr Sohn groß ins Drogengeschäft eingestiegen ist? Wir haben ihn vor seinem Tod monatelang observiert. Bereue ich, dass meine Beamten Billy Springer erschossen haben? Natürlich. Aber gebe ich jemand anderem als Billy Springer die Schuld an der Situation, die das erfordert hat? Nein."

„Lieutenant, was sagen Sie zu Mr Springers Vorwürfen?"

„Wie der Chief eben schon dargelegt hat, glaube ich ebenfalls, dass er einen Sündenbock sucht, weil er nicht damit klarkommt, dass sein Sohn ein Mörder war."

„Mr Springer gibt Ihnen, Chief, ganz direkt die Schuld am Tod seines Sohnes, weil Sie die Untersuchung des Mordfalls ausgesetzt haben, damit Ihre Beamten ihre verdeckte Drogenermittlung abschließen konnten. Hat er damit recht?"

„Es ist korrekt, dass ich die Untersuchung des Mordfalls für zwölf Stunden auf Eis gelegt habe, um meinen Drogenfahndern, die verdeckt gegen Billy Springer ermittelt haben, Zeit dafür zu geben, eine sechsmonatige Ermittlung abzuschließen. Allerdings trifft weder einen meiner Leute noch mich als Chief irgendeine

Schuld an Billys Tod. Billy Springer hat an jenem Tag seine Großmutter und seine Cousins als Geiseln genommen. Es war Billy Springers Entscheidung, auf meine Beamten zu schießen und dabei einen von ihnen schwer zu verletzen. Wäre beides nicht geschehen, würde Billy heute noch leben, und wir müssten diese Unterhaltung nicht führen."

„Sehen Sie das ähnlich, Lieutenant?"

„Absolut", bestätigte Sam. „Billy Springer hätte Detective Sergeant Gonzales beinahe getötet. Er wurde in den Hals getroffen und wäre ohne das beherzte Eingreifen seines Partners Detective Arnold verblutet. Mr Springer scheint nicht darüber sprechen zu wollen, wie es zu dieser schweren Verletzung von Sergeant Gonzales kommen konnte. Er ignoriert, dass es eine Augenzeugin gibt, die Billy Springer als Mörder seines Bruders Hugo und der acht anderen jungen Leute im Keller des Hauses seiner Familie identifiziert hat. All das scheint Mr Springer völlig gleichgültig zu sein. Er möchte nur Vorwürfe gegen die Polizei erheben, die auf eine Geiselnahme reagiert und angesichts der Tatsache, dass Billy das Feuer eröffnet hat, die erforderlichen Maßnahmen ergriffen hat."

„Was ich nicht verstehe", warf Monica fast zögernd ein, „ist, wie Billy herausfinden konnte, dass Sie ihn in Verdacht hatten, seinen Bruder und die anderen jungen Leute ermordet zu haben."

„Das wüssten wir auch gern", erwiderte Farnsworth. „Wir führen derzeit eine interne Ermittlung durch, um festzustellen, ob jemand aus unserer Behörde diese Information in der Nacht vor Billy Springers Tod an ihn weitergegeben hat. Unseres Wissens hatte keiner der verdeckten Ermittler, die wir in Billys Umfeld eingeschleust hatten, zwischen dem Zeitpunkt meiner Aussetzung der Mordermittlung und der Geiselnahme in Friendship Heights Kontakt mit ihm. Wir rekonstruieren gerade den genauen Ablauf der Ereignisse in dieser Zeitspanne. Wenn wir Antworten haben, werden wir die Öffentlichkeit darüber in Kenntnis setzen. Doch bis dahin können wir nur festhalten, dass wir nicht wissen, wie Billy an diese Information gelangt ist, es aber genauso dringend herausfinden möchten wie alle anderen Beteiligten."

„Lieutenant, Ihre Nichte wurde bei der Party im Hause

Springer vergewaltigt. Können Sie uns mitteilen, wie es ihr heute geht?“

Von der Frage genervt sagte Sam: „Es geht ihr gut, und sie bereitet sich gerade auf ihren Schulabschluss vor.“

„Sie haben Sergeant Gonzales erwähnt. In diesem Zusammenhang möchte ich gerne fragen, ob er in den Tod der Mutter seines Sohnes, Lori Phillips, verwickelt sein könnte.“

„Sergeant Gonzales hat mit Lori Phillips’ Tod nichts zu tun“, erklärte Farnsworth mit Nachdruck, „und es ist völlig unverantwortlich, wie die Medien mit vollkommen haltlosen Anschuldigungen um sich werfen.“

„Nun ja, Ms Phillips war ja in letzter Zeit ziemlich präsent in den Schlagzeilen, da sie die Verbindung zwischen dem Sergeant und dem zuständigen Richter in ihrem Sorgerechtsstreit publik gemacht hat.“

„Es ja wohl ist ein Riesenunterschied, ob ich mit jemandem Differenzen habe oder ob ich die betreffende Person umbringe“, hielt Sam dagegen. „Sergeant Gonzales ist einer der besten und fähigsten Polizisten, mit denen ich je zusammengearbeitet habe. Er ist ein wertvolles Mitglied meines Teams und wurde vor gar nicht allzu langer Zeit im Dienst beinahe getötet. Ich finde es widerwärtig, auch nur anzudeuten, er sei möglicherweise ein Mörder, nachdem Sie ihn vor ein paar Wochen noch zum Helden hochgejubelt haben.“

„Es ist eine naheliegende Annahme“, widersprach Monica, deren kühle, perfekte Blondinenfassade langsam Risse bekam, weil sie begriff, dass sie es hier mit zwei ernst zu nehmenden Gegnern zu tun hatte.

„Wir arbeiten nicht mit Annahmen, Ms Taylor“, entgegnete Sam. „Wir arbeiten mit Fakten und hieb- und stichfesten Beweisen, und es gibt nicht den geringsten Hinweis darauf, dass Sergeant Gonzales etwas mit dem Mord an Lori Phillips zu tun hat, weswegen Sie und Ihr Arbeitgeber sich juristisch enorm angreifbar machen, wenn Sie etwas anderes behaupten.“

„Kein Grund, so feindselig zu reagieren, Lieutenant.“

„O doch, dazu habe ich allen Grund, Ms Taylor. Sie alle spielen mit dem Leben und dem Ruf eines Mannes. Sie haben keinerlei Skrupel, ihn öffentlich als Verdächtigen zu bezeichnen, obwohl das überhaupt nicht zutrifft. Ist Ihnen schon mal in den Sinn gekommen, dass Sie Menschenleben ruinieren, wenn Sie mit Ausdrücken wie ‚Verdächtiger‘, ‚Hühnchen zu rupfen‘ und ähnlichen, die wir in den letzten vierundzwanzig Stunden zu hören bekommen haben, operieren?"

„Wir sind leider am Ende unserer Gesprächszeit angekommen. Ich möchte unseren Gästen für ihren heutigen Besuch danken, nach Wetter und Verkehr sind wir wieder für Sie da."

Sam erhob sich, riss sich das Mikrofon vom Revers und warf es aufs Sofa. „Ihre Lehrer an der Journalistenschule müssten sich im Grab umdrehen."

„Ich war nicht auf der Journalistenschule", giftete Monica zurück.

„Ach wirklich? Das hätte ich ja nie gedacht. Wenn Sergeant Gonzales beschließt, Sie und andere wegen übler Nachrede zu verklagen, weil Sie unterstellt haben, er sei ein Mörder, könnte ich ihm daraus keinen Vorwurf machen und werde ihn nach Kräften unterstützen."

„Wir sind hier fertig", beendete Monica die Unterhaltung. „Danke für Ihren Besuch."

Farnsworth nahm Sam am Arm, ehe sie der anderen den Kopf abreißen konnte, und zerrte sie praktisch hinter sich her. „Das war wirklich verdammt großartig", schwärmte er, sobald sie das Studio, in dem alle wie vom Donner gerührt dastanden, verlassen hatten. Sendeleiter, Regisseure und Kameraleute hatten die Arbeit eingestellt und starrten ihnen hinterher.

„Ich muss doch sehr bitten, Chief", tadelte Sam, obwohl sie sich über sein Lob freute. „Das ist eine blöde Mistzicke. Sobald sie meine Nichte erwähnt hatte, gab es für mich kein Halten mehr."

„Du warst toll. Wenn ich je wirklich Ärger habe, möchte ich dich als Anwältin."

„Ha! Dann fährst du lebenslänglich ein."

„Nein, die Geschworenen hätten zu viel Angst vor dir, um mich zu verurteilen."

„Du warst selbst ziemlich gut", erwiderte Sam sein Lob.

„Oh, vielen Dank. Aber das war nichts im Vergleich zur Gattin des Vizepräsidenten."

„Jajaja ... Müssen wir das jetzt wirklich noch vier Mal machen?"

„So steht es auf dem Plan."

„Irgendetwas sagt mir, dass dieser Tag vielleicht doch nicht ganz so schlimm wird wie befürchtet."

Ihre Euphorie verflog, als sie aus dem Sender traten und feststellten, dass Deputy Chief Conklin bereits auf sie wartete. „Bill Springer wurde heute Morgen tot aufgefunden."

Als Shelby aufwachte, hatte sie Schmerzen und war desorientiert. Sie hatte doch irgendeinen Termin ... Scotty. Er musste heute wieder in die Schule ... Und Nick. Sein erster Tag im Weißen Haus. Sie wurde gebraucht.

Dann fiel ihr wieder ein, was am Vortag passiert war, und sie ließ sich zurück in die Kissen fallen. Averys Kissen. Sie lag in seinem Bett in seinem Schlafzimmer in seinem Haus, obschon er ihr gestanden hatte, dass er einmal etwas für Sam empfunden hatte.

Trotz all seiner Wiedergutmachungsbemühungen wurde ihr nach wie vor schlecht bei dem Gedanken, dass drei Menschen, die sie als enge Freunde betrachtete, drei Menschen, die sie liebte, ihr etwas so Bedeutendes verschwiegen hatten.

Ja, sie liebte sie alle drei – zumindest hatte sie das bis zum gestrigen Tag getan. Jetzt war sie sich ihrer Gefühle ihnen gegenüber nicht mehr so sicher.

Gesprächsfetzen und seltsame Augenblicke tauchten in ihrer Erinnerung auf, und ihr wurde schmerzlich bewusst: Es hatte die ganze Zeit über Hinweise gegeben, dass etwas nicht stimmte. Sie hatte beschlossen, nicht nachzuhaken. Wie damals, als sie Sam gefragt hatte, warum Nick Avery nicht mochte.

„Wer weiß?", hatte Sam geantwortet. „Männer sind nun mal komisch."

Dabei hatte Sam die Antwort gekannt. *Alle* hatten sie gekannt, außer ihr. Wusste selbst Scotty Bescheid? Das hätte ihr gerade noch gefehlt.

Irgendwann würde sie mit Sam und Nick darüber reden

müssen, und beim Gedanken an dieses Gespräch wurde ihr ebenfalls übel. Wie brachte man ein solches Thema bei seinen Arbeitgebern, mit denen man befreundet war, zur Sprache?

Sie legte sich bequemer hin, und ihre Knie brannten von der Bewegung. Shelby war nicht sicher, was mehr schmerzte – ihre Knie oder ihr Herz.

Avery betrat in einem FBI-T-Shirt und einer schwarzen Jogginghose das Zimmer. Es war unfair, dass er in Schlabberklamotten genauso sexy aussah wie in einem Anzug für dreitausend Dollar. Er stellte einen dampfenden Becher auf den Nachttisch neben ihr.

„Was ist das?"

„Der Zitronentee, den du so magst. Den darfst du doch trinken, oder?"

„Ja, der enthält kein Tein." Sie wollte sich von dieser aufmerksamen Geste nicht rühren lassen, erkannte aber andererseits, wie viel Mühe er sich gab. Shelby nahm den Becher, nippte daran und spürte, wie die Hitze sie von innen wärmte.

„Hast du gut geschlafen?", fragte er.

„Na ja, eher so mittelmäßig. Und du?"

„Nicht so toll." Er steckte ihr eine Haarsträhne hinters Ohr. „Ich finde den Gedanken furchtbar, dass ich dir wehgetan habe, Shelby. Das ist das Letzte, was ich wollte."

„Ich würde dir so gerne glauben. Du hast keine Ahnung, wie gern."

„Dann tu es." Er zögerte und fuhr dann fort: „Als wir uns getroffen haben, ging es mir nicht gut. Das will ich gar nicht leugnen. Doch wir haben uns etwas aufgebaut. Zumindest dachte ich das."

„Ich auch." Shelby versuchte, sich im Griff zu behalten, und nahm einen weiteren Schluck Tee. „Ich bin fast dreiundvierzig, Avery. Wahrscheinlich wird das mein einziges Kind bleiben. Ich habe jahrelang Hochzeiten für glückliche Paare geplant und mir dabei immer die Frage gestellt, ob ich je mein persönliches Märchen erleben würde. Dann habe ich dich getroffen und es für möglich gehalten, dass ich es irgendwann erleben würde. Bis ich herausgefunden habe, dass du eigentlich in meine Freundin verliebt bist."

Er nahm ihre Hand und führte sie an seine Lippen, eine Geste, die sie noch vor zwei Tagen einer Ohnmacht nahe gebracht hätte. „Ich hatte nie etwas mit ihr. Mit dir hatte ich alles. Das ist gar nicht vergleichbar."

Okay, das war ziemlich gut gewesen. Er war charmant. Das ließ sich nicht leugnen.

„Bevor du jetzt denkst, dass ich nur sage, was du hören willst, frag dich mal, warum ich das tun sollte, wenn ich das, was wir haben, nicht bewahren wollte. Warum sollte ich versuchen, unsere Beziehung zu retten, wenn sie mir nicht wirklich wichtig wäre?" Bei diesen Worten streichelte er ihr sanft mit dem Zeigefinger über die Wange.

Wie elektrisiert von seiner Berührung hob Shelby den Blick und stellte fest, dass in seinen goldfarbenen Augen alles lag, was sie eines Tages bei einem Partner zu finden gehofft hatte. „Ich schätze, die Mühe würdest du dir nicht machen."

„Richtig, und dennoch habe ich die ganze Nacht wach gelegen und gegrübelt, wie es mir gelingen könnte. Ich habe mir ausgemalt, wie einsam ich ohne dich und deine pinkfarbene Perfektion wäre, und die Vorstellung hat mir nicht gefallen. Ganz und gar nicht. Deshalb, Shelby, musst du mir verzeihen, denn du möchtest doch nicht, dass ich ohne dich einsam und traurig bin, oder?"

Sie wischte sich die Tränen ab und warf ihm mit einem kleinen hilflosen Lachen vor: „Sie kämpfen unfair, Agent Hill."

„Ich kämpfe um dich, Shelby Faircloth. Könntest du nicht die Größe besitzen, mir zu verzeihen, dass ich dir etwas vorenthalten habe, das ich dir definitiv schon lange hätte sagen sollen? Versuchst du bitte, die Vergangenheit vergangen sein zu lassen, damit wir uns auf eine gemeinsame Zukunft konzentrieren können?"

Schon allein sein unwiderstehlicher Südstaaten-Akzent sorgte dafür, dass *sie* am liebsten *ihn* um Verzeihung gebeten hätte. „Ich werde es versuchen, denn ich möchte mich unbedingt mit dir auf die Zukunft konzentrieren. Aber ich brauche ein wenig Zeit, um mit alldem klarzukommen. Außerdem muss ich auf jeden Fall mit Sam und möglicherweise auch mit Nick reden."

„Tu, was du nicht lassen kannst, Süße. Ich werde einfach hier warten, bis du mir sagst, dass zwischen uns alles wieder gut ist." Mit dem Finger an ihrem Kinn hob er ihr Gesicht dem seinen entgegen, damit er sie küssen konnte.

Shelby liebte es, ihn zu küssen. Sie liebte eigentlich alles, was ihn betraf. Vor allem die Tatsache, dass er sich dafür entschuldigt hatte, ihr wehgetan zu haben, und Verantwortung dafür übernahm. Das unterschied ihn von allen anderen Männern, mit denen sie je Zeit verbracht hatte.

Er nahm ihr den Tee aus der Hand und stellte ihn auf den Tisch zurück.

Shelby schlang ihm die Arme um den Hals und zog ihn zu sich, atmete den verführerischen männlichen Duft ein, dem sie so verfallen war.

Als er sein Gesicht an ihren Hals schmiegte, neigte sie den Kopf leicht, sodass ihre Lippen direkt vor seinen waren. Für einen langen, atemlosen Moment sah er ihr in die Augen, dann eroberte er ihren Mund mit einem verzweifelten Kuss.

Shelby gab dem Verlangen nach, das sich jedes Mal in ihr regte, wenn er sie in den Armen hielt und so küsste. Wie immer konnte sie nicht widerstehen, auch wenn sie wusste, es wäre vermutlich besser.

17

„Was haben wir?", fragte Sam, als sie Bill Springers Büro in Georgetown betrat.

Officer Peterson, ein Streifenpolizist, warf einen Blick auf seine Notizen. „Bill Springer, Alter dreiundsechzig, aufgefunden von seiner Assistentin Pamela Desjardens, als sie um 7.35 Uhr zur Arbeit kam. Das Licht im Büro war an, Mr Springer lag auf dem Boden, es gibt keinerlei Spuren eines Kampfes."

Kampfspuren kann man auch nachträglich beseitigen, dachte Sam. „Hinweise auf gewaltsames Eindringen?"

„Wir konnten keine feststellen."

„Hat ihn jemand berührt?"

„Nur um den Puls zu prüfen."

Sam ging in die Hocke, um sich die Leiche näher anzusehen. Wie Lori Phillips hatte Springer Würgemale am Hals, die eindeutig auf eine Erdrosselung mit bloßen Händen hinwiesen.

„Wo ist die Assistentin?"

„Gegenüber, in einem der Nachbarbüros. Sie war hysterisch und hat da drüben eine Freundin. Ich dachte, sie könnte vielleicht dort warten, bis Sie eintreffen."

„Gut gemacht, Peterson."

„Oh, danke."

„Rufen wir die Spurensicherung und befragen die Angestellten in den anderen Firmen im Gebäude, um festzustellen, ob jemand etwas gehört hat. Haben Sie die Gerichtsmedizin verständigt?“

„Dr. McNamara ist unterwegs.“

Sam wandte sich zum Chief um, der auf dem Gang stand und auf den Mann hinabblickte, der ihm in den zurückliegenden Wochen so viel Ärger bereitet hatte. Farnsworths Gesicht war wieder aschfahl, seit er vom Tod Bill Springers erfahren hatte. Neben ihm musterte Deputy Chief Conklin den Tatort.

„Was denken Sie, Lieutenant?“, wollte er dann von Sam wissen.

„Dass jemand versucht, dem MPD Ärger zu machen. Großen Ärger.“ Sie trat an Springers Schreibtisch, auf dem aufgeschlagen ein Kalender lag. Sam zog Einmalhandschuhe an und blätterte die letzten Tage durch, wobei sie feststellte, dass an den meisten nichts eingetragen war. Entweder hatte er aufgehört, seine Termine zu notieren, oder keine mehr gehabt. „Ich möchte mit dieser Assistentin sprechen.“

„Klar, hier entlang.“ Peterson brachte sie zu einem Büro auf der anderen Seite des Korridors, wo eine Frau eine junge, auf einem Sofa sitzende Blondine tröstete. „Ms Desjardens, das sind Lieutenant Holland, Chief Farnsworth und Deputy Chief Conklin. Sie würden gerne mit Ihnen über heute Morgen reden.“

Springers Assistentin nickte und wischte sich die Tränen weg. „Ich ... ich bin heute früh zur Arbeit gekommen, und ... und Bill ... lag auf dem Boden. Ich bin zu ihm gegangen, und er war so kalt. Ganz kalt.“

„Ms Desjardens, hatte Mr Springer Feinde?“

Sie schüttelte den Kopf. „Er hat in letzter Zeit nicht viel gearbeitet. Nach der Sache mit seinen Söhnen ...“

„Wie lange sind Sie schon bei ihm?“

„Etwa zwei Jahre.“

„Waren Sie nur seine Angestellte?“, fragte Sam einer plötzlichen Ahnung folgend.

Sie sah zu Sam auf. Ihr tränenüberströmtes Gesicht war rot und verquollen. „Was?“

„Hat sich Ihre Beziehung zu Mr Springer auf das rein Berufliche beschränkt?“

„Wir waren miteinander befreundet, wenn es das ist, was Sie meinen."

„Nein, das meine ich nicht, wie wir alle wissen."

„Du musst diese Frage nicht beantworten, Pam", mischte sich die andere Frau ein und schaute Sam finster an.

„Äh, doch, eigentlich schon."

Unerträgliche Spannung lag in der Luft.

„Er hat in letzter Zeit viel durchmachen müssen. Es ging ihm wirklich nicht gut."

„Mhm", sagte Sam, die langsam die Geduld verlor. „Haben Sie mit ihm geschlafen, Pam?"

Die junge Frau schlug die Hände vors Gesicht und schluchzte heftig.

Ihre Freundin streichelte ihr den Rücken, während sie Sam weiter anfunkelte. „Kennen Sie eigentlich überhaupt kein Mitgefühl?"

„Doch, aber ich habe da drüben eine Leiche liegen und versuche herauszufinden, was hier passiert ist."

„Sie sollten Ihren Chief fragen. Er hatte allen Grund, Mr Springer den Tod zu wünschen."

„Deswegen hat er ihn noch lange nicht umgebracht. Sie sollten besser keine haltlosen Anschuldigungen erheben. Pamela, bitte beantworten Sie jetzt meine Frage, sonst müssen wir Sie ins Hauptquartier mitnehmen, um uns dort ausführlicher mit Ihnen zu unterhalten."

„Wollen Sie mich verhaften?"

„Nur wenn Sie nicht kooperieren."

„Ja! Ich habe mit ihm geschlafen. Sind Sie jetzt zufrieden?"

„Nicht besonders. Leichen bedeuten immer einen Haufen Papierkram. Das versüßt mir nicht gerade den Tag. Wie lange hatten Sie schon eine intime Beziehung?"

„Eine Weile", presste sie mit zusammengebissenen Zähnen hervor.

„Wie lange genau?"

„Ich weiß nicht."

„Jede Frau weiß, wann sie das erste Mal Sex mit ihrem jeweiligen Partner hatte. Also, über welche Zeitspanne reden wir? Eine Woche? Einen Monat? Ein Jahr?"

„Letzteres", flüsterte die Frau so leise, dass Sam es kaum hörte.

„Das ist eine ganze Weile. Es ging also nicht bloß darum, ihn über seine tragischen Verluste hinwegzutrösten, hm?"

„Es war Liebe! Er wollte seine Frau verlassen, aber dann wurden Hugo und Billy ermordet."

„Hatte jemand aus Ihrem Umfeld etwas dagegen, dass Sie mit einem Mann zusammen waren, der alt genug war, um Ihr Vater zu sein? Zum Beispiel Ihr tatsächlicher Vater? Ein ehemaliger Freund oder ein älterer Bruder, der es sich in den Kopf gesetzt hatte, Sie zu beschützen?"

Sie schüttelte den Kopf. „Niemand wusste davon."

„Wirklich niemand? Sie haben es nicht einmal ihren besten Freundinnen erzählt?" Sie musterte die Frau, die neben Pamela saß. „Gar niemand?"

„Nein! Bill hat gesagt ... Er hat gesagt, wir müssten es bis zu seiner Scheidung geheim halten, sonst würde sie ihm alles wegnehmen. Wir wollten nach Florida umziehen." Plötzlich schien ihr klar zu werden, dass sie mit Bill Springer nirgendwo mehr hinziehen würde. Sie brach zusammen und schluchzte herzzerreißend, wobei sie sich an ihre Freundin klammerte, die den Arm um sie legte.

„Kommen Sie irgendwie heim?", erkundigte sich Sam.

„Ich kümmere mich darum", erbot sich ihre Freundin.

„Bitte schreiben Sie mir beide Ihre Namen und Telefonnummern auf, falls wir noch Fragen haben." Sam reichte der Freundin ihr Notizbuch und wandte sich dann an Farnsworth und Conklin. Letzterer hatte mit ihr zusammen versucht, dem Chief auszureden, sie hierherzubegleiten, doch er hatte darauf bestanden. „Was denken Sie?"

„Keine Ahnung", antwortete Farnsworth. „Wir müssen Springers Frau und seine Familie informieren."

„Das übernehme ich", sagte Sam, obwohl sie nicht gerade darauf brannte, Mrs Springer die schlechte Nachricht zu überbringen. „Sie sollten hier weg sein, ehe die Medien Wind von der Sache bekommen."

„Das sehe ich auch so, Chief", pflichtete ihr Conklin bei. „Sie sollten überhaupt nicht hier sein."

„Schön, gehen wir", gab Farnsworth nach. „Halten Sie mich auf dem Laufenden?"

„Natürlich." Nachdem die beiden weg waren, ließ sich Sam ihr Notizbuch zurückgeben. „Bleiben Sie bitte in der Stadt, für den Fall, dass wir Sie erreichen müssen."

Pamela nickte, starrte dabei aber blicklos auf die gegenüberliegende Wand. „Was soll ich denn jetzt machen? Ich habe keine Ahnung, wie es weitergehen soll."

„Ich bringe dich jetzt erst mal heim, Pam", erklärte ihre Freundin.

Sam verließ das Büro und begegnete auf dem Flur Peterson. „Hat die Befragung irgendetwas ergeben?"

„Bisher nicht. Wir haben niemanden gefunden, der gestern Abend hier war."

Lindsey McNamara kam aus der Tür zum Treppenhaus, ihren Einsatzkoffer unter dem Arm. „Morgen", grüßte sie.

„Morgen, Doc." Sam bedeutete Lindsey, ihr in Springers Büro zu folgen. „Halten Sie mich auf dem Laufenden, Peterson."

„Jawohl, Ma'am."

„Da steht uns wohl ein weiterer Shitstorm bevor, hm?", fragte Lindsey, als sie mit Springers Leiche allein waren. Sie band ihr langes rotes Haar zu einem Pferdeschwanz zusammen, bevor sie sich dem Mordopfer zuwandte.

„Jap." Sam zog ihre Jacke aus und warf sie über einen Stuhl. „Kannst du mir schon einen ungefähren Todeszeitpunkt nennen?"

„Der Körpertemperatur und der Leichenstarre nach zu urteilen, würde ich sagen, vor Mitternacht. Genaueres gibt es erst nach der Obduktion."

„Können wir die Fakten mal kurz gemeinsam durchgehen?"

„Klar."

„Zunächst mal haben wir die Frau, die Gonzo beschuldigt hat, sich mit dem Richter gegen sie verschworen und sie so um ihr Sorgerecht für ihr Kind gebracht zu haben. Dann haben wir den Anwalt, der dem Chief wegen der verpatzten Ermittlung im Nacken saß. Nenn mich verrückt, aber für mich sieht das mehr aus wie ein wohlgeplanter Versuch, der Polizei zu schaden."

„Ich verstehe, wie du darauf kommst. Wäre es trotzdem nicht

auch möglich, dass beide Morde gar nichts mit der Polizei zu tun hatten?“

„Natürlich, nur erscheint mir die Ermordung zweier Personen, die uns Ärger bereitet haben, zu kalkuliert, um Zufall zu sein.“

„Was schlussfolgerst du daraus?“

„Keine Ahnung.“

„Ich habe dich vorhin im Fernsehen gesehen. Der Chief und du, ihr wart super. Ich habe laut gelacht, so leid tat mir die arme Moderatorin.“

„Die ist wirklich dumm. Fünf Minuten bevor sie mich ‚Lieutenant Cappuano‘ genannt hat, hatte ich ihr gesagt, dass ich nicht als Gattin des Vizepräsidenten da sei.“

„Es ist dir zweifellos gelungen, die Leute wirksam vor voreiligen Schlussfolgerungen zu warnen.“

„Ja, aber stell dir mal die voreiligen Schlussfolgerungen vor, wenn das hier bekannt wird.“

„Das wird hässlich“, stimmte ihr Lindsey in ihrer üblichen direkten Art zu.

Sam wartete, bis die Spurensicherung da war und Lindseys Team Springers Leiche abtransportiert hatte. Angestellte aus den anderen Büros standen gaffend auf dem Flur. Ihr blieben jetzt vermutlich nur noch wenige Minuten, um Mrs Springer ins Bild zu setzen, ehe sie es über Twitter oder Facebook erfuhr.

Auf dem Weg zum Haus der Springers am MacArthur Boulevard rief Sam Freddie an.

„Hey“, meldete der sich leise. „Was gibt’s?“

„Jemand hat Springer umgebracht.“

„Ernsthaft? O mein Gott. Einen Augenblick.“ Als er sich wieder meldete, sprach er ganz normal. „Was zum Teufel ist da bei euch los?“

„Ich habe nicht die geringste Ahnung. Doch das muss sich schnell ändern, ehe die Presse noch schlimmer über die Polizei herfällt als in den letzten Tagen.“

„Heute Morgen habe ich die Nachrichten geschaut. Du und der Chief bei CBC, das war der Hammer.“

„Nur dass uns das alles nicht viel nützen dürfte. Sobald die Sache mit Springer publik wird, werden die Leute das alles wieder vergessen.“

„Was kann ich tun?"

„Hast du heute Dienst?"

„Elin ist nach wie vor im Krankenhaus."

„Oh, verdammt, wirklich? Warum das?"

„Bei dem Schlag hat sie mehrere Knochenbrüche im Gesicht erlitten. Sie behalten sie zur Beobachtung hier. Ich bin nicht sicher, wann sie heimdarf."

„Du solltest bei ihr sein. Nimm dir einen Tag frei."

„Ihr braucht mich. Gonzo ist nicht da ..."

„Wir schaffen das schon. Kümmer dich um sie, und melde dich später bei mir."

„Sie wird vermutlich heute irgendwann entlassen, und ich kann Homeoffice machen. Sag Bescheid, wenn ich etwas helfen kann."

„Geht klar. Richte Elin aus, dass ich ihr gute Besserung wünsche."

„Wird erledigt."

Sam beendete das Gespräch mit ihrem Partner und wählte die nächste Nummer, obwohl ihr Magen sich zusammenzog, als sie den grünen Knopf drückte.

Hill nahm beim zweiten Klingeln ab. „Guten Morgen, Lieutenant."

„Ja, hallo. Ich benötige Ihre Hilfe."

„Tatsächlich? Ist es Ihnen sehr schwergefallen, das auszusprechen?"

„Sie ahnen nicht, *wie* schwer. Man hat Bill Springer heute Morgen ermordet in seinem Büro aufgefunden."

„Echt jetzt? Scheiße."

„Genau. Ich brauche Sie, Avery. Jemand außerhalb unserer Dienststelle muss dafür sorgen, dass uns das nicht voll um die Ohren fliegt."

„Ich habe heute frei. Terrell hat Zeit."

„Das müssen *Sie* machen, Hill, nicht Ihr Stellvertreter. Sie."

„Ich habe ein familiäres Problem, um das ich mich kümmern muss. Tut mir leid."

„Was für ein Problem kann denn ein alleinstehender Mann ohne Kinder an der Heimatfront haben?"

„Eine verletzte Freundin."

Sam seufzte frustriert, gleichermaßen wegen des Falles wie aus Empathie für ihre Freundin. „Dann ist es also doch was Schlimmeres? Cruz hat nämlich gesagt, sie hätte sich nur die Knie aufgeschürft. Es ist aber nicht das Baby, oder?"

„Dem Baby geht es gut. Sie ist bloß … Ich kann jetzt nicht weg."

„Was verschweigen Sie mir, Hill?"

Sein tiefes Seufzen löste bei Sam eine erneute Woge der Beklommenheit aus. „Sie hat das mit uns herausgefunden, das aus der Zeit, als wir uns kennengelernt haben."

„Da war doch überhaupt nichts! Wovon zum Teufel reden Sie?"

„Von dieser unerwiderten Sache."

„Verdammt, das haben Sie ihr erzählt? Hat sie sich deshalb heute krankgemeldet? Ist sie sauer auf uns?"

„Sie hat sich heute krankgemeldet, weil ihre Hände und Knie aufgeschürft sind und die Ärzte in der Notaufnahme ihr geraten haben, sich ein paar Tage zu schonen."

„Außerdem ist sie sauer."

„Vielleicht ein bisschen."

„Nur ein bisschen. Ja, klar. Super, vielen Dank. Ich kann Ihnen gar nicht sagen, wie sehr ich es zu schätzen weiß, dass Sie ihr das verraten haben."

„Sie ist mir verflucht wichtig, Sam. Es war höchste Zeit, ihr gegenüber ehrlich zu sein."

„Aber jetzt glaubt sie, Sie hätten sich mit ihr eingelassen, um mir nahe sein zu können."

„Ich habe ihr versichert, dass das nicht der Fall ist."

„Na, dann ist ja alles bestens, Hill. Wirklich, toll gemacht." Sam dachte daran, wie Shelby und Avery zusammengekommen waren. Damals hatte sie ihrer persönlichen Assistentin geraten, dafür zu sorgen, dass er nicht zu oft mit der Familie Kontakt hatte, vor allem mit Nick. Der Grund dafür dürfte Shelby jetzt klar sein. Großartig. „Das hat uns gerade noch gefehlt, jetzt, wo Nick seinen neuen Job antritt und jemand offensichtlich vorhat, alles in seiner Macht Stehende zu tun, um die Polizei in Misskredit zu bringen."

„Tut mir leid, wenn Ihnen das ungelegen kommt, Lieutenant."

„Vergessen Sie, dass ich angerufen habe." Sie unterbrach die

Verbindung und pfefferte ihr Handy auf den Beifahrersitz. „Vollidiot!“

Die Folgen des Umstands, dass Shelby jetzt von Averys sogenannter Verknalltheit wusste, wirbelten ihr im Kopf herum. Was dachte Shelby jetzt von ihr? So ein Mist!

Als Sam gerade in den MacArthur Boulevard einbog, rief Gonzo sie an. „Hey, wie geht's?“, fragte sie.

„Nie besser. Was gibt's Neues?“

„Na ja, Springers Assistentin hat ihn heute Morgen tot auf dem Boden in seinem Büro gefunden. Auch mit bloßen Händen erwürgt.“

„Nein, im Ernst?“

„Leider ja.“ Sie hörte, wie Gonzo die Information an Christina weitergab.

„Das ist unfassbar.“

„Es fühlt sich langsam an wie ein Rachefeldzug.“

„Absolut.“

„Ich bin im Augenblick am MacArthur Boulevard. Ich habe den Kürzeren gezogen und muss es Marissa Springer beibringen. Allein den Schauplatz von Brookes Vergewaltigung betreten zu müssen verursacht mir Hautausschlag.“

„Du solltest jemand anderen schicken.“

„Keine Zeit. Es wissen bereits zu viele Leute Bescheid. Wahrscheinlich sind die sozialen Netzwerke schon voll davon.“

„Scheiße, Sam. Was zum Teufel läuft da?“

„Ich wünschte, ich wüsste es. Aber auf jeden Fall gefällt es mir nicht. Noch dazu haben meine beiden besten Männer andere Probleme.“

„Wo ist Cruz?“

„Elin ist im Krankenhaus. Jemand hat ihr gestern im Fitnessstudio mit einem Schlag ins Gesicht mehrere Knochen gebrochen.“

„Mist. Was ist mit Hill? Sollten wir nicht das FBI einschalten, weil das alles irgendwie mit uns zusammenhängt?“

„Er hat uns seinen Stellvertreter geschickt, weil er persönliche Probleme mit meiner Assistentin hat, die sauer auf ihn, Nick und mich ist, weil ihr niemand von Hills Gefühlen für mich erzählt hat.“

„Was für Gefühle für dich?"

„Das weißt du wirklich nicht?"

„Ich habe keine Ahnung. Sag mir nicht, ihr ... Du hast ihn doch erst kennengelernt, als du schon mit Nick zusammen warst."

„Zwischen uns ist nichts gelaufen, nur in seinen Träumen. Genau von diesen Träumen weiß Shelby jetzt allerdings."

„Hill stand auf dich? Echt? Ist der lebensmüde? Wie konnte mir das entgehen?"

„Ich weiß nicht. Er hat sich jedenfalls nicht unbedingt Mühe gegeben, es zu verbergen. Nick hasst ihn abgrundtief."

„*Das* war mir aufgefallen, und ich habe mich sogar gefragt, warum, weil Nick eigentlich mit jedem klarkommt. Jetzt ergibt das alles Sinn."

„Es ist trotzdem das Letzte, was ich jetzt, wo Nick seinen neuen Job antritt und jemand es auf die Polizei abgesehen hat, gebraucht hätte. Nun habe ich eine verletzte Assistentin und Freundin, die glaubt, ich hätte sie mit ihrem Freund verkuppelt, um seine Aufmerksamkeit loszuwerden."

„Hast du das denn?"

„Nein! Ich war allerdings auch nicht unbedingt traurig über diese Entwicklung."

„Ich fahre heim und melde mich wieder zum Dienst. Ehrlich, ich habe lange genug tatenlos zugeschaut. Cruz ist nicht da, und morgen fängt Jeannies Prozess an – du brauchst mich."

„Ich kann dich erst wieder einsetzen, wenn du diensttauglich geschrieben bist, Gonzo. Das weißt du doch."

„Scheiß drauf. Ich komme zurück. Von mir aus arbeite ich auch umsonst. Ich geb Bescheid, wenn ich wieder in der Stadt bin."

„Gonzo ..."

„Bis dann."

Sam schob das Handy in ihre Jackentasche und stieg aus. Sie verspürte großen Widerwillen wegen dem, was sie Marissa Springer erzählen musste, insgeheim jedoch ebenso Erleichterung, weil sie bald wieder Gonzos Unterstützung haben würde. Er war noch nicht wieder diensttauglich, aber um diesen Fall zu lösen, bevor die Polizei insgesamt und die Menschen, die ihr wichtig waren, weiter zu Schaden kamen, war ihr jede Hilfe recht.

Als sie sich der Tür des Hauses näherte, in dem sich das Leben ihrer Nichte für immer verändert hatte, musste Sam daran denken, was Brooke hier Entsetzliches zugestoßen war. Inzwischen befand sie sich auf dem Weg der Besserung. Sie war wieder in dem Internat in Virginia und versuchte, mithilfe intensiver Therapie ihr Leben auf die Reihe zu kriegen, auch wenn sie nie wieder die unbeschwerte junge Frau sein würde, die in jener Nacht zu Hugo Springers Party gegangen war.

Sam klingelte und hörte die Türglocke durch das dreistöckige Stadthaus hallen. Mehrere Minuten verstrichen, dann öffnete sich die innere Tür, und vor ihr stand Edna Chan, die Haushälterin der Springers, die die Leichen von Hugo und acht seiner Freunde im Keller gefunden hatte.

„Kann ich Ihnen helfen?", fragte sie, obgleich Sam keinen Zweifel daran hatte, dass die Frau sie wiedererkannte.

Sam zeigte ihr ihre Dienstmarke. „Kann ich bitte mit Mrs Springer sprechen?"

Edna runzelte die Stirn. „Worüber?"

„Ich muss mit ihr reden." Sam konnte beinahe mit ansehen, wie die Hausangestellte mit sich rang.

Schließlich machte sie die Sturmtür auf und bedeutete Sam, ihr ins vordere Wohnzimmer zu folgen. „Setzen Sie sich. Ich hole sie."

„Danke."

Sam war offen gestanden überrascht, dass die Springers in dem Haus wohnen geblieben waren, in dem einer ihrer Söhne den anderen umgebracht hatte. Wenn so etwas, was Gott verhüten möge, je in ihrem Haus passieren sollte, würde sie nie wieder einen Fuß hineinsetzen können.

Die Frau, die einige Minuten später den Raum betrat, ähnelte kaum der Marissa Springer, die Sam damals bei ihren Ermittlungen kennengelernt hatte. Ihr blondes Haar war strähnig und wirkte fettig, ihr Gesicht war blass und verquollen. Sie trug eine Jogginghose und ein schmutziges Sweatshirt.

Sam, die stehend gewartet hatte, musste sich Mühe geben, um

ihr Erschrecken über das heruntergekommene Äußere der Frau zu verbergen.

„Warum sind Sie hier?", eröffnete Marissa Springer in einem ausdruckslosen, matten Tonfall das Gespräch.

„Ich muss mit Ihnen reden. Über Ihren Mann."

„Was ist mit ihm?"

„Könnten Sie sich bitte setzen?" Sam deutete auf das Sofa.

Marissa musterte sie argwöhnisch, kam der Aufforderung jedoch nach.

Sam nahm ebenfalls Platz. „Es tut mir sehr leid, Ihnen mitteilen zu müssen, dass man Ihren Mann heute Morgen tot in seinem Büro aufgefunden hat."

„Hat die blöde Schlampe, die er gevögelt hat, ihn gefunden?"

Überrascht von der derben Ausdrucksweise und dem scharfen Tonfall der Frau, wusste Sam nicht recht, was sie antworten sollte.

„Sind Sie überrascht, dass ich davon wusste?", fragte Marissa mit einem bitteren Lachen. „Ich habe alles gewusst, was dieser blöde Mistkerl getrieben hat, weil ich ihn jahrelang habe überwachen lassen. Er hat gedacht, er könnte mich abservieren, um mit einer Frau abzuhauen, die jünger ist als seine Töchter? Nicht mit mir."

Das Gespräch verlief völlig anders, als Sam erwartet hatte, und sie versuchte, sich darauf einzustellen. „Mrs Springer, wo waren Sie gestern Abend?"

„Genau hier. Ich habe ihn vielleicht gehasst wie die Pest, aber ich habe ihn nicht umgebracht."

„Waren Sie allein?"

„Edna war bei mir. Wir haben etwas beim Chinesen bestellt und einen Film geschaut. Um zehn bin ich ins Bett."

„Könnten Sie mir bitte den Namen und die Telefonnummer des Detektivs geben, der Ihren Mann beschattet hat, wenn Sie sie auswendig wissen?"

„Und ob ich die auswendig weiß. Ich habe sie ja fünf Jahre lang jeden Tag gewählt." Sie schrieb die Informationen in Sams Notizbuch.

„Warum haben Sie Ihren Mann beschatten lassen?"

„Aus mehrerlei Gründen. Ich habe gewusst, dass Billy auf die schiefe Bahn geraten war, doch Bill hat es immer mit Sprüchen wie ‚So sind Jungs eben‘ abgetan, was mich auf die Palme gebracht hat. Dann habe ich herausgefunden, dass Bill von Billys illegalen Aktivitäten profitiert hat.“

„Inwiefern?“, hakte Sam nach, die plötzlich das Kribbeln spürte, das sie an ihrem Job als Mordermittlerin so liebte.

„Er … er hat gewusst, dass Billy mit Drogen gehandelt hat, und hat ihm und seinen Komplizen juristische Ratschläge erteilt. Ich gebe ihm die Schuld an dem, was mit Hugo und seinen Freunden passiert ist, nicht Billy. Er hätte die Sache schon vor Jahren beenden müssen, aber stattdessen hat er ihn unterstützt. Es ist seine Schuld, dass meine Söhne tot sind.“

„Hat Ihr Mann gewusst, dass Sie so denken?“, vergewisserte sich Sam, während sie versuchte, Marissas Worte zu verarbeiten.

„Darauf können Sie wetten. Ich habe ihn am Tag nach Billys Beerdigung vor die Tür gesetzt und seither nicht mehr zu Gesicht bekommen.“

„Der Mann, den Sie auf ihn angesetzt hatten … Ich vermute, Sie haben ihn nicht von dieser Aufgabe abgezogen, nachdem Sie Ihren Gatten hinausgeworfen hatten?“

„O nein. Er hat mir weiterhin jeden Tag Bericht erstattet.“

Mit dem Mann musste Sam so schnell wie möglich sprechen. „Mrs Springer …“

„Bitte nennen Sie mich Marissa. ‚Mrs Springer‘ erinnert mich an den Widerling, mit dem ich verheiratet gewesen bin.“

„Marissa, es geht Ihnen offensichtlich nicht gut.“ Genauer wäre wohl gewesen: *Sie sehen schmutzig, ungepflegt und vernachlässigt aus.* „Ich weiß, Sie haben eine schreckliche Zeit hinter sich.“

„Hoffentlich müssen Sie nie so was erleiden wie das, was ich gerade erlebe, Lieutenant“, flüsterte Marissa Springer. „Das wünsche ich niemandem.“

„Haben Sie mal mit einem Arzt gesprochen?“

Ihr Gegenüber schüttelte den Kopf. „Dafür bringe ich im Augenblick nicht die Energie auf. Ich kann nicht schlafen. Nicht essen. Es ist …“ Tränen rannen ihr über die Wangen. „Dass mein Sohn seinen Bruder und all diese anderen jungen Leute getötet hat … Das lastet mir auf der Seele, verstehen Sie?“

Sam konnte sich nicht einmal ansatzweise vorstellen, wie es

sich anfühlen musste, einen Mann geboren zu haben, der zu dem fähig war, was Billy Springer getan hatte. „Ein guter Freund von mir ist Arzt. Soll ich ihn anrufen und ihn bitten, einmal bei Ihnen vorbeizuschauen?"

„Ich ... ich ... Ja, das wäre sehr nett von Ihnen. Danke." Sie hielt inne, dann setzte sie hinzu: „Bill hat Sie gehasst – Sie und Ihren Mann."

„Oh. Nun ..."

„Aber nur, weil er jemandem die Schuld an Billys Tat geben musste. Dabei waren die wahren Schuldigen er und Billy. Er hat die ganze Zeit gewusst, dass es Billy war. Ich habe ihn danach gefragt. In der ersten Nacht nach diesem schrecklichen Anruf habe ich ihn gefragt, ob es Billy gewesen sei, und er hat gesagt, ich solle die Klappe halten und er würde mich töten, wenn ich diese Vermutung je irgendwem gegenüber äußerte." Wieder wischte sie sich Tränen ab. „Er hat gewusst, dass es Billy gewesen ist."

Sam dachte daran, wie Springer mit Chief Farnsworth aneinandergeraten war und sie verhindert hatte, dass er den Chief schlagen konnte. So wütend war er darüber gewesen, dass der Mordverdacht auf seinen Sohn gefallen war.

„Wissen Sie, wie Bill und Billy herausgefunden haben, dass sich die Mordermittlungen auf Ihren Sohn konzentriert haben?"

„Sie waren beide hier. Billy hat einen Anruf bekommen und die Person am anderen Ende der Leitung plötzlich angeschrien. Er ist rausgerannt, und danach habe ich ihn erst im Leichenschauhaus wiedergesehen."

„Sie wissen nicht, wer ihn angerufen hat?"

Marissa Springer schüttelte den Kopf.

„Wann war das?"

„Gegen acht."

„Ich weiß Ihre Hilfe wirklich zu schätzen und möchte Ihnen erneut mein Beileid für Ihren Verlust aussprechen."

„Danke. Auch dafür, dass Sie versucht haben, den Mörder von Hugo und den anderen seiner gerechten Strafe zuzuführen."

„Ich werde dafür sorgen, dass mein Freund Dr. Harry Flynn bei Ihnen vorbeischaut."

„Danke, das ist nett."

„Wenn sich das mit Bill herumspricht, werden die Medien sich auf Sie stürzen. Wenn Sie irgendwo anders hingehen können, wäre es vielleicht empfehlenswert, die Stadt zu verlassen."

„Ich werde nach Aspen fahren. Morgen."

„Könnten Sie mir bitte Ihre Handynummer aufschreiben, falls ich Sie noch einmal erreichen muss?"

Marissa Springer nahm Sam das Notizbuch aus der Hand, da erschien Edna in der Tür. Sie wirkte ängstlich und verunsichert.

„Edna?", erkundigte sich Marissa. „Was ist?"

„Jemand aus Mr Bills Kanzlei hat gerade angerufen. Die behaupten, er sei tot."

„Ja, ist er. Lieutenant Holland ist gekommen, um mir die Nachricht zu überbringen."

„Das ist alles zu viel", seufzte Edna und schüttelte betrübt den Kopf. „Viel zu viel."

„Können Sie mir kurz sagen, wo Mrs Springer von etwa zehn gestern Abend bis heute Morgen war?"

„Hier. Wir haben etwas beim Chinesen bestellt und so einen blöden Film im Fernsehen geschaut. Wie hieß er gleich?"

„„Her Secret Stalker"", erwiderte Marissa.

„Ja, genau."

„Sie haben beide den ganzen Abend nicht das Haus verlassen?"

„Nein", antwortete Edna. „Wir verbringen unsere Abende hier."

Marissa schenkte ihrer Haushälterin ein freundliches Lächeln. „Edna war bei alldem mein Rettungsanker. Ohne sie hätte ich es nicht geschafft."

„Danke, dass Sie sich Zeit für mich genommen haben, Marissa. Ich finde allein raus."

18

Sam hatte das Handy am Ohr, ehe sie ihr Auto erreicht hatte. „Springers Frau hat ihn beschatten lassen", informierte sie Farnsworth, als sie ihn endlich am Telefon hatte. „Ich werde jetzt den Privatdetektiv ausfindig machen."

„Wow, das könnte einen echten Durchbruch bedeuten."

„Ich weiß. Als sie mir das gesagt hat, war ich erst mal schockstarr. Aber halt dich fest. Sie hat außerdem behauptet, Bill Springer habe genau über die illegalen Aktivitäten seines Sohnes Bescheid gewusst und sei an vielen davon beteiligt gewesen."

„Warum überrascht mich das nicht?"

„Marissa hat auch etwas über den Abend vor Billys Tod erzählt. Er und Bill waren zu Hause am MacArthur Boulevard, und Billy hat gegen acht einen Anruf erhalten. Daraufhin ist er offenbar fuchsteufelswild geworden und aus dem Haus gerannt. Sie hat ihn erst im Leichenschauhaus wiedergesehen. Ich glaube, bei diesem Anruf hat ihn jemand darüber informiert, dass wir ihn wegen Mordes im Visier hatten."

„Wir sind doch seine Anruflisten durchgegangen."

„Dann müssen wir das noch mal machen. Irgendwas muss uns durchgerutscht sein, und jetzt wissen wir, wann er den Tipp bekommen hat."

„Gut, ich gebe es an McDonald weiter."

„Ich habe einen Verdacht."

„Willst du ihn mir mitteilen?“

„Stahl.“

„Ach komm, Sam. Ich weiß, du hattest ein paar Meinungsverschiedenheiten mit dem Kerl ...“

„Meinungsverschiedenheiten? Das war weit mehr. Der Typ ist bei mir zu Hause aufgekreuzt und hat versucht, mich umzubringen. Überleg mal, wie viele Indiskretionen es im letzten Jahr gegeben hat, seit du mir seinen Job bei der Mordkommission gegeben hast, und wie oft du eingreifen musstest, weil er versucht hat, mich bei der Abteilung Interne Ermittlungen anzuschwärzen. Erinnerst du dich an das Telefongespräch mit den Medien, bei dem wir ihn beim Fall Vasquez im Hauptquartier erwischt haben?“

„Nur zu gut. Worauf willst du hinaus?“

„Er wird wegen Körperverletzung verurteilt werden. Daran führt praktisch kein Weg vorbei, denn die Agenten vom Secret Service können bezeugen, was bei uns zu Hause passiert ist, und Kolleginnen und Kollegen sind bereit, zu bestätigen, dass er mich aufs Kreuz legen will, seit ich die Leitung der Mordkommission von ihm übernommen habe.“

„Ekelhafte Ausdrucksweise. Aber noch einmal: Worauf willst du hinaus?“

„Glaub mir, ich finde auch wirklich alles an ihm eklig. Jedenfalls waren Malone und ich gestern Abend bei ihm daheim. Er war weit und breit nicht zu finden.“

„Ich werde ihm einen Streifenwagen vorbeischicken.“

„Behalte bitte meinen Verdacht bis auf Weiteres für dich. Es ist nur so eine Ahnung.“

„Eine Ahnung, der wir nachgehen sollten.“

„Kannst du mich zum Büro der Detectives durchstellen?“

„Sekunde.“

Die schreckliche Warteschleifenmusik ertönte. Darüber musste sie dringend mit ihm sprechen.

„McBride.“

„Hey, Holland hier.“

„Morgen, Lieutenant. Ich hab dich in den Nachrichten gesehen. Du warst großartig.“

„Danke. Diese Monica Soundso ist *so* eine blöde Tussi.“

„Du bist echt Schlitten mit ihr gefahren."

Sam lachte. „Hör mal, ich brauche Informationen über einen Privatdetektiv namens James Donlon."

„Ich schau mal, was ich finde."

Sam blieb vor dem Haus der Springers in ihrem Wagen sitzen, während Jeannie auf ihrem Computer herumtippte.

„Er hat ein Büro an der Rhode Island Avenue. Ich schicke dir die genaue Adresse per SMS."

„Danke. Sag Arnold, ich brauche die Informationen über Loris SMS und den Rest der Daten von ihrem Handy so schnell wie möglich."

„Alles klar, mach ich."

„Und morgen ..."

„Ja, morgen."

„Ich komme vorbei."

„Du hast schon genug zu tun."

„Ich möchte dich aber unterstützen."

„Das ist wirklich lieb, aber Michael und meine Mutter werden da sein. Du kannst also in Ruhe tun, was du tun musst, bis du mit deiner Aussage dran bist."

„Ich werde da sein. Gibt es sonst etwas Neues?"

„Tyrone und ich werden gleich mit den Leuten von Loris Gemeinde reden. Ich werde dich wissen lassen, was wir herausfinden."

„Ich komme nachher noch mal rein, und ich habe gehört, Gonzo kehrt heute zurück, weil er es nicht mehr erträgt, auf der Ersatzbank zu sitzen."

„Ist er diensttauglich geschrieben?"

„Nein, doch von solchen Kleinigkeiten lässt er sich nicht aufhalten."

„Das kann ich sogar verstehen. Wenn man mir diese Dinge vorwerfen würde, hätte ich auch das dringende Bedürfnis, etwas zu unternehmen."

„Unter uns: ich ebenfalls. Nur kann ich ihn ohne die Diensttauglichkeitsbescheinigung offiziell nicht wieder arbeiten lassen."

„Ich werde schweigen wie ein Grab. Ich ruf dich an, wenn wir mit der Befragung fertig sind."

„Klingt gut." Sam beendete das Gespräch mit Jeannie und rief Harry an, während sie in Richtung Rhode Island Avenue fuhr.

„Was verschafft mir das Vergnügen, Mrs C.?", fragte Harry.

„Du musst mir einen Gefallen tun."

„Für dich immer."

Sam erzählte ihm von Marissa Springer und fragte ihn, ob er bereit sei, einen Hausbesuch bei ihr zu machen.

„Klar, ich kann heute Abend bei ihr vorbeifahren."

„Ich bin mir nicht sicher, was ihr fehlt. Sie sieht furchtbar aus. Als hätte sie seit der Sache mit ihren Söhnen nicht mehr geschlafen. Heute hat man ihren Mann tot aufgefunden, dem sie allerdings keine Träne nachweinen wird. Offenbar war ihr Verhältnis zerrüttet."

„Bill Springer ist tot?"

„Ja, aber das ist noch inoffiziell."

„Ich werde kein Wort sagen. Verdammt. Was ist passiert?"

„Das ist unter Verschluss."

„Verstehe. Ich werde mich um sie kümmern. Sehen wir uns später im Weißen Haus?"

„Ich hoffe es."

„Kannst du dir das vorstellen? Dein Mann ist heute Morgen zum Arbeiten ins Weiße Haus gefahren!"

„Ach ja? Das hatte ich irgendwie verdrängt."

Sein schallendes Lachen tönte aus dem Handy. „Sehr witzig, Sam. Bis später."

„Danke, Harry."

„Immer gern."

Das Büro des Privatdetektivs James Donlon lag in einer heruntergekommenen Einkaufsstraße. Links davon befand sich ein Imbiss, der Pizza und Sandwiches anbot, rechts ein „Massagestudio". Sam musste lachen, als sie sich vorstellte, was für Massagen wohl hinter den dicht zugezogenen Vorhängen verabreicht wurden. An jedem anderen Tag hätte sie sich das genauer angeschaut. Doch dafür war jetzt keine Zeit.

Sie betrat Donlons Büro, als sei es ihr eigenes, und traf auf etwas, das sie ganz besonders liebte – eine Empfangsdame.

„Kann ich Ihnen helfen?", erkundigte sich die Frau.

„Ich möchte gerne mit Mr Donlon sprechen."

„Haben Sie einen Termin?"

Sam legte ihre Dienstmarke auf den Empfangstresen. „Ich brauche keinen."

„Augenblick bitte." Die Frau erhob sich und verschwand nach hinten in einen Raum, dessen Tür sie hinter sich schloss.

Sam trommelte mit den Fingern auf den Empfangstresen. Sie gab ihm eine Minute dafür, sich zu zeigen, danach würde sie einfach nach hinten gehen. Sicherheitshalber überprüfte sie ihre Dienstwaffe, die genau da war, wo sie zu sein hatte. Vielleicht hätte sie nicht allein herkommen sollen.

Kurz vor Ablauf der von Sam gesetzten Frist tauchte die Empfangsdame wieder auf. „Hier entlang", bat sie.

Sam folgte ihr in den rückwärtigen Bereich der kleinen Detektei, wo sich James Donlons holzvertäfeltes Büro befand. Es erinnerte sie sehr an das von Jim Rockford aus *Detektiv Rockford – Anruf genügt*. Mit anderen Worten, es sah aus wie aus den Siebzigern übrig geblieben. Donlon selbst jedoch stammte direkt aus den Neunzigern. Er war etwa dreißig, hatte schütteres blondes Haar, das dringend geschnitten werden musste, und einen Dreitagebart.

„Ich kenne Sie", erklärte er, und in seinen großen braunen Augen schimmerte etwas, das fast wie Ehrfurcht aussah.

„Danke", entließ Sam die Empfangsdame. Glücklicherweise verstand die junge Frau die Aufforderung und verließ das Zimmer. „Erzählen Sie mir von Bill Springer."

Donlons Gesichtsausdruck veränderte sich sofort. Der Mann besaß einfach kein Pokerface. „Seine Frau hat mich dafür engagiert, ihn zu beschatten."

„Das habe ich schon gehört, und ich bin sicher, Sie wissen ganz genau, was mich herführt."

„Ich habe ihn nicht umgebracht, wenn Sie das meinen. Dazu hatte ich gar keinen Grund. Seine Frau finanziert mich seit Jahren."

„Was wissen Sie über seinen Mörder?"

„Ich habe die Tat nicht mitbekommen. Zum fraglichen Zeitpunkt saß ich vor dem Haus in meinem Auto und habe das Gebäude observiert. Näher konnte ich nicht an ihn ran, ohne aufzufallen."

„Haben Sie gestern Abend nach neun jemanden beim Betreten oder Verlassen des Hauses beobachtet?"

„Jetzt wird's unangenehm."

„Inwiefern?"

„Ich bin eingeschlafen. Nach halb neun habe ich überhaupt nichts mehr gesehen. Um halb eins bin ich aufgewacht, habe festgestellt, dass Springers Auto noch auf dem Parkplatz stand, und bin heimgefahren. Was passiert ist, weiß ich, weil seine Frau mich angerufen hat, um mir von seinem Tod zu berichten. Es tut mir furchtbar leid, dass ich nichts Erhellendes beizusteuern habe."

Sam bedauerte das ebenso, denn dank seiner Inkompetenz verlief eine eigentlich vielversprechende Spur im Sande.

„Ich hatte zuvor für einen anderen Klienten die ganze Nacht über jemanden oberserviert und war todmüde."

„Können Sie mir sagen, ob Ihnen in den letzten Wochen in Springers Umfeld verdächtige Personen aufgefallen sind oder ob Sie beobachtet haben, dass er mit jemandem Streit hatte?"

„Nur mit seiner Frau. Sie hasst ihn wie die Pest. Ganz im Ernst, nachdem ich die beiden in Aktion erlebt habe, ist mir die Lust aufs Heiraten gründlich vergangen."

„Wie meinen Sie das?"

„Sie gibt ihm die Schuld an dem, was mit Hugo und Billy passiert ist. Mrs Springer behauptet, ihre Söhne seien seinetwegen gestorben, auch wenn er sie nicht persönlich getötet habe. Sie sagt immer, das mache keinen großen Unterschied. Haben Sie diesen Film gesehen, wo die Tussi das Kaninchen von dem Typen kocht?"

„‚Eine verhängnisvolle Affäre'?"

„Ja, genau. An die erinnert sie mich. Fies und furchterregend."

„Hat sie, soweit Sie wissen, ihren Mann geschlagen oder ihn in sonstiger Weise zu verletzen versucht?"

„Nein, nichts dergleichen. Ihre Waffe war ihre scharfe Zunge. Ich habe eine versteckte Überwachungskamera in seinem Büro installiert, und was ich da alles mitbekommen habe ..."

„Moment mal, Sie haben sein Büro überwacht?"

„Ja, warum?"

„Weil er dort umgebracht wurde. Können Sie mir die Aufnahmen von gestern Nacht zeigen?"

„Ich wollte sie gerade sichten, als Sie gekommen sind. Mrs Springer hat erst vor etwa zehn Minuten angerufen.“

Sam hätte am liebsten gesagt, er solle endlich die Klappe halten und sich an den Rechner setzen, aber sie wollte ihn nicht verschrecken, denn er hatte Informationen, die sie brauchte. Unaufgefordert erhob sie sich und ging um seinen Schreibtisch herum, um ihm über die Schulter zu schauen.

„Warum haben Sie keinen Personenschutz?“

„Den brauche ich nicht.“

„Ist der nicht verpflichtend?“

„Nur für den Präsidenten, den Vizepräsidenten, den designierten Präsidenten und den designierten Vizepräsidenten. Alle anderen können ihn ablehnen.“ Diese Antwort hatte sie schon mindestens fünfhundert Mal gegeben, seit Nick sein neues Amt angetreten hatte.

„Das ist cool. Sie können also weiter arbeiten.“

„Ja.“

„Hm, das ist ja mal seltsam.“

„Was ist seltsam?“, fragte Sam mit einem unguten Gefühl in der Magengrube.

Er klickte hektisch auf Bildern auf seinem Monitor herum, die den Flur und den Empfangsbereich von Springers Büro zeigten. Dann wurde der Bildschirm grau. „Was zur Hölle ...?“ Weiteres hektisches Geklicke, doch der Bildschirm blieb grau. „Jemand hat sich an meinen Kameras zu schaffen gemacht.“

Sam hätte wissen müssen, dass es zu schön war, um wahr zu sein. „Wer hat sonst von den Dingern gewusst?“

„Außer mir? Nur Mrs Springer.“

„Sie waren mir eine große Hilfe. Danke.“

„Was mag mit meinen Kameras passiert sein?“

„Das müssen Sie schon selbst herausfinden.“ Sam verließ sein Büro und nickte der Empfangsdame im Vorbeischlendern zu.

„Entschuldigen Sie ... Mrs Cappuano?“

Sam biss die Zähne zusammen, verkniff sich eine unhöfliche Erwiderung und rief sich ins Gedächtnis, dass sie ja tatsächlich Mrs Cappuano war, auch wenn sie in beruflichen Zusammenhängen lieber bei „Lieutenant Holland“ blieb. „Ja?“

„Würden Sie mir ein Autogramm geben? Meine Freundinnen werden mir sonst nie glauben, dass ich Ihnen begegnet bin."

Schade, dass Freddie nicht dabei war, denn mit dem hätte sie hinterher über diese Situation lachen können. „Äh." Dann dachte sie an Nick und dessen uneingeschränkte Unterstützung für ihre Karriere. Würde es sie umbringen, zur Abwechslung mal seine zu unterstützen? Möglich. Durchaus möglich. „Klar. Wie heißen Sie?"

„Destiny."

„Natürlich." Sam nahm den Stift und das Blatt Papier, die Destiny ihr hinhielt, und schrieb: „Für Destiny – es war schön, Sie kennenzulernen. Samantha Cappuano." Sie reichte Destiny beides zurück, und diese zückte ihr Handy. Aber bei Selfies war für Sam Schluss. „Bis dann." Sie war durch die Tür, ehe die Empfangsdame ihre Bitte hatte äußern können.

Auf dem Rückweg zum Auto erhielt sie einen Anruf von Marissa Springer.

„Würden Sie vielleicht noch mal auf einen Sprung vorbeikommen? Mir sind ein paar Dinge eingefallen, die Ihnen bei Ihren Ermittlungen helfen könnten."

Da Sam Marissa nach dem Gespräch mit Donlon ohnehin ein paar Fragen stellen wollte, sagte sie: „Klar, ich bin gleich da."

„Vielen Dank."

Sie stieg ins Auto und rief Harry an. Als sie nur den Anrufbeantworter erreichte, verzog sie das Gesicht. „Hey, hier ist wieder Sam. Wenn du diese Nachricht noch rechtzeitig abhörst: Vergiss das mit Marissa Springer. Ich bin nicht mehr sicher, ob sie Dr. Flynns einfühlsame Behandlung verdient hat. Wir sehen uns im Weißen Haus."

An einer roten Ampel nutzte sie die Gelegenheit, um etwas auf eine SMS mit angehängtem Foto von Nick zu erwidern.

Es ist völlig surreal, dass das jetzt mein Büro ist. Wie läuft dein Tag? Schaffst du es zum Empfang?

Bevor sie ihn kennengelernt hatte, vor ihrer Ehe, hätte sie niemals eine so dringliche Ermittlung unterbrochen, um auf eine Party zu gehen. Aber wie oft würde er schon einen Job im verdammten Weißen Haus antreten? Ja, sie würde zu diesem Empfang erscheinen.

Ich werde einen großen Auftritt hinlegen, schrieb sie. *Wird man mich einlassen?*

Er antwortete sofort. *Wehe, wenn nicht. Du bist die Frau des Vizepräsidenten!*

Wissen die das? Haha!

Komm mit Scotty und seinen Personenschützern. Das macht die Sache leichter. Der Secret Service hat mich heute in mein Büro eskortiert. Ich hätte es sonst nicht gefunden.

Ich muss noch ein paar Sachen erledigen, dann fahre ich heim. Wir sehen uns im Weißen Haus. Ich liebe dich, Mr VP.

Liebe dich auch, Babe. Hoffe, du bist vorsichtig da draußen.

Immer!

Es wurde grün, und sie gab Gas, weil sie darauf brannte, ein paar lose Fäden abzuarbeiten, um sich dann auf den Weg zu dem Empfang zu machen. Es würde ihr erster offizieller Auftritt als Gattin des Vizepräsidenten werden. Hoffentlich würde sie ihn nicht so schlimm vermasseln, dass die Presseabteilung des Weißen Hauses bis in alle Ewigkeit darüber tratschte.

Sie trug nach wie vor das Kostüm, das sie für ihren Fernsehauftritt angezogen hatte. Sam hoffte, es würde für das Weiße Haus reichen. Sie fuhr die gleiche Strecke zurück, auf der sie gekommen war, und bog wenige Minuten später in den MacArthur Boulevard ein. Nachdem sie geparkt hatte, warf sie einen Blick auf ihr Handy, um zu sehen, ob Nick ihre SMS beantwortet hatte. Sie fand allerdings lediglich eine Nachricht von Gonzo vor.

Ich bin wieder in der Stadt. Was soll ich tun?

Muss noch kurz etwas erledigen, dann komm ich ins Hauptquartier. Melde mich dann.

Klingt gut.

Sam warf das Handy auf den Beifahrersitz, stieg aus und ging auf Marissa Springers Haus zu. Sie gedachte, Marissa zu fragen, ob sie am Vorabend die Kameras im Büro ihres Mannes gecheckt hatte, und sich anzuhören, was Springers Witwe ihr zu sagen hatte.

Danach würde sie sich kurz mit ihrem Team treffen, ehe sie zu dem Empfang aufbrechen musste. Sie wollte unbedingt erfahren, was McBrides und Tyrones Besuch bei Lori Phillips' Gemeinde ergeben hatte und ob Arnold in den SMS auf Loris Handy weitere Hinweise gefunden hatte.

Sam klingelte und wartete. Sie wollte gerade erneut den Klingelknopf betätigen, als Edna die Tür öffnete. „Da sind Sie ja wieder."

„Mrs Springer hat mich gebeten, noch einmal vorbeizuschauen. Könnte ich bitte mit ihr sprechen?"

Edna warf einen fast ängstlichen Blick über die Schulter. „Äh, ja, kommen Sie herein."

„Stimmt etwas nicht?"

„Nein, nein." Edna trat einen Schritt zur Seite, ohne die Hand von der Tür zu nehmen, und ließ Sam herein.

Als Sam die Schwelle überschritt, hatte sie plötzlich ein ungutes Gefühl in der Magengrube. *Ich hätte nicht allein herkommen sollen. Niemand weiß, wo ich bin. Ich habe all meine selbst aufgestellten Regeln gebrochen.*

Das Klicken einer Waffe, die gespannt wurde, versetzte sie endgültig in Alarmbereitschaft.

„Edna, Tür zu und abschließen", befahl Marissa. „Sofort."

Die Haushälterin brach in Tränen aus. „Miss Marissa, tun Sie das nicht. Das wollen Sie doch gar nicht."

Wortlos jagte Marissa Edna Chan eine Kugel zwischen die Augen. Sie brach leblos zusammen.

Der Knall dröhnte Sam in den Ohren, die aus dem Weg springen musste, um nicht von der tödlich getroffenen Edna zu Boden gerissen zu werden. „Was zum Teufel …?"

„Legen Sie Ihre Waffe auf den Boden, und schieben Sie sie mit dem Fuß hier herüber."

Unfassbar wütend auf sich selbst, weil sie das so gründlich in den Sand gesetzt hatte, starrte Sam der anderen Frau in die Augen, suchte nach einem Anzeichen von Angst, Nervosität oder Unruhe. Aber sie sah bloß ruhige, kühle Entschlossenheit. Nicht gut. Wegen des Fernsehauftritts am Morgen trug Sam ihre Reservewaffe nicht am Fußknöchel, wie sie es sonst im Einsatz tat, also würde sie komplett unbewaffnet sein, wenn sie jetzt ihre Dienstpistole hergab. „Was soll das, Marissa?"

„Ich stelle hier die Fragen. Sie haben nichts mehr zu sagen. Schieben Sie Ihre Knarre mit dem Fuß hier herüber, oder ich schieße Ihnen ins Knie. Sie haben fünf Sekunden. Vier, drei, zwei ..."

„Na schön." Sam zog ihre Waffe aus dem Bundholster ihres Rockes und überlegte eine Sekunde lang, ob sie auf Marissa schießen sollte. Doch obwohl die Waffe entsichert war, wie immer, wenn sie im Dienst war, wäre sie tot, ehe sie auch nur anlegen könnte. Also platzierte sie sie auf dem Boden und schob sie mit dem Fuß in Marissas Richtung. „Was ist denn seit meinem letzten Besuch passiert?"

„Nichts. Sie haben genau das getan, was wir erwartet haben. Erst sind Sie zu James gefahren und dann auf meine Bitte hin hierher zurückgekommen. Diesmal sind wir vorbereitet."

„Wer ist ‚wir‘?"

„Das werden Sie noch früh genug herausfinden. Kommen Sie mit."

Das ist lächerlich, dachte Sam, als sie auf Marissa zuging. Sie war dieser Frau körperlich weit überlegen, aber Marissa hatte sie trotzdem als Geisel nehmen können? Sollte sie es wagen, ihr die Waffe aus der Hand zu treten? Was sie daran hinderte, war der perfekte Schuss, mit dem Marissa Edna getötet hatte. Sie war eine geübte Schützin.

„Was wollen Sie von mir?"

„Hören Sie auf, Fragen zu stellen."

„Äh, Sie bedrohen mich mit einer Waffe, und ich soll nicht fragen, warum?"

„Sie wissen, warum."

„Wenn ich es wüsste, würde ich nicht fragen."

Marissa sah sie giftig an. „Sie sind schuld am Tod meines Sohnes."

„Von welchem der beiden?"

„Billy! Ihre Inkompetenz hat zum Tod meines Sohnes geführt, und dafür werden Sie bezahlen."

„Nur damit ich das richtig verstehe: Sie nehmen mich als Geisel, weil ich eine Ermittlung gegen Ihren Sohn geleitet habe, die aus dem Ruder gelaufen ist, als *er* Geiseln genommen hat?"

Marissa beugte sich dichter zu ihr heran. „Nein, ich werde Sie töten, weil Sie und Ihr inkompetenter Haufen mein Leben zerstört haben."

In diesem Augenblick ließ der Schock nach, und Sam erfasste die bittere Realität. Wenn sie nicht vermisst wurde und niemand herausfand, wo sie war, würde sie in diesem Haus sterben, wie schon so viele andere vor ihr.

Drecksmistscheißkack.

Marissa führte sie in den Keller. Sam fiel sofort auf, dass der Billardtisch fehlte, auf dem sich in der Mordnacht Drogenzubehör und leere Wodkaflaschen getürmt hatten. Der Teppich wies allerdings nach wie vor Blutflecken auf, und auf allen Oberflächen befand sich noch das Fingerabdruckpulver, das die Spurensicherung hinterlassen hatte. Sam fragte sich, wie Marissa mit all diesen Erinnerungen an den gewaltsamen Tod ihres Sohnes in diesem Haus leben konnte.

„Hinsetzen." Marissa deutete mit der Waffe auf einen Holzstuhl mitten im Raum.

Ohne die Pistole aus den Augen zu lassen, gehorchte Sam. „Was haben Sie vor, Marissa? Wie lange gedenken Sie eine Frau festzuhalten, nach der die gesamte Polizei der Stadt binnen weniger Minuten suchen wird?"

„Es war mir ernst, als ich gesagt habe, Sie sollen die Klappe halten."

„Ihnen muss doch klar sein, dass man mich vermissen wird."

„Sie sind so was von arrogant. Spazieren in dieser Stadt herum, als gehöre sie Ihnen. Ihr Mann ist Vizepräsident, und Sie lehnen jeglichen Personenschutz ab, weil Sie glauben, Sie bräuchten ihn nicht. Ist das nicht urkomisch? Von einer Hausfrau als Geisel genommen. Ich frage mich, was Ihr Mann bezahlen würde, um Sie zurückzukriegen."

Alles Geld der Welt, dachte Sam, die der Gedanke traurig machte, dass er erfahren würde, in welcher furchtbaren Lage sie sich befand, ohne dass sie ihn irgendwie trösten konnte. Sie durfte nicht an ihn – oder Scotty oder den Rest ihrer Familie – denken, sonst würde sie die Fassung verlieren. Es ging jetzt darum, sich auf Marissa und die Waffe zu konzentrieren und herauszufinden, was sie vorhatte.

Sam hing viel zu sehr am Leben, um sich von einer frustrierten Hausfrau umbringen zu lassen.

Als Sam auf dem Holzstuhl saß, zückte Marissa ein Handy und

rief jemanden an. „Ich habe sie zurückgelockt", meldete sie, während Sam darüber nachgrübelte, mit wem sie wohl sprach. „Komm her. Schnell." Sie beendete das Gespräch und schob das Handy wieder in die Tasche.

Dann lief sie in dem Bereich, in dem der Billardtisch gestanden hatte, auf und ab. Dabei ließ sie Sam, die völlig reglos dasaß und jede Bewegung Marissas verfolgte, keine Sekunde aus den Augen.

Wie hatte sie diese Frau und die Situation so völlig falsch einschätzen können? Sam hatte ihr ganzes Berufsleben lang auf ihre Instinkte vertraut, war ihrem Bauchgefühl gefolgt. Genau das hatte sie in diese Situation gebracht. Sie hatte bei ihrem ersten Besuch bei Marissa keinerlei Gewaltneigung wahrgenommen, aber sie hätte berücksichtigen sollen, was ihr James über Marissa erzählt hatte, statt allein hierher zurückkommen.

Sam hatte es zu eilig gehabt, um richtig nachzudenken, und dafür bekam sie jetzt die Quittung präsentiert.

„Kann ich mal aufs Klo?", fragte sie.

„Nein."

„Soll ich's einfach laufen lassen?"

„Wenn's sein muss."

Sam musste eigentlich gar nicht, doch sobald Marissa es ihr verboten hatte, drückte ihre Blase. Sie schrieb es ihren Nerven zu. Immerhin war sie in einer echten Notlage. Das ließ sich nicht leugnen, aber es war andererseits nicht das erste Mal.

Einmal war sie beispielsweise mitten in einen Überfall in einem Lebensmittelladen hineinspaziert und hatte es geschafft, den bewaffneten Räuber auszuschalten und ein paar Leben – darunter ihr eigenes – zu retten.

Ein anderes Mal hatte ihr bösartiger Ex-Mann den großartigen Plan ausgeheckt, Autobomben an ihrem und an Nicks Wagen anzubringen. Als ihrer in die Luft geflogen war, hatte die Detonation sie gegen die Backsteinwand des Reihenhauses geschleudert, in dem Nick damals gewohnt hatte. Ihm waren Glasscherben um die Ohren geflogen, doch sie hatten beide überlebt.

Dann hatten einige Jungs sie im Rahmen ihrer Gang-Initiation von der Straße abgedrängt. Nick hatte mehrere Rippenbrüche erlitten und sie eine schwere Gehirnerschütterung, aber sie waren beide mit dem Leben davongekommen.

In der Woche ihrer Hochzeit hatte ein Verbrecher aus einem Fenster im ersten Obergeschoss auf sie gefeuert. Freddie hatte mit dem Schuss gerechnet, sich auf sie geworfen und sie aus der Schusslinie gerissen, doch dabei hatte sie sich den Kopf an einem großen Stein angeschlagen, was ihr eine weitere Gehirnerschütterung eingetragen hatte.

Der Gedanke an all diese Situationen, die schlimmer als die aktuelle gewesen waren und die sie unbeschadet überstanden hatte, machte ihr Mut. Was war eine leicht verrückte Frau mit einer Knarre schon gegen eine erfahrene Polizistin, die all das überlebt hatte? Wenn sie nur gewusst hätte, wen Marissa angerufen hatte und was die beiden planten. Wollten sie die Frau des Vizepräsidenten kidnappen, um ihren Namen in den Nachrichten zu hören? Diesen Gedanken verwarf Sam sofort wieder, weil Marissa angedeutet hatte, dass es um Rache für Billys Tod ging. Sie wollte die Polizei im Allgemeinen und sie im Besonderen diskreditieren.

„Haben Sie Lori Phillips umgebracht?"

„Muss ich Sie erschießen, damit Sie die Klappe halten?"

Ehe Sam antworten konnte, öffnete und schloss sich oben eine Tür.

„Hier unten", rief Marissa die Treppe hoch.

Sam hielt den Atem an, gespannt, was als Nächstes passieren würde, und suchte dabei unablässig nach einem Ausweg. Aber Marissa ließ sie auch weiterhin keine Sekunde aus den Augen und hielt die Waffe auf sie gerichtet.

Schwere Schritte auf der Treppe steigerten Sams Besorgnis ins Unermessliche. Sie sah zuerst den Bauch und musste den Impuls unterdrücken, laut aufzukeuchen, als Stahl den Keller betrat und seine Knopfaugen vor Freude aufleuchteten, als er feststellte, dass Marissa sie tatsächlich mit ihrer Pistole bedrohte.

„Na schau mal an, wen wir hier haben." Er rieb sich die Hände, woraufhin sich Sam der Magen umdrehte. Ihr war schwindelig, und sie empfand Übelkeit.

„Hör auf, dich zu freuen, und fessle sie", befahl Marissa.

„Nicht in dem Tonfall, du dummes Stück. Ich habe lange auf diesen Augenblick gewartet. Jetzt werde ich ihn auskosten."

„Du kannst ihn genießen, sobald sie gefesselt ist."

Als Stahl sich ihr näherte, bedurfte Sam ihrer gesamten Selbstbeherrschung, um nicht zu blinzeln, zurückzuweichen oder sonst etwas zu tun, was seinen Triumph noch verstärkt hätte. Was immer hier geschehen würde, er sollte so wenig wie möglich davon haben.

„Was ist denn los? Hat es Ihnen die Sprache verschlagen, Lieutenant?"

Sie starrte ihn unverwandt an.

Er schlug sie so heftig ins Gesicht, dass sie Sterne sah. Dann fuhr er ihr mit der Hand ins Haar und zerrte daran. „Wenn ich Sie etwas frage, dann antworten Sie besser."

Sam spuckte ihm ins Gesicht.

19

———————

S tahls Gesicht nahm diese unschöne violette Färbung an, die sie so gut kannte. Mit dem Ärmel wischte er sich ihren Speichel ab und schlug ihr dann mit der Faust auf die Stelle, die er bereits zuvor getroffen hatte.

Sam kämpfte gegen die Dunkelheit an, die sie nach dem ersten Schmerz zu übermannen drohte, und versuchte, nicht das Bewusstsein zu verlieren. Was auch immer jetzt geschah, sie musste einen kühlen Kopf bewahren.

Stahl zog ein Stück Seil aus der Gesäßtasche und trat hinter sie. So schmerzhaft wie möglich fesselte er ihre Hand- und Fußgelenke an den Stuhl. Immerhin konnte er sie nicht vergewaltigen, solange sie so gefesselt war. Das war das Einzige, was sie nicht ertragen hätte.

„Diese blöde Schlampe von CBC hat den Köder geschluckt", prahlte Stahl. „Die berichten, das FBI überprüfe, wo Farnsworth war, als dein Mistkerl von Mann getötet wurde."

„Sehr gut." Marissa nickte zufrieden.

Dann wandte Stahl sich an Sam. „Ich habe gehört, Ihr Betthäschen Cruz hat wie erwartet reagiert und ist letzte Nacht in Elliotts Zelle aufgetaucht, um ihn zu vermöbeln."

Sam verarbeitete diese Information, doch ihr Gehirn war nach dem brutalen Schlag noch benebelt. Cruz hatte sich in die Arrestzelle des Typen geschlichen, der Elin geschlagen hatte, und ihm eine Abreibung verpasst. War auch das eine Falle gewesen?

Stahl hatte das Seil um ihre Handgelenke so fest angezogen, dass ihre Finger schon jetzt nicht mehr richtig durchblutet waren und kribbelten. Er beugte sich über sie. „Ich mache Sie und Ihre Leute fertig."

Sam blinzelte gegen die Tränen an, die ihr der Schmerz in die Augen trieb. Sie weigerte sich, ihm die Genugtuung zu gönnen, sie zusammenbrechen zu sehen. Dass er sie gefesselt hatte, statt sie gleich zu erschießen, war ein kleiner Trost. Es bedeutete, dass die beiden sie noch brauchten.

Ihre Leute würden sie suchen kommen. Zumindest hoffte sie das. Nick würde die richtigen Schlüsse ziehen, wenn sie nicht auf dem Empfang auftauchte. Sie musste nur ruhig und am Leben bleiben, bis die Kavallerie kam.

Gonzo erreichte nachmittags gegen vier Uhr das Hauptquartier und fand das Großraumbüro der Detectives verlassen vor. Er versuchte, Sam telefonisch zu erreichen, doch nach viermaligem Klingeln meldete sich die Mailbox.

„Hallo, Sam Holland hier. Hinterlassen Sie eine Nachricht, ich rufe so schnell wie möglich zurück."

„Gonzo hier. Ich bin im Hauptquartier. Wo bist du?" Er unterbrach die Verbindung und ging an seinen Schreibtisch, den in seiner Abwesenheit jemand aufgeräumt und geputzt hatte, höchstwahrscheinlich sein Partner, Detective Arnold.

Der betrat gerade das Großraumbüro, einen Stapel Ausdrucke unter dem Arm und einen großen Kaffee in der Hand. Als er Gonzo erblickte, blieb er stehen und riss die Augen auf. „Was machst du denn hier?"

„Die Welt ist aus den Fugen geraten, da dachte ich, ich schau mal, ob ich helfen kann."

„Es ist wirklich schön, dich zu sehen."

„Danke", antwortete Gonzo dem Menschen, der ihm das Leben gerettet hatte, indem er Druck auf seine Wunde ausgeübt und dadurch verhindert hatte, dass er verblutete.

„Hat der Arzt dich dienstfähig geschrieben?"

Gonzo schnappte sich seinen Stressball und quetschte ihn zusammen. Seine Kraft war noch nicht wieder wie zuvor, er erholte sich jedoch mit jedem Tag etwas mehr. „Nein."

„Äh, solltest du dann überhaupt hier sein?"

„Vermutlich nicht."

„Gonzo ..."

„Spar dir die Worte. Christina hat mir schon auf dem gesamten Rückweg von Harpers Ferry hierher Vorwürfe gemacht. Ich *muss* aber hier sein. Daheim zu sitzen und zuzuschauen, wie die Medien mein Leben in der Luft zerreißen, ist keine Option. Außerdem stinkt hier irgendwas zum Himmel."

„Darüber haben wir in der Cafeteria auch gerade gesprochen. Innerhalb von achtundvierzig Stunden werden plötzlich zwei Leute, die uns Probleme bereitet haben, ermordet? Das kann kein Zufall sein, findest du nicht?"

„Ganz zu schweigen von der Frage, wie Lori auf meine früheren Kontakte mit dem Richter gekommen ist. Und woher hat Billy Springer gewusst, dass wir ihn des Mordes an seinem Bruder verdächtigen?"

Arnold blickte sich in dem leeren Großraumbüro um und erkundigte sich mit gesenkter Stimme: „Glaubst du, wir haben einen Maulwurf?"

„Ich bin mir nicht sicher, was ich glauben soll. Weißt du, wo der Lieutenant ist?"

„Sie wollte Springers Witwe über den Tod ihres Mannes informieren und dann hierher zurückkommen. Zumindest ist das das Letzte, was ich gehört habe."

„Wie lange ist das her?"

Arnold sah auf die Uhr. „Schon eine ganze Weile."

„Ist Cruz bei ihr?"

Arnold schüttelte den Kopf. „Der hat heute frei. Elin ist immer noch im Krankenhaus."

„Wer ist dann mit Sam unterwegs?"

„Niemand."

Gonzo schnappte sich Arnolds Funkgerät von dessen Gürtel und versuchte, Sam zu erreichen, allerdings ohne Erfolg. Er sprang auf, doch ihm wurde schwindlig, und er musste sich an der Trennwand zum nächsten Schreibtisch festhalten.

„Alles in Ordnung?", erkundigte sich Arnold besorgt.

„Ja, mir geht's gut. Ich bin nur zu schnell aufgestanden."

„Ich möchte nicht, dass du deine Gesundheit riskierst, indem du zu früh wieder arbeiten kommst."

„Ich riskiere gar nichts. Wo wir jetzt gerade allein hier sind: Danke für das, was du bei meiner Verwundung getan hast. Ich erinnere mich an kaum etwas nach unserer Ankunft in Friendship Heights, aber nach dem, was man mir erzählt hat, hast du mir das Leben gerettet. Dafür bin ich dir sehr dankbar. Das wollte ich dir schon eine ganze Weile sagen, doch ich habe dich bisher nie unter vier Augen erwischt."

Der junge Detective wirkte, als kämpfe er mit den Tränen, riss sich aber gerade noch zusammen. „Du hättest dasselbe für mich getan. Hoffe ich zumindest."

Gonzo lachte. „Wenn du irgendwann auch so blöd sein solltest, dir in den Hals schießen zu lassen, werde ich dasselbe für dich tun."

„Das ist tröstlich, Sarge. Danke."

„Was hat es mit all den Ausdrucken auf sich?", fragte Gonzo.

„Loris Anruflisten. Ich komme nur langsam voran."

„Dann mach mal weiter. Ich suche Malone und frage ihn, ob er weiß, wo Sam ist."

„Halt mich auf dem Laufenden."

„Geht klar."

Gonzo verließ das Großraumbüro, um den Captain zu suchen, und fand ihn schließlich vor dem Büro des Chiefs, ins Gespräch mit Farnsworth vertieft.

„Sergeant Gonzales", begrüßte ihn Farnsworth. „Sie sind wieder da."

„Scheint so", erwiderte Gonzo.

Malone musterte ihn aufmerksam von Kopf bis Fuß. „Komisch, ich habe gar keine Diensttauglichkeitsbescheinigung für Sie gesehen."

„Kommt per Mail", versicherte Gonzo. „Ich bin wieder so gut wie neu."

„Höchstens eingeschränkter Dienst, Sergeant", ordnete Farnsworth streng an.

„Natürlich." Gonzo seufzte innerlich erleichtert auf, als ihm klar wurde, dass die beiden ihn nicht wieder nach Hause schicken würden. „Weiß jemand, wo Lieutenant Holland ist? Ich habe sie per Funk und auf ihrem Handy vergeblich zu erreichen versucht. Bei Letzterem meldet sich immer gleich die Mailbox. Sie hat mir gesagt, sie wolle nur noch rasch etwas erledigen und sich dann hier mit mir treffen, aber das war vor über einer Stunde. Das Letzte, was Arnold gehört hat, ist, dass sie Marissa Springer über den Tod ihres Mannes informieren wollte."

„Das war doch schon vor Stunden", meinte Farnsworth und runzelte die Stirn. „Dorthin ist sie aufgebrochen, als Conklin und ich uns gegen elf von ihr getrennt haben. Später hat sie mich ein weiteres Mal angerufen und erzählt, sie habe einen Privatdetektiv aufgesucht, den Mrs Springer dafür angeheuert hatte, ihren Mann zu beschatten, dort aber nichts herausgefunden. Hat seither niemand was von ihr gehört?"

Malone zückte sein Handy, rief sie an und runzelte die Stirn, als auch er nur die Mailbox erreichte. Dann schickte er ihr eine SMS, ohne die Augen vom Display zu wenden. „Gesendet, nicht gelesen."

„Ich rufe mal Cruz an und frage ihn, ob er mit ihr gesprochen hat", verkündete Gonzo mit wachsender Beunruhigung. Sie hatte sich seit über einer Stunde nicht mehr gemeldet. Das sah ihr überhaupt nicht ähnlich. „Hey, Freddie."

„Was ist los? Wo bist du?"

„Mit Malone und dem Chief im Hauptquartier. Hast du kürzlich mit Sam gesprochen?"

„Das letzte Mal heute Morgen, als sie mich wegen Springer angerufen hat. Warum?"

Gonzo schüttelte den Kopf, woraufhin Malone und Farnsworth besorgte Blicke wechselten. „Wir haben schon länger nichts mehr von ihr gehört und versuchen gerade herauszufinden, ob sie sich bei jemand anderem gemeldet hat."

„Hast du Nick schon angerufen? Mit ihm ist sie üblicherweise den ganzen Tag über in Kontakt, wobei das heute anders sein könnte, schließlich hat er seinen Amtsantritt im Weißen Haus. Ich kann natürlich mal bei Shelby nachfragen. Sie hat vermutlich mit Sam geredet."

„Halt mich auf dem Laufenden, ja?"

„Ja, klar."

„Wie geht es Elin?"

„Jede Menge blaue Flecken, ansonsten schon besser. Sie wird bald entlassen."

„Was zum Teufel ist passiert?"

Freddie erzählte es ihm.

„Müssen wir mit dem Kerl mal ein Wörtchen reden?"

„Schon erledigt."

Gonzo kehrte dem Chief den Rücken zu und entfernte sich ein Stück. „Was hast du getan, Cruz?"

„Mich darum gekümmert. Mehr musst du nicht wissen."

„Was heißt das?"

„Ich telefoniere mal ein bisschen rum und probiere, Sam aufzuspüren. Wenn ich etwas höre, melde ich mich. Versuchst du es bitte auch?"

„Ja, aber über das andere Thema reden wir später noch."

„Gut, bis dann."

Cruz legte auf, und Gonzo hatte weiter ein mulmiges Gefühl. Er rief alle Mordermittler an, doch niemand hatte in der letzten Stunde etwas von Sam gehört.

„Was gibt's Neues, Sarge?", wollte Malone wissen.

„Nichts. Gar nichts."

„Sollen wir Nick anrufen?", schlug Malone vor. „Wenn jemand etwas von ihr weiß, dann er."

„Was, wenn nicht? Dann gerät er in Panik. Mit diesem Anruf würde ich lieber noch ein bisschen warten."

Malone trat zu einem an der Wand hängenden Diensttelefon und wählte eine Nummer. „Archie, Malone hier. Sie müssen Lieutenant Hollands Handy für mich orten. Haben Sie die Nummer?" Er wartete einen Moment und stöhnte dann. „Es ist nicht GPS-tauglich?" Nach einer weiteren Pause verkündete Malone: „Sie kriegt ein neues Handy. Sofort. Trotzdem danke, Archie." Er legte aufgebracht auf.

„Ich fahre zum Haus der Springers, das ist ihr letzter bekannter Aufenthaltsort", beschloss Gonzo.

„Gut, ich komme mit", verkündete Malone.

„Ich auch", erwiderte Farnsworth.

Als sie das Hauptquartier verließen und sich zum MacArthur Boulevard aufmachten, wurde Gonzo die Brust eng. Er hatte ein ganz blödes Gefühl bei der Sache.

~

Nicks erster Tag im Weißen Haus verging wie im Flug, war randvoll mit Besprechungen und Meetings zu allem Möglichen, von der nationalen Sicherheit über die aktuelle Situation im Irak und in Syrien bis hin zu einem Update über den Ebola-Ausbruch in Afrika und die Bemühungen der Centers for Disease Control and Prevention, zu verhindern, dass die Krankheit in die USA vordrang. Im Westflügel tobte eine heftige Debatte darüber, ob man Bodentruppen nach Afrika schicken sollte, um den Einheimischen bei der Eindämmung der tückischen Krankheit zu helfen.

Er konnte beide Standpunkte nachvollziehen. Es lag im Interesse der USA, die Krankheit einzudämmen, doch er verstand auch, warum die Militärs sich weigerten, Soldaten in eine derart krisengeschüttelte Zone zu schicken.

Um Viertel vor fünf klopfte Terry an die Tür und trat ein. Er setzte sich auf die andere Seite von Nicks Schreibtisch und wirkte trotz des langen Tages, den sie hinter sich hatten, energiegeladen. „Also?"

„Also was?", fragte Nick.

„So weit, so gut?"

„Ja, kann man so sagen. Ziemlich harter Tag."

„Ich vermute mal, das sind die meisten Tage hier."

„Eigentlich hatte ich angenommen, Nelson irgendwann zu treffen."

„Du isst am Freitag mit ihm zu Mittag, und ich bin sicher, er wird beim Empfang auftauchen, wenn er es irgendwie einrichten kann."

„Ja, schon gut." Nick rückte das Hochzeitsbild von Sam, das auf einer Ecke seines Schreibtischs stand, zurecht. Sonst hatte er dort nur noch Scottys aktuelles Schulfoto stehen.

„Was ist los?", fragte Terry.

„Ach, bloß der erste Tag im neuen Job."

„Warum wirkst du dann so, ich weiß nicht, verdrießlich?"

Nick zuckte die Achseln. „Ich schätze, ich hoffe einfach, dass ich keinen großen Fehler gemacht habe."

„Wie meinst du das?"

„Alles heute ... fühlt sich irgendwie an wie ..."

„Wie was?"

„Beschäftigungstherapie. Zeug, das auf meinem Schreibtisch landet, damit ich was zu tun habe, bei dem ich aber nicht wirklich mitreden kann."

Darüber dachte Terry länger nach. „Vielleicht will man dich einfach nur schonend an den Job hier gewöhnen."

„Ja, vielleicht."

„Glaubst du nicht?"

„Ich habe den Eindruck, Nelson hat von mir schon bekommen, was er am dringendsten gebraucht hat."

„Eine Verbesserung der Umfrageergebnisse", bestätigte Terry nickend. Die Umfragewerte zeigten, dass die Amerikaner sehr zufrieden mit der Wahl des neuen Vizepräsidenten waren.

„Bingo." Nick ließ einen Stift zwischen Zeige- und Mittelfinger hin- und herschwingen. „Er hat mich benutzt, Terry."

„Das kannst du nicht mit Sicherheit wissen."

Nick hob eine Braue. „Nein? Ich habe seit meiner Vereidigung vor sechs Wochen außer von Derek, mit dem ich mich sowieso regelmäßig unterhalte, weder von ihm noch von einem anderen Mitglied seines Teams ein Wort gehört. Kein einziges."

„Es war Vorweihnachtszeit, und dann die Feiertage selbst ... Von Thanksgiving bis Silvester ist nie jemand in Washington. Du weißt doch, wie diese Stadt funktioniert."

„Trotzdem müssen wir ein Land regieren. Willst du mir erzählen, Nelson habe sechs Wochen lang nicht gearbeitet? Wieso wollte man eigentlich, dass ich meine neue Aufgabe erst im neuen Jahr übernehme?"

„Weil man wusste, dass du Zeit brauchen würdest, um dein Team zusammenzustellen."

„Sechs Wochen, Terry. Das ist eine lange Funkstille zwischen den beiden führenden Köpfen des Landes."

„Darüber solltest du mal mit Derek sprechen. Herausfinden, was er meint.“

„Glaubst du, er würde es mir verraten, wenn Nelson mich bewusst außen vor lässt?“

„Ich denke, ihr seid schon so lange befreundet, dass er dir sagen wird, was immer er kann.“

„Stimmt.“ Nick war zwar Terrys Meinung, wollte Derek aber nur ungern in die Schusslinie zwischen seinem Chef und seinem langjährigen Freund ziehen.

„Darüber würde ich mir keine allzu großen Gedanken machen. Es ist erst Januar. In den nächsten paar Wochen wird sich das alles einrenken.“

„Ich langweile mich eben nicht gern. Ich brauche was zu tun.“

„Dann besorgen wir dir etwas zu tun. Zunächst mal hast du einen Haufen Interviewanfragen. Alle wollen dich – alle Sonntagssendungen und die meisten Nachrichtenformate schreien regelrecht nach dir.“

„Klar, die nehme ich wahr. Lass uns eine große Runde buchen. Müssen wir das zuerst mit Nelsons Leuten abklären?“

„Dafür sehe ich keinen Anlass. Seine Wahl ist auf dich gefallen, weil du so beliebt bist, man kann also mit einiger Sicherheit annehmen, dass er nichts dagegen hat, wenn du diese Beliebtheit nutzt.“

„Ich mag dieses Wort nicht.“

„Welches? ‚Beliebtheit‘?“

„Nein, ‚annehmen‘“, korrigierte Nick amüsiert. „Es bringt Menschen, selbst Vizepräsidenten, nur Ärger. Sprechen wir es doch lieber vorher mit seinem Team ab. Ich möchte nicht gleich am Anfang einen Fauxpas begehen.“

„Jawohl, Sir, Mr Vice President.“

Nick sah seinen Freund finster an. „Lass das.“

„Ich wollte dir noch etwas Persönliches erzählen.“

„Nämlich?“

„Ich habe Lindsey an Silvester gebeten, meine Frau zu werden, und aus irgendwelchen unerfindlichen Gründen hat sie tatsächlich Ja gesagt.“

Nick lachte über die Wortwahl seines Freundes und seinen

verwirrten Gesichtsausdruck. „Gratuliere, Terry. Ich freue mich sehr für euch beide."

„Danke. Ich freue mich auch ziemlich. Vor einem Jahr hätte ich mir das Leben, das ich jetzt führe, nicht träumen lassen."

„Geht mir genauso." Nicks privates Handy klingelte, und er nahm einen Anruf seines Freundes Andy entgegen. „Grüß dich."

„Wie lebt es sich im Weißen Haus?"

„Die Geschworenen debattieren noch. Gibt es etwas Neues?"

„Ich habe den Mann heute Morgen getroffen. Scotty sieht ihm sehr ähnlich." Diese Aussage traf Nick unvorbereitet. Er hatte sich immer eingebildet, Scotty sähe ihm selbst ein wenig ähnlich. „Ich habe ihm mitgeteilt, dass ich die Adoptiveltern des Jungen vertrete, und angefragt, ob er bereit wäre, euch das Sorgerecht zu übertragen, damit Scotty in einer liebevollen Familie aufwachsen kann, die ihn adoptieren möchte."

Nick blieb fast das Herz stehen, während er auf die nächste Hiobsbotschaft wartete. „Ja und?"

„Er wusste gar nicht, dass er einen Sohn hat. Der Gute war ziemlich schockiert. Er möchte ihn kennenlernen, bevor er irgendwas unterzeichnet."

„O nein", stöhnte Nick. „Wie sollen wir das denn anstellen, ohne dass er mitbekommt, wer Scottys potenzielle Adoptiveltern sind?"

„Ich fürchte, der Tross aus Personenschützern vom Secret Service könnte euch verraten."

„Verdammt, Andy. Was können wir tun? Ihm Geld anbieten?"

„Immer langsam mit den jungen Pferden. Das würde ich auf keinen Fall tun, egal was passiert. Es könnte sich auf verschiedene Weisen negativ auswirken."

„Wenn du die politischen Folgen meinst, die sind mir egal."

„Ich meine die juristischen. Die Gerichte sehen es nicht gerne, wenn in Sorgerechtsfragen Geld den Besitzer wechselt."

„Verfluchte Scheiße", flüsterte Nick. „Was ist, wenn er seinen leiblichen Vater nicht kennenlernen will?"

„Ich glaube, darum kommt er nicht herum, wenn die Adoption stattfinden soll. Die andere Möglichkeit ist, dass ihr weiterhin die Vormundschaft für ihn behaltet, ohne ihn formal zu adoptieren. Wenn sein Vater sein Sorgerecht nicht gerichtlich erstreitet, könnte Scotty bei dieser Konstruktion bis zu seiner Volljährigkeit problemlos bei euch leben."

„Das gefällt mir nicht. Ich möchte, dass er juristisch und in jeder anderen Hinsicht mein Sohn wird. Er will das auch."

„Ich fürchte, dann müssen wir mitspielen."

„Vorher will ich alles über diesen Kerl wissen."

„Mein Ermittler schreibt gerade seinen Bericht. Du kriegst ihn, sobald ich ihn habe. Warum redest du in der Zwischenzeit nicht mit Scotty und lotest aus, wie er das alles sieht?"

Der Gedanke, mit Scotty über dieses Thema zu sprechen, behagte Nick nicht. Der Junge hatte gerade angefangen, sich in seinem neuen Zuhause und seinem neuen Leben einzugewöhnen, und dadurch würde dieses neue Leben in den Grundfesten erschüttert werden. „Mach ich. Ich melde mich wieder."

„Gut. Ich weiß, die Situation ist nicht einfach, aber wenn wir das regelkonform durchziehen, sollte es keine Probleme geben."

„Das Wort ‚sollte' gefällt mir in diesem Zusammenhang gar nicht."

„Garantien gibt es keine, doch ich werde natürlich alles in meiner Macht Stehende tun, um das von euch gewünschte Ergebnis zu erzielen."

„Danke, Andy. Bis bald." Er beendete das Gespräch und warf sein Handy auf den Schreibtisch.

„Das klang beunruhigend", kommentierte Terry.

„Ist es. Scottys leiblicher Vater wusste nichts von seiner Existenz und möchte ihn kennenlernen, ehe er das Sorgerecht abtritt."

„Verdammt."

Es klopfte an der Tür, und Lauren, eine der Empfangsdamen aus den Reihen seines Senatsstabes, die mit ihm ins Weiße Haus umgezogen war, trat ein. „Sind Sie für einen gewissen Mr Scott Cappuano zu sprechen, Sir?"

„Immer", antwortete Nick mit einem strahlenden Lächeln, obgleich ihn bedrückte, was er mit dem Jungen bereden musste. „Schicken Sie ihn rein."

„Das ist so verflucht cool", rief Scotty, als er in seiner offiziellen „Arbeitskleidung" hereinkam, wie er den marineblauen Blazer, das hellblaue Hemd und die blau-rot gestreifte Krawatte nannte, übrigens die gleiche, die auch Nick trug. Die Stoffhose war neu, weil er aus der anderen herausgewachsen war.

„Ich glaube, ‚verflucht‘ steht auf Mrs Littlefields Liste verbotener Wörter", erklärte Nick, während er aufstand, um seinen Sohn zu umarmen.

„Sam sagt, es ist kein Fluch."

„Verlass dich in dieser Beziehung besser nicht auf sie, Kumpel. Sonst musst du am Ende wieder nachsitzen."

Terry lachte. „Da muss ich deinem Vater allerdings recht geben."

„Manchmal geht ihr Mundwerk mit ihr durch", räumte Scotty ein.

„Wo wir gerade von meiner wunderbaren Frau reden, seid ihr zusammen gekommen?"

Scotty schüttelte den Kopf. „Meine Bodyguards haben mich hergebracht."

„War sie noch nicht wieder zu Hause, als ihr aufgebrochen seid?"

„Nope."

Nick wandte sich an Terry. „Sam war nicht sicher, wie sie hier reinkommen soll, wenn sie es nicht schafft, zusammen mit Scotty und seinen Bewachern zu fahren. Müssen wir jemandem am Tor Bescheid sagen?"

„Ich erkundige mich danach."

„Danke. Bitte richte von mir aus, sie sollen meine Gattin unbedingt reinlassen, sonst gibt es Ärger."

Lächelnd erwiderte Terry: „Wird erledigt." Er verließ das Büro und schloss die Tür hinter sich.

„Ich kann gar nicht glauben, dass du jetzt wirklich hier arbeitest", staunte Scotty. „Das ist so unglaublich cool."

„Freut mich, dass du das so siehst."

„Meine Mitschüler finden das auch. Sie behandeln mich jetzt ganz anders."

Sofort fragte Nick alarmiert: „Inwiefern?"

„Als wäre ich supercool, weil mein Vater Vizepräsident ist. Keine Sorge. Auf gute Weise anders."

„Oh." Nick war erleichtert, das zu hören. „Okay. Du würdest es mir doch erzählen, wenn in der Schule etwas nicht in Ordnung wäre, oder?"

„Klar. Aber ich will jetzt nicht über die Schule reden. Ich will einen Rundgang durch das Weiße Haus! Können wir uns umschauen gehen?"

„Wir können gleich eine Besichtigungstour machen." Erheitert von Scottys Enthusiasmus legte Nick dem Jungen die Hand auf die Schulter. „Vorher muss ich dir noch etwas sagen." Er hatte versprochen, Scotty ehrlich und offen über den Fortgang ihrer Adoptionsbemühungen informiert zu halten, also musste er ihm die Neuigkeit sofort mitteilen.

„Ist es was Schlimmes?"

„Nicht schlimm, eher seltsam."

„Erzähl!"

„Du weißt ja, dass wir uns als Teil deiner Adoption bemühen mussten, deinen leiblichen Vater ausfindig zu machen, damit er uns das Sorgerecht übertragen kann."

„Ja. Habt ihr ihn gefunden?"

„Haben wir."

„Oh. Was bedeutet das?"

„Erinnerst du dich an meinen Freund Andy, der sich für uns um die Adoption kümmert?"

Scotty nickte.

„Er ist diese Woche nach New Jersey geflogen, um ihn zu treffen. Deinen Vater."

„Er ist nicht mein Vater! Das bist du. Du bist der einzige Vater, den ich je hatte, und ich will keinen anderen." Scottys Kinn zitterte, und Tränen schimmerten in seinen braunen Augen. „Du darfst nicht zulassen, dass er mich dir und Sam wegnimmt. Auf keinen Fall."

Scottys Worte und seine völlige Verzweiflung trafen Nick wie ein Schlag in die Magengrube. Er zog ihn an sich.

Scotty schlang die Arme um Nick und klammerte sich an ihn.

Nick streichelte ihm den Rücken. „Niemand wird dich uns wegnehmen, Kumpel. Was auch passiert, du bist alt genug, um selbst zu entscheiden, wo du leben möchtest, und das wird im Ernstfall wichtiger sein als alles andere."

„Was meinst du mit ‚im Ernstfall'? Was soll denn passieren?"

Nick löste sich von Scotty, ließ jedoch eine Hand auf dessen Schulter liegen und führte ihn zu einem der Sofas, die in der Mitte seines Büros eine kleine Sitzgruppe bildeten. „Er sagt, er hat gar nichts von dir gewusst. Er möchte dich kennenlernen, ehe er die erforderlichen Dokumente zur Abtretung seines Sorgerechts unterzeichnet."

„Was bedeutet ‚Abtretung'?"

„Das bedeutet, er verzichtet darauf."

„Wie kann er denn nichts von mir gewusst haben?"

„Nun ja, manchmal teilen Frauen dem Vater ihres Kindes nicht mit, dass sie schwanger sind."

„Warum das denn?"

„Manchmal, weil sie nicht wollen, dass der Mann eine Rolle im Leben des Kindes spielt. Oder das Paar trennt sich, bevor sie weiß, dass sie schwanger ist, und die Mutter beschließt dann, es dem Vater nicht zu sagen."

„Das finde ich dem Vater gegenüber unfair."

„Ist es, kommt aber trotzdem vor."

„Er will mich wirklich kennenlernen?"

„Ja. Was hältst du davon?"

„Ich habe mich immer irgendwie gefragt, wer er wohl ist."

„Natürlich. Das ist ganz normal."

„Wo ist er?"

„In New Jersey. In einer Stadt namens Atlantic City."

„Da gibt es Casinos. Für die habe ich Werbung gesehen."

„Richtig, und es gibt auch eine total coole Strandpromenade."

„Fahren wir dorthin, um ihn zu treffen?"

„Ich vermute, das lässt sich nicht umgehen, wenn wir wollen, dass er das Dokument unterzeichnet. Wäre das in Ordnung für dich?"

Scotty dachte darüber lange schweigend nach. „Dann müssten die Leute vom Secret Service mitkommen, oder?"

„Die folgen uns überallhin. Wir würden für den Flug dorthin die Air Force Two nehmen."

„Das wäre cool", sagte Scotty ungewohnt unenthusiastisch. „Hmm … Dann wüsste er gleich, wer du bist."

„Wahrscheinlich. Ja."

„Was ist, wenn er nicht nett ist? Wenn er versucht, sich dafür bezahlen zu lassen, dass er das Dokument unterzeichnet?"

Nick war beeindruckt von Scottys klarer Einschätzung der Lage. „Das könnte durchaus passieren. Aber das regeln wir dann."

„Wie? Wollt ihr ihm Geld dafür geben, dass er unterzeichnet?"

„Ich würde ihm alles geben, was er will, um dich endlich adoptieren zu können. Andy hat mir allerdings davon abgeraten, das Problem mit Geld zu lösen. Das mag das Gericht in der Regel nicht."

„Weil es ekelhaft ist."

„Richtig", stimmte Nick lachend zu. „Genau." Er legte wieder die Hand auf Scottys Schulter. „Hör zu. Hör mir genau zu."

Scotty sah ihn mit seinen großen braunen Augen an und nickte.

„Sam und ich würden alles, und ich meine damit wirklich *alles*, tun, damit du genau da bleiben kannst, wo du hingehörst. Ich möchte nicht, dass du dir wegen dieser Angelegenheit Sorgen machst, deswegen krank wirst, dich stresst oder sonst was. Alles wird gut. Wir fliegen da hin, treffen uns mit ihm, er unterzeichnet das Dokument, und wir lassen deine Adoption durch einen Richter absegnen."

„So einfach ist es vielleicht nicht."

„Vielleicht nicht", räumte Nick ein, „aber genau so wird es am Ende ausgehen. Du gehörst zu uns. Wir gehören zusammen. Daran wird sich nichts ändern. Unter keinen Umständen."

„Du verschweigst mir nichts, oder?"

„Das habe ich dir versprochen, und dabei bleibt es. Darauf kannst du dich verlassen."

„Er ist *nicht* mein Vater", beharrte Scotty. „Das bist *du*. Ich möchte nicht, dass jemand anders das ist."

„Ich breche gleich in Tränen aus, Kumpel."

„Männer weinen nicht."

„Wenn ein Junge, den sie von ganzem Herzen lieben, etwas so Schönes sagt, schon." Er umarmte Scotty erneut. „Alles wird gut. Ich verspreche es."

„Ich hoffe, du behältst recht."

„Du weißt doch, ich behalte *immer* recht."

Scotty lachte schallend. „Jetzt klingst du wie Sam."

Jetzt ebenfalls lachend, ließ Nick ihn los und erhob sich. „Machen wir noch einen kleinen Rundgang, bevor der Empfang beginnt."

„Hey, Nick?"

„Ja?"

„Ich habe dich auch lieb. Du und Sam, ihr seid die besten Eltern auf der ganzen Welt, und ich habe wirklich Glück, dass ihr mich so gernhabt."

„Wir sind es, die Glück haben. Das stellen wir jeden Tag aufs Neue fest." Während Nick Scotty aus dem Büro folgte, schwor er sich, ihn und die Familie, die ihm so viel bedeutete, mit aller Kraft zu beschützen.

20

Sam beobachtete, wie Stahl mindestens ein Dutzend Mal zwischen der Garage und dem Partykeller hin- und herlief, um Dinge zu holen, die er dort eindeutig für genau diese Situation deponiert hatte.

Obgleich sie sich über ihre eigene Dummheit ärgerte, die sie in diese Lage gebracht hatte, tat es ihr ungeheuer gut, sein ausgeprägtes Hinken zu sehen. Er hatte es davongetragen, als er sie auf der Vordertreppe ihres Hauses angegriffen hatte. Bei dieser Auseinandersetzung hatte er einen Kniescheibenbruch und einen Hodenbruch erlitten. Wahrscheinlich war er deshalb so geil darauf, und zwar im wahrsten Sinne des Wortes, sich an ihr zu rächen – ein Gedanke, bei dem sich ihr der Magen umdrehte.

Sam glaubte wirklich, mit allem klarkommen zu können, was er ihr antun konnte, solange er sich nicht an ihr verging. Der Gedanke an sexuelle Übergriffe seinerseits ... *Nein. Denk nicht mal dran. Unter keinen Umständen. Denk an Nick und Scotty. Denk an Nick und dich auf dem Dachboden und in Bora Bora. Denk an eure gemeinsame Liebe, die Freude und das Leben, das ihr miteinander habt. Keine Sekunde der Zeit, die dir noch bleibt, gehört diesem Drecksack. Befass dich geistig am besten gar nicht mit ihm. Das hilft dir nicht weiter.*

Als Sam verfolgte, wie Stahl einer Tasche eine halb

automatische Waffe entnahm, musste sie die Möglichkeit in Betracht ziehen, dass das hier nicht gut für sie enden würde. Er hatte sie so gründlich gefesselt, dass sie handlungsunfähig war. Sie war ihm völlig ausgeliefert, und genau so wollte er es.

Sam hätte gern gewusst, wie es zu dieser unheiligen Allianz zwischen ihm und Marissa gekommen war. Sie wollte ihn fragen, was er durch diese Aktion zu erreichen hoffte. Er musste doch davon ausgehen, dass inzwischen jeder Polizist von Washington nach ihr suchte. Vielleicht hatte er auch genau das provozieren wollen, denn nach dem Waffenarsenal zu urteilen, das er vor ihr ausbreitete, war er bereit, es mit der gesamten Polizei aufzunehmen.

In dem Versuch, eine bequeme Sitzposition zu finden, rutschte sie auf dem Stuhl hin und her, was sie nur daran erinnerte, wie schlimm sie aufs Klo musste. Aber sie weigerte sich, ihm die Befriedigung zu verschaffen, dass sie sich einnässte. Eher würde ihr die Blase platzen. Die Bewegung ließ einen Schmerzimpuls durch ihr Gesicht und ihren Schädel zucken, und sie sah plötzlich die winzigen Lichtpünktchen, die oft einen Migräneanfall ankündigten. Sie bewegte unter Schmerzen den Unterkiefer und versuchte festzustellen, ob er gebrochen war. Es kam ihr nicht so vor.

Suchte man schon nach ihr? Freddie und Hill hatten frei, was bedeutete, zwei ihrer engsten Kollegen wussten nicht, dass sie verschwunden war. Gonzo würde sich fragen, wo sie geblieben war, da sie nicht wie geplant im Hauptquartier erschienen war. Er würde Fragen stellen.

Würde er auch Nick anrufen?

O Gott, Nick, es tut mir so leid, dass ich dir das antue, Liebster. Ich hoffe, du weißt, dass ich bis zuletzt an dich, Scotty und meine Familie denke, wenn er mich umbringt. Vor allem an dich.

Um sich mit etwas anderem zu beschäftigen als dem, was Stahl für sie in petto hatte, ließ Sam ihre Gedanken schweifen – von ihrer ersten Begegnung mit Nick auf einer Dachterrasse bei einer Party zu ihrem nächsten Zusammentreffen in John O'Connors Wohnung nach dem Mord an seinem Chef und besten Freund. Sie hatte versucht, ihm inmitten dieser politisch sensiblen Ermittlung zu widerstehen, der ersten nach dem katastrophal verlaufenen Fall Johnson.

Aber in diesem Punkt hatte sie völlig versagt. In der Nacht, in der sie zu ihm in seine Wohnung in Arlington gekommen war, waren sie so scharf aufeinander gewesen, dass sie es unmittelbar nach Betreten des Hauses praktisch im Stehen an die Tür gelehnt getrieben hatten. Sie erinnerte sich, dass ihr erster Sex im Stehen stattgefunden hatte. Damals, in jener Nacht vor sieben Jahren, als sie sich gerade kennengelernt hatten, hatte er sie gegen eine Wand genommen. Es war der heißeste Sex ihres Lebens gewesen, doch in dem Jahr, das sie jetzt zusammen waren, hatte er sich inzwischen mehrfach selbst übertroffen.

Sie lächelte vor sich hin und verzog dann das Gesicht, als sie sich an ihre Wette mit ihm erinnerte – dass es ihm nicht gelingen würde, sie in einer halben Stunde dreimal zum Höhepunkt zu bringen. Natürlich hatte er die Wette gewonnen, und nur sechs Wochen später hatten sie geheiratet.

Ihre Hochzeit war der schönste Tag ihres Lebens gewesen. Nicks Mutter war ungebeten aufgetaucht, aber Sam hatte sie abgewimmelt, ehe sie ihm etwas kaputtmachen konnte. Auf der Innenseite trugen ihre Ringe dieselbe Gravur: „Du bist mein Zuhause." Trotz der Seile, die straff um ihre Handgelenke lagen, konnte sie mit dem Daumen ihren Ehering berühren und über das kühle Metall reiben, das sie an all das erinnerte, wofür sie lebte.

Ihre Gedanken wanderten zurück zu den glorreichen Tagen und Nächten ihrer Flitterwochen auf Bora Bora. Sie wollte gern dorthin zurückkehren, um ihren ersten Hochzeitstag mit ihm zu feiern. Wie hieß der erste Hochzeitstag noch mal? Papierhochzeit. Genau, und man schenkte sich traditionell auch Papier. Sie würde ihm einen Liebesbrief schreiben und ihm darin anvertrauen, dass sie gedachte, die nächsten fünfzig oder sechzig Jahre mit ihm zu verbringen.

Fünfzig oder sechzig Jahre. Im Augenblick wäre sie mit fünfzig oder sechzig Stunden mit ihm vollauf zufrieden.

Dass seine allgegenwärtige Angst um ihre Sicherheit sich auf diese Weise als berechtigt bestätigte, brach ihr das Herz, und sie wollte sich nicht vorstellen, wie er erfuhr, dass sie vermisst wurde und möglicherweise tot war.

Tränen brannten ihr in den Augen, also kniff sie sie zu, damit Stahl sie nicht weinen sah. Diese Genugtuung gönnte sie ihm genauso wenig, obwohl sie bei der Vorstellung, wie Nick leiden würde, wenn er sie heute tatsächlich verlor, am liebsten hemmungslos geschluchzt hätte. Stahl würde sie auf keinen Fall mit dem Leben davonkommen lassen. Nicht, nachdem er bereits einmal versucht hatte, sie zu töten.

Während sie über das mögliche Ende ihres Lebens nachdachte, fiel ihr auf, dass sie bisher jede Menge Glück gehabt hatte. Sie hatte Situationen unbeschadet überstanden, in denen sie durchaus hätte sterben oder zumindest schwer verletzt werden können, und war vielen Feinden durch die Lappen gegangen.

Bisher.

Während sich Stahl kampfbereit machte, bereitete sich Sam auf das Schlimmste vor. Wenn er sie heute umbrachte, konnte sie nur hoffen, dass Nick wusste, ihre letzten Gedanken hatten ihm gegolten.

~

Captain Malone fuhr Gonzo und Farnsworth zum MacArthur Boulevard. Gonzo atmete erleichtert auf, als er Sams Auto am Straßenrand stehen sah.

„Gott sei Dank", seufzte Farnsworth. Es waren seine ersten Worte seit Verlassen des Hauptquartiers. „Rufen wir ein Mobiles Einsatzkommando."

„Bei allem Respekt, Sir", wandte Malone ein, „ich wüsste gern, womit wir es hier zu tun haben, bevor wir in blinden Aktionismus ausbrechen."

„Ich will sie einfach so schnell wie möglich da rausholen", blaffte Farnsworth.

„Das wollen wir alle, Joe", erwiderte Malone. „Aber wir müssen es richtig machen. Wir müssen an ihre Sicherheit und die aller anderen im Team denken."

„Dann schauen wir uns die Sache mal an."

Gonzo stieg aus und folgte ihnen zum Auto, wobei er die angrenzenden Gebäude einer gründlichen Musterung unterzog. Seit er angeschossen worden war, war er ständig in Sorge, das könnte erneut passieren. Man wusste schließlich nie, wer gerade auf einen zielte.

Auf der Treppe vor dem Haus der Springers stehend spähten sie durch die Fenster links und rechts der schwarzen Tür ins Innere.

„O Gott." Malone deutete auf die Füße und die Blutlache, die auf dem Boden der Diele auszumachen waren. Er stellte sich auf die Zehenspitzen und neigte den Kopf, um mehr erkennen zu können. „Das ist die Haushälterin."

„Haben Sie gesehen, was Sie sehen wollten?", fragte Farnsworth.

„Fordern Sie ein Sondereinsatzkommando an", befahl Malone Gonzo.

Sie gingen die Treppe wieder hinunter und versuchten, durch die Kellerfenster zu schauen, doch hier waren Vorhänge zugezogen.

„Jemand muss Nick Bescheid sagen", knurrte Farnsworth, als sie zum Wagen zurückkehrten.

„Ich rufe Christina an", erbot sich Gonzo. „Sie wird wissen, wie man ihn erreicht."

„Glauben Sie, sie ist da drin, aber bereits tot?", fragte Farnsworth, der plötzlich älter wirkte, als Gonzo ihn je erlebt hatte.

Er hatte Sam aufwachsen sehen. Damit traf ihn das natürlich noch härter als die anderen. Dann fiel Gonzo Sams Vater ein, und er spürte einen Kloß in seiner Kehle. Was sollte aus ihnen allen werden, wenn Sam Holland nicht mehr da war?

Ehe die Panik ihn übermannen konnte, forderte er über die Zentrale ein Sondereinsatzkommando an. Dann wählte er Christinas Nummer. „Hey, Baby. Du musst mir einen Gefallen tun."

„Klar, was denn?" Er versuchte, ihren außergewöhnlich kühlen Unterton nicht zu registrieren. Sie war sauer, weil er zur Arbeit gegangen war, bevor ein Arzt ihn diensttauglich geschrieben hatte.

„Du musst Nick für mich anrufen. Sam steckt in Schwierigkeiten."

„Was für Schwierigkeiten?"

„Wir glauben, jemand hält sie im Haus der Springers gefangen."

„Wo auch die ganzen Jugendlichen umgebracht wurden?"

„Genau."

„O mein Gott, Tommy. Ist sie …"

„Wir wissen gar nichts. Ihr Auto steht vor der Tür, die Haushälterin liegt drinnen tot auf dem Boden, und seit über einer Stunde hat niemand etwas von Sam gehört. Wir sind der Ansicht, dass jemand sie gegen ihren Willen da drin festhält."

„Was soll ich ihm sagen?"

„Teil ihm einfach mit, dass wir nicht genau wissen, was los ist, allerdings glauben, dass sie gefangen gehalten wird."

„Er wird sofort hinkommen wollen."

„Das wird der Secret Service nicht zulassen."

„Dann dreht er durch. Was kann ich ihm noch sagen?"

„Wir tun, was wir können. Mehr weiß ich im Augenblick selbst nicht."

„Okay, mach ich. Hältst du mich bitte auf dem Laufenden?"

„Zumindest werde ich es versuchen."

„Tommy."

„Was ist, Baby?"

„Bitte pass auf, dass du nicht wieder verletzt wirst. Das kann ich nicht noch mal ertragen."

„Versprochen. Ich liebe dich." Gonzo war es egal, dass sein Captain und sein Chief mithörten. Erst vor Kurzem hatte er auf die harte Tour gelernt, wie leicht und plötzlich das Leben vorbei sein konnte. Er würde sich nie wieder wegen etwas so Unbedeutendem Sorgen machen wie der Tatsache, dass seine Vorgesetzten hören konnten, wie er seiner Verlobten seine Liebe gestand.

„Ich dich auch."

Gonzo beendete das Gespräch und wählte Cruz' Nummer. „Du musst zum Haus der Springers am MacArthur Boulevard kommen", verkündete er, sobald sich Freddie meldete. „Sie haben Sam."

„Wer?“

„Da sind wir uns noch nicht sicher. Die Haushälterin liegt direkt hinter der Eingangstür tot auf dem Boden, und Sams Auto steht vorm Haus am Straßenrand. Seit über einer Stunde hat niemand mehr etwas von ihr gehört.“

„Scheiße.“ Da Cruz selten fluchte, sagte dieses eine Wort alles. „Woher wisst ihr, dass sie im Haus ist?“

„Das wissen wir nicht mit Sicherheit, aber wir gehen im Moment davon aus.“

„Ich bin gleich da.“

„Ruf den Rest des Teams zusammen, okay? Ich möchte das nicht über Funk durchgeben.“

„Ja, mach ich. Gonzo …“

„Ich weiß es nicht. Mann, ich weiß gar nichts.“

„Okay, ich bin schon unterwegs.“

Marissa zog die Vorhänge beiseite, um nach draußen zu spähen. „Da draußen sind Bullen, Leonard.“

„Mach die Vorhänge zu, und komm vom Fenster weg“, befahl Stahl.

„Ich will doch nur sehen, was sie vorhaben.“

„Marissa, tu, was ich dir sage!“

„Schrei mich nicht an. Wenn ich dich nicht angerufen hätte, wärst du gar nicht hier, und sie hättest du ohne mich auch nicht.“

„Halt die Klappe, und komm vom Fenster weg. Ich habe jetzt das Sagen.“

„Von wegen! Das hier ist *mein* Haus, und es ist *mein* Plan.“

Mit einer Geschwindigkeit und einem Geschick, die ihm Sam gar nicht zugetraut hätte, hob Stahl seine Neun-Millimeter-Pistole und schoss der anderen Frau in den Bauch.

Marissa ging keuchend und mit schockierter Miene zu Boden, wobei sie ein röchelndes Geräusch ausstieß. Stahl hatte ihr absichtlich in den Bauch geschossen. Er hatte sie nicht sofort töten wollen. Sie sollte leiden. Marissa wimmerte erbärmlich, aber Sam empfand kaum Mitleid mit ihr. Das hatte sie davon, dass sie mit dem Teufel paktiert hatte.

Der so dicht neben Sams Kopf abgegebene Schuss war unsagbar laut gewesen. Er dröhnte ihr noch immer in den Ohren, und die Lichtpunkte vor ihren Augen wurden heller. Sie schüttelte den Kopf und konzentrierte sich wieder auf Stahl.

Der holte gerade etwas aus einer Reisetasche, das eine Drahtrolle zu sein schien. Dann zog er Arbeitshandschuhe an und kam mit dem Draht auf Sam zu.

Sie unterdrückte den natürlichen Impuls, vor ihm zurückzuweichen. Sie zwang sich, ihn nicht anzusehen, nicht einmal, als er ihr Kinn packte und versuchte, sie dazu zu zwingen.

„Wissen Sie, was ich am meisten an Ihnen hasse?", zischte er. Sie spürte seinen heißen, feuchten Atem im Gesicht.

Sam konzentrierte sich auf ein Bild an der Wand, das wohl die Rocky Mountains zeigte.

Er packte ihr Haar mit einer Hand und zerrte daran. „Schauen Sie mich gefälligst an, wenn ich mit Ihnen rede!"

Stur starrte sie weiter das Bild an.

Er riss an ihren Haaren, bis ihr Tränen in die Augen traten, aber sie wandte den Blick nicht von dem Bild, sondern stellte sich kühle Gebirgsluft, knirschenden Schnee unter ihren Füßen und Nick auf Skiern vor. Fuhr er überhaupt Ski? Sie war nicht sicher und bedauerte es, dass sie das nicht über ihn wusste.

Sie selbst hatte es bisher zweimal probiert und war nicht gut darin gewesen.

„Hören Sie mir zu?", brüllte Stahl und verpasste ihr einen Schlag auf die andere Wange. „Oh, wie ich Sie dafür hasse, dass Sie glauben, besser zu sein als alle anderen."

Ich bin *besser. Besser, als du je hättest sein können.*

„Sie sind von der Akademie gekommen und haben sich wegen Ihres Vaters – von dem ich gar nicht erst anfangen will – aufgeführt, als wären Sie der nächste heiße Scheiß. Er hat ja praktisch in Farnsworths Arsch gewohnt, so tief war er da reingekrochen, und jeder wusste das. Was glauben Sie, wie er es sonst zum Deputy Chief gebracht hat? Jemand muss darüber so sauer gewesen sein, dass er ihm eine Kugel verpasst hat."

Sam hätte ihn am liebsten gefragt, ob er dieser Jemand gewesen war, doch sie wollte auf seine Spielchen nicht einsteigen. Nicht jetzt. Niemals.

Während er über ihren Vater herzog, umwickelte er sie mit dem Draht. Ihr blieb das Herz beinahe stehen, und dann rann ihr Schweiß über den Rücken, als sie mit einem Blick nach unten feststellte, dass es sich um Klingendraht handelte.

„Dann haben Sie an meiner Stelle das Kommando gekriegt. Sagen Sie – wie lange haben Sie den Chief dafür vögeln müssen? Haben Sie es schon als Jugendliche mit ihm getrieben? Schaut er Sie deshalb dauernd an wie das achte Weltwunder? Haben Sie eine magische Muschi oder so? Ich wünschte, ich hätte Zeit oder Lust, es rauszufinden, aber bei der Vorstellung, Sie zu ficken, kommt es mir hoch."

Geht mir genauso.

Sie hätte beinahe vor Erleichterung geseufzt, als sie hörte, dass er sie zumindest nicht zu vergewaltigen gedachte, doch sie schwieg, weil sie merkte, das nervte ihn. Er hatte erwartet, dass sie wie immer vorlaut sein würde, und kam mit ihrem Schweigen nicht klar. *Eine schweigende Sam.* Wenn sie nicht an einen Stuhl gefesselt gewesen wäre und der Klingendraht sich nicht bereits hie und da durch ihre Klamotten in die Haut gebohrt hätte, hätte sie das witzig gefunden. Sie und Schweigen …

Es tat weh, vor allem, als er ihr den Draht eng um den Hals wickelte. Wenn sie sich auch nur ein bisschen bewegte, könnte er ihr die Halsschlagader aufschneiden. Deshalb blieb sie ganz still sitzen, selbst als er sein Gesicht dicht vor ihres schob.

Sam schloss die Augen und weigerte sich, ihn anzusehen.

„Sie können ruhig Ihre Spielchen spielen, Holland. Am Ende wird sich ja zeigen, wer diese Runde gewinnt."

Sam hielt die Augen geschlossen und dachte an Nick, stellte sich den Duft seines Aftershaves vor, der für sie gleichbedeutend war mit Heimat, und fand darin Trost.

Scotty blieb während des Empfangs an Nicks Seite, fast als hätte er Angst, ihn aus den Augen zu lassen. Der arme Junge hatte schon so viel durchgemacht, und jetzt, wo sich die Lage endlich etwas beruhigte, ergab sich prompt eine neue Herausforderung. Nick hatte ihm das mit seinem leiblichen Vater wirklich sehr ungern erzählt.

Außerdem bereitete ihm der Funke der Neugier Sorgen, den er in Scottys Blick bemerkt hatte, genau wie der Anflug von Eifersucht, den er verspürt hatte, als ihm klar geworden war, dass der Junge sich für seinen leiblichen Vater interessierte. Dabei war das nur natürlich. Das würde jeder tun. Aber Nick wollte der einzige Vater sein, der Scotty interessierte. Kleingeistig? Ja, natürlich, doch so empfand er eben.

Vielleicht würde Scotty den Kerl nicht mögen, ihn einmal treffen und es dabei belassen. Aber was, wenn er ihn sympathisch fand? Ihn wiedersehen wollte? Würde Nick es ertragen, ihn regelmäßig seinem anderen Vater überlassen zu müssen? Er hatte das Gefühl geliebt, der erste Vater zu sein, den der Junge je gehabt hatte. Er wollte, dass es so blieb.

„Was meinst du, Nick?" Graham O'Connors Frage riss Nick aus seinen Grübeleien.

„Wozu?"

„Ich sage doch, er ist völlig geistesabwesend", lachte Scotty.

„Sorry", entschuldigte sich Nick mit einem verlegenen Grinsen.

„Ich habe gefragt, wie du den Westflügel bisher findest."

„Na ja, ich bin erst einen Tag hier, bisher geht's." Noch war er nicht bereit, seine Zweifel an Nelsons Motiven jemandem außer Terry anzuvertrauen, nicht einmal dessen Vater. „Ich muss mich erst zurechtzufinden und orientieren. Wird schon werden." Zumindest hoffte er das. Nelson, sein Stabschef Tom Hanigan und Derek Kavanaugh hatten sich bei dem Empfang bisher nicht blicken lassen.

Er gedachte, seinen guten Freund Derek bei der ersten sich bietenden Gelegenheit zu fragen, ob die eisige Kälte, die ihm aus dem Oval Office entgegenschlug, Absicht war. Er hatte mehr von Nelson erwartet, vor allem nachdem dieser ihn so hartnäckig umworben und politische Grabenkämpfe geführt hatte, um diese Personalie durchzusetzen, und es wäre ihm sehr unrecht, wenn er sich im Präsidenten getäuscht hätte.

Aus dem Augenwinkel bekam er mit, dass Terry einen Anruf entgegennahm, in sein Büro verschwand und die Tür hinter sich schloss. Wahrscheinlich Lindsey. Nick freute sich für die beiden. Sie waren ein großartiges Paar, und nach den tief greifenden Veränderungen in seinem eigenen Leben im letzten Jahr freute es ihn, dass sein Stabschef ebenfalls auf einem guten Weg unterwegs war.

Während Nick mit Graham, Laine und anderen Mitarbeitern plauderte, die ebenfalls schon seit seiner Zeit als Senator an seiner Seite waren, genau wie mit solchen, die erst im Weißen Haus zu seinem Team gestoßen waren, sah er Terry wieder aus dem Büro und direkt auf ihn zukommen. Der seltsame Gesichtsausdruck seines Stabschefs entging ihm nicht.

„Auf ein Wort, Mr Vice President."

„Entschuldigen Sie mich bitte", sagte Nick in die Runde.

„Die Pflicht ruft", scherzte Graham. Niemand freute sich mehr über Nicks neuen Job als er.

Als Scotty ihnen folgen wollte, bat Terry: „Scotty, könntest du meiner Mutter etwas Neues zu trinken holen?"

„Klar." Scotty eilte zu Laine O'Connor, einer seiner liebsten neuen Freundinnen.

Nick folgte Terry in sein Büro und schloss die Tür hinter sich. „Was ist los?"

„Christina hat angerufen."

„Ich hatte eigentlich damit gerechnet, sie hier zu sehen. Wir haben sie doch eingeladen, oder?"

Terry nickte und rieb sich mit der Hand über das aufgrund der späten Stunde leicht stoppelige Kinn. „Ich ... ich sage das nur ungern ..."

Nicks gesamter Körper erstarrte vor Angst. „Was?"

„Sam steckt in Schwierigkeiten. Gonzo hat Christina gebeten, dich zu verständigen. Die Polizei geht davon aus, dass jemand Sam im Haus der Springers am MacArthur Boulevard gefangen hält."

„Sie geht davon aus?" Irgendwie brachte er die Worte heraus, obgleich die Furcht ihn fest in ihren Krallen hatte. „Aber sie wissen es nicht?"

„Nicht hundertprozentig. Ihr Auto steht davor, und es hat schon eine ganze Weile niemand mehr etwas von ihr gehört. Sie haben sich noch keinen Zutritt zum Haus verschafft. Christina hat von Gonzo ausgerichtet, sie versuchen gerade einen Überblick über die Situation zu gewinnen.“

Als Nick sein privates Handy aus der Jacketttasche zog, zitterten seine Hände. Er sah nach, wann er zuletzt eine SMS von seiner Frau bekommen hatte. Vor mehr als fünf Stunden. *Fünf Stunden*. O Gott.

„Ich muss da hin.“

„Der Secret Service wird nicht zulassen, dass du dich an den Schauplatz eines Verbrechens begibst.“

Bei den Worten „Schauplatz eines Verbrechens“ wurde Nick die Brust eng, und sein Magen verkrampfte sich. „Würdest du bitte Brant holen?“

„Nick.“

„Tu es einfach, Terry. Bitte.“

Terry verließ den Raum, und Nick blieb in ungläubigem Staunen zurück. War sie bereits tot, und niemand wagte es, ihm das zu sagen? Nein. Das hätte er gewusst. Gespürt.

Agent John Brantley junior kam rein und schloss die Tür hinter sich. „Sie wollten mich sehen, Sir.“

„Meine Frau hat Probleme bei der Arbeit. Ich muss zu ihr.“

„Wo befindet sie sich?“

„Meinen Informationen nach geht die Polizei davon aus, dass sie in einem Stadthaus am MacArthur Boulevard gefangen gehalten wird.“

Bei den Worten „gefangen gehalten“ begann Brant den Kopf zu schütteln. „Ich kann Sie dort nicht hinbringen, Sir.“

„Damit das klar ist: Ich fahre da jetzt hin, und es ist mir scheißegal, ob Sie mich begleiten oder nicht. Ich gehe. Sie können entscheiden, ob Sie mitkommen wollen.“

Der junge Agent mit dem kurzen blonden Haar und dem kantigen Kinn starrte ihn aus seinen blauen Augen unverwandt an. „Es ist meine Aufgabe, Sie zu beschützen, Sir. Das kann ich nicht, wenn Sie sich bewusst in Gefahr begeben.“

„Mag sein, aber meine Aufgabe ist es, *meine Frau* zu beschützen. Ich fahre da jetzt hin.“ Nick wusste, was Sam darüber dachte, dass er sich für ihre Sicherheit verantwortlich fühlte, doch das war ihm in diesem Augenblick vollkommen egal. Er konnte nur hoffen, dass er die Gelegenheit erhalten würde, ihr zu gestehen, dass er das gesagt hatte.

„Geben Sie mir eine Minute Vorbereitungszeit."

„Bloß wir beide, ein Auto, keine Fahrzeugkolonne. Eine Minute. Mehr gebe ich Ihnen nicht, und auch das sind eigentlich schon sechzig Sekunden zu viel."

„Scotty?"

„Bleibt hier bei den O'Connors."

Mit einem knappen Nicken verließ Brant das Zimmer.

Nick fuhr sich mit bebenden Fingern durchs Haar und zwang sich, ruhig durchzuatmen. Schon wenn er nur befürchtete, dass sie in Gefahr war, drehte er immer halb durch, aber das Wissen, dass sie in Lebensgefahr schwebte, ließ ihn am ganzen Körper zittern. Nichts machte ihm mehr Angst als die Möglichkeit, sie von einem Moment auf den anderen zu verlieren.

Die Tür öffnete sich, und Terry trat ein. „Was hat Brant gesagt?"

„Er arbeitet daran, uns beide hier rauszubringen."

„Es überrascht mich, dass er damit einverstanden war."

„War er nicht."

Terry schenkte ihm die Andeutung eines Lächelns, die beruhigend hätte sein sollen, doch Nick sah die Sorge im Blick seines Stabschefs. „Es geht ihr bestimmt gut, Nick. Das tut es schließlich immer."

„Ich wünschte, ich wäre auch so sicher. Tu mir einen Gefallen – behalte Scotty hier, er soll bei deiner Familie bleiben. Ich möchte nicht, dass er sich Sorgen macht, bevor wir zweifelsfrei wissen, was da läuft."

„Natürlich. Wir werden uns um ihn kümmern."

„Danke." Nick starrte die Tür an und betete, sie möge sich bald öffnen. „Entschuldigst du mich auf dem Empfang?"

„Ja, auf jeden Fall."

„Mir ist schlecht." Nick beugte sich vor, stützte die Hände auf die Knie und zwang sich erneut, tief durchzuatmen. Es brachte Sam rein gar nichts, wenn er die Fassung verlor. Irgendwie musste er außerdem einen Raum voller Menschen durchqueren, die sich alle auf ihn konzentrieren würden, und seinen Sohn hierlassen, ohne dass der sich Sorgen machte. *Reiß dich zusammen, Mann.*

Brant kehrte ins Büro zurück. „Mr Vice President? Ich wäre dann so weit, Sir."

Voller Furcht und Anspannung richtete sich Nick auf und zwang sich, ohne Hast Richtung Tür zu gehen.

„Halt mich auf dem Laufenden", bat Terry.

Mit einem kurzen Nicken schritt Nick an ihm vorbei in den Raum, in dem der Empfang stattfand, und blieb bei Scotty stehen. „Hey, Kumpel, ich muss mal schnell weg, um etwas zu erledigen. Du bleibst mit den O'Connors hier, okay?"

„Wo willst du denn hin?"

„Es hat sich ein kleines Problem ergeben, aber ehe du dichs versiehst, bin ich wieder da." O Gott, wie sehr er hoffte, dieses Versprechen halten zu können!

„Mach dir um ihn keine Sorgen", beruhigte ihn Laine, die die Hände auf Scottys Schultern gelegt hatte. Ihr besorgter Blick verriet, dass sie gemerkt hatte, dass etwas nicht stimmte – für so etwas hatte sie feine Antennen. „Wir fahren mit ihm und seinen Bodyguards nach Hause und kümmern uns darum, dass er seine Hausaufgaben erledigt."

Scottys Miene verfinsterte sich, als er das verhasste Wort hörte. „Ich dachte, wir wären Freunde."

Laine lachte. „Sind wir auch, und genau deshalb will ich, dass du deine Hausaufgaben machst. Damit du, wenn du groß bist, so wirst wie dein Vater."

„Das wäre cool."

Nick beugte sich vor und umarmte Scotty kurz. „Wir sehen uns daheim, okay?"

„Okay. Gibt es ein Problem?"

Zum ersten – und hoffentlich letzten – Mal schaute Nick ihm in die Augen und belog ihn bewusst. „Nein, es ist alles in Ordnung. Bis später."

Brant geleitete ihn aus dem Büro.

Nick hörte, wie Terry hinter ihm erklärte, der Vizepräsident habe überraschend weggemusst, lasse jedoch ausrichten, davon solle sich niemand die Feierlaune verderben lassen.

„Das verstößt gegen alle geltenden Sicherheitsprotokolle", bemerkte Brant angespannt, als sie auf dem Weg nach draußen durch die Korridore des Westflügels gingen.

„Es tut mir leid, dass ich Sie in diese Lage bringen muss. Wenn Sie deswegen Probleme kriegen, übernehme ich natürlich die volle Verantwortung.“

„Wenn? Wahrscheinlich bekomme ich die genau in diesem Augenblick schon. Der Rest Ihrer Personenschützer meldet den Verstoß vermutlich gerade schon dem Hauptquartier.“

„Dann nichts wie weg hier, bevor uns jemand aufzuhalten versucht.“

21

„Du warst doch unser Freund, Leonard", keuchte Marissa vom Boden aus. Ihr rann Blut aus dem Mund, vereinigte sich mit der Lache unter ihrem Kopf und Bauch. Dem unangenehmen Geruch nach zu urteilen, hatte sie zudem die Kontrolle über ihren Schließmuskel verloren. „Du hast uns verraten, dass die Polizei Billy festnehmen wollte. Hast versucht, uns zu helfen. Warum tust du mir das an?"

Wenigstens war Sam jetzt klar, wie die Springers von Billys geplanter Verhaftung erfahren hatten. Was sie allerdings nicht wusste, war, woher Stahl diese Information gehabt hatte. Wenn sie hier lebend herauskam, würde das zu den ersten Fragen gehören, mit deren Klärung sie sich befassen würde.

„Weil du mir nichts mehr nützt." Mit einem zufriedenen Laut zog er den Klingendraht um Sam enger. Ein Schweißtropfen fiel von seiner Stirn auf ihre, und sie musste ein Würgen unterdrücken, als er in ihrem Gesicht landete. Sie presste die Lippen zusammen, um ihn nicht in den Mund zu bekommen. Galle brannte in ihrer Kehle, und sie schluckte hektisch.

Die Schnitte, mit denen ihr Körper inzwischen übersät war, schmerzten, und das warme Blutrinnsal an ihrem Hals erfüllte sie mit Sorge. War ihre Schlagader verletzt? Wie lange dauerte es, bis man verblutete? Wollte er das? Sie langsam, qualvoll sterben sehen?

Diese Vorstellung machte ihr viel größere Angst als die, eine Kugel in den Kopf zu bekommen. Dann wäre es wenigstens schnell vorbei. Das hier aber war Folter. Ihr Unterleib brannte, weil sie unbedingt auf die Toilette musste, ein Drang, der mit jeder Sekunde schlimmer wurde.

Als er sie komplett in den Draht eingewickelt hatte, ging er zurück in die Garage und kam mit einem Benzinkanister zurück.

Sam erlebte einen Augenblick nackter Panik, als sie begriff, was er vorhatte. Er wollte sie bei lebendigem Leib verbrennen. Zuerst hatte er dafür gesorgt, dass sie sich nicht bewegen konnte, ohne sich selbst aufzuschlitzen, und jetzt würde er ein Feuer entzünden, gegen das sie sich nicht wehren konnte. Was für ein fürchterliches Ende.

Wo um alles in der Welt blieben ihre Leute? Warum brauchten sie so verflucht lange dafür, sie hier rauszuholen?

„Ich höre", wandte sich Malone an die vor ihm versammelten Einsatzkräfte. Das Sondereinsatzkommando und mehrere andere Spezialteams des MPD waren vor Ort, dazu FBI Special Agent George Terrell, der ihn informiert hatte, Agent Hill sei ebenfalls auf dem Weg zu ihnen. „Wie lautet der Plan?"

Freddie Cruz kam atemlos und bleich angerannt. „Wie ist der Stand der Dinge?"

„Das versuchen wir auch gerade herauszufinden, aber wir wissen, dass seit unserem Eintreffen mindestens ein Schuss gefallen ist." Malone breitete die Grundrisspläne des Stadthauses aus, die ihm das Katasteramt geliefert hatte. „Soweit ich das sehe, gibt es drei Wege ins Gebäude." Er deutete auf eine Terrasse vor dem Schlafzimmer, die Haustür und die Garage.

„Die Garage hat einen Zugang zum Partykeller", sagte Cruz.

„Ich empfehle, alle drei Zugangspunkte und alle Fenster des Hauses gleichzeitig zu stürmen", ließ sich Nickelson, der Leiter des Sondereinsatzkommandos, vernehmen. „Koordinierter Angriff."

„Einverstanden", erwiderte Farnsworth. „Wir schlagen schnell und hart zu."

„Sollten wir nicht zuerst eine Kontaktaufnahme versuchen?",

fragte Gonzo, der befürchtete, sie könnten in ihrer Eile, Sam zu retten, einen wichtigen Schritt überspringen.

„Wir haben keine Ahnung, wie lange sie schon da drin ist", entgegnete Farnsworth. „Sie könnte verletzt sein, und ich möchte keine weitere Zeit verlieren."

Niemand erwähnte, dass sie möglicherweise längst tot war. Es war allen Anwesenden klar.

„Der Sergeant hat recht, Sir", wandte Malone leise ein, obgleich ihm Farnsworths persönliche Beziehung zu Holland schmerzlich bewusst war. Verdammt, er hatte selbst eine persönliche Beziehung zu ihr und konnte sich weder die Arbeit im Hauptquartier noch sein Leben allgemein ohne die eigensinnige Polizistin vorstellen, die bei jeder sich bietenden Gelegenheit einen Mordsaufstand machte. „Wir müssen eine Kontaktaufnahme zumindest versuchen."

„Jemand soll mir die Festnetznummer der Springers besorgen", knurrte Farnsworth.

„Die habe ich im Rahmen der Ermittlung damals abgespeichert", sagte Cruz und zückte sein Handy. „Hier ist sie."

„Rufen Sie sie an", befahl Malone. „Stellen Sie Ihr Handy laut."

Erst beim fünften Klingeln kam die Verbindung zustande. „Ja hallo", ertönte eine vertraute Stimme. „Hat ganz schön lange gedauert, bis ihr euch meldet, aber das überrascht mich nicht."

„Ist das Stahl?", flüsterte Gonzo.

„Scheiße", murmelte der Chief.

Die gesamte Gruppe war entsetzt, als klar wurde, mit wem sie es zu tun hatten – nämlich mit einem Mann, der nichts zu verlieren, aber einen Riesenhass auf Sam und sie alle hatte.

Malone befürchtete, jeden Augenblick einen Herzanfall zu bekommen.

„Was wollen Sie?", knurrte Farnsworth.

„Ahhh, sind Sie das, Chief? Wie geht es Ihnen? Wir haben uns nicht mehr gesprochen, seit Sie mich wegen eines einzigen Telefonanrufs rausgeschmissen haben. Ich habe Ihre kleine Holland hier. Keine Sorge, sie ist bei mir in den besten Händen."

„Lassen Sie mich mit ihr reden."

„Sie kann gerade nicht ans Telefon kommen."

„Was immer Sie wollen, Sie kriegen es erst, wenn wir wissen, dass sie lebt."

„Das tut sie. Zumindest noch."

Hinter ihnen keuchte jemand auf, und alle wandten sich um und sahen Nick Cappuano in Begleitung eines extrem unglücklich wirkenden Agenten des Secret Service da stehen.

„Wenn Sie ihr auch nur ein Haar krümmen", drohte Farnsworth, „bringe ich Sie eigenhändig um, Sie wertlo..."

Malone entriss dem Chief kopfschüttelnd das Handy. Stahl zu provozieren würde Sam nicht helfen, das musste ihm doch klar sein. Nun, er nahm die Angelegenheit persönlich. Genau wie sie alle.

„Wo sind Sie denn hin, Chief?", fragte Stahl. „Gerade wurde es interessant."

„Malone hier. Was wollen Sie?"

„Captain! Wie schön, Sie zu hören. Das ist ja wie in alten Zeiten. Hmm, was will ich? Mal sehen. Zunächst mal möchte ich meinen alten Dienstgrad zurück."

„Sie sind wegen des Angriffs auf Lieutenant Holland eines Kapitalverbrechens angeklagt. Sie wissen genau, dass Sie nicht in Ihrem alten Job arbeiten dürfen, solange der Prozess läuft."

„Was finden Sie eigentlich alle an ihr? Fickt sie jeden Einzelnen von Ihnen?"

„Wie Sie wissen, ist sie sehr gut in ihrem Job", antwortete Malone mit zusammengebissenen Zähnen. Gott, er hatte Stahl schon gehasst, als dieser unverschämte Drecksack direkt nach seinem Abschluss an der Akademie unter seinem Kommando gearbeitet hatte. Damals war Malone Lieutenant gewesen und hatte den Streifendienst geleitet. Seit damals ging Stahl ihm mächtig auf die Nerven. Aber das hier ... Er hatte Holland als Geisel genommen und Mrs Springer und ihrer Haushälterin Gott weiß was angetan!

„Gut in ihrem Job. Natürlich. Sie lutscht Ihnen allen den Schwanz, um ungehindert tun und lassen zu können, was sie will. Im Augenblick kann sie allerdings nicht so furchtbar viel tun."

„Haben Sie ihr wehgetan?"

„Definieren Sie ,wehgetan'."

„Ist sie verletzt?"

„Mal sehen. Ja, ich glaube, das könnte man so sagen. Ziemlich sicher."

„Lassen Sie sie frei, dann kriegen wir das alles irgendwie wieder hin, Len. Wenn Sie sie weiter verletzen, kann ich Ihnen nicht helfen. Das wissen Sie."

„Jetzt bin ich plötzlich Len, ja? Nicht mehr ‚Fettsack'? Oh, Sie wussten nicht, dass mir klar ist, dass man mich hinter meinem Rücken so nennt?"

„Was hat das mit Holland zu tun?"

„Sie hat mir das Leben zur Hölle gemacht, und das zahle ich ihr jetzt heim."

„Ich möchte Sie gern da rausholen und Ihnen professionelle Hilfe besorgen ..."

Bei Stahls lautem Lachen zuckten alle zusammen. „Jetzt wollen Sie mir also helfen. Dabei scheint es Ihnen vor gar nicht allzu langer Zeit großen Spaß gemacht zu haben, mich festzunehmen. Jetzt werde ich mit großem Vergnügen Ihr Schätzchen hier töten. War nett, mit Ihnen zu plaudern, Captain. Grüßen Sie alle schön von mir, aber ich muss jetzt wieder an die Arbeit. Bis dann."

„Nicht auflegen."

Die Verbindung wurde unterbrochen.

„Wichser", murmelte Malone halblaut.

„Sie müssen reingehen und sie rausholen", forderte Nick. „Er hat gesagt, sie sei verletzt."

Er tat Malone leid. Wirklich. Die beiden liebten einander sehr, das war unübersehbar. Andererseits durfte er seine Leute nicht ohne einen gut durchdachten Plan in Gefahr bringen, und Pläne gut zu durchdenken erforderte Zeit, die sie nicht hatten. Er warf dem Chief einen Blick zu. „Was wollen Sie tun?"

„Ihn eigenhändig erwürgen", knurrte Farnsworth.

„Okay, und wie lautet Plan B?", fragte Malone.

Ein erschöpft aussehender Hill kam angerannt. „Was ist hier los?"

„Stahl hat Lieutenant Holland", antwortete Malone. „Er sagt, sie sei verletzt, macht aber keine näheren Angaben."

„Stürmen Sie?", wollte Hill wissen, der die Hände in die

Hüften gestützt hatte und sich konzentriert und aufmerksam umschaute.

„Als Sie kamen, haben wir gerade unsere begrenzten Möglichkeiten erörtert. Nickelson, was meinen Sie?"

„Ich bin immer noch dafür, schnell und ohne Rücksicht durch alle Türen und Fenster einzudringen."

„Darauf wird er vorbereitet sein", erwiderte Malone. „Er ist kein Idiot, sondern ein gut ausgebildeter Polizist. Der weiß genau, wie wir reagieren werden."

„Dann spielen wir ihm doch in die Hände", schlug Gonzo vor.

„Wie meinen Sie das?", fragte Hill.

„Wir geben ihm genau das, was er erwartet. Er kriegt seinen großen Showdown samt Heldentod. Denn genau darum geht es ihm schließlich. Er weiß genau, dass er im Gefängnis keinen Tag überleben würde."

„Was ist mit Sam?", erkundigte sich Nick. „Wenn Sie stürmen, reißt er sie möglicherweise mit in den Tod."

„Wenn wir es nicht tun, wird er sie auch töten", hielt Malone dagegen.

„Genau", stimmte Gonzo zu.

„Chief?" Malone sah seinen langjährigen Freund an. „Ihre Entscheidung."

Farnsworth betrachtete lange das Haus, während alle anderen auf seine Entscheidung warteten. Dann befahl er mit festem Blick: „Tun Sie es."

Sams Augen brannten von der heftigen Gasentwicklung des Benzins. Stahl verteilte es in einem großen Kreis um sie herum.

„Du bist wahnsinnig", krächzte Marissa vom Boden aus.

Stahl ging zu ihr hinüber und überschüttete auch sie mit Benzin.

Sie schrie vor Schmerz, als die Flüssigkeit in ihre Wunde lief.

„Ich habe Frauen so satt, die glauben, sich eine eigene Meinung erlauben zu dürfen. Haltet die Fresse, und tut, wozu ihr geboren seid – die Beine breit machen und werfen. Lori Phillips hatte das kapiert. Als ich ihr im Gegenzug für einen Fick Kokain angeboten habe, hat sie die Beine schön breit gemacht."

„Du fettes Schwein", beschimpfte ihn Marissa.

Sam hätte es nicht treffender sagen können. Lori hatte die Beine tatsächlich ziemlich breit machen müssen, damit er dazwischenpasste.

„Frauen bei der Polizei aufzunehmen war die schlechteste Entscheidung aller Zeiten. Das hat alles ruiniert."

Während Sam seiner Tirade lauschte, spürte sie, dass die fast schon körperliche Abneigung, die sie seit der ersten Begegnung für ihn empfunden hatte, gerechtfertigt war. Ihr Bauchgefühl hatte sie vor ihm gewarnt, und nichts, was sie in den Jahren danach von ihm gesehen hatte, hatte diesen ersten Eindruck geändert. Doch zu hören, was er über Frauen im Allgemeinen und bei der Polizei im Besonderen dachte, befeuerte ihre Verachtung für ihn noch.

Apropos „befeuern" ... Er zog eine Streichholzschachtel aus der Tasche und schüttelte sie vor ihrem Gesicht. „Bereit, gegrillt zu werden?"

Wie schon die ganze Zeit tat Sam, als könne sie ihn nicht hören, und versuchte, trotz des durchdringenden Benzingestanks und des Irren mit den Streichhölzern die Ruhe zu bewahren. Im Laufe ihrer Karriere bei der Polizei hatte sie sich schon viele verschiedene Arten ausgemalt, wie ihr Leben eines Tages plötzlich enden könnte. In den meisten dieser Szenarien hatte sie sich am falschen Ende des Laufs einer Waffe befunden. Sie wäre nie darauf gekommen, dass ein Kollege sie mit Klingendraht umwickeln und anzünden könnte. Dabei hatte sie immer gedacht, sie hätte so eine blühende Fantasie.

Wenn es nicht so verdammt traurig gewesen wäre, hätte sie sich über die irre Vorstellung, dass ihr Leben ausgerechnet durch die Hand Leonard Stahls ausgelöscht werden würde, kaputtgelacht.

Doch sie hatte Angst. Das ließ sich nicht leugnen. Der Gedanke, in Flammen aufzugehen, gefiel ihr ganz und gar nicht. Aber statt sich zwanghaft auszumalen, was gleich passieren würde, immer begleitet von der Erkenntnis, dass sie absolut nichts dagegen tun konnte, beschloss sie, an ihren attraktiven Mann, ihren hübschen Sohn, ihren geliebten Vater, ihre Schwestern, ihre

Nichten und Neffen, ihre Freunde und Arbeitskollegen und das wunderbare Leben zu denken, das zu führen ihr vergönnt gewesen war. Sam dachte an ihre Mutter, mit der sie keinen Kontakt mehr hatte, und bedauerte dies kurz. Sie hätte sich mit ihr versöhnen können. Wenn sie es durch irgendein Wunder hier herausschaffen sollte, würde sie versuchen, genau das zu tun.

Bei der Polizei mochte, bewunderte und respektierte man sie, was sie freute. Sie hatte jede Sekunde ihres Lebens und ihrer Karriere und besonders ihrer Ehe mit dem tollsten Mann der Welt genossen. Ihr bezaubernder, wunderbarer Scotty hatte sie zur Mutter gemacht und war ihr ein ganz großartiger Sohn. Ja, sie hätte gern noch etwas länger gelebt. Sie hätte gern die Gelegenheit gehabt, von Nick schwanger zu werden, doch alles in allem bereute sie nichts.

Stahl zündete ein Streichholz an und grinste böse, als die Flamme emporflackerte.

Während Sam mit angehaltenem Atem darauf wartete, dass er es in die Benzinlache fallen ließ, die er im ganzen Raum verteilt hatte, sah er sie an und grinste wie ein Wahnsinniger. Wenn er glaubte, er käme hier lebend raus, hatte er wirklich vollkommen den Verstand verloren. Dann begriff sie plötzlich, dass er mit ihr in den Tod gehen wollte. Polizisten hatten es im Gefängnis nicht leicht, und für einen mit seinem miesen Charakter würde der Knast besonders hart werden.

Dieser Gedanke war wenig ermutigend. *Los, bringen wir es hinter uns.* Aber nein, er wollte seinen Triumph so lange wie möglich auskosten, also blies er das Streichholz wieder aus und holte das nächste aus der Schachtel. Sie konnte sich lebhaft vorstellen, dass er so weitermachen würde, bis er das letzte Hölzchen schließlich brennend ins Benzin fallen ließ.

Gut, sollte er es ein Weilchen genießen. Das verschaffte ihren Leuten Zeit dafür, herauszufinden, wo sie war und wie sie sie befreien konnten.

Solange er nicht aus Versehen ein Streichholz fallen ließ.

Sam blickte hinüber zu Marissa, die nach wie vor unter den Fenstern am Boden lag. Seit Stahl sie mit Benzin übergossen hatte, gab sie keine Geräusche mehr von sich, und Sam hielt es für möglich, dass sie tot war. Normalerweise hatte sie Mitleid mit

Mordopfern. In diesem Fall nicht. Marissa hatte sich mit einem sadistischen Schwein eingelassen und bekommen, was sie verdiente.

Stahl brannte weiter Streichholz um Streichholz ab.

Sam fragte sich, wie viele wohl noch in der Schachtel waren, denn das letzte bedeutete, dass der Moment der Wahrheit gekommen war.

Er hatte gerade wieder eines angezündet, als die Fenster zerbarsten und Beamte des Sondereinsatzkommandos den Keller stürmten.

Na endlich – war aber auch höchste Zeit, dachte Sam und seufzte erleichtert auf. Doch ihre Erleichterung platzte wie eine Seifenblase, als sie sah, wie Stahl das brennende Streichholz ganz ruhig in die sie umgebende Benzinlache fallen ließ. Dieser Wichser! Keinen Meter von ihr entfernt züngelten Flammen hoch, deren Hitze ihr das Gesicht und alle anderen nackten Hautoberflächen versengte.

Zwei Beamte des Einsatzkommandos in voller Kampfausrüstung warfen sich auf die Flammen und erstickten sie, ehe sie Schlimmeres anrichten konnten. Drei weitere stürzten sich auf Stahl und überwältigten ihn, während er sie lauthals beschimpfte.

Sam beobachtete das alles wie aus der Ferne. Sie verspürte eine Mischung aus Erleichterung und Ungläubigkeit. Würde sie tatsächlich mit dem Leben davonkommen?

„Lebt sie?", schrie draußen eine Männerstimme, die Sams Herz und Seele noch vor ihrem Kopf erkannten.

„Ja, ich lebe", brüllte sie zurück, denn sie musste schließlich ihr Versprechen halten, ihn so bald wie möglich wissen zu lassen, dass es ihr gut ging.

„Oh, Gott sei Dank."

Zum ersten Mal seit Stunden hatte Sam Grund, zu lächeln. „Nicht anfassen", warnte sie den Beamten des Sondereinsatzkommandos, der sich ihr näherte. „Klingendraht."

„Heilige Scheiße", antwortete der, als er sah, dass sie an den Stuhl gefesselt und komplett in den Draht gewickelt war. In das Funkgerät an seiner Schulter sagte er: „Wir brauchen hier einen Seitenschneider. Sofort."

Rauch hing in der Luft und mischte sich mit dem Benzingeruch.

„Das war knapp, Lieutenant", bemerkte Captain Nickelson, als er feststellte, in welcher Lage sie sich befand.

„Nicht der beste Tag, den ich je hatte", erwiderte Sam. „Schaffen Sie mich hier raus, okay?" Sie hatte einiges zu erledigen und musste mit jeder Menge Leute reden.

„Immer langsam. Sie bluten wie ein angestochenes Schwein, und ihr Gesicht ist kaum wiederzuerkennen. Sie kommen jetzt erst mal ins Krankenhaus."

„Ich will meinen Mann sehen."

„Erst, wenn wir Sie hier rausgebracht haben."

„Dann beeilen Sie sich bitte ein bisschen. Meine Blase platzt sonst noch."

Nickelson sagte in sein Funkgerät: „Es geht ihr gut. Sie strotzt förmlich vor Kraft und Elan – und muss mal." Bei diesen Worten lächelte er sie an. „Schafft so schnell wie möglich einen Notarzt für sie und ein weiteres Opfer hier runter."

Draußen ertönte lauter Jubel, wahrscheinlich von ihren Kollegen vom MPD.

„Oh, sie lieben mich."

„Warum auch immer."

„Ich bin gerührt." In Wirklichkeit freute sie sich ehrlich darüber. Sonst war ihr schwindlig, und sie war vor Erleichterung – und wahrscheinlich aufgrund des Blutverlusts – halb benommen, aber warum sollte sie sich davon ihr Happy End versauen lassen? Mit großer Genugtuung verfolgte sie, wie die Männer des Sondereinsatzkommandos Stahl, der strampelte, kreischte und quiekte wie das Schwein, das er war, aus dem Raum zerrten. Ein Teil von ihr wünschte sich zwar, sie hätten ihn erschossen, doch der andere Teil empfand perverse Freude bei dem Wissen, was ihn im Knast erwartete. Diesmal, nach einem Mord und der Geiselnahme einer Polizistin, würde er auf keinen Fall auf Bewährung freikommen.

Farnsworth, Malone, Gonzo, Cruz und Hill kamen die Kellertreppe herunter. Freddie zog dicke Handschuhe an und fing an, sie mit einem Seitenschneider von dem Draht zu befreien, während die anderen mit grimmigen Mienen aus sicherer Entfernung alles beobachteten.

„Wo ist Nick?"

„Der Agent vom Secret Service hat ihn nicht ins Haus gelassen. Er wartet voller Ungeduld draußen auf Sie", sagte Malone.

„Warum seht ihr alle aus, als hättet ihr euren besten Freund verloren?"

„Weil uns genau das beinahe passiert wäre", erwiderte Freddie.

„Es geht mir gut. Kein Grund mehr zur Sorge."

Hill stand ein Stück von den anderen entfernt, die Hände in die Hüften gestützt, und sah sie aus seinen goldenen Augen durchdringend an.

Sam wandte den Blick ab, weil ihr seine intensive Musterung unangenehm war.

„Äh, du solltest dich mal im Spiegel anschauen", meinte Gonzo. „Dann würdest du nicht mehr behaupten, es ginge dir gut. Er hat dich ganz schön in die Mangel genommen, was?"

Sam hätte gern die Achseln gezuckt, doch der Klingendraht hinderte sie daran. „Er hat es versucht, aber die Genugtuung habe ich ihm nicht gegönnt. Ich habe die ganze Zeit kein Wort zu ihm gesagt, hab ihn nur angespuckt. Das hat Spaß gemacht."

Farnsworth wandte sich ab.

Sam bedeutete Malone mit einer Kopfbewegung, nach dem Chief zu sehen. „Hat jemand meinen Vater angerufen?"

„Ja, Nick", antwortete Gonzo. „Er war erleichtert, zu hören, dass es dir gut geht, und gleichzeitig froh, dass er nicht schon früher von deiner Geiselnahme erfahren hatte."

Freddie durchschnitt die letzten Drahtwindungen und bog das Zeug dann auf. Die Drahtstücke fielen zu Boden. Danach band er sie los. Als ihre Hände frei waren und die Durchblutung wieder einsetzte, keuchte sie vor Schmerz auf. „Verdammt, tut das weh."

Ein Notarzt und zwei Sanitäter kamen mit Ausrüstung und zwei Tragen in den Raum.

„Kümmern Sie sich zuerst um sie", wies Sam sie an und nickte in Richtung Marissa. „Er hat ihr schon vor einer ganzen Weile in den Bauch geschossen. Ich glaube, sie ist tot, bin mir allerdings nicht sicher."

„Was ist mit der Haushälterin passiert?", fragte Hill.

„Marissa hat Edna eine Kugel zwischen die Augen gejagt, weil sie nicht damit einverstanden war, dass sie mich als Geisel genommen hat."

„Das war Marissa?", vergewisserte sich Gonzo.

„Sie war Stahls Komplizin. Soweit ich das verstanden habe, haben die beiden sich zusammengetan, um die Polizei in Misskredit zu bringen."

„Meine Güte", brummte Malone. „Was für ein Paar. Warum hat er auf sie geschossen?"

„Er hat gesagt, er brauche sie nicht mehr. Ist Jeannie da?"

„Ja, draußen", antwortete Freddie.

„Sie soll reinkommen."

Er gab die Bitte per Funk weiter, und eine Minute später stürmte Detective McBride herein.

„Sam, o mein Gott", rief Jeannie mit Tränen in den Augen. „Ich bin so froh, dass es dir gutgeht."

„Du musst mir mal helfen."

„Natürlich. Was kann ich für dich tun?"

„Ich muss dringend pinkeln, aber ich spüre meine Hände und Beine noch nicht wieder."

„O Mann", murmelte Gonzo. „Das hätte ich nicht unbedingt hören müssen."

Dankenswerterweise eilte Jeannie sofort an Sams Seite.

„Moment", mischte sich eine Sanitäterin ein. „Nicht bewegen, ehe wir sie untersucht haben."

„Es geht mir gut", versicherte ihr Sam. „Alles bloß oberflächlich. Ich muss jetzt erst mal dringend für kleine Detectives."

Die Sanitäterin zögerte, dann bedeutete sie Jeannie, sich um Sam zu kümmern.

Die hob sie einfach hoch und trug sie ins Bad.

„Ich hatte ja keine Ahnung, dass du so stark bist."

„Nach den letzten paar Stunden bin ich bis zur Halskrause voller Adrenalin." Sie stellte Sam vorsichtig auf die Füße, wartete, bis sie ihre Beine sortiert hatte, und half ihr dann, die Hose herunterzuziehen.

„Das ist mir ein bisschen peinlich", gestand Sam.

„Wir haben schon Schlimmeres durchgestanden", beruhigte Jeannie sie mit einem vielsagenden Blick.

„Du hast recht."

„Heute war nur der zweitschlimmste Tag meines Lebens." Jeannie half ihr auf die Toilette. Sam war in ihrem ganzen Leben noch nie so erleichtert gewesen.

Ihr Unterleib schmerzte, sowohl weil sie so lange eingehalten hatte als auch von der Entkrampfung, die jetzt einsetzte. „Ich musste schon die ganze Zeit aufs Klo, aber ich wollte mich vor diesem Arschloch auf keinen Fall einnässen. Ich habe mich daran festgehalten, ihm so wenig Genugtuung wie möglich zu verschaffen."

„Gut gemacht." Zögernd fuhr Jeannie fort: „Er hat doch nicht versucht, dich zu ... du weißt schon ...“

„Gott sei Dank nicht."

Jeannie seufzte tief. „Das kannst du laut sagen. Nick ist halb wahnsinnig vor Angst um dich."

„Kann ich mir vorstellen. Ich muss ihn sehen."

Jeannie reichte ihr eine Rolle Toilettenpapier. „Schaffst du das allein?"

„Ich hoffe es." Sie hatte zwar kaum Gefühl in den Händen, aber sie spulte die erforderlichen Bewegungen mechanisch ab wie schon tausendmal zuvor.

Jeannie half ihr auf und strich ihr die Hose glatt, die überall aufgeschlitzt war. „Kannst du gehen?"

„Ich glaube schon. Allerdings möchte ich so nicht fotografiert werden. Was können wir dagegen tun?"

„Keine Sorge, ich kümmere mich darum."

Sie legte den Arm um Sam und half ihr zurück in den Partykeller, wo bereits ein zweites Sanitäterteam auf sie wartete. Marissa hatte man weggeschafft. „Ist sie tot?"

„So gut wie."

Die beiden Sanitäter legten Sam auf eine Trage und untersuchten sie. Als sie sah, wie sich eine große Nadel ihrer Hand näherte, fragte sie: „Moment mal, was wird das?"

„Eine Infusion. Sie sind komplett dehydriert."

„Besorgen Sie mir eine Flasche Wasser. Keine Infusionen."

„Sam", befahl Malone in einem Tonfall, der keinen

Widerspruch duldete. „Lassen Sie die Sanitäter sich um Sie kümmern.“

„Keine Infusionen.“ Sie hasste Nadeln wie die Pest.

Der Sanitäter schüttelte ob ihres Starrsinns den Kopf. „Wie Sie wollen, Lieutenant.“

„Schaffen Sie mich hier raus. Ich will zu meinem Mann.“

„Geben Sie uns noch eine Sekunde, um die Journalisten von der Straße zu scheuchen“, bat Malone.

„Beeilen Sie sich.“

„Gibt sie mir seit Neuestem Befehle?“, erkundigte sich Malone bei Gonzo und Cruz, die beide erleichtert schienen, dass ihr Tag in Stahls Gewalt Sam nichts von ihrer Forschheit genommen hatte.

„Hört sich für mich so an, Sir“, antwortete Freddie, dem es unverkennbar schwerfiel, sich ein Lachen zu verkneifen.

„Ihr schaut, dass ihr Stahl wegen der Morde an Lori und Bill Springer drankriegt – und wegen des Angriffs auf Elin.“

„Was?“, fragte Freddie mit schockierter Miene. „Was hatte er denn damit zu tun?“

„Er hat den Kerl auf sie angesetzt, damit du in seiner Arrestzelle aufläufst und genau das tust, was du getan hast. Er hatte es auf den Kreis meiner Vertrauten abgesehen.“

Freddie warf Malone und Farnsworth einen unbehaglichen Blick zu.

„Was genau haben Sie denn getan, Detective Cruz?“, wollte Malone wissen.

„Ich hatte eine Unterredung mit dem Mann, der meine Freundin angegriffen hat.“

„Und mit ‚Unterredung‘ meinen Sie …“

„Ich habe ihm klargemacht, dass es in seinem ureigensten Interesse liegt, zukünftig die Finger von ihr zu lassen und sich nicht in ihre Nähe zu wagen.“

„Verstehe“, sagte Malone. „Ich schätze, wir alle hätten an Ihrer Stelle ähnlich reagiert.“

„Ja, Sir, da bin ich mir sogar sicher, zumindest wenn Sie gesehen hätten, was er ihr angetan hat“, erklärte Freddie.

„All das – die Morde an Lori und Springer, ja sogar der Angriff auf Elin – diente also nur dazu, die Polizei in Misskredit zu bringen?“, fragte Farnsworth.

„Ja", bestätigte Sam, „er war es auch, der den Springers verraten hat, dass wir Billy des Mordes an Hugo und den anderen verdächtigten."

„Woher hat er das gewusst?", fragte Gonzo. „Er war doch zur Zeit der Ermittlungen im Fall Springer gar nicht mehr im Dienst."

„Er muss Hilfe von innen gehabt haben", schlussfolgerte Malone. „Jemand hat ihm Bescheid gesagt, und er hat es dann an die Springers weitergegeben."

„Fühlt mal Ramsey auf den Zahn", empfahl Sam. „Er hasst mich aus irgendeinem Grund und würde mich am liebsten tot sehen – ein Wunsch, der heute beinahe in Erfüllung gegangen wäre."

„Das ist zumindest ein Ansatzpunkt", stimmte Farnsworth zu.

„Können Sie mich jetzt bitte endlich hier wegschaffen?", fragte Sam die Sanitäter.

„Ja", antwortete einer von ihnen. „Dann wollen wir mal."

„Habt ihr alle Reporter von der Straße geschafft?", hakte Jeannie nach.

„Ich schau mal nach." Freddie eilte vor den Sanitätern hinaus, die Sam durch die Garage nach draußen bringen wollten. „Die Luft ist rein", berichtete er eine Minute später.

Die beiden Männer rollten sie aus dem Haus, hinaus in den wunderbar kühlen Abend. Nie war sie glücklicher gewesen, ihre Lungen mit frischer Luft füllen zu können, als nach über einer Stunde des Einatmens von Benzindämpfen.

Nick und Brant standen am Ende der Auffahrt. Der Bodyguard hielt Sams Mann mit beiden Händen am Arm zurück, sonst wäre er ihr entgegengerannt. Als Nick sie auf der Transportliege sah, schüttelte er den Griff des Agenten ab und lief auf sie zu.

Sam streckte die Arme nach ihm aus, und als er sie an sich zog, brach sie endlich zusammen.

„Sag mir, dass es dir gut geht", flüsterte er ihr ins Ohr.

„Jetzt ja."

„Mein Gott, Sam."

„Es tut mir so leid, dass du das hast durchmachen müssen."

„Du konntest ja nichts dafür."

„Wir würden Ihre Frau jetzt gerne in die Notaufnahme bringen", unterbrach einer der Sanitäter. „Sir."

Nick nahm Sams Hand. „Ich begleite sie."

Brant räusperte sich. „Äh, Mr Vice President …"

„Im Augenblick bin ich Mr Cappuano, und das ist meine Frau. Ich begleite sie."

„Irgendwann werden Sie mich noch meinen Job kosten", murmelte Brant.

„Gewöhnen Sie sich besser daran", riet ihm Malone aus persönlicher Erfahrung. „So sind die beiden eben."

„Na großartig", antwortete Brant sarkastisch, worüber die anderen lachen mussten. „Ich fahre Ihnen nach. Verlassen Sie den Krankenwagen erst, wenn ich da bin."

„Ich schätze, damit kann ich leben", sagte Nick.

Die Sanitäter rollten Sam zum Krankenwagen und luden sie ein. Nick stieg hinten mit ein.

„Wie schlimm sehe ich aus?"

„Auf einer Skala von ‚Bombe' bis ‚Schlag mit einer Pistole' geht es mehr in Richtung Letzteres."

Erleichtert, dass sein Sinn für Humor nicht gelitten hatte, nahm sie seine linke Hand und strich mit dem Daumen über seinen Ehering. „Ich habe da drin nur an dich gedacht – an dich, an Scotty und das letzte Jahr. Ich habe jeden einzelnen Moment noch mal durchlebt."

Er senkte den Kopf und presste seinen Mund auf ihre Hand. „Er hat nicht versucht, dich zu … Du weißt schon?"

„Nein."

„Gott sei Dank." Er küsste weiter ihre Hand, aber jetzt spürte sie Feuchtigkeit in seinem Gesicht.

„Komm näher. Du bist zu weit weg."

Da sie Infusionen weiterhin kategorisch ablehnte, machte sich der Sanitäter an seinem Handy zu schaffen.

Nick setzte sich zu Sam auf die Transportliege. Er stützte sich links und rechts von ihrem Kopf ab und beugte sich über sie, um sie zu küssen.

„Warum riechst du nach Benzin?"

„Weil Stahl da unten jede Menge davon ausgeschüttet und gerade mit Streichhölzern gespielt hat, als die Jungs vom Sondereinsatzkommando seine Party gesprengt haben."

Nick erschauerte, als ihm klar wurde, was alles hätte passieren können. „Wieso war er nicht in Untersuchungshaft? Er hatte dich doch schon mal angegriffen?"

„Er war auf Kaution raus", antwortete Sam. „Ich vermute, Marissa Springer hat das Geld gestellt. Angesichts dessen und aufgrund seiner vielen Dienstjahre hat sein Anwalt ihn da rausgeholt. Das wird ihm diesmal aber nicht gelingen. So viel ist sicher."

„Sieh es positiv – ein Feind weniger auf freiem Fuß."

„Ich muss sagen, du kommst mit alldem besser klar, als ich erwartet hätte. Lässt das darauf schließen, dass du dich langsam an den Wahnsinn, mit mir verheiratet zu sein, gewöhnst?"

Er schüttelte den Kopf. „Ich werde mich niemals daran gewöhnen, dass du derart in Gefahr bist. Nicht mal, wenn ich hundert Jahre alt werde. Als Christina mir am Telefon erklärt hat, dass du vermisst wurdest und man dich möglicherweise als Geisel genommen hatte, ist mir beinahe das Herz stehen geblieben."

„Du hast doch Scotty nichts gesagt, oder?"

Er schüttelte den Kopf, aber seine grimmig zusammengepressten Lippen machten ihr Sorge.

Sie strich ihm mit zwei Fingerspitzen darüber. „Was ist los?"

„Wir reden später." Er warf dem Sanitäter einen Blick zu. „Wenn wir allein sind."

„Das klingt bedrohlich."

„Es ist halb so schlimm. Nichts im Vergleich zu dem, was heute hätte passieren können." Er lehnte den Kopf an ihre Brust.

Sam fuhr ihm mit den Fingern durch das seidige dunkle Haar.

„Warum bist du so zerkratzt?"

„Er hat mich in Klingendraht gewickelt, damit ich mich nicht bewege."

„Verdammte Scheiße", flüsterte er.

Sie sprachen leise, damit niemand sie belauschen konnte. Dankenswerterweise unterstützten die lauten Sirenen sie in diesem Bemühen.

„Ich war überrascht, als ich deine Stimme von draußen gehört habe. Ich hätte nicht gedacht, dass der Secret Service dich herkommen lässt."

„Hat er auch nicht. Brant ist stinksauer auf mich."

Sam lachte leise, als sie sich vorstellte, wie das gelaufen sein musste. „Du hast also ein Machtwort gesprochen?"

„Stimmt, und ein wenig geflucht."

„Du fluchst nie!"

„Wenn meine geliebte Frau in Gefahr ist und jemand versucht, mich von ihr fernzuhalten, schon."

Sie hob die Hand und berührte zuerst sein Haar und dann sein Gesicht. „Nur der Gedanke an dich hat verhindert, dass ich da drin durchgedreht bin. Ich habe ständig an dich gedacht."

Er presste sein Gesicht zwischen ihren Kopf und ihre Schulter, und obgleich ihre steifen Muskeln und die Schnitte schmerzten, legte Sam die Arme um ihn.

„Tut mir leid, dass das passiert ist."

„Schon gut. Es ist ja nicht deine Schuld, Baby."

„Doch, es war meine Schuld. Ich bin allein in dieses Haus gegangen, ohne jemandem Bescheid zu sagen. Das war wirklich dumm. Bei meinem ersten Besuch hat Marissa ganz harmlos gewirkt. Sie hat mich komplett an der Nase herumgeführt. Wäre das Freddie passiert, würde ich ihm jetzt die Hölle heißmachen."

„Nach allem, was ich gehört habe, wart ihr heute personell unterbesetzt, aber du hast trotzdem wie geplant ermittelt. Insofern hast du dir nichts vorzuwerfen."

„Ich hätte da drin ins Gras beißen können." Sie hatte einen dicken Kloß im Hals. „Eigentlich war ich ziemlich sicher, dass ich sterben würde. Ich habe sogar an meine Mutter gedacht und daran, dass ich die Chance verpasst habe, mich mit ihr auszusöhnen."

„Wow."

„Da siehst du mal, wie schlecht es mir ging. Solche Angst hatte ich noch nie."

„Wenn die Ärzte mit dir fertig sind, können wir das alles in Ruhe durchsprechen."

„Solange sie mich nicht mit Nadeln traktieren ...".

Er hob den Kopf und blickte ihr in die Augen. „Tu, was man dir sagt, damit du so schnell wie möglich wieder nach Hause kannst."

„Du hast meinen Vater angerufen?"

Er nickte und antwortete: „Ich habe mit ihm und Celia gesprochen.“

„Ich habe mich mit keinem Wort nach deinem ersten Tag im Weißen Haus erkundigt.“

Er musste lachen. „Wen zur Hölle interessiert das beschissene Weiße Haus?“

„Was ist denn mit dir los? Du fluchst ja schon genauso schlimm wie ich.“

Er senkte den Kopf, um ihr direkt ins Ohr flüstern zu können. „*Du* bist mit mir los. Dir gelingt es, mich an einem einzigen Tag verrückt, panisch und halb krank vor Sorge um dich zu machen.“

Sam lächelte ihn an, dankbar für die zweite Chance, die sie bekommen hatte, und all die guten Dinge in ihrem Leben. „Ich tue, was ich kann.“

„Ich liebe dich so sehr“, flüsterte er. „So unsagbar.“

„Ich liebe dich genauso sehr. Vielleicht sogar noch mehr.“

„Kann gar nicht sein.“

„Kann wohl sein.“

Er sah sie lange an und lächelte zärtlich, ehe er sie küsste.

Sie lieferten dem Sanitäter eine ziemliche Show, aber darüber wollte Sam in diesem Augenblick nicht nachdenken. Nick hielt sie wieder in seinen Armen. Alles andere war egal.

22

Man traktierte sie mit Nadeln – ausgiebig. Der Schnitt an ihrem Hals und zwei an den Beinen mussten genäht werden, was wiederum mehrere Spritzen bedeutete. Nach ein paar vorhersehbaren Witzen über eine Bonuskarte für die Notaufnahme machte sich Dr. Anderson ans Werk. Er bestand auf intravenösen Antibiotika-Gaben, um einer Infektion vorzubeugen. Dann verpasste er ihr noch eine Tetanusspritze, weil sich an dem Klingendraht alle möglichen Bakterien befunden haben konnten.

Als Anderson und sein Team mit ihr fertig waren, fühlte sich Sam wie ein müdes, wundes, übellauniges Nadelkissen. Nick war die ganze Zeit an ihrer Seite geblieben, hatte ihr bei jedem Nadelstich die Hand gehalten und ihr die Tränen abgewischt. Als sie erst mal damit angefangen hatte, hatte sie mit dem Weinen gar nicht mehr aufhören können, denn erst jetzt wurde ihr wirklich bewusst, wie knapp es für sie gewesen war.

Sie wollte unbedingt in ihrem eigenen Bett schlafen, doch Anderson bestand darauf, sie zur Beobachtung über Nacht dazubehalten.

„Wir müssen Scotty anrufen", erklärte Sam, sobald man sie in ein Zimmer verlegt hatte.

„Habe ich schon. Ich habe gesagt, bei dir sei heute auf der Arbeit etwas schiefgegangen und du seist verletzt, es werde aber alles wieder gut werden. Er wünscht dir gute Besserung und wird dich morgen besuchen. Heute übernachtet er bei Graham und Laine. Es ist alles geregelt."

„Bist du sicher, dass er sich nicht aufregt?"

„Ja." Nick strich ihr das Haar aus der Stirn, schob es ihr hinters Ohr und wischte ihr mit dem Daumen die letzten Tränenspuren von der Wange. Seine Berührung war so schön, dass sie am liebsten geschnurrt hätte. Obwohl ihr alles wehtat, konnte sie nicht genug von ihm kriegen.

„Komm näher."

Er hatte schon Stunden zuvor Jackett und Krawatte abgelegt und die Ärmel seines Oberhemds hochgekrempelt. „Wie viel näher?"

„Ganz nah."

„Wenn man mich hier in deinem Bett erwischt, gibt es einen Riesenskandal."

„Seit wann interessieren uns Skandale?"

„Stimmt auch wieder." Er zwängte sich am Infusionsständer vorbei und quetschte sich neben sie aufs Bett. Irgendwie gelang es ihm, einen Arm unter ihren Kopf zu schieben und den anderen auf ihren Bauch zu legen, ohne dass es das kleinste bisschen wehtat. Er war ein Genie.

Sam schmiegte sich an ihn und atmete seinen Duft ein. „Mein Gott, riechst du gut. Du duftest eigentlich immer großartig. Habe ich dir das je gesagt?"

„Ich glaube ja."

„Stinke ich immer noch nach Benzin?" Die Schwestern hatten ihr beim Duschen geholfen, doch die Krankenhausseife hatte gegen den beißenden Benzingestank wenig ausrichten können.

„Ein bisschen."

„Ich brauche Sachen von zu Hause."

„Darum kümmern wir uns morgen."

„Ich rieche nicht gern nach Benzin", erklärte Sam mit zittriger Stimme. Wieder stiegen ihr Tränen in die Augen. Sie war auch nur ungern so eine Heulsuse, aber angesichts des überstandenen Schreckens beschloss sie, sich einen Durchhängetag zuzugestehen, ehe sie wieder weitermachte wie immer.

„Ganz ruhig, Babe. Jetzt wird alles gut. Warum versuchst du nicht, ein bisschen zu schlafen?"

„Weil ich nicht schlafen will. Ich will hier neben dir liegen, dich riechen, mit dir reden und dich berühren."

„Samantha, Süße, du bist so müde. Du kannst ruhig schlafen. Ich geh nicht weg."

„Du musst schrecklich hungrig sein."

„Ich kann jetzt nichts essen."

„Dein Empfang im Weißen Haus! Den hatte ich total vergessen. Ich bin als Vizepräsidentengattin eine Katastrophe."

Er lachte leise. „Hör auf. Du bist genau richtig, und zwar exakt so, wie du bist."

„Nick, ich wollte kommen. Ich schwöre es."

„Weiß ich doch."

„Du musst mir so bald wie möglich dein neues Büro zeigen."

„Auf jeden Fall. Wir machen alles, was du willst."

„Ich möchte unseren Hochzeitstag auf Bora Bora verbringen."

„Das Flugzeug ist bereits gebucht."

„Verdammt, stimmt ja. Wir haben jetzt unser eigenes Flugzeug. Vielleicht ist dein neuer Job doch gar nicht so doof."

„Vielleicht nicht."

„Fährst du gern Ski?"

„Ob ich gern Ski fahre? Wie kommst du denn jetzt darauf?"

„In diesem Keller habe ich über all die Dinge nachgedacht, die ich nicht über dich weiß. Unter anderem, ob du Ski fährst."

„Ich liebe Skifahren. Leider komme ich nicht mehr so oft dazu wie früher, als ich in Neuengland gelebt habe, aber wenn du möchtest, können wir uns das ja vornehmen."

„Nein, ich bin eine miese Skifahrerin."

„Ich bring dir alle Tricks bei."

„Was war eigentlich mit Scotty, was du mir später erzählen wolltest?"

„Darüber reden wir morgen, wenn es dir besser geht."

„Solange ich nicht weiß, was es ist, kann ich sowieso nicht schlafen."

Sein tiefes Seufzen versetzte sie augenblicklich in Alarmbereitschaft. Dann erzählte Nick ihr, dass Andys Ermittler Scottys leiblichen Vater aufgespürt hatte, der gar nicht gewusst hatte, dass er einen Sohn hatte. „Er will ihn kennenlernen, ehe er sein Sorgerecht abtritt."

„Das darf nicht geschehen! Wenn er ihn kennenlernt, wird er ihn haben wollen. Das würde jeder!"

„Süße, beruhig dich. Du willst doch nicht, dass die Nähte wieder aufreißen, sonst müssen die alles neu nähen." Sanft drückte er sie in die Kissen zurück. „Wie ich vorhin schon Scotty erklärt habe, ist er alt genug, um dem Richter zu sagen, was er will. Er möchte bei uns leben. Daran hat er keinen Zweifel gelassen. Aber er möchte trotzdem seinen leiblichen Vater kennenlernen. Ich habe ihm viele Fragen beantworten müssen, wie zum Beispiel, wie es sein kann, dass ein Mann nicht weiß, dass er ein Kind gezeugt hat."

„Ich finde es furchtbar, dass er nach allem, was er durchgemacht hat, jetzt auch noch damit klarkommen muss."

„Seh ich genauso." Er streichelte ihren Arm, seine Finger glitten sanft über ihre Haut, und plötzlich stand ihr ganzer Körper in Flammen, sehnte sich nach ihm, als hätte sie nicht vor wenigen Stunden ein massives Trauma erlebt. Das war ihr in diesem Moment völlig egal. Wenn er in ihrer Nähe war, wollte sie ihn. „Er war ziemlich aufgebracht, als ich den Fehler gemacht habe, diesen Mann als seinen Vater zu bezeichnen. ‚*Du* bist mein Vater', hat er heftig widersprochen. Mir wären beinahe die Tränen gekommen."

„Das ist so süß", flüsterte Sam und blinzelte heftig, um ihre eigenen Tränen zurückzuhalten. „Er hat sich genauso klar für dich entschieden wie du für ihn. Vergiss das nie."

„Der Gedanke, dass er natürlich einen leiblichen Vater hat, stört mich", gestand Nick. „Und dann komme ich mir vor wie ein eifersüchtiges Kind."

„Das kann ich nachvollziehen. Mir geht es genauso. Ich will nicht, dass andere Eltern in seinem Leben eine Rolle spielen. Trotzdem werden wir ihm die Begegnung mit diesem Mann ermöglichen müssen."

„Ja. Andy hat gemeint, die andere Möglichkeit wäre, weiter die Vormundschaft für ihn zu haben, ohne ihn formell zu adoptieren."

„Das kommt nicht infrage. Ich will das juristisch wasserdicht haben."

„Scotty und ich empfinden das auch so. Außerdem weiß der Kerl jetzt, dass es ihn gibt. Ich möchte später keinen Ärger mit ihm kriegen. Besser, wir erledigen das jetzt zu unseren Bedingungen als später zu seinen."

„Er kann ihn uns aber nicht wegnehmen, oder?"

„Nicht, wenn Scotty bei uns bleiben möchte. Andy hat ganz klar gesagt, dass die Richter in dieser Frage die Wünsche von Kindern in seinem Alter berücksichtigen. Ich werde alles mit dir durchsprechen, was er mir erzählt hat – versuch, dir keine Sorgen zu machen. Das ist Behördenkram, und um zu kriegen, was wir wollen, müssen wir eben mitspielen. Wir haben einen hervorragenden Anwalt."

„Machst du dir gar keine Sorgen?"

Er zögerte lange genug, dass sie seine wahren Gefühle erraten konnte. „Doch, selbst wenn ich es eigentlich nicht möchte. Ein wenig."

„Ich auch."

Nicks Handy summte und informierte ihn damit über den Eingang einer Textnachricht. Er zog das Smartphone aus der Tasche und las sie. „Dein Vater, deine Schwestern und dein gesamtes Team sind hier und möchten dich besuchen. Willst du sie sehen?"

„Mein Vater ist hier? Er hat doch seit Wochen das Haus nicht mehr verlassen!"

„Man hat seine jüngste Tochter entführt. Wie könnte er da nicht herkommen?"

Gottverdammt, schon wieder diese blöden Tränen! Sie wischte sie energisch weg und bedauerte es sofort, als ihr geschwollenes Gesicht dagegen protestierte. „Mein Vater und die Mädels dürfen reinkommen. Aber bitte das Team, morgen wieder vorbeizuschauen, und richte ihnen meinen Dank für alles aus, was sie heute für mich getan haben."

Er tippte rasch eine Antwort und schob das Telefon wieder in seine Tasche. Als er aufstehen wollte, hielt Sam ihn fest.

„Bleib hier."

„Dein Vater kommt gleich."

„Er weiß, dass wir im selben Bett schlafen."

„Klar, nur ... will er das auch sehen?"

„Mir egal. Ich brauche dich jetzt hier."

„Dann bleibe ich."

Durch die geschlossene Tür vernahm Sam das Summen des Rollstuhls ihres Vaters. Nach drei Jahren hätte sie dieses Geräusch überall wiedererkannt. Ihre Familie sprach mit Brant, dann trat Tracy als Erste ein, warf einen Blick auf Sam und brach in Tränen aus.

„O mein Gott, Sam!"

Angela folgte direkt hinter ihr und hielt ihrem Vater die Tür auf.

„Verdammt", entfuhr es Angela, die sich die Hand vor den Mund schlug, als sie Sams ansichtig wurde.

„Sehe ich so schlimm aus?"

„Schlimmer als damals, als du eins mit der Pistole übergezogen bekommen hattest", sagte Tracy schonungslos.

„Viel schlimmer", bestätigte Skip nach einem kühlen, analytischen Blick auf seine Tochter. „War das Stahl?"

„Dad …"

„Vergiss es. Erzähl mir, was passiert ist."

„Du hast doch schon alles gehört."

„Aber noch nicht von dir."

Obwohl Sam wusste, dass sie genau das Gleiche am nächsten Tag vermutlich erneut zu Protokoll würde geben müssen, erzählte sie ihren Besuchern alles, von dem Mord an Lori Phillips bis hin zu ihrer Rückkehr zu Marissa Springer. „Ich bin so sauer auf mich selbst", schloss sie. „Heute habe ich wirklich alles falsch gemacht."

„Inwiefern?", fragte Angela.

„Sie hätte niemals dorthin zurückgehen dürfen, ohne jemandem Bescheid zu sagen, geschweige denn allein – beim ersten Mal nicht, und schon gar nicht zweimal, nachdem sie wusste, dass die Springers der Polizei nicht wohlgesinnt waren", antwortete Skip.

Sam sank erschöpft zurück. Sie hasste den Gedanken, ihn enttäuscht zu haben.

„Nun", fuhr Skip fort, „so was kommt vor. Man hat in einem Fall eine heiße Spur, ist personell knapp besetzt und tut, was getan werden muss. Genau so war es bei dir heute. Du hast ermittelt. Deinen Job erledigt. Versucht, deine Kollegen von einem Verdacht reinzuwaschen. Jeder gute Polizist hätte an deiner Stelle genauso gehandelt."

„Bei meinem ersten Besuch bei Marissa gab es keine Anzeichen, die Anlass zur Sorge boten", erklärte Sam.

„Das war vermutlich Teil ihres Plans. Sie hat die Rolle der trauernden Mutter gespielt und dich unter dem Vorwand, weitere Informationen zu deinem Fall zu haben, dorthin zurückgelockt. Dafür könnte ich diesen verfluchten Drecksack Stahl umbringen."

„Das wird jemand anders für uns besorgen, sobald er im Knast ist", meinte Sam.

„Ja, aber das ist angesichts deines geschwollenen Gesichts und des Gestanks nach dem Benzin, mit dem er dich verbrennen wollte, nur ein schwacher Trost."

Sam erschauerte beim Gedanken daran.

„Das war knapp heute, Kleines. Du solltest dir etwas Zeit gönnen, um das zu verarbeiten, ehe du dich wieder im Hauptquartier blicken lässt. Wenn du zu schnell zur Tagesordnung übergehst, hilft das niemandem."

„Ich weiß", seufzte Sam.

„Du willst tatsächlich widerstandslos eine Weile zu Hause bleiben?", fragte Tracy ungläubig.

„Ja. Ich muss ein paar Dinge erledigen, und Dad hat recht. Wenn ich nicht in Bestform bin, nütze ich niemandem." Sie konnte nur hoffen, dass sie die Sache schnell hinter sich lassen würde, sonst konnte sie ihren Job auch gleich an den Nagel hängen. „Gonzo kommt wieder zur Arbeit. Er kann mich eine Weile vertreten." Sie schaute Nick an. „Erzähl ihnen von Scottys leiblichem Vater."

„Was ist mit ihm?", erkundigte sich Skip sofort. Er und Scotty waren dicke Freunde geworden, und Sam entging nicht, wie beunruhigt die Nachfrage ihres Vaters geklungen hatte.

Nick brachte alle auf den neuesten Stand.

„Er darf ihn uns nicht wegnehmen", sprach Skip aus, was alle dachten.

„Das werden wir nicht zulassen", versicherte ihm Nick. „Andy sagt, juristisch sehe es gut für uns aus, vor allem aufgrund der Tatsache, dass Scotty bei uns leben möchte."

„Weiß er Bescheid?", fragte Tracy.

„Ja, ich habe das mit ihm besprochen. Er war aufgewühlt, aber entschlossen, alles zu tun, was nötig ist, damit wir die Adoption abschließen können."

„Ich kann nicht glauben, dass sein Vater bisher überhaupt nichts von ihm gewusst hat", erklärte Angela. „Stellt euch mal vor, was das für ein Schock sein muss, auf diese Weise herauszufinden, dass man ein Kind hat."

„Wir können nur hoffen, dass er es bei dieser einen Begegnung bewenden lassen wird", seufzte Nick.

„Was, wenn nicht?", fragte Tracy.

„Damit setzen wir uns auseinander, wenn es so weit ist", erwiderte Nick grimmig.

Sam wollte über diese Möglichkeit am liebsten gar nicht nachdenken.

„Mal was anderes", wechselte Nick das Thema. „Ich habe heute ein bisschen rumtelefoniert und bin auf ein derzeit laufendes Forschungsprojekt der NIH zum Thema Rückenmark gestoßen. Die Forscher haben große Erfolge mit Rückenmarkspatienten erzielt, die Schmerzen in den Gliedmaßen hatten. Ich habe denen von dir erzählt", wandte er sich an seinen Schwiegervater, „und sie würden dich sehr gern kennenlernen."

„Tatsächlich?", fragte Skip.

„Das ist ja wundervoll, Dad!", freute sich Angela. „Die können dir vielleicht helfen."

„Vielen Dank, Nick", sagte Celia.

„Ja, danke", schloss sich Sam an und schenkte ihrem Mann ein liebevolles Lächeln.

„Du sollst sie nächste Woche treffen. Geht das?"

Alle sahen Skip erwartungsvoll an. „Klar geht das. Danke, Nick. Selbst wenn nichts dabei herauskommt, weiß ich deine Mühe zu schätzen."

„Es wird etwas dabei herauskommen", beharrte Sam. Die Alternative war inakzeptabel.

Am nächsten Nachmittag wurde Sam entlassen, und am Abend saß sie daheim auf dem Sofa, umgeben von ihrer Familie, Freunden und Kollegen. Die Entführung und anschließende Befreiung der Gattin des Vizepräsidenten war den ganzen Tag über das große Thema der lokalen Medien wie der landesweiten Berichterstattung gewesen. Leider war dabei immer wieder erwähnt worden, dass sie freiwillig auf Personenschutz durch den Secret Service verzichtet hatte.

„Sie sollte das gar nicht entscheiden dürfen", verkündete ein Experte. „Das ist eine Frage der nationalen Sicherheit. Wenn die Spinner da draußen erst mal mitkriegen, dass die Frau des Vizepräsidenten keinen Personenschutz hat, wird sie zur Zielscheibe für jeden, der den Vereinigten Staaten schaden will."

„Mach das aus", bat Nick. „Ich habe mehr als genug gehört."

„Warte, ich möchte unbedingt wissen, warum ich eine Frage der nationalen Sicherheit bin."

„Samantha."

„Na schön." Mithilfe der Fernbedienung schaltete sie das Gerät aus. „Spaßbremse."

Nick sah sie mit übertrieben finsterer Miene an und versuchte, sich nicht anmerken zu lassen, dass ihn genau die Themen, die die Medien da ansprachen, mit Sorge erfüllten. Bis zum Vortag hatte niemand der Tatsache, dass Sam auf Personenschutz verzichtet hatte, besondere Beachtung geschenkt. Jetzt interessierte das jeden, auch den Secret Service und Nelsons Team, die sich in den letzten zwölf Stunden intensiver mit dem neuen Vizepräsidenten – und seiner Frau – beschäftigt hatten als in den zurückliegenden sechs Wochen zusammen.

Der Gedanke, dass seine Samantha ins Interesse irgendwelcher Spinner rücken könnte, machte Nick wahnsinnig. Dass sein neues Amt sie dermaßen auf den Präsentierteller heben würde, war ihm im Vorfeld nicht gänzlich klar gewesen – und das machte ihn noch wahnsinniger. Er hatte doch tatsächlich geglaubt, sie könnten einfach so weitermachen wie zuvor. Wie hatte er so naiv sein können?

Aufgewühlt von dem verstörenden Gedankenkarussell in seinem Kopf, erhob er sich vom Sofa und begab sich in die Küche, um sich etwas zu trinken zu holen.

Christina folgte ihm. „Wie geht es dir?"

„Fantastisch. Ging mir nie besser." Er goss sich zwei Fingerbreit Bourbon ein und hob fragend die Flasche.

Sie schüttelte den Kopf. „Nein, danke.“

„Möchtest du ein Glas Wein oder so?“

„Ich habe keinen Durst. Aber ich mach mir Sorgen um dich.“

„Tja, und ich mach mir wie üblich Sorgen um Sam.“

„Unglaublich, dass ihr jemand aus ihrer eigenen Abteilung das angetan hat.“

„Er hatte es schon lange auf sie abgesehen. Wir hätten nur nie gedacht, dass er zu so etwas fähig wäre, obwohl wir hätten wissen müssen, dass er nicht aufgeben würde, nachdem er schon einmal versucht hatte, sie zu töten.“

„Ihr konntet das nicht ahnen, Nick. Die meisten Leute reagieren anders, wenn man sie wegen versuchten Mordes festnimmt.“

„Bloß ist Stahl nicht wie die meisten Leute. Er ist ein totaler Irrer, und das ist Sam eigentlich schon eine ganze Weile klar gewesen.“

„Trotzdem darfst du dir nicht die Schuld an den Taten anderer geben.“

„Das Wissen, dass ich sie nicht beschützen kann, macht mir zu schaffen.“

„So geht es mir auch jedes Mal, wenn Tommy bei der Arbeit ist. Es ist ein furchtbares Gefühl.“

„Du kannst dich besser in mich hineinversetzen als die meisten anderen Menschen.“

„Also … wie ist der neue Job?“

„Beschissen.“

„Wirklich? Mit der Antwort habe ich nicht gerechnet.“

„Ich hatte nicht erwartet, dass Nelson mich praktisch ignoriert, bis meiner Frau etwas passiert. Jetzt liegt er mir ständig in den Ohren.“

„Wie meinst du das, er ignoriert dich?“

„Er hat mich nur für seine Umfragewerte gebraucht. Derek sagt zwar, er habe nichts in der Richtung gehört, aber die würden ihn ja auch nicht einweihen. Es ist schließlich bekannt, dass wir befreundet sind.“

„Wenn man dich ignoriert, solltest du vielleicht eine eigene Agenda formulieren, und wenn ihnen die nicht passt, könntest du erklären, du seist davon ausgegangen, dass es sie nicht interessiert."

„Ich mag deine Art, zu denken. Bist du sicher, dass du nicht wieder für mich arbeiten willst?"

„Im Augenblick nicht. Trotzdem habe ich immer ein offenes Ohr für dich. Ich hoffe, das weißt du."

„Klar. Danke. Und mir gefällt deine Idee. Sogar sehr."

Brant betrat die Küche. „Verzeihen Sie die Störung, Mr Vice President. Direktor Pierce ist am Telefon und möchte Sie sprechen."

„Sorry", entschuldigte sich Nick bei Christina.

„Kein Problem."

„Sag Sam, ich bin gleich bei ihr."

„Mach ich."

Nachdem sich die Tür hinter ihr geschlossen hatte, reichte Brant Nick sein Handy und verließ ebenfalls den Raum.

„Direktor Pierce."

„Mr Vice President, ich hoffe, Sie entschuldigen die Störung. Sie haben heute sicher andere Dinge im Kopf."

„Kein Problem. Was kann ich für Sie tun?"

„Ich würde mich gerne morgen, spätestens übermorgen mit Ihnen treffen, um mich mit Ihnen über die Situation Ihrer Frau und darüber, wie wir behilflich sein können, zu unterhalten."

„Kommt das von Ihnen oder von weiter oben?"

„Von ganz oben."

„Klar, wir können uns unterhalten, doch das wird nichts ändern."

„Mr Vice President, bei allem Respekt, es hat sich bereits alles verändert."

„Aus meiner Sicht nicht. Sam muss ihren Job erledigen, und mit Personenschutz im Schlepptau kann sie das nicht. So einfach ist das."

„Eben nicht. Das ist jetzt eine Frage der nationalen Sicherheit."

„Warum? Weil die Medien das behaupten?"

„Nach den Geschehnissen des gestrigen Tages bin ich davon ausgegangen, dass Sie sie beschützen möchten ..."

„Vorsicht bei dem, was Sie sagen, Ambrose."

„Wie gesagt, bei allem Respekt, Sir, es ist meine Aufgabe, Sie und Ihre Familie zu beschützen. Ich versuche nur, meinen Job zu machen."

„Meine Frau steht nicht unter dem Schutz des Secret Service, und das wird sie auch nie. Sie hat nichts mit Ihnen zu tun. Das habe ich sehr deutlich zum Ausdruck gebracht, ehe ich das Amt angenommen habe."

„Dann haben wir, wie ich fürchte, ein Problem, über das Sie mit Präsident Nelson werden sprechen müssen. Er ist sehr aufgebracht über das, was passiert ist – und über die Aufmerksamkeit, die die Geschehnisse auf die Tatsache gelenkt haben, dass sie keinen Personenschutz genießt."

„Ich werde das so bald wie möglich mit ihm erörtern, aber das Einzige, was sich möglicherweise verändern wird, ist, wer das Amt des Vizepräsidenten innehat. Danke für den Anruf, Ambrose. Ich weiß Ihre Fürsorge zu schätzen."

„Danke, Sir."

Nick unterbrach die Verbindung und legte Brants Handy auf den Küchentresen. Weder der Anruf noch die Besorgnis der Verwaltung überraschten ihn. Nelson und Pierce lagen ja nicht falsch. Das bestritt er gar nicht. Doch sie hatten eine Abmachung getroffen, und er würde sie zwingen, sich daran zu halten, selbst wenn er ihnen inhaltlich recht gab.

Nach allem, was geschehen war, wünschte sich Nick natürlich Personenschutz für Sam. Er war der Auffassung, dass sie jetzt, wo die ganze Welt wusste, dass sie nicht bewacht wurde, viel größeren Risiken ausgesetzt war. Aber das konnte er ihr unmöglich vorschlagen und wollte es auch gar nicht. Bevor er ihr die Karriere kaputtmachte, die ihr so viel bedeutete, würde er zurücktreten.

Scotty fegte in die Küche und kam schlitternd vor Nick zum Stehen. „Sam sucht dich."

„Ich komme gleich, Kumpel."

„Alles okay?"

„Ja, alles in Ordnung."

Scotty musterte Nick skeptisch. „Das hast du gestern auch gesagt, und da war gar nichts in Ordnung. Überhaupt nichts."

„Ich wollte nicht, dass du dir Sorgen machst."

„Ja, ich weiß, aber trotzdem." Scotty biss sich auf die

Unterlippe und sah Nick fast schüchtern an, ein Blick, der Nick an ihre erste Begegnung erinnerte.

„Was hast du auf dem Herzen? Immer raus damit."

„Wir sind doch jetzt eine Familie, oder?"

„Darauf kannst du wetten."

„Ich will wissen, was los ist. Schließlich bin ich kein kleines Kind mehr. Von den O'Connors zu hören, was Sam zugestoßen ist, war viel schlimmer, als wenn du es mir erzählt hättest. Als ich es von ihnen erfahren habe, dachte ich, dir wäre vielleicht auch etwas passiert."

Nick verzog das Gesicht. „Du hast absolut recht, und es tut mir leid. Ich weiß, du bist kein kleines Kind mehr, und ich wollte dich nicht wie eins behandeln. Als ich gestern das Büro verlassen habe, war noch nicht klar, was mit Sam ist, und ich wollte keine Gerüchte in die Welt setzen. Ich hätte dir erzählen sollen, was ich wusste, und falls so etwas je wieder passiert, werde ich das tun."

„Hoffen wir, dass nicht noch jemand auf die Idee kommt. Der Typ ist völlig durchgeknallt."

„Definitiv." Nick legte Scotty eine Hand auf die Schulter. „Es tut mir leid, okay?"

„Ja, schon gut. Ist keine große Sache, nur in Zukunft will ich wissen, was los ist."

„Das ist dein gutes Recht."

„Ich glaube, Sam ist müde, will aber niemanden wegschicken."

„Das können wir ja für sie übernehmen."

Scotty lächelte ihn an. „Die haben jede Menge tolles Essen mitgebracht, wir müssen also einigermaßen höflich bleiben."

„Da hast du recht", erwiderte Nick lachend und folgte Scotty ins Wohnzimmer, wo ein Großteil von Sams Team und ihre gesamte Familie mit Ausnahme ihrer Nichte Brooke, die im Internat in Virginia war, sich um sie versammelt hatten. Er musterte seine Frau genau und erkannte, dass Scotty recht hatte – sie war völlig erschöpft. „He, Leute, ich glaube, unsere Patientin braucht ein Nickerchen."

„Brauch ich nicht", widersprach Sam.

„Doch."

„Er glaubt, er hat mir was zu sagen."

„Irgendwer muss es ja tun", spottete Malone.

„Sam lässt sich von niemandem etwas sagen", widersprach Gonzo, was allgemeine Heiterkeit auslöste.

„Leck mich, Gonzo."

„Tut mir leid, in der Hinsicht bin ich schon anderweitig vergeben", konterte er und legte den Arm um Christina, die ihm einen Ellbogenstoß verpasste.

„Sam, wir sollten dir wirklich ein bisschen Ruhe gönnen", sagte Lindsey. „Wir sind nur alle so verdammt erleichtert, dass es dir gut geht."

„Danke, Lindsey. Toll, dass ihr alle hier wart und genug zu essen für eine ganze Armee mitgebracht habt."

„Das ist echt das Beste daran", stimmte ihr Scotty zu.

„Ich hab die Brownies gebacken, die du so liebst", antwortete ihm Angela.

„Du bist meine Lieblingstante."

„He!" Tracy nahm ihn spielerisch in den Schwitzkasten. „Denk noch mal genau nach, Mister!"

Lachend rief Scotty: „Du bist auch meine Lieblingstante."

„Na so was", amüsierte sich Terry. „So jung und schon ein Diplomat."

„Der Apfel fällt nicht weit vom Stamm", bemerkte Graham. „Wir gehen jetzt mal, damit du dich ein bisschen ausruhen kannst, Sam. Mach uns nie wieder solche Angst, hörst du?"

„Ich werde es versuchen, allerdings …"

„Denk nicht mal daran", unterbrach Nick sie.

Das Lächeln, das sie ihm zuwarf, ließ ihr zerschlagenes Gesicht erstrahlen, und er schmolz dahin. Sie war sein Kryptonit. Er würde alles tun, alles aufgeben, um sie glücklich zu machen. Sie lebte, sie erholte sich, und sie würde bald wieder ganz sie selbst sein – mehr brauchte er nicht, um selbst glücklich zu sein.

„Hey, Jeannie", grüßte Sam sie.

Jeannie nahm Sams ausgestreckte Hand.

„Das mit der Vertagung tut mir furchtbar leid. Verdammte Rechtsverdreher."

Jeannie zuckte die Achseln, doch ihr gequälter Gesichtsausdruck strafte die beiläufige Geste Lügen. „Was sind nach all der Zeit schon sechs Wochen?"

„Ein quälend langer Aufschub", antwortete Sam. „Aber keine

Sorge. Wir kriegen ihn, und er wird den Rest seines Lebens hinter Gittern verbringen, wo er hingehört."

Jeannie beugte sich zu Sam hinüber und umarmte sie. „Danke. Bis morgen."

„Ja, bis morgen."

Nachdem ihre Freunde fort waren, streckte Sam die Arme nach Scotty aus, der sich an sie schmiegte, als hätte er schon sein ganzes Leben lang nichts anderes getan. „Wie geht es meinem Lieblingskind?"

„Gut, und dir?"

„Jetzt schon wieder viel besser, wo ich dich umarmen und küssen kann."

Scotty schnitt eine Grimasse, fand sich jedoch mit ihrem Bedürfnis, ihn lieb zu haben, ab. „Ich bin froh, dass du wieder nervig bist."

„Nervig?" Spielerisch zog sie an einer seiner Locken. „*Nervig?*"

„Sag du es ihr, Nick. Es *ist* nervig, wenn sie mein ganzes Gesicht abküsst."

„Ich mag es ganz gern, wenn sie mein ganzes Gesicht abküsst."

„Igitt, eklig. Ich muss dringend duschen." Er sprang vom Sofa. „Ich bin dann mal weg."

„Hast du deine Hausaufgaben gemacht?", erkundigte sich Sam.

„Ja. In der ersten Woche nach den Ferien gehen die Lehrer es langsam an."

„Wir kommen hoch und decken dich zu", versprach Nick.

„Ihr braucht mich nicht zuzudecken", widersprach er wie jeden Abend.

„O doch", beharrte Sam. „*Wir* brauchen das."

Nick setzte sich auf die Sofakante und stützte den Arm auf die Rückenlehne. „Wie fühlst du dich, Babe?"

„Ein bisschen müde, und ich habe ziemliche Schmerzen, aber ansonsten geht es mir gut. Ich bin froh, dass Scotty die Sache so problemlos weggesteckt zu haben scheint."

„Er ist genauso zäh wie seine Mutter." Nick beugte sich vor, küsste sie und rieb seine Nase an ihrer. „Bereit, dich von mir nach oben tragen zu lassen?"

„Ich kann selber laufen."

„Warum solltest du, wo ich dich so gerne trage?"

„Weil ich Pläne habe, für die du dich nicht verheben darfst?"

„Pläne? Was für Pläne?"

Sie hob die Hand, streichelte sein Gesicht und fuhr ihm mit den Fingern durchs Haar.

„Was ist?", fragte er, nachdem sie ihn lange schweigend betrachtet hatte.

„Ich möchte dich anschauen und berühren. Einfach, weil ich es kann."

„Jederzeit." Er küsste sie erneut. „Machen wir es dir oben bequem." Er schob die Arme unter sie, hob sie hoch und ging Richtung Treppe.

Sie legte die Arme um seinen Hals und den Kopf an seine Schulter. „Mein Held."

„Ach was."

„Was soll das denn heißen?"

„Ich habe dich nicht retten können. Man hat mich erst zu dir gelassen, als die Lage komplett unter Kontrolle war. Ich habe mich gefühlt, als ob … Ich weiß nicht einmal, wie ich es beschreiben soll. Als sei meine Sicherheit wichtiger als deine."

„Ich sage es nur ungern, weil es dich sauer machen wird, aber deine Sicherheit ist nicht bloß wichtiger als meine, sondern auch wichtiger als die von so ziemlich jedem anderen." Flüsternd setzte sie hinzu: „Du bist Vizepräsident."

„Das ist nicht lustig, Sam. Ich habe mich nutzlos gefühlt, und das hasse ich."

„Vergiss nie, dass du für mich extrem nützlich bist."

„Ich rede nicht von Sex."

„Wer hat denn davon gesprochen?"

Er zog eine Augenbraue hoch und versuchte, sie finster anzuschauen, was ihm jedoch nicht gelang, weil er so verdammt froh war, sich mit ihr kabbeln zu können. „Du findest dich wohl ziemlich witzig?"

„Ich *bin* ziemlich witzig. Du lachst über die meisten meiner Witze, genau wie Freddie, abgesehen von denen, die auf seine Kosten gehen. Also fast alle."

Nick legte sie vorsichtig aufs Bett und deckte sie zu.

„Brant hat dich vorhin gesucht. Was wollte er?"

„Nichts.“

„Irgendwas muss er gewollt haben. Er hatte diesen durchdringenden Blick, den er immer bekommt, wenn etwas nicht stimmt.“

„Stehst du etwa auf meinen Bodyguard?“

„Ach was. Ich bin lediglich ein aufmerksamer Mensch, und er hat gestresst gewirkt.“

„Lass uns morgen darüber reden.“

„Aha! Es gibt also etwas zu bereden.“

„Eine Kleinigkeit.“

„Die wollen, dass ich Personenschutz kriege, oder?“

„Sam.“

„Beantworte einfach meine Frage.“

„Ja, Nelson macht Druck.“

„Was hast du erwidert?“

„Ich habe Ambrose Pierce wissen lassen, dass Nelson einen neuen Vizepräsidenten brauchen wird, wenn er auf Personenschutz für dich besteht.“

„Das hast du wirklich gesagt? Zum Leiter des Secret Service?“

„Ja, und ich habe jedes Wort so gemeint.“

„Dabei wünschst du dir wahrscheinlich mehr als jeder andere, ich würde den Personenschutz akzeptieren. Trotzdem hast du das gesagt.“

„Ja, und?“

„Weißt du, was ich am meisten an dir liebe?“

„Hast du eine nicht diagnostizierte Kopfverletzung erlitten?“

Sam musste laut lachen, hielt sich dann jedoch sofort den Bauch. „Nein. Jetzt beantworte meine Frage.“

„Ich vermute, was du am tollsten an mir findest, ist das, was hier diesem Bett abgeht.“

„Weit gefehlt.“

„Ich bin verletzt und ziemlich gekränkt.“

„Oh, halt den Mund. Du weißt, wie sehr ich auf Sex mit dir stehe. Aber am tollsten an dir finde ich, dass du mich kennst. Wirklich kennst. Du verstehst mich, und obwohl du eigentlich gerne dem Druck nachgeben würdest, mir zwangsweise Bodyguards zu verpassen, weil dir das eine große Last von der Seele nehmen würde, würdest du mir das niemals antun.“

„Nein, allerdings nicht."

„Weil du mich kennst."

„Richtig, ich kenne dich." Er küsste sie zart, weil er ihr nicht noch weitere Schmerzen bereiten wollte. „Und ich liebe alles an dir, selbst die Dinge, die mich wahnsinnig machen und von denen ich Albträume kriege."

„Hast du wirklich gesagt, du schmeißt hin, wenn sie den Druck erhöhen?"

„Ja."

„Würdest du das denn wirklich tun?"

„Es war keine leere Drohung." Er schob ihr das Haar hinters Ohr. „Wann begreifst du endlich, dass ihr beide, du und Scotty, das Einzige seid, was ich wirklich brauche? Der ganze Rest – der Job, das Weiße Haus, die öffentliche Aufmerksamkeit ... Nichts davon würde mir fehlen, wenn ich es morgen nicht mehr hätte. Aber du ... Ohne dich wäre ich nicht mehr derselbe. Mein Leben wäre irreparabel ruiniert. Deshalb: Ja, wenn es hart auf hart kommt, bin ich im Handumdrehen weg."

Sie streckte die Arme aus, und er schmiegte sich bereitwillig an sie. „Ich liebe dich so. Ich hab gedacht, ich wüsste, wie sehr, bis plötzlich die Möglichkeit bestand, dass ich dich nie wiedersehen würde. Da wurde mir klar, dass es eine Million, eine Milliarde, eine Trillion mal mehr ist."

„Geht mir genauso, Baby. Sogar eine Trilliarde."

Sie gab ihm einen verspielten Klaps auf den Rücken. „Du weißt natürlich wieder, was nach einer Trillion kommt!"

Mit leisem Lachen antwortete er: „Nur weil ich ständig das Staatsdefizit im Auge habe." Er drückte sie eng an sich, überwältigt von seiner Liebe zu ihr und der Dankbarkeit dafür, dass sie wieder in seinen Armen in Sicherheit war – da, wo sie hingehörte.

23

Sam wusste, sie träumte. Das war ihr schon einmal passiert, nach der Katastrophe in der Crackküche in der Nacht, in der Quentin Johnson in den Armen seines Vaters gestorben war. Die Albträume waren furchtbar gewesen. Jetzt hatte sie einen neuen. Sie war wieder im Keller der Springers, an den Stuhl gefesselt und der Gnade eines Wahnsinnigen ausgeliefert, der mit Streichhölzern spielte.

Die Benzindämpfe brannten ihr in der Nase und ließen ihr die Augen tränen.

Stahl entzündete ein Streichholz und wedelte damit vor ihrem Gesicht herum.

Sam sah die Flamme vor ihren Augen tanzen, und für eine Sekunde war der Schwefelgestank stärker als der des Benzins. Dann blickte er ihr direkt in die Augen und ließ das Streichholz in die Benzinlache zu ihren Füßen fallen. Sam schrie, als die Flammen rings um sie aufloderten.

„Babe, wach auf. Du träumst."

Schweißgebadet schreckte Sam hoch und rang nach Luft. „Nick."

„Ich bin hier. Direkt neben dir." Er umarmte sie und streichelte ihr den Rücken, während sie völlig aufgelöst schluchzte. „Du bist in Sicherheit."

Wie sollte sie sich je wieder wirklich sicher fühlen? Wie sollte sie je wieder ihren Instinkten vertrauen, auf die ihre bisherige Karriere aufgebaut gewesen war, die sie aber in diesem Fall so gründlich im Stich gelassen hatten? Stahl hatte sie – und ihr Umfeld – nach Strich und Faden zum Narren gehalten.

Sie verdrängte diese verstörenden Gedanken, entschlossen, sich auf die Menschen zu konzentrieren, die sie liebte, und diesem Scheusal absolut nichts mehr von ihrer geistigen Energie zu widmen. Er hatte davon schon viel mehr bekommen, als er verdiente.

Sam schmiegte sich an Nick, versuchte, ihm so nah wie möglich zu sein.

Er keuchte, als sie ihr Becken gegen seines presste. „Samantha."

„Ich brauche dich."

„Baby, was du brauchst, sind Ruhe und Erholung."

„Dich brauche ich noch mehr." Sie drückte ihr Gesicht in seine Halsbeuge, atmete seinen wunderbaren Geruch tief ein und biss ihn dann ganz leicht in den Übergang zur Schulter.

Überrascht keuchte Nick: „Mein Gott, du machst mich völlig verrückt."

„Das will ich auf gar keinen Fall. Ich will einfach nur mit dir schlafen."

„Du bist verletzt, Süße. Das geht jetzt nicht."

„Doch. Bitte, Nick." In der Dunkelheit fand ihr Mund den seinen zu einem stürmischen Kuss – der dank Stahls Faustschlag ins Gesicht ziemlich schmerzhaft war. Aber das war Sam egal. Das Einzige, was jetzt zählte, war der Körperkontakt.

„Vorsichtig", flüsterte er. „Ganz vorsichtig."

Sie wollte es eigentlich schnell und hart, war allerdings bereit, sich mit allem zufriedenzugeben, was er ihr anbot.

Zärtlich erwiderte er ihren Kuss, seine Zunge strich behutsam und überhaupt nicht fordernd über ihre aufgeplatzte Unterlippe.

Sam drängte sich enger an ihn. Sie konnte ihm gar nicht nah genug sein.

Seine große Hand packte eine ihrer Pobacken, während er ein Bein zwischen ihre Schenkel schob. Ganz lange küsste er sie nur und presste sie so fest wie möglich an sich. Dann ließ er seine

Hand von ihrem Hintern nach oben gleiten und umschloss ihre Brust.

Sam beendete den Kuss und schnappte nach Luft.

Nick drückte sie auf den Rücken, zog ihr das T-Shirt über den Kopf und streifte ihr das Höschen ab.

Die frische Naht an ihrem rechten Oberschenkel machte sich schmerzhaft bemerkbar. Sie ignorierte den Schmerz und konzentrierte sich stattdessen auf die Lust, die ihr sein Mund bereitete, der sich heiß um ihre Brustspitze geschlossen hatte und an ihr saugte. Mit einer Hand fuhr sie ihm ins Haar, und sie hielt seinen Kopf fest, während er sie leckend und sanft knabbernd halb in den Wahnsinn trieb.

Er küsste sich von ihrer Brust abwärts, sanft, sachte, fast ehrfürchtig.

Noch vor Kurzem hatte sie sich gefragt, ob sie ihn überhaupt wiedersehen, geschweige denn ihn je wieder lieben würde. Jetzt fühlte es sich an wie beim ersten Mal, als sei sie wiedergeboren worden und erhielte eine kostbare zweite Chance.

Zwischen ihren Beinen verwöhnte er jeden empfindsamen Zentimeter Haut und machte sie damit vollends verrückt. Als er mit zwei Fingern in sie eindrang, kam sie mit einem überraschten Aufschrei. Er ermahnte sie, leise zu sein, weil sie schließlich nicht allein im Haus waren.

Sam hielt sich mit einer Hand den Mund zu, um ihre Lustschreie zu ersticken. Niemand hatte ihr je zuvor solche Empfindungen bereitet, doch ihm gelang es jedes einzelne verdammte Mal. Dann war er über ihr, drang in sie ein, bewegte sich auf ihr in dem Rhythmus, der ihr inzwischen so vertraut war. Die allumfassende Art, wie er sie liebte, faszinierte sie jedes Mal, und diesmal war es nicht anders. Es war sogar besser als sonst, weil die starken Gefühle der letzten Tage ihr Verlangen zusätzlich anfachten.

Sie klammerte sich an ihn, ließ sich von ihm forttragen, sich mitreißen von der lodernden Leidenschaft, die sie gemeinsam erschufen.

„Samantha." Dieses eine Wort, das er ihr ins Ohr flüsterte, jagte ihr einen Schauer über den gesamten Körper, bis er schließlich den Ort erreichte, an dem sie eins waren.

Sie strich mit den Händen über seinen muskulösen Rücken, umfasste seinen Hintern und nahm ihn tiefer in sich auf. Es konnte ihr gar nicht tief genug sein.

Er hielt sich an ihr fest, als sie gemeinsam kamen, etwas, das sie mit keinem Mann vor ihm erlebt hatte. Wie immer, wenn sie sich liebten, hoffte Sam insgeheim, sie könnten diesmal ein neues Leben gezeugt haben.

Nach dem Höhepunkt schmiegte sie sich noch enger an ihn, spürte ihn in sich pulsieren und zucken, während sein harter, schwerer Körper sie wärmte.

„Ich zerquetsche dich", murmelte er nach langem zufriedenen Schweigen.

„Es ist wunderschön, von dir zerquetscht zu werden."

Sein leises Lachen vibrierte in ihrer Brust.

„Danke für eben."

„Es hat mich große Überwindung gekostet, aber ich bin trotzdem stets gerne zu Diensten, Liebste."

Nun musste Sam lachen. „Tut mir leid, dass ich dich geweckt habe."

„Ich war ohnehin wach."

Sie streichelte seinen Rücken vom Nacken bis zu den Hüften. „Schlafstörungen?"

„Ja."

„Aus Sorge um mich?"

„Möglich. Aber du weißt ja, wie es ist: Meine Insomnie ist unberechenbar."

„Wie wäre es mit einer Rückenmassage von deiner lieben Ehefrau?"

Er hob den Kopf, um sie zu küssen. „Meine liebe Ehefrau muss jetzt schlafen."

„Zum Schlafen bleibt mir noch genug Zeit. Lass dich zur Abwechslung doch mal von mir verwöhnen."

„Das machst du ja schon ständig."

„Äh, nein, eigentlich nicht."

„Zum Beispiel gerade eben."

„Ach, reden wir schon wieder von Sex?"

„Tun wir das nicht immer?"

Sam kicherte und drückte gegen seine Schultern. „Runter von mir, du Blödmann, leg dich auf den Bauch."

„Es geht mir gut, Sam. Wirklich."

„Tu, was ich dir sage."

Mit einem dramatischen Seufzen schob er sich von ihr und rollte sich auf den Bauch. „So. Jetzt zufrieden?"

„Ja, durchaus."

Er küsste ihre Handfläche. „Ich auch."

Sam erhob sich langsam und unter Schmerzen und holte das Massageöl aus dem Bad. Damit kam sie ins Bett zurück und setzte sich auf seine Hüften.

„Wenn mir das beim Einschlafen helfen soll, fängst du die Sache völlig falsch an."

Sein brummiger Unterton brachte sie erneut zum Lachen. Sie verteilte das Massageöl auf seinem Rücken und bearbeitete mit den Fingern die Stressknoten in seinem Nacken. Sein tiefes Seufzen verriet ihr, wie sehr er ihre Bemühungen genoss. Ihre Hände wanderten tiefer, und ihre Daumen bearbeiteten die Verspannungen unter seinen Schulterblättern.

„Mein Gott, fühlt sich das gut an, Babe."

„Pssst, du sollst dich entspannen."

„Äh, wichtige Info: Solange du nackt auf mir sitzt, werde ich nie einschlafen können."

Sie beugte sich über ihn, sodass sich ihre Brüste an seinem Rücken rieben.

„Das macht es nicht besser."

Lachend setzte sie sich auf und beendete ihre Massage, indem sie seinen wohlgeformten Hintern knetete, ehe sie sich schließlich neben ihm ausstreckte. Am Ende hatte er ganz still dagelegen, und sie hatte angenommen, er sei eingedöst. Dann drehte er sich um und streckte den Arm nach ihr aus.

„Nick! Du sollst doch schlafen!"

Er nahm ihre Hand und legte sie auf seine Erektion. „Wie soll ich denn damit schlafen?"

„Braucht er auch eine Massage?"

„Zwing mich nicht, darum zu betteln."

Sie griff nach der Flasche mit dem Öl und träufelte ein wenig davon in ihre Hand, ehe sie ihn umschloss.

„Ja", stieß er mit zusammengebissenen Zähnen hervor. „Sam ... Mein Gott ... Das wird nicht lange dauern."

Sie liebte es, zu wissen, dass sie solche Macht über einen so starken, beherrschten Mann hatte. Nur sie konnte seine legendäre Selbstbeherrschung aushebeln und ihn dazu bringen, sich völlig fallen zu lassen. Nur sie würde ihn so erleben – leidenschaftlich, erregt und ganz der Ihre.

Sein Orgasmus war explosiv, und er keuchte auf, als sie ihn noch fester umschloss. Hastig legte er die Hand um ihre und hielt sie fest. „Ich kann nicht mehr", keuchte er zwischen zwei tiefen Atemzügen.

Sie küsste seine Brust und stand erneut auf, um ein Handtuch zu holen und ihn abzuwischen. Dann kehrte sie ins Bett zurück und schmiegte sich in seine Arme. „Glaubst du, du kannst jetzt schlafen?"

„Ja."

„Nick?"

„Hmm?"

„Weißt du noch, was du nach meinem Albtraum zu mir gesagt hast? Dass du da bist und ich in Sicherheit bin?"

„Mmm."

„Das gilt auch umgekehrt. Ich bin hier, und du bist in Sicherheit. Du kannst ruhig schlafen."

Er zog sie enger an sich, presste die Lippen auf ihre Stirn und schien einzudösen.

Sam lag in dieser Nacht lange wach, genoss das Gefühl, ihm nahe zu sein, seinen Herzschlag zu hören, die vertrauten Gerüche ihres Heims einzuatmen und zu wissen, dass in diesem Augenblick, diesem winzigen Bruchteil der Ewigkeit, wirklich alles in Ordnung war.

In einem dreistündigen Marathon nahm Avery Sams Aussage auf. Sie lag zugedeckt auf dem Sofa in ihrem Wohnzimmer, er saß auf einem Küchenstuhl. Er zeichnete das Gespräch auf und machte sich Notizen, hörte aber in erster Linie zu, während sie die Ereignisse rekonstruierte. Sie sprach in kühlem, distanziertem

Tonfall. Nur gelegentlich hörte er aus ihrer Stimme das durchlebte Gefühlschaos heraus, die Angst, die sie unterdrückte.

Zum ersten Mal im Leben hatte er das Gefühl, einen Mord begehen zu können. Jede Zelle seines Körpers brannte vor Zorn über das, was sie hatte durchstehen müssen.

„Dann zerbarsten die Fenster, und plötzlich war der ganze Trupp da", schloss sie. „Die Jungs vom Sondereinsatzkommando haben das Feuer gelöscht, ehe es richtig auflodern konnte, und Stahl ausgeschaltet. Ich habe mich nie zuvor so gefreut, jemanden zu sehen."

„Ja, das kann ich mir lebhaft vorstellen."

„Das war's."

„Meinen Sie, er steckt auch hinter den Morden an Lori Phillips und Bill Springer?"

„Ja, und der Übergriff auf Cruz' Freundin geht ebenfalls auf sein Konto. Er wollte Freddie aus dem Weg haben, ehe er sich an mich herangewagt hat. Ihm war völlig klar, dass Cruz sich den Typen, der Elin geschlagen hatte, vorknöpfen würde. Ich bin sicher, Elliott sollte sich unmittelbar nach seiner Entlassung an die Medien wenden und sich über die Polizeibrutalität beschweren."

„Er hatte das alles geplant."

„Ja, und letztlich zielte es auf mich ab. Hurra."

„Was hat Marissa Springer von einer braven Hausfrau zur Mörderin werden lassen?"

„Wut", antwortete Sam schlicht. „Ihre Wut hat sie angetrieben, und Stahl hat ihr eine Möglichkeit gezeigt, sich an den Cops zu rächen, die ihren geliebten Billy getötet hatten."

Er sah, dass sie müde wurde, und schaltete den Rekorder ab. „Danke, dass Sie sich Zeit für diese Aussage genommen haben. Ich schreibe jetzt den Bericht, lege ihn Ihnen aber noch mal vor, ehe ich ihn abgebe."

„Okay."

Avery stöpselte den Rekorder aus und schob ihn in seine Tasche.

„Wie geht es Shelby?"

„Ganz gut. Sie hat sich bei dem Sturz Hände und Knie aufgeschürft."

„Außerdem ist sie stinksauer auf uns alle."

„Richtig."

„Ich begreife nicht, was in Sie gefahren ist. Warum haben Sie ihr das erzählt?"

„Weil ich sie liebe und wir uns gerade etwas aufbauen – etwas, das von Dauer sein könnte. Wenn das klappen soll, darf kein solches Geheimnis zwischen uns stehen."

„Wird sie je wieder mit mir reden?"

„Ich glaube, sie will sich in den nächsten Tagen bei Ihnen melden."

„Großartig. Dann werde ich mir alle Mühe geben, den Schaden wiedergutzumachen, den Sie angerichtet haben."

„Ich weiß, Sie sind verärgert, und das vielleicht sogar aus gutem Grund, trotzdem tut es mir nicht leid, dass ich es ihr erzählt habe."

„Dann ist ja alles prima."

„Sam."

Sie schüttelte den Kopf. „Ich habe es Ihnen schon einmal gesagt, aber ich wiederhole es gerne: Dieser Blödsinn muss aufhören. Zwischen uns wird nie etwas anderes sein als kollegiale Freundschaft. Wenn Sie nicht wollen, dass mein Mann Sie nach Sibirien versetzen lässt, müssen Sie das endlich akzeptieren."

„Sibirien, ja?"

„Es sei denn, er findet einen noch abgelegeneren Ort."

„Verstehe. Tut mir leid, wenn ich Ihnen Probleme bereitet habe."

„Sie haben sich selbst mehr geschadet als mir. Da gibt es eine wunderbare Frau, die ganz verrückt nach Ihnen ist. Gehen Sie zu ihr nach Hause, Avery."

„Sobald ich kann."

Nach vierundzwanzig Stunden im Dienst und nachdem er den Papierkram im Zusammenhang mit Sams Entführung und Befreiung erledigt hatte, fuhr Avery am nächsten Morgen müde und erschöpft nach Hause. Er hatte die Unterstützung des FBI für den Fall Stahl angeboten, weil der Mann zahllose Verbindungen zum MPD hatte und niemand wollte, dass ihr wasserdichter Fall gegen den in Ungnade gefallenen Lieutenant an Interessenkonflikten scheiterte.

Stahl hatte nach seiner Verhaftung keine Spur von Reue gezeigt und sich geweigert, ohne seinen Anwalt auch nur ein Wort zu sagen, doch selbst nach dessen Eintreffen hatte er unablässig gemauert. Egal. Sam hatte überlebt und konnte gegen ihn aussagen, und Marissa Springer befand sich zwar nach wie vor auf der Intensivstation, würde aber vermutlich durchkommen. Damit war Stahl geliefert, und das war ihm klar.

Sam.

Er hatte sich große Mühe gegeben, professionelles Verhalten an den Tag zu legen, doch die Tatsache, dass Stahl sie geschlagen, verwundet und in Angst versetzt hatte, machte Avery unglaublich wütend.

Er hätte Stahl am liebsten die feiste Fratze poliert, weil der es gewagt hatte, Hand an sie zu legen. Und ja, er wusste, dass es vollkommen unangemessen war, sich deswegen so aufzuregen.

Wieder einmal musste er sich ermahnen, dass er kein Recht hatte, so für sie zu empfinden. Absolut keins. Sie saß jetzt mit ihrem Mann zu Hause, und auf ihn wartete daheim Shelby, die möglicherweise mit seinem Kind schwanger war.

Diese Wut hatte keinen Platz in seinem Leben, sagte er sich, während er vor seinem Haus parkte, den Motor ausschaltete und noch einen Augenblick sitzen blieb, um sich zu beruhigen, ehe er ausstieg. Die Haustür öffnete sich, und vor ihm stand die zierliche Frau, die ihm so wichtig geworden war.

„Da bist du ja endlich."

Avery trat ins Haus, schloss die Tür hinter sich und lehnte sich dagegen. Er war vollkommen erschöpft. „Ja."

„Ist alles in Ordnung? Geht es Sam ..." Ihr Kinn zitterte. „Es geht ihr doch gut, oder? Du würdest es mir sagen, wenn es anders wäre?"

„Es ging ihr schon besser, aber sie wird wieder."

„Was ist mit dir? Du siehst so müde aus."

„Ich könnte etwas Schlaf vertragen."

Shelby biss sich auf die Unterlippe und schaute ihn an. „Du machst einen ziemlich mitgenommenen Eindruck."

„Es war nicht leicht, mir anzuhören, was sie zu berichten hatte.“

Shelby starrte ihn lange an, dann holte sie tief Luft. „Avery, ich habe Zweifel. Ich will dich. Vermutlich liebe ich dich sogar. Gerade deswegen bin ich nicht bereit, dich zu teilen, nicht mal mit einer Frau, die du nicht haben kannst.“ Ein weiterer tiefer Atemzug. „Ich brauche Zeit zum Nachdenken.“

„Wie viel Zeit?“ Er richtete sich auf und hatte plötzlich Angst, sie würde ihn verlassen.

Sie hängte sich ihre große pinkfarbene Tasche über die Schulter. „Weiß ich noch nicht. Ich melde mich.“

„Tu das nicht, Shelby. Ich hatte heute einen harten Tag. Sei deswegen nicht sauer auf mich.“

„Bin ich nicht. Ehrlich. Hier geht es nicht um dich, sondern um mich. Nach allem, was diese Woche passiert ist, muss ich mich erst mal sortieren. Außerdem habe ich das Bedürfnis, mit Sam zu reden. Ich rufe mir ein Taxi.“

„Ich kann dich fahren.“

„Schon gut. Danke für alles, vor allem für die letzten Tage. Du warst wirklich nett zu mir.“

„Mein Gott, Shelby, du brichst mir das Herz. Was wird aus dem Baby?“

Sie wischte sich die Tränen ab. „Das können wir uns in aller Ruhe überlegen.“

„Ich möchte in jedem Fall der Vater deines Kindes sein.“

„Das weiß ich, und dafür liebe ich dich. Wirklich.“ Sie stellte sich auf die Zehenspitzen, um ihn auf die Wange zu küssen. „Pass auf dich auf, Avery.“

Er hielt sie eine Weile eng umschlungen, atmete ihren süßen Duft ein. „Melde dich auf jeden Fall.“ Avery ließ sie durch und machte dann die Tür hinter ihr zu. Mit geschlossenen Augen lehnte er sich dagegen, erfüllt von Trauer und Wut auf sich und die Gesamtsituation.

Wie konnten seine Empfindungen für eine Frau, mit der er nie zusammen gewesen war und auch nie zusammen sein würde, sein Leben derart ruinieren? Es war höchste Zeit, sein Gefühlsleben zu ordnen und ein paar Dinge ein für alle Mal richtigzustellen, bevor er das Beste verlor, was ihm je passiert war.

Es gelang Shelby, sich zusammenzureißen, während sie sich von Averys Haus entfernte. Sie wahrte die Fassung, während sie sich ein Taxi rief und dem Fahrer Sams und Nicks Adresse in Capitol Hill nannte. Doch sobald sie auf dem Weg zu ihrem Arbeitsplatz im Wagen saß, rannen ihr trotz all ihrer Bemühungen, sie zurückzuhalten, Tränen über die Wangen.

Sie hatte Avery das alles nicht sofort sagen wollen, wenn er nach Hause kam, aber sie hatte die Qual in seinem Blick und seinem Gesicht gesehen. Was Sam widerfahren war, hatte ihn wirklich mitgenommen, und sie konnte nicht in seinem Haus sitzen und darauf warten, dass er eines Tages genauso intensiv für sie empfinden würde. Entweder war sie ihm so wichtig oder eben nicht.

Shelby hatte lange auf jemanden gewartet, mit dem sie den Rest ihres Lebens verbringen wollte, und hatte jedes Wort, das sie zu ihm gesagt hatte, so gemeint. Sie würde ihn nicht teilen – nicht einmal mit einer Frau, die er aus der Ferne anschmachtete.

Jetzt musste sie Sam und Nick damit konfrontieren, dass sie ihr das vorenthalten hatten und wie es ihr damit ging. Beim Gedanken an diese Auseinandersetzung, vor allem angesichts dessen, was die beiden in den letzten Tagen durchgemacht hatten, wurde ihr übel.

An der Kontrollstelle des Secret Service an der Einfahrt zur Ninth Street hielt das Taxi an.

„Ich steige hier aus", informierte Shelby den Fahrer und reichte ihm sein Geld.

Die diensthabenden Secret-Service-Agenten erkannten sie und winkten sie durch. Als sie die Rampe zur Haustür hinaufliaf, hämmerte ihr das Herz in der Brust, und ihr gesamter Körper war vor Angst völlig verkrampft. Sechs Monate arbeitete sie jetzt für die beiden, und in dieser Zeit – beziehungsweise schon zuvor, als sie die Traumhochzeit der beiden geplant hatte – waren sie ihr sehr wichtig geworden, und sie wollte sie weder als Freunde noch als Arbeitgeber verlieren.

Doch ehe sie irgendwelche Entscheidungen treffen konnte, musste sie dieses Gespräch hinter sich bringen.

Der Agent des Secret Service an der Tür nickte ihr zu und ließ sie ein. „Morgen."

„Guten Morgen", grüßte sie.

Scotty war schon lange in der Schule. Sam und Nick genossen in der Küche ein spätes Frühstück und lasen die Morgenzeitung, deren Schlagzeilen bestimmt waren von der Entführung der Gattin des Vizepräsidenten und der Kontroverse über ihren nicht vorhandenen Personenschutz. Shelby hatte das alles bereits gelesen, während sie auf Avery gewartet hatte.

„Hey", begrüßte Sam sie, als sie die Küche betrat, „da bist du ja wieder! Geht es dir besser?"

Shelby starrte Sams grün und blau geschlagenes Gesicht an und versuchte, Worte zu finden, brachte aber nur ein angedeutetes Nicken zustande.

„Was ist los?", fragte Nick.

Sie konnte das Gespräch nicht weiter aufschieben. Das war einfach nicht möglich. Doch immer schön der Reihe nach. „Geht es dir gut?", erkundigte sie sich bei Sam. Deren Gesicht war ein einziger purpurfarbener Bluterguss, ihre strahlend blauen Augen waren allerdings klar und blickten scharf wie immer.

„Heute ist es schon besser, danke."

„Du hast uns ganz schön Angst eingejagt."

„Sorry. Du hast uns gefehlt."

Shelby holte tief Luft. „Kann ich was mit euch besprechen?"

„Natürlich." Nick erhob sich und bot ihr einen Stuhl an.

„Geht es um das Baby?", wollte Sam wissen.

„Davon hast du schon gehört?"

„Ja, und ich freue mich sehr für dich. Ich weiß doch, wie sehr du dir immer ein Kind gewünscht hast."

„Das stimmt. Ich freue mich so auf sie oder ihn."

Sam nahm ihre Hand. „Wir müssen uns bei dir entschuldigen."

„Ach ja?", fragte Nick.

„Wegen Avery", setzte Sam hinzu.

Nick versteifte sich sofort, und diesmal kannte Shelby den Grund. „Was ist mit ihm?", erkundigte er sich. „Bei euch läuft doch alles gut, oder?"

„Es lief gut, bis ich von seinen Gefühlen für Sam erfahren habe, von denen mir niemand etwas erzählt hatte."

Zwischen den dreien breitete sich die unangenehmste Stille aus, die Shelby je erlebt hatte.

„Zwischen uns war nie etwas", beteuerte Sam, vermutlich ebenso sehr zu Nicks Beruhigung wie zu Shelbys.

Sein Gesicht war wie versteinert. Shelby hatte diese Miene häufiger gesehen, wenn Avery anwesend gewesen oder sein Name gefallen war.

„Ich habe ihn nie in irgendeiner Form ermutigt", ergänzte Sam.

„Aber dir war klar, was er für dich empfindet?"

Sam schaute Nick an, der noch immer kein einziges Mal geblinzelt hatte. „Ja."

„Genau wie Nick. Deshalb hasst er ihn so, was ich bisher nie begreifen konnte. Ich komme mir so dumm vor, weil ihr alle Bescheid wusstet und ich nicht."

„Was hätten wir denn sagen sollen?", fragte Sam. „Du hattest eindeutig ein Auge auf ihn geworfen, und das wollte ich dir nicht kaputtmachen. Was auch immer er für mich empfunden hat, es war einseitig. Mit mir hatte das nichts zu tun."

„Du hättest mich trotzdem einweihen sollen."

„Shelby." Sam wartete, bis ihre Assistentin sie ansah, dann fuhr sie fort: „Zwischen ihm und mir wird nie etwas anderes sein als kollegiale Freundschaft, und da war nie etwas anderes. Ich bin glücklich verheiratet, und das weiß er. Warum um alles in der Welt sollte ich das Glück meiner Freundin zerstören, indem ich ihr mitteile, dass der Typ, auf den sie steht, früher mal in mich verknallt war?"

„Ich glaube, von ‚früher mal' kann keine Rede sein."

„Was soll das heißen?", wollte Nick wissen.

„Er ist nicht so vollständig über Sam hinweg, wie es uns allen lieb wäre."

„Woher weißt du das?", fragte Nick. „Hat er das gesagt?"

„Das musste er nicht. Wenn du ihn gesehen hättest, als er nach Hause gekommen ist, nachdem er deine Aussage aufgenommen hatte, Sam, wüsstest du, was ich meine."

„Dieser Mistkerl", murmelte Nick.

„Ihr seid mir beide ans Herz gewachsen", erklärte Shelby unter Tränen. „Ihr seid für mich mehr als nur Arbeitgeber. Ich sehe euch und Scotty fast als Teil meiner Familie. Es hat mir sehr wehgetan, dass ihr mir das verschwiegen habt."

„Du bist uns auch wichtig, Shelby, und ich schwöre, wir wollten dich nicht verletzen", versicherte ihr Sam. „Wir reden darüber nicht gerne. Seine Gefühle waren schon immer problematisch für uns."

Shelby blickte Nick an. „Als du mich ermutigt hast, mit ihm auszugehen, wolltest du ihn dadurch von Sam fernhalten. Du hast es nicht getan, weil du der Ansicht warst, er sei gut für mich."

„Schuldig im Sinne der Anklage. Das war falsch von mir", räumte Nick ein. „Ich hoffe, du nimmst meine aufrichtige Entschuldigung an."

„Ich weiß, es ist der ungünstigste Zeitpunkt überhaupt, weil du gerade dein neues Amt angetreten hast und diese Woche lauter Schreckliches passiert ist. Trotzdem würde ich mir gerne ein paar Tage freinehmen, wenn das möglich wäre. Ich brauche mal einen Tapetenwechsel und muss in Ruhe nachdenken."

„Natürlich", stimmte Nick zu. „Lass dir so viel Zeit, wie du brauchst."

„Du willst doch nicht etwa kündigen, oder?", hakte Sam nach.

„Nein. Ich werde nicht kündigen, aber ich hoffe, ihr versteht, warum ich mit euch darüber reden musste."

„Natürlich verstehen wir das", versicherte ihr Sam, und ihr Mann nickte. „Wir waren dir in diesem Punkt keine guten Freunde, das war keine Glanzleistung."

Zufrieden mit ihren Entschuldigungen und erleichtert, die Sache aus der Welt geschafft zu haben, erhob sich Shelby und schlang sich ihren flauschigen pinkfarbenen Schal um den Hals. „In ein paar Wochen bin ich wieder da. Sagt ihr Scotty Bescheid, dass ich Ferien mache? Ich schreibe ihm später eine SMS."

„Klar." Sam stand langsamer als sonst auf und umarmte Shelby. „Lass uns wissen, wie es dir geht, okay?"

„Ihr umgekehrt bitte auch. Es tut mir leid, dass diese Woche so furchtbar war. Ich hoffe, diesmal kommt der Typ endgültig hinter Gitter."

„Er fährt für eine sehr lange Zeit ein."

„Gut. Bis bald." Shelby verließ das Haus und begab sich zur Straßenecke, wo sie in ein Taxi stieg, das sie nach Hause bringen würde. Sie musste einen Urlaub planen.

~

„Verdammt, ich würde diesen Kerl am liebsten nach Timbuktu versetzen lassen", polterte Nick, sobald sich die Tür hinter Shelby geschlossen hatte.

„Er ist nicht unser Problem", erinnerte ihn Sam. „Was er denkt oder fühlt, hat nichts mit uns zu tun."

„Wie kannst du so etwas sagen, wo sie uns gerade mitgeteilt hat, sie glaubt, dass er dich noch liebt?"

„Ich würde mich eher darauf konzentrieren, dass unser Tun – oder genauer das, was wir *nicht* getan haben – jemanden verletzt hat, der uns am Herzen liegt."

„Das war doch keine Absicht. Wie hätten wir dieses Thema denn ansprechen sollen, wo sie so auf diesen Kerl stand?"

„Ich weiß nicht, aber wir hätten es versuchen müssen."

„Vielleicht", räumte er ein. „Ich will trotzdem, dass er aus unserem Leben verschwindet."

„Nick, ich sage dir, wenn du ihm seine Karriere versaust, gibt es ein Jahr lang keinen Sex."

„Das würdest du keine Woche durchhalten", erwiderte er sofort.

„Wetten?" Sie starrte ihn an, bis er blinzelte.

„Nein, lieber nicht."

„Versprich mir, dass du ihn in Ruhe lässt."

Er reagierte mit der versteinerten Miene, die er jedes Mal aufsetzte, wenn Hills Name fiel.

„Nick..."

„Na schön! Versprochen. Bist du jetzt zufrieden?"

„Ja, und du wirst im Laufe des nächsten Jahres auch sehr zufrieden sein. Jetzt lass uns das Thema wechseln."

„Worüber möchtest du denn reden?"

„Da ich vorgestern nicht bei dem Empfang war, würde ich gern dein neues Büro sehen. Kannst du es mir heute zeigen?"

„Ich weiß nicht, ob es eine gute Idee ist, da heute hinzufahren, während alle über nichts anderes reden als über deinen Personenschutz.“

„Das ist mir egal. Mein Mann hat gedroht, sein Amt an den Nagel zu hängen, wenn sie in der Richtung Druck machen. Ich habe also keinen Grund, mich von da fernzuhalten.“

„Willst du wirklich jetzt ins Weiße Haus?“

„Na ja, eigentlich nicht, aber ich würde mir gern dein neues Büro anschauen.“

Er lächelte über ihre Antwort und entgegnete: „Also gut. Dann machen wir das.“

24

Sie drehte die Fotografien auf seinem Schreibtisch um und brachte die säuberlich geordneten Aktenstapel durcheinander. Auf seinen Tischkalender schrieb sie „Sam liebt Nick" und rahmte die Worte mit kleinen Herzchen ein.

Er ließ sie gewähren, wie immer, wenn sie sich einen Spaß daraus machte, seiner Pingeligkeit, die, wie sie gern behauptete, davon zeuge, dass er in der analen Phase stecken geblieben sei, mit Chaos zu begegnen. Nach den Ereignissen der zurückliegenden Woche war es ihm egal, ob sie das ganze Büro auf den Kopf stellte. Für ihn war nur wichtig, dass sie lebte und überhaupt die Möglichkeit hatte, ihn zu ärgern.

„Genug gesehen?"

„Was ist da drin?", fragte sie und deutete auf eine Tür.

„Ein Badezimmer."

„Du hast ein eigenes Badezimmer?"

„Ich bin der Vizepräsident, Babe. Ich habe ein eigenes *Flugzeug*."

Sie schaute ihn an und verdrehte die Augen. „Lass dir das bloß nicht zu Kopf steigen, großer Zampano." Sie erhob sich von seinem Schreibtischstuhl und schlenderte zum Badezimmer hinüber. „Wow, sogar mit Dusche. Wenn ich also für eine schnelle Nummer in der Mittagspause vorbeikomme, können wir uns hinterher wieder präsentabel machen. Gut zu wissen."

„Samantha …“

Auf sein leises Knurren hin drehte sie sich um und lächelte ihn unschuldsvoll an. „Ja?“

„Wie soll ich denn hier arbeiten, wenn ich ständig daran denken muss, dich auf dem Schreibtisch zu nehmen?“

Sie kehrte zu dem fraglichen Möbelstück zurück, stützte sich darauf und sah ihn über die Schulter auffordernd an. „Warum willst du bloß daran denken? Mach doch einfach!“

„Geht nicht.“ Er deutete auf die Kamera in einer Ecke des Raums.

„Oh, Mist. Das hätte peinlich werden können.“

„Meinst du?“ Er lachte schallend. „Du gefährdest meine Karriere.“

„Wenn ich mich recht entsinne, habe ich dich davor schon damals gewarnt, als du mich überredet hast, ‚nur einem Jahr‘ im Senat zuzustimmen, damit du als Johns Vertreter seine Amtszeit zu Ende bringen konntest. Jetzt schau dir an, wohin uns das geführt hat.“

„Gute Idee. Schauen wir uns an.“ Er streckte eine Hand nach ihr aus, und sie kam um den Schreibtisch herum und nahm sie. „Lass uns von hier verschwinden, ehe ich noch arbeiten muss, obwohl ich den Tag freihabe, um mich um meine verletzte Frau zu kümmern.“

„Meine Verletzungen erfordern unablässige Fürsorge.“

„Mmm, ich könnte ein Nickerchen vertragen, ehe Scotty aus der Schule heimkommt.“

Sam schnappte sich ihre Handtasche vom Schreibtisch. „Gehen wir.“

Beinahe wären sie unbemerkt entkommen, doch dann begegneten sie Tom Hanigan, dem Stabschef des Präsidenten. „Mr Vice President, Mrs Cappuano, wie schön, dass Sie hier sind. Gut sehen Sie aus.“

„Nicht wirklich“, widersprach Sam lachend, „aber es ist trotzdem nett, dass Sie das sagen.“

„Wir sind froh, dass es Ihnen besser geht.“

„Kann ich Ihnen irgendwie helfen, Tom?“, erkundigte sich Nick.

„Der Präsident würde gern kurz mit Ihnen sprechen, wenn Sie einen Augenblick Zeit hätten."

„Haben wir einen Augenblick Zeit?", fragte Nick Sam.

„Ich schätze, für den Präsidenten können wir ihn uns nehmen." Ihr war völlig klar, wie irre diese Aussage war.

„Oh, äh, er hätte Sie gern kurz allein gesprochen, Sir. Wenn Sie möchten, bringe ich Mrs Cappuano zurück in Ihr Büro."

„Da wir beide wissen, dass er mit mir über sie sprechen möchte, kann sie genauso gut dabei sein."

„Wie Sie wünschen, Sir."

Während sie ihm durch die Korridore des Westflügels folgten, sah Sam zu Nick, formte mit den Lippen das Wort „heiß" und fächelte sich theatralisch Luft zu.

Ebenso lautlos antwortete er: „Hör auf", und deutete auf die Kameras, die es natürlich auch in diesem Korridor gab.

Sam schlug sich eine Hand vor den Mund, um ihr Lachen zu verbergen, während er über ihre Respektlosigkeit den Kopf schüttelte.

Tom ging direkt zur Tür des Oval Office, klopfte an und trat ein.

Sams riss die Augen auf, dann folgte sie den beiden ins berühmteste Büro der Welt.

Nelson erhob sich und kam um den Schreibtisch herum, um sie zu begrüßen. „Nick, Mrs Cappuano, wie schön, Sie zu sehen."

„Bitte nennen Sie mich Sam, und sparen Sie sich die Bemerkung, ich sähe gut aus, Sir. Wir wissen alle, dass das gelogen ist."

Nelson lachte über ihre direkte Art. „Wir freuen uns, dass Sie überlebt haben. Das ist das Wichtigste."

„In der Tat", stimmte Sam ihm zu und versuchte gleichzeitig, sich alle Details des Oval Office einzuprägen. Sie hätte sich am liebsten gekniffen, um sich zu vergewissern, dass sie nicht träumte, sondern tatsächlich in dem berühmten Zimmer stand.

„Setzen Sie sich", forderte Nelson sie auf und deutete auf die Sitzgruppe in der Zimmermitte.

Sam und Nick nahmen gemeinsam auf einem Sofa Platz, während Nelson und Hanigan sich in Sesseln niederließen.

„Wie ich hörte, haben Sie gestern mit Ambrose gesprochen", kam Nelson sofort zur Sache.

„Richtig." Nick zögerte einen Moment, fuhr dann aber fort: „Sie sollten wissen, Sir, dass ich die unglaubliche Chance, die Sie mir geboten haben, zu schätzen weiß. Doch meine Frau und meine Familie werden für mich immer an erster Stelle stehen. Ich kann und werde sie nicht bitten, sich zu verbiegen."

Sams Herz drohte vor Liebe zu ihm zu platzen, und trotz ihrer tiefen Abneigung gegen öffentliche Zuneigungsbezeigungen nahm sie seine Hand und verschränkte die Finger mit seinen.

„Wir verstehen diesen Standpunkt, Nick. Wirklich. Aber es geht jetzt um sehr viel mehr. Das muss Ihnen doch klar sein."

„Natürlich. Das ist uns beiden klar." Er schluckte, was seine wahren Gefühle verriet, während er sich dem Präsidenten gegenüber behauptete. „Wir sind bereit, das damit verbundene Risiko auf uns zu nehmen, damit Sam ihren Beruf weiter ausüben kann. Ich werde sie nicht bitten, ihn aufzugeben, und wir alle wissen, das müsste sie, wenn sie ständig Leibwächter im Schlepptau hätte."

„Ich will ehrlich zu Ihnen sein", sagte Nelson. „Es ist mir extrem unangenehm, dass die ganze Welt jetzt weiß, dass die Frau des Vizepräsidenten keinen Personenschutz genießt."

„Ich verstehe. Vertrauen Sie mir, mir geht es genauso."

„Aber Sie werden Ihre Meinung nicht ändern?"

Nick warf Sam einen Blick zu, dann erwiderte er: „Unter keinen Umständen. Wenn Sie möchten, dass ich deswegen zurücktrete, müssen Sie es nur sagen, dann haben Sie mein entsprechendes Gesuch bis heute Abend."

„Das wäre das Letzte, was ich wollte."

„Dann, befürchte ich, befinden wir uns in einer Sackgasse."

„Sieht so aus. Ich weiß Ihre Offenheit zu schätzen. Bevor wir irgendwelche Entscheidungen treffen, möchte ich gerne mit meinen nationalen Sicherheitsberatern sprechen. Mrs Cappuano ... Sam. Ich hoffe, Sie wissen, dass unsere Sorge in keiner Weise etwas mit etwaigen Zweifeln an Ihren Fähigkeiten als Polizeibeamtin zu tun hat."

„Das ist mir klar." An ihrer Stelle hätte sie dieselben Bedenken gehegt.

Nelson erhob sich, um klarzumachen, dass das Gespräch beendet war. Er schüttelte beiden die Hand. „Tom bringt Sie hinaus. Danke, dass Sie vorbeigeschaut haben, und ich hoffe, Sie sind bald wieder auf dem Damm.“

„Vielen Dank, Sir.“

Hand in Hand verließen Sam und Nick das Weiße Haus und gingen zu dem auf sie wartenden SUV des Secret Service.

„Danke“, sagte sie, als sie im Auto saßen.

Nick beugte sich zu ihr hinüber und küsste sie. „Es war mir ein Fest.“

EPILOG

Shelby entschied sich für Bermuda, weil es ein kurzer Flug war, die Inseln als schön und ruhig galten und weil eine ihrer Freundinnen dort ein Haus hatte, das sie Shelby gerne kurzfristig überließ.

Ihr Urlaub verlief ziemlich gut, trotz der Tatsache, dass sie nicht wie sonst alles monatelang geplant hatte – aber was hatte ihr das bisher auch schon gebracht? In einem langen pinkfarbenen Kleid mit Blumenmuster ging sie an ihrem vierten Tag im Paradies bei Sonnenuntergang am Strand entlang, die Hand schützend auf ihren Leib gelegt.

Sie konnte es kaum erwarten, einen richtig kugelrunden Babybauch zu bekommen. Bei der Geburt würde sie dreiundvierzig sein, und sie hatte das Gefühl, ihr Leben lang auf genau diesen Augenblick gewartet zu haben. Nichts, nicht einmal das mögliche Ende einer vielversprechenden Beziehung, konnte ihr die Freude darüber verderben, dass ihr lange gehegter Traum, Mutter zu werden, endlich wahr werden würde.

Wenn sie bloß zu zweit sein würden, dann würden sie eben das glücklichste Duo in der Geschichte der Menschheit sein. Sie würde ihr Baby überallhin mitnehmen und sich nur noch der Aufgabe widmen, ihrer Tochter oder ihrem Sohn die denkbar schönste Kindheit zu ermöglichen. Allein bei dem Gedanken, dass ein Kind in ihr heranwuchs, fühlte sich Shelby weniger einsam.

Sie ging weiter, bis die Sonne hinter dem Horizont versank, und drehte dann um. Langsam lief sie über den nassen Sand und genoss das Gefühl, wie das Wasser sacht ihre Füße und Knöchel umspielte.

Es wurde schneller dunkel, als sie erwartet hatte, deshalb legte sie einen Zahn zu und erreichte schließlich schwer atmend die Treppe, die zum Strandhaus ihrer Freundin hinaufführte.

Als sie sich ihr näherte, blieb sie plötzlich wie angewurzelt stehen und starrte mit offenem Mund den breitschultrigen Mann an, der auf den Stufen saß.

„Ist dieser Strand schon besetzt?", erkundigte er sich mit seinem süßen Südstaaten-Akzent, bei dem ihr schon seit ihrer ersten Begegnung immer wieder die Knie weich wurden.

Als sie wieder Luft bekam, fragte sie zurück: „Was tust du denn hier?"

„Ich bin deinetwegen hier."

Ich bin deinetwegen hier. Jetzt nicht ohnmächtig werden, Shelby Lynn.

„Wie hast du mich gefunden?"

„Ich bin Special Agent beim FBI, Liebling", versetzte er grinsend. „Ich verdiene meinen Lebensunterhalt damit, Dinge und Menschen zu finden."

„Was soll das heißen, du bist meinetwegen hier?"

„Ich meine das genau so, wie ich es gesagt habe. Kaum warst du weg, da war mir klar, dass es ein Riesenfehler gewesen war, dich gehen zu lassen." Er nahm ihre Hand und zog sie neben sich auf die Stufe. „Ich liebe das, was wir haben, Shelby. Bei dir kann ich sein, wer ich wirklich bin, und ich will mich deiner und des Babys würdig erweisen. *Unseres* Babys."

„Es ist vielleicht gar nicht unser gemeinsames Kind."

„Ich will aber, dass es das ist, und mir ist es völlig egal, ob ich der leibliche Vater bin oder nicht."

„Wirklich?"

„Absolut. Wichtig ist nur, dass ihr gesund und wohlauf seid, du und das Baby, und dass ihr für immer einen Platz in meinem Leben einnehmt."

„Als du vorgestern heimgekommen bist ..."

„War ich völlig durch den Wind, nachdem ich mir hatte

anhören müssen, was dieser Dreckskerl Stahl Sam angetan hatte. Ich war aufgebracht, besorgt und traurig, weil ihr das widerfahren war. Es tut mir leid, wenn ich das nicht richtig ausdrücken konnte. Jedenfalls habe ich mich darauf gefreut, zu dir nach Hause zu kommen, weil ich wusste, dass du auf mich wartest."

Die verdammten Hormone trieben ihr die Tränen in die Augen, als seine Worte ihr gebrochenes Herz erreichten, die Risse kitteten und die Wunden heilten. „Sag das nicht, wenn du es nicht so meinst."

„Das würde ich niemals tun."

„Was jetzt kommt, muss ich fragen, damit ich mich hinterher nicht wie eine totale Vollidiotin fühle. Was ist mit Sam?"

Er presste die Lippen zusammen, möglicherweise, weil er verärgert war, doch Shelby zog die Frage nicht zurück. „Sam ist meine Kollegin und Freundin. Ich muss dir wahrscheinlich nicht erklären, was für ein toller Mensch sie ist. Ich bewundere sie und bin manchmal ein wenig eingeschüchtert von ihr. Verrate ihr das bitte nicht, sonst wird sie vollends unerträglich. Ich würde niemals leugnen, dass ich wie geblendet von ihr war und aus dem Staunen über die Art, wie sie ihren Job macht, manchmal immer noch nicht herauskomme. Aber ich liebe sie nicht."

„Nein?"

Er schüttelte den Kopf. „Ich liebe nicht sie, sondern dich."

„Avery, du sagst das doch nicht nur, weil du glaubst, ich wolle es hören, oder? Ich brauche jetzt die Wahrheit."

„Ich bin hergekommen, weil du genau die verdienst, und zwar schon lange." Er verschränkte seine Finger mit ihren und legte ihrer beider Hände über sein Herz. „Du hast mal gesagt, du hättest lange auf jemanden gewartet, den du ausreichend magst, um den Rest deines Lebens mit ihm zu verbringen. Das Gleiche gilt für mich. Ich bin fast vierzig. Beruflich läuft es gut, und jetzt bin ich bereit, mit dir und dem Baby den nächsten Schritt zu wagen. Wenn du das auch möchtest."

„Was willst du damit sagen?"

Er erhob sich und ließ sich vor ihr auf ein Knie sinken.

Shelby keuchte auf und versuchte nicht mehr, die Tränen zurückzuhalten, die ihr übers Gesicht liefen.

„Shelby Lynn Faircloth, ich liebe dich, und ich werde dein

Baby lieben. Würdest du mir bitte die große Ehre erweisen, meine Frau zu werden?"

„Ja", schluchzte sie und warf sich in seine Arme. „Ja, Avery. Ich liebe dich auch."

„Ich werde dich glücklich machen, Shelby. Versprochen."

Da sie wusste, dass sie mehr nicht verlangen konnte, beschloss sie, ihn genau das tun zu lassen.

Am darauffolgenden Samstag bestiegen Sam, Nick und Scotty die Air Force Two für den kurzen Flug vom Luftwaffenstützpunkt Andrews nach Newark in New Jersey. Nick war sich seines in letzter Zeit deutlich größer gewordenen ökologischen Fußabdrucks deutlich bewusst, weswegen er mit dem Wagen hatte fahren wollen, aber der Secret Service hatte diesen Vorschlag aus ihm unbekannten Gründen abgelehnt. Er empfand es als Umweltverschmutzung, für eine halbe Stunde Flug die große Maschine zu nehmen, doch weil Brant beide Augen zugedrückt hatte, als Sam in Gefahr gewesen war, beschloss Nick, den Wünschen des Mannes diesmal Rechnung zu tragen.

Andy war bereits einen Tag zuvor nach Atlantic City gereist, um Tony D'Alessandros Anwalt zu treffen und dafür zu sorgen, dass bei ihrer Ankunft alles bereit war. Sie würden Tony und seinen Rechtsbeistand in einem Restaurant zwei Blocks von der Strandpromenade entfernt treffen. Nick hatte einen Italiener vorgeschlagen, weil Scotty das Essen dort am liebsten mochte.

Der Ermittler hatte Tony ein völlig unauffälliges Leben bescheinigt. Er hatte in einigen der gehobeneren Restaurants in den Casinos als Kellner gearbeitet. Keine Vorstrafen, geschieden, keine Kinder. Nick hatte keine Ahnung, was er von diesem Treffen erwarten sollte, und würde erst wieder frei atmen können, wenn sie mit einer unterschriebenen Sorgerechtsabtretung auf dem Heimweg waren.

„Das ist so cool", strahlte Scotty und schaute sich in dem großen Sitz- und Bürobereich des Vizepräsidenten im vorderen Teil der umgebauten Boeing 757 um. Er setzte sich hinter den Schreibtisch und versuchte, wie der Vizepräsident persönlich auszusehen, während er so tat, als nähme er auf der Direktleitung zum Weißen Haus einen Anruf entgegen.

„Aber keine Knöpfe drücken", ermahnte ihn Nick. „Schließlich willst du nicht versehentlich einen Krieg auslösen oder so."

„Könnte ich das von hier aus wirklich?"

„Ich glaube nicht. Ganz sicher bin ich mir allerdings nicht."

„Müsstest du das nicht wissen?"

„Kannst du es für mich herausfinden?"

„Ich kümmere mich sofort darum."

Nick freute sich, dass Scotty so begeistert von dem Flugzeug war, statt sich wegen der Gründe für ihre Reise den Kopf zu zerbrechen, derentwegen er fast die ganze Woche über still und in sich gekehrt gewesen war. Sam und Nick hatten sich solche Sorgen um den Jungen gemacht, dass sie Mrs Littlefield, Scottys frühere Betreuerin im Kinderheim, angerufen hatten. Sie hatte den beiden versichert, dies sei nur Scottys Art, Dinge zu verarbeiten, und dass er nach dem Treffen wieder ganz der Alte sein werde.

Darauf baute Nick. Er hasste es, seinen Sohn besorgt oder niedergeschlagen zu sehen.

Es war eine außergewöhnliche Woche gewesen, denn Sam war krankgeschrieben gewesen und hatte sich zu Hause erholt, Shelby war spontan in den Urlaub gefahren, und Scotty war vor dem Treffen mit seinem leiblichen Vater bange gewesen – doch Nick war jeden Tag zur Arbeit gegangen und hatte auf Nelsons Reaktion auf sein Rücktrittsangebot gewartet. Als er freitags mit Nelson zu Mittag gegessen hatte, war der Präsident herzlich und zuvorkommend gewesen und hatte Nicks Rücktritt mit keinem Wort erwähnt. Nelson hatte sich auch nicht dazu geäußert, welche Rolle der Vizepräsident innerhalb seiner Verwaltung spielen sollte.

Angesichts dessen gedachte Nick, Christinas Ratschlag zu beherzigen und seinen eigenen Weg zu gehen, nicht einen vom Präsidenten vorgegebenen, denn genau das schien Nelson zu bevorzugen. Aber selbst wenn dem Präsidenten Nicks Eigenständigkeit nicht behagte ... Nelson würde wohl kaum den Mann feuern, der ihm so spektakulär tolle Umfragewerte einbrachte.

Es klopfte, und ein Flugbegleiter betrat die Kabine. „Mr Vice

President, Mrs Cappuano, Master Cappuano, willkommen an Bord der Air Force Two. Ich bin Jeffrey, und ich werde mich heute um Sie kümmern. Möchten Sie etwas essen oder trinken?"

„Könnte ich eine Cola haben?", bat Scotty und sah seine Eltern Einverständnis heischend an. Beide nickten. Heute war das in Ordnung.

„Natürlich", entgegnete Jeffrey. „Sir, Madam?"

„Wasser wäre toll", antwortete Sam.

„Zwei, bitte", schloss Nick sich ihr an.

„Kommt sofort", erwiderte Jeffrey und verließ die Kabine. Die hintere Hälfte des Flugzeugs, in dem normalerweise Mitglieder des Pressekorps des Weißen Hauses untergebracht waren, war leer. Nick hatte darauf bestanden, da dies eine Privatangelegenheit war und er nicht dienstlich unterwegs war, obwohl er sich der Regierungsmaschine bediente.

Seines Wissens war bloß Brant bekannt, wohin sie flogen und warum. Nick hatte den Agenten gebeten, die Sicherheitsvorkehrungen für die Reise diskret und die Fahrzeugkolonne so klein wie möglich zu halten. Brant hatte sie auf drei SUVs beschränken können – einen für Nick und seine Familie, einen davor und einen dahinter.

Während Scotty so tat, als arbeite er am Schreibtisch, setzte sich Nick neben Sam aufs Sofa. „Wie fühlst du dich, Babe?"

„Wenn das hier vorbei ist, wird es mir viel besser gehen."

„Das habe ich auch gerade gedacht."

„Was, wenn er nicht unterschreibt? Ich meine, schau dir Scotty doch mal an. Wer würde einen solchen Sohn nicht haben wollen?"

Der Junge saß in dem großen ledernen Schreibtischstuhl, hatte die Füße auf den Tisch gelegt und den Hörer ans Ohr geklemmt und gestikulierte genau wie Nick, wenn dieser telefonierte. „Äfft er mich nach?", fragte Nick grinsend.

„Nein, er möchte sein wie du. Er beobachtet jede deiner Bewegungen und nimmt sich ständig ein Beispiel an dir. Er liebt uns beide, aber du bist für ihn der Maßstab aller Dinge. Er würde sich niemals von dir trennen."

„Dich bewundert er auch. Du hast gar keine Ahnung, wie sehr."

Sie lächelten einander an und blickten dann wieder zu Scotty, der eine Friedenslösung für den Mittleren Osten auszuhandeln schien.

Kurz darauf landeten sie in Newark, wo weitere Agenten und die Karawane der schwarzen SUVs auf sie warteten. Mit unglaublicher Effizienz und Routine wurden sie in das mittlere Auto verfrachtet und abtransportiert. Nick musste zugeben, dass es ganz angenehm war, wenn andere sich für ihn um logistische Fragen kümmerten.

Brant hatte zugestimmt, dass nur ein Personenschützer für ihn und einer für Scotty im Restaurant sein würden. Die anderen würden draußen bleiben.

Nick wusste, er durfte nicht darauf hoffen, dass Tony ihn nicht erkennen und nicht begreifen würde, mit wem er es zu tun hatte. Auf seine Anweisung hin hatte Andy dem Mann diese Information bisher vorenthalten. Gleich jedoch würde seine Identität auffliegen, und Nick befürchtete, sein Amt könnte ihm irgendwie einen Strich durch die Rechnung machen.

Je näher sie ihrem Ziel kamen, desto stiller wurde Scotty. Er trug neue Jeans und ein Red-Sox-Sweatshirt unter der neuen Skijacke, die sie ihm zu Weihnachten geschenkt hatten. Der Junge starrte aus dem Fenster und betrachtete interessiert, neugierig und, wie Nick spürte, auch nervös die Uferbebauung.

„He, Kumpel“, sagte Nick.

„Ja?“

„Alles okay?“

„Mhm.“

„Wir bleiben dicht bei dir, okay?“

Scotty nickte.

Sie hatten ihn gefragt, ob sie bei dem Treffen mit seinem leiblichen Vater dabei sein sollten, und er hatte mit einem Blick, als hätten sie völlig den Verstand verloren, geantwortet: „Na klar sollt ihr dabei sein. Wo solltet ihr denn sonst sein? Ihr seid meine Eltern.“

„Wir wollten nur mal nachfragen“, hatte Nick erwidert. Jedes Mal, wenn Scotty sie als seine Eltern bezeichnete, berührte ihn das tief.

Sie betraten das Restaurant, wo Andy schon mit zwei anderen Männern saß, und wussten sofort, welcher der beiden Scottys

Vater war. Er hatte den gleichen dunklen Haarschopf, das gleiche Kinn, und als er zu ihnen herüberschaute, sah Nick, dass seine dunkelbraunen Augen denen von Scotty exakt glichen.

Tony erhob sich, und Nick bekam es genau mit, als er begriff, dass Scotty mit dem Vizepräsidenten der Vereinigten Staaten und dessen Frau angereist war.

„Ach du Scheiße", flüsterte Tony unüberhörbar.

„‚Scheiße' ist ein verbotenes Wort", rügte ihn Scotty. Er hatte längst begriffen, um welchen der beiden Männer es hier ging.

„Echt?", fragte Tony amüsiert. „Ich habe immer gedacht, das käme auf den Zusammenhang an."

„Nein, es ist definitiv ein verbotenes Wort", beharrte Scotty.

Nick legte dem Jungen eine Hand auf die Schulter und streckte die andere zum Gruß aus. „Nick Cappuano."

„Ja." Noch immer etwas sprachlos, reichte Tony Nick die Hand. „Ich weiß."

„Das ist meine Frau Samantha."

Sam schüttelte ihm ebenfalls die Hand. „Freut mich, Sie kennenzulernen."

„Gleichfalls."

„Warum setzen wir uns nicht?", schlug Andy vor.

Nick bedankte sich bei seinem Freund mit einem Lächeln für dessen Bemühungen, eine Brücke zu schlagen. Sie alle nahmen an einem runden Tisch Platz, Tonys Anwalt stellte sich vor, und dann bestellten sie und versuchten zu plaudern, doch das Gespräch wirkte künstlich, gestelzt und in vielerlei Hinsicht unangenehm. Mehr als einmal ertappte Nick Scotty dabei, wie er seinen leiblichen Vater verstohlen beobachtete.

„Ich weiß, du hast viele Fragen", kam Tony nach einer weiteren langen Gesprächspause zur Sache. „Nicht auf alle davon werde ich Antworten für dich haben, aber ich versichere dir, bis vor ein paar Tagen wusste ich nicht mal, dass es dich gibt. Tut mir leid, wenn du die ganze Zeit das Gefühl hattest, ich hätte dich im Stich gelassen."

„Ich habe mich gefragt, wo du wohl bist", antwortete Scotty stockend. „Meine Mutter ist gestorben, als ich sechs war. Sie hat mir nie was von dir erzählt."

„Wir waren nur sehr kurz zusammen und haben einander

danach aus den Augen verloren. Es tut mir leid, dass du nach dem Tod deiner Mutter und deines Großvaters allein warst."

Scotty zuckte die Achseln. „Das war schon okay. Mrs Littlefield, die Heimleiterin, hat lange gut auf mich aufgepasst, bis ich zuerst Nick und dann Sam begegnet bin."

„Woher kennst du deine ... äh, deine Eltern denn?"

„Nick, mein Dad, hat als Senator für den Staat Virginia das Waisenhaus besucht. Wir ..." Er warf Nick einen Blick zu.

Der lächelte den Jungen, den er so sehr liebte, voller Zuneigung an und sprang ihm bei: „Wir haben uns gleich gut verstanden und haben uns aufgrund unserer Begeisterung für die Boston Red Sox sofort angefreundet."

„Die verzeihe ich dir ausnahmsweise mal", neckte Tony Scotty grinsend.

„Sag jetzt nicht, du bist New-York-Fan", entgegnete Scotty mit finster gerunzelter Stirn.

„Schuldig im Sinne der Anklage."

„O nein", ächzte Scotty. „Das ist ja widerlich."

Tony lachte. Er schien ganz bezaubert von dem Jungen, was Nick nicht überraschte.

„Wir haben viel Zeit zusammen verbracht", fuhr der Vizepräsident fort, „und im Laufe der Monate sind wir drei so etwas wie eine Familie geworden. Scotty ist im letzten Sommer bei uns eingezogen, und jetzt versuchen wir das Ganze juristisch wasserdicht zu machen."

„Ist er ... ist er bei Ihnen sicher?" Tony schaute Sam an. „Ich habe in den Nachrichten gesehen, was Ihnen passiert ist."

„Er hat ein eigenes Team, das ihn rund um die Uhr bewacht", erklärte Nick.

„Meine Mitschüler finden es echt cool, dass mir auf Schritt und Tritt Bodyguards folgen", warf Scotty ein, was die Erwachsenen zum Lachen brachte.

„In welcher Klasse bist du?", fragte Tony.

„In der siebten."

„Was machst du in der Schule am liebsten?"

„Mittagspause mit gemeinsamem Essen für alle Schüler. Leider kommt das jetzt, wo ich in der weiterführenden Schule bin, nur noch bei besonderen Anlässen vor."

„Außerdem ist er ein Fan von Geschichte", warf Sam ein.

„Nächstes Jahr kriege ich Spanisch dazu", ergänzte Scotty, „und Algebra wird auch immer schwerer." Sein Gesichtsausdruck machte deutlich, was er davon hielt.

„Ich war auch nie gut in Mathe." Tony sah Scotty sehnsüchtig an, was Nicks Herz mit Furcht erfüllte.

Dann wurde das Mittagessen serviert, und Scotty stürzte sich mit der gewohnten Begeisterung auf seine Lieblingsspeise, Spaghetti bolognese. Dann hob er den Kopf und warf Nick einen Blick zu. „Hey, Dad, gibst du mir mal den Käse?"

Nick war, als hätte ihn der Blitz getroffen.

Sams Hand landete auf seinem Oberschenkel und drückte zu, was ihn aus seiner Erstarrung riss.

Nick reichte Scotty den Parmesan. Der Junge strahlte ihn an.

„Danke."

Nick legte seine Hand auf Sams, völlig erschüttert von dem Gefühlschaos in ihm – er empfand gleichzeitig Angst, Anspannung, Entschlossenheit und Liebe. Unendliche Liebe zu seinem Sohn.

„Meine Mom ist Polizistin", erzählte Scotty Tony. „Sie jagt Mörder."

„Wie cool", tat Tony begeistert.

Sam und Nick lauschten Scottys und Tonys Unterhaltung, während sie selbst das Essen auf ihren Tellern herumschoben, ohne wirklich etwas zu sich zu nehmen. Nachdem die beiden Kellner ihre Teller abgeräumt hatten, bat Tony darum, für ein paar Minuten unter vier Augen mit Scotty sprechen zu dürfen.

Nick hätte am liebsten sofort verneint, und daran, wie Sam sich neben ihm versteifte, spürte er, dass es ihr genauso ging.

„Ist euch das recht?", wandte sich Scotty an die beiden.

„Das ist deine Entscheidung", zwang sich Nick zu antworten.

„Ich fände das okay."

Steifbeinig erhob sich Nick, half Sam auf und entfernte sich mit ihr und den beiden Anwälten vom Tisch. Sie setzten sich in eine andere Nische, wobei Nick den Sitzplatz wählte, von dem aus er Scotty am besten im Auge behalten konnte. Tonys Rechtsbeistand entschuldigte sich und verschwand in Richtung WC.

„Ich drehe gleich durch“, flüsterte Sam und klammerte sich an seine Hand.

„Ruhig bleiben“, beschwor Andy sie. „Lasst es einfach laufen.“

„Was ist mit dem Dokument?“, fragte Sam.

„Tony hat es und weiß, was damit zu tun ist.“

Da sie keine andere Wahl hatten, ließ Nick den Dingen ihren Lauf. Aber er hatte nicht vor, Atlantic City ohne seinen Sohn zu verlassen.

Scotty wusste nicht recht, was er sagen sollte, als er dem Mann allein gegenübersaß. Warum hatte Tony unter vier Augen mit ihm sprechen wollen? Würde er ihm jetzt gleich erklären, dass Scotty in Zukunft hier bei ihm in New Jersey leben sollte?

„Bist du glücklich?“, eröffnete Tony das Gespräch. „Bei deinen neuen Eltern?“

„Ja. Die beiden sind toll.“

„Sie scheinen ziemlich viel zu tun zu haben. Haben sie denn genügend Zeit für dich?“

„O ja, wir machen viele tolle Sachen zusammen. Wir gehen zum Baseball, und ich spiele Eishockey im Verein. Mein Dad ist darin supergut. Er hat mir Schlittschuhlaufen beigebracht und hilft mir, zu den anderen Jungs aufzuschließen. Dann ist da noch mein Opa Skip, der Vater meiner Mom, der wohnt nur ein paar Häuser weiter, und zu dem gehe ich jeden Tag nach der Schule. Shelby ist so eine Art Kindermädchen, aber irgendwie auch nicht, weil ich ja kein Kindermädchen mehr brauche. Jedenfalls kommt sie jeden Tag und bringt mir Kochen und jede Menge andere coole Dinge bei. Ich habe Tanten, Onkel, Cousins und Cousinen, und eine davon ist ein ganz kleines Baby namens Ella. Mein Cousin Ethan und meine Cousine Abby streiten dauernd, und meine Tante Tracy sagt, ich bin der Einzige, der sie dazu kriegen kann, wenigstens mal kurz damit aufzuhören. Dads Freunde, Graham und Laine O'Connor, sind wie zwei zusätzliche Eltern für mich, und sie haben eine supercoole Farm mit Pferden, wo ich reiten lerne. Einmal habe ich mit Laine Eiscreme selbst gemacht. Ich dachte früher, die gibt es nur fertig in Packungen.“

Scotty hielt inne und holte tief Luft. „Ich rede zu viel. Sorry.“

„Das macht gar nichts. Ich möchte gerne wissen, wie dein Leben so ist.“

„Kann ich dich was fragen?“

„Klar. Was immer du willst.“

„Wirst du ... willst du ... wirst du versuchen, mich ihnen wegzunehmen?“ Mit angehaltenem Atem wartete Scotty auf Tonys Antwort.

„Ich war wirklich überrascht, als ich erfahren habe, dass es dich gibt. Schockiert. Um ehrlich zu sein, habe ich es erst geglaubt, als du heute hier reingekommen bist und ich mich selbst mit dreizehn gesehen habe. Nein, ich werde dich ihnen nicht wegnehmen. Dafür ist zu offensichtlich, wie gern du bei ihnen bist.“

„Das stimmt. Ich liebe die beiden. Sie haben mir alles gegeben – ein Zuhause, eine Familie, ein eigenes Zimmer, eine Xbox, Poster an den Wänden, einfach alles.“

„Ich werde dich ihnen nicht wegnehmen, doch wenn es dir recht ist, würde ich dich gerne näher kennenlernen.“

„Wie meinst du das?“

„Vielleicht können wir ja über E-Mails oder SMS in Kontakt bleiben oder ab und zu mal telefonieren, und dann kannst du mir erzählen, wie es mit Algebra läuft, ob dir Spanisch gefällt und ob du beim Eishockey ein Tor geschossen hast. Wäre das möglich?“

„Unterschreibst du, wenn ich Ja sage?“

„Ich werde auf jeden Fall unterschreiben, aber ich würde wirklich gern ab und zu mit dir reden.“

Als Scotty hörte, dass Tony das Dokument unterschreiben wollte, war es um seine Fassung geschehen. Er schlug die Hände vors Gesicht und versuchte verzweifelt, nicht vor einem Mann, den er gerade erst kennengelernt hatte, in Tränen auszubrechen.

Dann stand Nick plötzlich neben ihm, die Hand auf Scottys Schulter. „Alles klar?“

Nick klang verängstigt, dabei hatte er doch nie Angst – außer wenn Sam in Gefahr war!

Scotty hob gerade rechtzeitig den Kopf, um zu sehen, wie Tony Nick das unterschriebene Dokument zuschob.

Nick nahm es und schüttelte Tony die Hand. „Vielen Dank.“ Er schien den Tränen nahe, und Scotty ging es genauso.

„Danke, dass Sie den weiten Weg auf sich genommen haben. Ich weiß das sehr zu schätzen."

Als Nick erneut seine Schulter drückte, stand Scotty auf und reichte Tony ebenfalls die Hand. „Danke."

„Gerne."

„Ich, äh, ich bräuchte noch deine Handynummer." Scotty zückte sein Handy und gab die Nummer ein, die ihm Tony nannte. Dann sah er ihn über den Tisch hinweg an. „Ich rufe dich an."

„Darauf freue ich mich jetzt schon."

Nick führte ihn zu Sam hinüber, die so tat, als weine sie nicht. „Komm, Mom." Scotty griff nach ihrer Hand. „Gehen wir nach Hause."

Bonusinhalt

Vizepräsident Cappuano zu den Sicherheitsmaßnahmen für seine Frau, seiner neuen Rolle in der Regierung Nelson und seinen Plänen für die nächste Legislaturperiode

Von Darren Tabor

Redakteur, *Washington Star*

Washington, D. C. – In seinem einzigen Interview, seit seine Frau von einem ehemaligen Kollegen als Geisel genommen wurde, ließ Vizepräsident Nick Cappuano an einem keinen Zweifel: Metropolitan Police Lieutenant Sam Holland wird auch zukünftig nicht in seinem Schatten stehen, sondern weiter ihrer Arbeit nachgehen.

„Sam liebt ihren Beruf, und ich liebe sie. Für sie wird sich nichts ändern, nur dass sie jetzt, wo die Medien in die Welt hinausposaunt haben, dass sie keinen Personenschutz genießt, noch vorsichtiger wird sein müssen."

Cappuano räumte ein, Angst um seine Frau zu haben, fügte dann aber hinzu: „Andererseits bin ich eigentlich ständig in Sorge um sie."

Seit Cappuano Ende November nach dem durch eine schwere

Krankheit bedingten Rücktritt von Vizepräsident Gooding seinen Amtseid geleistet hat, hat er mehrfach seine Absicht kundgetan, neue Wege zu gehen, vor allem, was seine im Fokus des öffentlichen Interesses stehende Frau und deren Karriere betrifft.

„Ich habe Präsident Nelson schon bei unserem ersten Gespräch über die Vizepräsidentschaft gesagt, dass meine Frau die Karriere weiterführen möchte, die eine so wichtige Rolle in ihrem Leben einnimmt. Samantha ist extrem engagiert und verdammt gut in ihrem Job, was den Bürgern dieser Stadt bekannt sein dürfte. Es käme mir nie in den Sinn, sie zu bitten, ihn an den Nagel zu hängen, und unter Personenschutz durch den Secret Service könnte sie nicht effektiv arbeiten. Ich habe dem Präsidenten angeboten, mein Amt zur Verfügung zu stellen, wenn er nicht damit leben kann, dass meine Frau auf den Schutz des Secret Service verzichtet, doch das hat er abgelehnt."

Cappuano fügte hinzu, er habe nicht vor, dieses Thema weiter zu erörtern. Auf die Frage nach Leonard Stahl, dem ehemaligen Kollegen seiner Frau, der Holland als Geisel genommen hatte, sagte Cappuano lediglich, er freue sich für seine Frau, dass dieser seine gerechte Strafe erhalten werde. Weiter wollte er den Vorgang nicht kommentieren.

Der Vizepräsident war hingegen sehr daran interessiert, über die Themen zu sprechen, die ihm am Herzen liegen. Er möchte seine neue Position nutzen, um sich für bessere Waffenkontrollgesetze, sozial schwache Familien und von Auslandseinsätzen zurückkehrende Veteranen zu engagieren, die Schwierigkeiten haben, auskömmlich bezahlte Jobs zu finden.

„Wir leben in turbulenten Zeiten, und das amerikanische Volk ist mit zahlreichen Problemen konfrontiert", erklärte Cappuano. „Präsident Nelson und ich teilen die Sorge über viele gesellschaftliche Entwicklungen. Wir sind entschlossen, alles in unserer Macht Stehende zu tun, um einige der dringlichsten Probleme, vor denen unser Land heute steht, zu lösen."

In Bezug auf die kommende Legislaturperiode zeigte sich Cappuano amüsiert über die ständigen Fragen nach seinen Zukunftsplänen. „Alle wollen immer dasselbe wissen", sagte er dieser Zeitung. „Wird er kandidieren? Wann wird er seine

Kandidatur bekannt geben? Vier Jahre sind eine lange Zeit, und bis dahin habe ich noch viel zu tun."

Dann lächelt Nick Cappuano, der Vizepräsident mit dem Aussehen eines Filmstars und einem Charisma, das ihn rasch zu einer der beliebtesten Persönlichkeiten des öffentlichen Lebens in ganz Amerika hat werden lassen, breit. „Wenn und falls ich mich für eine Kandidatur entscheiden sollte, werden Sie es als Erste erfahren."

Wir warten gespannt.

DANKSAGUNGEN

Vielen Dank, dass Sie „Fatal Scandal – Du an meiner Seite" gelesen haben. Ich hoffe, das Buch hat Ihnen Spaß gemacht! Mein besonderer Dank gilt den Leserinnen und Lesern, die Sam und Nick schon von Anfang an auf ihrer Reise begleitet haben und ständig nach dem nächsten Band fragen. Ihre Begeisterung und ihr Enthusiasmus lassen mich die Reihe um die beiden weiterschreiben, und ich freue mich auf noch viele weitere Abenteuer mit ihnen. Dieses Buch stellte eine besondere Herausforderung dar, weil Nick, Sam und ich uns an seine neue Rolle als Vizepräsident erst gewöhnen mussten. Es hat mir Spaß gemacht, neue Charaktere einzuführen und zu erleben, wie die Entwicklung der Geschichte mich – und Nick – aus meiner Komfortzone herausholt.

Sie, liebe Leserinnen und Leser, werden sich freuen, zu erfahren, dass die nächsten Bände der Reihe in Kürze erscheinen werden.

Wie immer gilt mein spezieller Dank Captain Russ Hayes von der Polizei in Newport, Rhode Island, der mich beim Schreiben dieser Bücher berät und mir als Sparringspartner für Ideen dient. Russ hat immer schnell eine Antwort oder eine Idee parat, und ich kann ihm für seine ständige Hilfe dabei, die polizeilichen Aspekte der Serie so realitätsnah wie möglich zu gestalten, gar nicht genug danken.

Außerdem danke ich dem Team von „Jack's" mit Julie Cupp, Lisa Cafferty, Holly Sullivan, Isabel Sullivan, Nikki Colquhoun und Cheryl Serra für die Hilfe und Ermutigung sowie meiner Familie, Dan, Emily und Jake, die meine Karriere so enthusiastisch begleitet.

Dank gilt außerdem meinem Agenten Kevan Lyon, meiner Lektorin Alissa Davis und Angela James, der leitenden Lektorin bei Carina Press, für ihre umfassende Unterstützung dieser Serie. Diesmal möchte ich außerdem Farah Mullick von Harlequin besonders erwähnen, die die US-Druckausgabe der Geschichten um Sam Holland so ausgezeichnet betreut. Herzlichen Dank an sie und das gesamte Team von Harlequin und Carina.

Wenn Ihnen „Fatal Scandal – Du an meiner Seite" Spaß gemacht hat, rezensieren Sie das Buch doch bei Goodreads, und/oder erzählen Sie dem Buchhändler Ihrer Wahl davon. Ihre Rezensionen helfen anderen Leserinnen und Lesern, die Reihe um Sam Holland zu entdecken, und ich freue mich über jede einzelne davon.

Vielen Dank fürs Lesen!
Liebe Grüße
Marie

WEITERE TITEL VON MARIE FORCE

Die Fatal Serie

One Night With You – Wie alles begann (Fatal Serie Novelle)

Fatal Affair – Nur mit dir (Fatal Serie 1)

Fatal Justice – Wenn du mich liebst (Fatal Serie 2)

Fatal Consequences – Halt mich fest (Fatal Serie 3)

Fatal Destiny – Die Liebe in uns (Fatal Serie 3.5)

Fatal Flaw – Für immer die Deine (Fatal Serie 4)

Fatal Deception – Verlasse mich nicht (Fatal Serie 5)

Fatal Mistake – Dein und mein Herz (Fatal Serie 6)

Fatal Jeopardy – Lass mich nicht los (Fatal Serie 7)

Fatal Scandal – Du an meiner Seite (Fatal Serie 8)

Fatal Frenzy – Liebe mich jetzt (Fatal Serie 9)

Fatal Identity – Nichts kann uns trennen (Fatal Serie 10)

Fatal Threat – Ich glaub an dich (Fatal Serie 11)

Fatal Chaos – Allein unsere Liebe (Fatal Series 12)

Fatal Invasion – Wir gehören zusammen (Fatal Serie 13)

Fatal Reckoning – Solange wir uns lieben (Fatal Serie 14)

Fatal Accusation – Mein Glück bist du (Fatal Serie 15)

Fatal Fraud – Nur in deinen Armen (Fatal Serie 16)

Fatal Serie Bände 1-6

Fatal Serie Bände 7-11

First Family

State of Affairs – Liebe in Gefahr, Band 1

Die McCarthys

Liebe auf Gansett Island (Die McCarthys 1)

Mac & Maddie

Victoria & Shannon

Schneeflocken auf Gansett Island

Geliebtes Gansett Island (Die McCarthys 18)

Kevin & Chelsea

Blütenzauber auf Gansett Island (Die McCarthys 19)

Riley & Nikki

Sommernächte auf Gansett Island (Die McCarthys 20)

Finn & Chloe

Verführung auf Gansett Island (Die McCarthys 21)

Deacon & Julia

Magie auf Gansett Island (Die McCarthys 22)

Jordan & Mason

Sonnige Tage auf Gansett Island (Die McCarthys 23)

Andere Bücher

Sex Machine – Blake und Honey

Sex God – Garret und Lauren

Five Years Gone – Ein Traum von Liebe

One Year Home – Ein Traum von Glück

Mein Herz für dich

Nicht nur für eine Nacht

Take-off ins Glück

The Fall – Du und keine andere

Dieses Mal für immer

Helden küsst man nicht

Küsse für den Quarterback

Miami Nights

Bis du mich küsst

Bis du mich berührst

Bis du mich liebst

Die Green Mountain Serie

Alles was du suchst (Green Mountain Serie 1)

Endlich zu dir (Green Mountain Serie 1/Story 1)

Kein Tag ohne dich (Green Mountain Serie 2)

Ein Picknick zu zweit (Green-Mountain-Serie/Story 2)

Mein Herz gehört dir (Green Mountain Serie 3)

Ein Ausflug ins Glück (Green-Mountain-Serie/Story 3)

Schenk mir deine Träume (Green-Mountain Serie 4)

Der Takt unserer Herzen (Green-Mountain-Serie/Story 4)

Sehnsucht nach dir (Green-Mountain Serie 5)

Ein Fest für alle (Green-Mountain-Serie 5/Story 5)

Öffne mir dein Herz (Green-Mountain-Serie 6/Story 6)

Jede Minute mit dir (Green-Mountain-Serie 7)

Ein Traum für Uns, (Green-Mountain-Serie 8)

Meine Hand in Deiner, (Green-Mountain-Serie 9)

Mein Glück mit dir, (Green-Mountain-Serie 10)

Nur Augen für dich, (Green-Mountain-Serie 11)

Jeder Schritt zu dir, (Green-Mountain-Serie 12)

Die Neuengland-Reihe

Vergiss die Liebe nicht (Neuengland-Reihe 1)

Wohin das Herz mich führt (Neuengland-Reihe 2)

Wenn das Glück uns findet (Neuengland-Reihe 3)

Und wenn es Liebe ist (Neuengland-Reihe 4)

Für immer und ewig du (Neuengland-Reihe 5)

Die Quantum Serie

Tugendhaft (Quantum-Serie 1)

Furchtlos (Quantum-Serie 2)

Vereint (Quantum-Serie 3)

Befreit (Quantum-Serie 4)

Verlockend (Quantum-Serie 5)

Überwältigend (Quantum-Serie 6)

Unfassbar (Quantum-Serie 7)

Berühmt (Quantum-Serie 8)

Gilded Serie

Die getäuschte Herzogin

Eine betörende Braut

ÜBER DIE AUTORIN

Marie Force ist die New-York-Times-Bestseller-Autorin von über fünfzig zeitgenössischen Liebesromanen, unter anderem den beliebten Romanserien »Gansett Island«, »Green Mountain« und der erotischen Quantum-Serie. Sie hat unterdessen weltweit über sechs Millionen  Bücher verkauft. Die Autorin lebt zusammen mit ihrem Mann, zwei fast erwachsenen Kindern und zwei Hunden in Rhode Island.

Tragen Sie sich in Maries Mailingliste ein, um alles Wichtige über neue Bücher und Veranstaltungen zu erfahren. Folgen Sie ihr auf Facebook und auf Instagram.